**徐迅** 散文年编

《雪原无边》《皖河散记》《鲜亮的雨》《秋山响水》

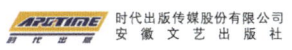

时代出版传媒股份有限公司
安徽文艺出版社

**徐迅**，中国作家协会会员，中国散文学会副会长，中国煤矿文化艺术联合会、中国煤矿作家协会副主席。

散文、随笔作品曾在《人民文学》《十月》《中国作家》《青年文学》《北京文学》《中华散文》《散文》《美文》等报刊发表，并被《新华文摘》《散文·海外版》《散文选刊》《读者》《青年文摘》等选载和入选《中国年度最佳散文选》《中国现当代散文 300 篇》《新世纪优秀散文选》《新时期散文经典（1978—2002）》《新中国文学精品文库》等 200 多种文集。获各种文学奖项若干。

著有小说集《某月某日寻访不遇》，散文集《半堵墙》《响水在溪——名家散文自选集》《在水底思想》，长篇传记《张恨水传》等作品 18 种。

徐迅 散文年编

雪原无边

XUEYUAN WUBIAN

徐迅 ◎ 著

时代出版传媒股份有限公司
安徽文艺出版社

图书在版编目（CIP）数据

雪原无边/徐迅著.—合肥：安徽文艺出版社，2019.1
（徐迅散文年编）
ISBN 978-7-5396-6351-7

Ⅰ.①雪… Ⅱ.①徐… Ⅲ.①散文集－中国－当代 Ⅳ.①I267

中国版本图书馆 CIP 数据核字(2018)第 095457 号

出 版 人：朱寒冬

策　　划：朱寒冬　　　　　　　统　　筹：张妍妍
责任编辑：姜婧婧　　　　　　　装帧设计：褚　琦

……………………………………………………………………

出版发行：时代出版传媒股份有限公司　www.press-mart.com
　　　　　安徽文艺出版社　　www.awpub.com
地　　址：合肥市翡翠路 1118 号　　邮政编码：230071
营 销 部：(0551)63533889
印　　制：安徽新华印刷股份有限公司　(0551)65859551

……………………………………………………………………

开本：880×1230　1/32　印张：15　字数：350 千字
版次：2019 年 1 月第 1 版　2019 年 1 月第 1 次印刷
定价：58.00 元(精装)

……………………………………………………………………

（如发现印装质量问题，影响阅读，请与出版社联系调换）

版权所有，侵权必究

# 自　序

　　一直认为,将自己的文字按写作时间编辑成册是件冒险而愚蠢的事,所以在编辑时断断续续,时动时停,思想上总在不停反复。但转念一想,既然是完整的人生,谁又能抹掉自己最初那几行歪歪斜斜的脚印呢?至今我还清晰地记得,当年那个因为在县报上发表了第一篇文章,而兴奋得在田野上奔跑的少年的身影……在随笔《恍惚中的明白》里,我几乎动情地叙述了这件事。

　　重读自己这些叫作散文、随笔的文字,我还是微微有些吃惊:一是感叹自己写得如此斑斓而驳杂;二是诧异我的灵魂最初只有在一个想象的世界里才能得以安妥与舒坦,而这无疑只有靠小说创作才能实现——事情在我成长的过程中显然发生了变化。有一段时间我与现实保持的紧张关系,让我患得患失,结结巴巴。我的散文或许就是这样的产物。

　　我认为,散文文体只是人们基于对散文事实的一种认识,这种事实并不是散文的本来面目。什么样的形式符合我们真诚而有意味的思想表达,实际上是没有人为的界定和规矩的。后来许多的散文观念都是一些有趣命题。任何时候散文都在场,也没有完全的原生态。作品形成的本身就是一种过滤。人们喜欢树立标杆,所以大家就把那当成了标杆。我读散文,全然在于喜欢,当然那里面也有着我的眼光和审美。

但散文终是有一种精神的。这种精神是人们在文字中能感受到和触及的,是作者艺术灵魂与生命精神和谐完美的统一。它是艺术,更是个性,是良知和立场。它所昭示的一种直击心灵的东西,能打动人、震撼人、感染人,给人以人生的抚慰、疼痛与喜悦。散文是作者的心灵史,它是作者心灵的坦露。这种坦露应有的尺度即是艺术和人生的尺度,它的生长性应该是伴随作者一生的。它追求的自由也应该有一种高贵的自由。

好的散文一定有好的语言。这种语言应该有一种节奏感,有缓慢与迅疾的节奏之分。我比较倾向于缓慢的语言。像电影过胶片一样,语言缓慢的节奏有力地呈现生命的时间和空间,定格或者拉长。它会形成一定的、有足够分量的艺术氛围,使人感觉到扑面而来的艺术芬芳,还有一种艺术的满足感。我这样想着,实际上却没有完全做到——但在语言迷宫里,我发觉我充分地感知自己的存在,从而越来越熟悉了自己。

"我手写我心。"无论是站在故乡的屋檐下,用青涩的眼光打量故乡和故乡之外的山水草木,感受人间冷暖、世态炎凉,还是突然拉开我肉身与故乡的距离,转身与回望、沉淀与奔涌、祭奠与膜拜,每一次对故乡的习惯性的凝望,都让我感到我与故乡,与故乡父老乡亲、兄弟姐妹的亲情里深深浸透的那种人性的疼痛、隐忍和希冀,早已深刻地烙印在我逐渐成长的心灵上,成了我摆脱不了的生命胎记。

故乡是我散文创作的永恒母题。流转于京城、故乡与异地,我感受到自然的一切物象、人生与艺术,浅薄地书写华丽与沧桑、悲痛与欣喜……或读万卷书,行万里路,一册在手,处处河山,或简简单单着眼于生活中的点点滴滴,写物状物,论人及人,我都率性而为。尽管这能让人看出我散文写作的坚守与流变,但一下笔,我的性格还是驱使我"迅速"了起来,这是我无法改变的。

写作有时就这样充满宿命。

曹丕说:"文以气为主……不可力强而致。"跟我打过麻将的人都知道,我打麻将凭的是手气。手的气息。那浑然天成的手的气息顺畅了、圆融了,我就会护住那一团气,快乐地打下去。我实在不会什么章法。但我知道那一团气是什么。

好的散文应该也有一团气。

是为序。

2018年6月26日,北京寓所

# 目录 Contents

**自序** / 001

野味的蛊惑 / 001

荷塘听蛙 / 004

水浮莲 / 007

恨书 / 010

人生长恨水长东 / 012

太阳荷·月亮花 / 015

石牛古洞 / 018

黄梅腔 / 021

寻找程长庚 / 024

屋脊 / 028

父亲 / 031

南国民俗 / 034

故乡的屋檐 / 037

乡思如缕化梦游 / 040

天柱石 / 043

孔雀徘徊的地方 / 046

雨街 / 049

遥想（外一章）／052

童年／055

西河捉鸟记／057

长绿不衰的友谊之树／061

怀念乡村／064

清亮亮的歌喉——诗人钱启贤印象／067

临窗梧桐／071

乡下的冬天／074

亲近农业／076

鱼的化石 ——拜谒陈独秀墓／079

母亲的外婆路／081

人生三味／084

种瓜记／088

心灵独语／091

水声／096

雪原／099

北方的秋天／102

乡旅／105

土地／108

春江水暖失渔翁 ——怀念张友渔先生／111

妹妹的栀子花／114

想象一株梅／117

三祖禅寺／120

寻找鸟儿的歌唱——著名导演马科印象 / 123

尚能一醉红霞——访张恨水老友万枚子先生 / 127

天柱茶 / 130

看湖 / 133

鸟声 / 136

铁饭碗,泥饭碗 / 138

落叶 / 141

一庵一潭记 / 144

油菜花缘谁而开 / 147

罗丹思想起 / 150

却吟小诗觅故园
——台湾"新古诗人"范光陵的乡情 / 153

染绿的声音 / 156

精神 / 159

山心水目 / 161

海上文坛访谈录 / 164

我的乡村生活 / 173

石楠,不是草——著名作家石楠印象 / 176

桂窗琐记 / 179

梅城的梅 / 182

抚摸春光的手——观看巨幅国画《胜似春光》/ 185

穿陵而过 / 188

走西安 / 191

钱的滋味 / 194

感受四川 / 197

玫瑰艳艳而开——访著名川剧作家徐棻 / 200

云在青天水在瓶——记马一浮与乌以风 / 203

风檐展读 / 213

外婆家的老屋 / 223

张恨水的散文——读《山窗小品》及其他 / 226

搬家 / 228

美妙的夜晚 / 231

水流故土 / 234

汉语与乡村 / 237

雪原无边 / 240

谷雨天仙庵 / 242

门楼与门风 / 245

名著与名牌 / 248

也说"牌玩" / 251

恍惚中的明白 / 254

阳光之下,土地之上 / 258

听蝉 / 261

秦淮河只说历史 / 264

秋雨残园 / 267

随笔二则 / 270

好女人是一种好心境 / 273

小老树 / 276

坐对一山竹 / 279

飘逝的红灯笼 / 282

谈"生意" / 284

冬日的广场 / 286

展卷听好雨,花报一枝春
　　——读梁东先生诗词集《好雨轩吟草》/ 289

忍冬花 / 292

儿时旧事二题 / 294

关于煤的记忆 / 298

喊月亮 / 300

栽树 / 303

抒情的泛滥 / 305

淬火 / 308

秧歌舞 / 311

我刚读过的几本书 / 314

午餐时光 / 321

大地芬芳(十三章) / 324

读书笔记:《爱情》 / 341

苦水里的一朵玫瑰
　　——读彭明艳散文集《苦水玫瑰》/ 344

九锅箐山记 / 347

逛了一回花溪 / 350

大足无声 / 353

精神健美操 / 357

月牙湖 / 360

桂花的都江堰 / 363

生命的吆喝声 / 366

庐山雾 / 369

用雨水点燃心灯 / 372

桃花的黄叶村 / 374

西行日记摘抄 / 377

生命是一张票 / 381

我与地坛 / 383

秋天购书记 / 386

被猫感动 / 389

民间写作者 / 392

生命的漂流 / 395

我说散文 / 398

散文小品与报纸副刊 / 400

怀念时代 / 403

随想二题 / 406

作家与足球 / 411

十渡小品 / 414

写作的理念 / 416

不必在意的缪斯女神 / 420

"下午茶"与"向日葵" / 424

读书与读人 / 427

香山红叶 / 431

一九九八年的北京夏天 / 434

小说的心——我看刘庆邦 / 437

一九九八年散文纪事 / 441

**《徐迅散文年编》有关篇目附注 / 445**

## 野味的蛊惑

生性是乡下人,在城里,我越来越无法敷衍人生的种种麻烦了。比如这吃,不说菜的单调和乏味,单说在食堂里为一餐饭耗上几十分钟排队就令人痛不欲生。好在城里还有些朋友,这样,当肚子一不合时宜,我便去朋友家打"野味"……炒板栗、蒸山芋、生藕片、红豆汤,朋友们也都很馋嘴,于是大家津津有味地吃着,就吃出一副乡巴佬的馋相……

听妈妈说我小时候嘴里就闲不住,吃腻了桃子、梨子、枣子之类,没有什么新鲜的口食,我便疯疯傻傻地到田野里去寻觅些野味。有一回,在自家屋后的菜园里,我不知怎么就发现一株生得很矮,长得也不规则的树,娇藤般的茎上缀着一绺绺红里透紫的泡泡。我踮着脚,伸手摘了一颗,在嘴里咂了咂,甜。我惊异了!慌忙把这一发现告诉了我的小伙伴,后来,我们便从大人们那里得知,这是桑泡泡,学名桑葚,吃得。此后,我见天就摘人家那红熟的桑泡泡,常常把嘴弄得紫红紫红的……

乡村四月闲人少,采了蚕桑又插田的季节,乡下人一般都是全家出动干活。没人带,我只好跟着妈妈在田头锄草,抡不动锄子,我就倚躺在青草葳蕤的田埂上。妈不吱声,径自一个人忙着。我一个人玩得无聊,四下里张望,这下,又发现了那似曾相识的红泡泡。那红泡泡生长在有许多刺的根茎上,一簇簇地匍匐在田埂,似桑泡一样星星点点结着好多,只是比桑泡更红,红得似乎要流下来。我小心翼翼地摘了几颗,放在手里掂了掂,没分量,柔得汁水欲滴。我捧起一把,蹦跳着送到妈妈跟前,歪抬着头,稚气地问:"妈,这吃得吗?"妈笑着骂:"馋鬼!"忙活一阵子,妈又扭过头说:"这是小麦泡,吃得。"吃罢,一滴口水涎在胸襟上,吃在嘴里,只觉得比桑泡更甜,甜得我不住地抿嘴。一边抿嘴,一边便向田埂寻去……一个人吃似乎不过瘾,自然我又把这一重大发现告诉给我的小伙伴。没过几天,田畈上三三两两的,出现的就是我们寻小麦泡的群体……

然而,有一天却出了岔子。那天,我和伙伴们正从田畈上摘小麦泡回来,邻居福根的大大就找上门。"迅哥,"他跟福根一样地喊我,"你今天带福根吃了什么?""小麦泡呀!""福根肚子疼,想必是吃了什么毒东西!"福根大大自言自语。我心里一愣,慌得抓耳挠腮起来,福根下午是吃了一颗"蛇泡",那东西红溜溜的,跟小麦泡别无二致,只是不甜。"他吐了呀?"我说。但说着,我心里却像揣了只兔子怦怦跳起来……就这样,提心吊胆过了一夜,清早起来,我便打听福根肚子疼好了没有,得到的却是福根大大笑吟吟的回答:"福根肚子里有蛔虫,郎中(医生)开药给他吃了!"说罢,他却依然打着招呼,"迅哥,你莫做孩子王,成天带他们满田满畈疯,叫人愁死了。""嗯。"我胆怯地应了声,心一轻松,又跑到野外去了！——可是，后来福根到底还是出了事。那年刚立秋，村里大人小孩子聚在一块，干起了"摸秋"的勾当，他们恶作剧般用抓阄的办法推出福根去摸秋，福根就高高兴兴地去了。朦胧的月夜，一村人聚在一起等啊等，可等了大半夜，也没见福根回来。一村人慌了，找了一夜，到第二天早上才在离村子不远的苇塘里，发现了福根那让水泡得肿白的尸体……福根原来是在苇塘摘菱角时落进了水里。红菱角……啊！野味，这赋予我们童年种种野趣的土地之果，想不到竟夹杂着苦苦的酸涩，灌入了我童年的记忆！

现在，我当然不再是疯疯傻傻的年龄了。而现在孩子们的零食也非常之多：苹果、梨子、冰棒、雪糕……孩子们大都娇生惯养，大人也都不让他们寻那野味了。即便是街头上出现的绿葡萄、红草莓、熟枇杷之类的，大人们也总是东挑西拣地买回家，小心翼翼地洗得干干净净，放进冰柜里，让孩子们偶尔吃吃，非常安全和卫生……我童年时代有过的那寻野味的温馨和亲切却荡然无存了。只是，在春天里回到家乡，在田野地旁，我还看到一些快乐无比的孩子寻花摘果，天性飞扬，但见他们伸出无邪的小手摘那泡泡，我便蓦然想起福根，想起童年……童年流逝了，流逝的伙伴福根却成了我怀念情愫里的一个死结。啊！我实在不该将我记忆中的这段故事说与他们。诱惑的口水流下来了，还是赶紧抿起，不要搅乱孩子们那一片片纯真的梦想吧。

1985年4月4日，安徽潜山岭头

## 荷塘听蛙

夏天，到了月夜里，我最喜欢听的就是蛙声。"蛙声有什么好听的？"一次，妻见我一个人静静地坐在荷塘边，轻轻地嗔怪着。此时，那青蛙却仿佛理解了我的心思，连忙咕咕呱呱，此起彼伏地叫唤了起来……

面前是一片荷塘，满塘的荷花在晚风中散发出幽幽的清香。月光下一泓清水，荡起了阵阵碧波，无数根荷梗微微地颤动着，绿绿的荷叶就像翡翠制成的托盘，盛满了亮晶晶的月光。荷塘下面似乎就有个好大好大的舞台呢！青蛙的声音就是从那密不透风的荷叶的帐幔里发出来的。那些耐不住寂寞的蛙或依附在荷梗下，或匍匐在荷叶盘上，或蠕动在草丛中，抖动着青绿色的身子，圆睁着双眼，翕动着鼓鼓的眼囊在尽情地欢歌。细听之下，发现先是几只青蛙咕咕有声，而后群蛙齐鸣，由远及近，此伏彼起，似鼓如雷，那气势仿佛连大地都在蛙鸣中颤动着。荷塘上氤氲的一层白雾伴着悠悠蛙鸣，也仿佛在唱一支催眠的"摇篮曲"，把我引向梦一般的童年和无尽的遐想……

也是夏夜,聒聒蛙鸣。我躺在清凉而摇晃着的摇篮里,祖母一面晃动着摇篮,一面摇动扇子为我驱赶蚊虫,干瘪的嘴里,哼哼唧唧地唱着自编的催眠曲:"蛙儿勤,蛙儿鸣,蛙儿专门吃坏虫;我儿乖,我儿能,我儿长大捉坏人……"

我被祖母这不伦不类的歌谣逗乐了,从摇篮里猛地爬起来,歪抬着小脑袋,稚气地问着祖母:"奶奶,你干吗偏把青蛙和人连在一块儿呢?""你,困吧。"慈祥的祖母悠悠地摇着扇子,说,"青蛙是好虫,我们庄稼人就靠它哪!它的肚子大,长得又很机灵,一天能吃好多好多的害虫……困吧,困吧,长大了,你就晓得了……"

长大了,我真的对青蛙情有独钟。

后来读宋诗"黄梅时节家家雨,青草池塘处处蛙。有约不来过夜半,闲敲棋子落灯花",突然间,我就领略了独听蛙声的种种妙处,感到诗人若没有那样静夜独听蛙鸣的妙趣,未必能写出那样的佳句来,觉得那情那景还真的恰合了我儿时那天真稚气的一幕。它不但唤醒了我未泯的童心,同时还使我有关青蛙的想象与实体拉得更近。青蛙虽然是一种极平常的动物,但人们对它都怀有一种特别的怜心,况且这小精灵的名字也叫得那样的美丽、可爱!渐渐地,我知道了青蛙有很多的种类,在一年的时间里,一只青蛙就能捕食一万多条害虫。许多小动物都有各自报答大自然养育之恩的方法,青蛙这种绿色的小动物,凭借的就是这种纯朴和勤劳来报答自然,感动人类……

夜深了,我毫无睡意,与妻有一搭没一搭地讲着青蛙的故事。月影里,我们相视而坐。万籁俱寂。蓦地,蛙声又起,宛若潮水一般地涌来……陪我,也伴着妻。

1985年7月30日,安徽潜山

# 水浮莲

我的住所,临窗的原是一口清汪汪的水塘。

但不久,这里便来了一群头戴柳条帽的建筑工人,他们笑着、闹着……就庞然地在这周围矗立起一幢幢厂房,清凌凌的水塘就这样让建筑物密密匝匝地围住。塘一天天变小。再后来,水塘里的水竟一天天地脏下去,浑浊得发出微微的臭气,常见的那些可爱的小蜻蜓、蝴蝶也陡然消失得无影无踪,只有一种紫色的水鸟,胆子好大,来了就在水塘里绕圈儿,待觉得这里并非自己栖身的所在,也泼喇一声,箭似的飞了出去……

一天,我忽地发觉这窗前浊气冲天的水塘里漂着一朵浅绿色的植物,一细看,竟是水浮莲。那水浮莲生得极娇小柔弱,伸张着长些白毛的叶片,圆圆地匝成了如莲花一般的圈儿。风吹着,莲花便随着水的波纹一闪一动,忽左忽右地漂荡……对于水浮莲,我向来不以为然,瞧着它那一副飘忽游荡、孤零零又娇滴滴的模样,有谁会生出半点的怜心呢?

却终于有一天烦躁得忍耐不住,清早起来,就不假思索地推开了窗户,眼前竟然感到一阵新爽。哟,几天不见,那水浮莲竟蔓延着长成了一大片,挤挤挨挨的,犹如一层绿得化不开的绿液泼洒在水塘里。细心的人还会发觉,那水浮莲上还蛰伏着不少圆鼓鼓的小青蛙,像是一个个小水手,蹲在停泊的绿色小船上哩!这情景很让身居闹市的人振奋,不几天,几家临塘的窗户全都打开了。但大家似乎都抹不去对水浮莲固有的成见,一见面,都心照不宣,相互支吾着:"嘀!这东西,咋长的?"

"真想不到哪!"

"嗯嗯。"……

彼此嘴里哼哼哈哈,眼光儿却一齐瞟在水浮莲上。风吹着水浮莲,莲瓣格外地抖擞着精神,一副坚贞不渝、无怨无艾的形象。最奇的要算是雨天,倾盆大雨泼在上面,它们灵巧地一闪就躲过去了,却又很快地偎紧一起。雨过天霁,太阳从云缝里钻出来,阳光同装满雨珠的水浮莲一打照面,熠熠生辉,那水珠儿像是谁泼洒的一把晶莹无比的珍珠,点缀在这片绿洲上了,叫人看出水浮莲的妩媚可爱。俄而,雨珠噗地一滚动,就像一颗珍珠落入水中,水浮莲收藏起那珠儿,又恢复了常态。城里人大约很少看到这种新奇植物,于是发现这醒目的"绿洲"后,竟是流连忘返了。更有趣的是,有些退休或离休的老头儿竟提根钓鱼竿儿在此垂钓,顷刻,又有农民模样的人挽着菜篮子来打捞这"宝藏"。他们光着身子,捞满沉沉的一菜篮,放在塘边滤干水,就颤悠悠地挑走了——水浮莲据说是极好的猪菜,人也吃得。由此说,这水浮莲的作用真是不小呢!

于是,水塘里又只剩下零星漂浮的一两棵水浮莲了,塘里的水竟清澈了许多。不知怎的,我的心头竟出现一阵空落落的感觉。唉!世间的事就是这样,当时没有那么确切地体会出来的东西,等失去却又体味到了——这便有了遗憾。带着这种复杂的心绪,我深深为水浮莲叫起委屈来。可没几天,蓦然,我见着水塘里又长成了一片,簇拥出一片新的绿洲。秋冬之际,街道上法梧一片一片凋叶了,水浮莲却依然充满生机地躺在那里,做着绿色的梦。听农人讲,即令三九寒天,它也不会全部冻死,如果有细心的拣几棵搁在稍暖的水池里,再盖些草,那它根本不会死去,在来年它还会继续繁衍、蔓生……水浮莲,这绿色的小植物,竟然就有如此强的生命力!

我真的照农人说的那样做了。我忽然觉得我该为水浮莲唱上一支生命的歌。

1985 年 10 月 21 日,安徽潜山

# 恨　书

　　原也是十分爱书的。小时候曾做过用一支"驳壳枪"换回四十本小人书的淘气事，惹得父母挂在嘴边当作趣事很是炫耀——要知道，这对于当年爱"枪"如命的我，可算是一个了不起的变化。有一年，安庆城来插队的知青返城，大约嫌行李太重，诸如《钢铁是怎样炼成的》《牛虻》之类的厚书一股脑儿丢给了我，我就成天护着那些书，俨然像个土财主……

　　我高中未毕业，狂妄得要死，看书不算，还不知天高地厚地要写书。书自然没写成，却因此惹上了爱书的毛病，出外谋生，总少不得买上几本。后来写点稿子，竟谋到一份差事，于是念着书的种种好处，爱书更甚。然而职业不定，手头宽裕不起，一些书还是无钱可买。知情的朋友每每见我在书店里做窘状，就念一打油诗笑我："身上已无半文钱，道逢书店口流涎。"我只是摇头苦笑。

　　但省吃俭用的，我还是买了不少书。

　　这恨书也就是近一两年的事，待在县城多时，人情物理没学上，后遭"炒鱿鱼"，容不得我细思量，单位就叫我裹起包袱（其实就是书)出门。新的单位一时没有房子,我只得把书暂且搁置在一位亲戚那里,叮嘱再三,总算有个心安。哪知刚过月余,几个箱子就被翻得书本狼藉,书居然丢失了不少!也是脾气不好,我立时就埋怨了亲戚几句,不想却招来言语如刺:"几本破书,值几个大钱?大惊小怪的!"朋友们也纷纷劝我:"别为几本破书伤了亲戚的和气。"唉!房子一时没有着落,我只能悻悻作罢。后来有了教训,我就经常去看,书竟没一次例外地被丢,可我只得哑巴吃黄连——谁叫只是书呀?自从鲁迅先生端端地把孔乙己老夫子送到这个世界,确实让人捡了嫌弃书的便宜,一位乡友,常向我借书消遣,可书一到了他的手中,十有八九就要弄丢。前时一本小说选,他借去看了,而后我向他索回,他居然二十四个不理睬,还出言不逊:"我拿了,不就是一本书吗?你有么法子?!"……最后竟是蛮横不理。回家时,我独自冷静地想,念及自己以前"不务正业",与书乱爱,现在又为书伤了亲朋的感情。自己一个大小伙子,终没有在书里寻到个"黄金屋",亦没有在书里找到个"颜如玉",自觉心情黯然。

暗想,这世上要是没有书,该省却了多少烦恼?

闲时,我将这烦恼与朋友谈时,朋友笑了,说:"其实,要是世上没有书,烦恼会更多,你不信吗?"我当然信,于是就阿Q般,想想也是。世上与书有缘的人,哪一个没有这小小的烦恼呢?

**1986年9月2日,安徽潜山**

## 人生长恨水长东

默默地伫立在张恨水先生书房的废墟上,我突然感觉,他和家乡天柱山的命运太相似了。天柱山本受皇恩沐泽,名噪一时,结果却被冷落千载。先生一生创作一百二十多部中长篇小说,发表近三千万字的作品,打破了中国文学史上创作数量的最高纪录。可是在一段时间里,他也被人们冷落了。

有人说他是"鸳鸯蝴蝶派",他从不敢苟同。不过,"蝴蝶"倒是沾过,那是童年在家乡的时候。他老家黄岭街前就有一条弯弯的亭子河,那时,他那瘦弱的身影就常常出现在河坝埂上,风儿抖动他半新半旧的青衫,飘忽着他抛在蓝天的蝴蝶风筝,也神游着他那一颗少年才子的心……十一岁半,在一位不应科举不为官的私塾先生指导下,他开始在本乡村里读书。家里有些旧书,老屋子空闲的又多,他就专门收拾一间书房,终日闷坐在那里看线装书,或是对着院里的桂花树苦吟。傍晚,他走到村外河堤上转转;然后躺在山边的坟包上,口中念念有词,背诵古文;吃过晚饭,他又钻进老书房,一直看书到深夜。夏天蚊虫多,他要么穿上老布袜,要么用一个大木桶,盛满清水,把双脚泡在里面;天寒时,他就勒紧裤带。他读书,左手捧,右手翻,翻得快,读得快,头与眼睛一上一下很快地点动。母亲怕他成了书呆子,下狠心限制他晚上读书。他为了不拂母意,天刚黑就上床睡觉,等母亲家务拾掇完毕,他又蹑手蹑脚进了书房,亮起豆油灯,读写到鸡鸣。他读过的书,连评语、批注,都做了密密麻麻的圈点。就这样,从《隋唐演义》开始,他攻读了许多古典文学和外国名著,看了大量的章回小说。看了,他竟无师自通地写起了武侠小说,他自己配图,煞有介事地"发表"给姊妹们,听着好玩。然而,他的这种专心致志,也遭到了乡亲们的讥笑,讥讽他是"大先生""大书箱""书庸子"。"乡村人实在以为我是一个绝对无用的青年,甚至有人说读书若读得像我一样,不如让孩子看牛。"——后来,他还这样善意地责备家乡人的势利眼。

人过中年,恨水先生曾开过一张"儿时书"的书单,儿时背得滚瓜烂熟的《论语》《孟子》《左传》《千家诗》《古文观止》等,时隔四十年后,他竟能记得百分之二十至四十。他著作等身,倾倒几代读者,自然这一半归于天赋,但更多的还是儿时书房里的苦读。后来,回忆起儿时的书房,他还不厌其烦地说:"……这屋里虽是饱经沧桑,现时还在,家乡人命名为'老书房'。屋子四面是黄土砖墙,一部分糊着石灰,也多已剥落了,南面是大直格窗户,大部分将纸糊了。把祖父轿子上遗留下来的玻璃,正中嵌上一块,放进亮光。窗外是个小院子,满地青苔,墙上长些隐花植物瓦松,象征着屋子的年岁。而值得大书一笔的就是院子里有一株老桂树,终年院子绿茵茵的,颇足以点缀文思。这屋子共有四五箱书,除了经史、子集各占若干卷,也有些科学书,我拥有一赣州的广漆桌子,每日二十四小时,总有一半时间在窗下坐着。我为什么形容这个黄土屋子如此详细呢?这在我家庭里是有点教育性,直至现在,我的子侄们,对这书房,还有点'圣地'的感觉,提起老书房,他们就不好意思不念书了。""也就由于我在这里自修自写,奠定了我毕生的职业基础!"

恨水先生出生于江西,一生漂泊多舛,逗留在家乡的时间并不很长。但家乡人一谈起他,仍总是津津乐道他的"老书房",子孙们更是言必称"老书房"。如今,随着天柱山风景名胜区开放,远有日本与东南亚诸国游客,近有邻省县的各界人士,都翘盼参观张恨水故居。美国、日本……海内外还掀起了"张恨水研究热"。他家乡的人民深深地爱戴着这位作家,成立了"张恨水研究筹备会",并积极筹备拟建"张恨水纪念馆",计划邀请国内外有志于张恨水研究的专家学者们召开学术研讨会。如果先生九泉之下有知,该有"人生长爱情长在"的感叹了吧?

1986年10月18日,安徽潜山

# 太阳荷·月亮花

## 太阳荷

有了夏天才有了绿荷。

听说绿荷是为了火红的太阳而生。太阳愉快的亲吻,使绿荷变得温柔,腼腆得像一位情窦初开的少女。她常常用她那精瘦瘦的身子撑住圆圆的太阳的头颅,他们相互倾吐着无碍的自由和隐私。太阳说他是大无畏的阳刚男子,绿荷说她会成为无瑕的母亲。

几天不见,就有荷花胀满了母亲的身姿,太阳红彤彤的,一刻也离不开她,用他百倍的热情,狂吻着绿荷。他急于要见到他们的儿子。

其实,他们的儿子正在一天天长大。有人来接生时,就见到那白胖胖的小子了。那白嫩白嫩的小子,使人多么愉悦啊!可他长大了,绿荷母亲却一天天被抛弃,荷梗要把莲子支配到很远很远的地方去哩！母亲绿色的相思一天天在枯萎,当儿子骤然远行的时候,她突然四肢无力地倒在洁白的荷塘。她所有的精血都给了儿子,自己只留下一个躯壳,绿色的相思就这样止泊在生命的港湾。

只有太阳思念如前,他常常发狂,心就那样一滴一滴地流血了。但他每天还在虔诚地眺望。思念的眼睛出血。

当他强烈地思念时,绿荷又会在他的梦中出现——年年如此。

## 月亮花

月亮是一朵忧郁的花朵。除了月亮,世上恐怕没有一朵永不凋谢的花了。

日子有点发霉的时候,我的苦闷郁结在红褐色的锈堆里,就茁壮着这样一簇花,摇着悠悠的往事,陪伴着逃遁在孤独者内心的冷漠,用沉默轻轻地拂去怯弱者心地上的犹豫。

为了惦念着月亮蓄满的水汪汪般激动的泪,我老是担心粗野的雨脚要蹂躏这朵花,裸露的足踢着他镀在我心底的幽思。我明白黑夜谢绝百花的旅游,是因为它怕百花会把只属于夜的生命闹醒。月亮便是传说中唯一的一朵忧郁的花了!它在所有开放的日子都用冷静而成熟着思维的果实,即使有无数被太阳花煽动的狂热和冲动,也会像冬天的雪一样被融释……

因为我已知道,月亮花是寂寞者的眼睛长成的,所以它的眼光总是那么深深地感动着寂寞的人。只要你心底的太阳没有凋落,攀缘在蓝色土地上的月亮花,就会悄悄地、纯情地开放……

1987年7月11日,安徽潜山

# 石牛古洞

　　不见石牛,不见古洞,只见巍巍然拱在半空的青山绿树。那青绿中露出尖尖的一角,与无边无涯的蓝色天幕便愈加和谐。那便是觉寂塔吧?叮当叮当,风摇塔铃,极有节奏地漾过天柱山脉的山水,仿佛石牛古洞泉水的流淌之音。

　　愈近那屹立了几千年的佛塔,便愈听见那叮咚的流泉声,轻松、欢畅。石牛古洞的流水更多的作潺潺声。水流并不凝重,穿岩击石,或骤然跌落,或坦坦荡荡、起起伏伏,这情形跟常见的山谷流泉没什么两样。岩石错落的沟涧,时而溅起雪白的泡沫;绿树荫荫的膝下,清清溪流蜿蜒而过。我疑心这平常的山谷流泉置身在禅宗的佛地胜境,实在大煞风景。走在通往乾元寺的二百多级台阶上,看飞檐耸脊的乾元古刹,凌空矗立的觉寂塔,云海中若隐若现的天柱群峰……短镜头和长镜头恰好定格,似乎组成了恢宏而又玲珑的盆景,哪一景不是充满诗情画意的呢?然而,我的眼前总浮现出黑咕隆咚的山洞、北宋政治家王安石高擎的那通红的火把、火光辉映的他那浮雕般的身影!"水无心而宛转,山有色而环围,穷幽深而不尽,坐石上以忘归。"不过,他终没有归来,而最终却将那一把大火烧到京城——成了"中国十一世纪的改革家"。人事作古,字迹尚存。山谷溪涧,留下的石刻布满夹壁,几无隙石。唐宋元明清以至民国的达官贵人、儒士名流,或刚劲雄浑,或隽秀圆润,狂草五尺见方,小楷寸许对径,一幅幅书法诗词的横轴就摆在你面前,让人的思绪一下掠过上下几千年……

我从山谷流泉溯流而上,久久凝视着蜷伏在脚下的石牛,真想骑在它的身上,替它轻轻拭去千百年的尘埃,挥鞭一击,催它去耕。望着那斑斑驳驳的摩崖石刻和卧伏的羸牛,我忽地明白流泉之所以小心翼翼地流淌,是生怕擦湿那一方石刻,惊扰石牛这一只石头的精灵——填平"虎头岩"的炮声响到了这里,曾让眼前的石牛首尾难见,只剩下那终年浴水的半截身子了。现在虽有无数的游人踏上牛背,怕也只能遥想当年石牛牧罢,跪卧溪畔,饱饮清泉,或昂首东向谛听古刹钟声的悠然了。

心里沉吟着,目光却被方方正正的一处凹崖所吸引。据说,那原是被人盗走的《青牛图》。宋朝另一位文学家黄庭坚客居舒州,常来石牛古洞读书,大画家李公麟在此还给他画过像,黄庭坚自题"青山驾我山谷路"诗句于图上。可惜这幅珍贵的石刻,也在军阀混战的民国年间被人窃盗走了。唯留下这神龛样的凹处,令人唏嘘不已。倒是黄庭坚的读书台"涪翁亭"如今已被修缮一新,红漆木柱,飞檐翘角。坐在亭中憩息,看绿色的蜻蜓和紫色的水鸟栖息在绿荫里,亮喉者啾啾嘀哧,亮翅者划无数条弧线,书台异常空旷而静寂。泉水叮咚,塔铃叮当,再朝上望,葱郁的树木摇曳,遮天蔽日,恍惚幽深洞府,很让人忆起黄庭坚的诗句:"白云横而不渡,高鸟倦而犹飞。"

1987年9月28日,安徽潜山

## 黄梅腔

迟迟盈耳的是家乡的黄梅腔。打从记事起,满世界嘹亮的都是"我家的表叔数不清……"那时成天听着公社广播喇叭里啊啊哈哈,我手舞足蹈,也学着李玉和、郭建光的模样。老师大概是看上了我的这点"天赋",全校搞文艺会演时,竟然叫我演起了京剧《沙家浜》。记得,那回在到校排演的路上,忽然看见一位十五六岁的小女孩,双手舞蹈似的在地上剜着野菜,嘴里咿咿呀呀地哼着:"小女子本姓陶,天天打猪草,昨天我起晚了,今天要赶早……"

这就是黄梅腔。听痴了,看迷了,我就央着她再唱。她脸腮涨得通红,露出齐崭崭的糯米牙,唱了一遍又一遍……唱着,唱着,不觉太阳西斜,我这才发觉自己误了到校排演的时间。第二天,我写了份检讨递给老师。女老师正搓衣,叫我念,我怯怯地念完,老师笑笑,结果将我演的"郭建光"贬成了"叶排长"。

家乡的土地嘟嘟的,不知什么时候,突然满街满巷就冒出了黄梅腔。家乡的黄梅腔,原来大人小孩都会唱的。会两句?点头的,定有人要你唱上一段;摇头的,别人的头更摇成拨浪鼓,愣愣盯你半天,疑心你白沾了黄梅戏故乡人的名分。《夫妻观灯》《补背褡》《王小六打豆腐》,那一支支散发着乡土气息的乡音,童叟无欺,或哀哀戚戚,催人泪下;或柔柔蜜蜜,令人神往;或幽默俏皮,逗人喷饭;或悲悲烈烈,使人感怀。缠绵处,让人魂销魄摄,泪化倾盆;刚强处,使人骨实体结,咔嚓作响。生活的喜怒哀乐、酸甜苦辣,化成酥魂软骨的黄梅腔,诉与人、诉与天地和自然,就长成一片板板结结松松散散的黑土地,长成灵灵气气纤纤秀秀的南方女儿,长成英英武武粗粗壮壮的南国汉子……所以,这块土地总是飘洒着刚柔相济、疾疾缓缓的黄梅雨。正月里正月正,二月里闹花灯,月月日日都浸透着黄梅腔。正月里,龙灯狮子灯,一阵风雨唤过,便有黄梅折子戏。只两三个人,古模古样,轻歌曼舞,观众应呼喝彩声,一浪越过一浪——这是随便唱。若正儿八经演,自是扯上大红大绿的幕帷,锣鼓钹响器、二胡竹笛分两溜坐定,庄严而隆重。角色未出场,黄梅腔已撩人耳膜,先花旦、再小生,生净旦末丑,各得其神,各显其妙。特别是三花,这角色一上台就惹得人前俯后仰,捧腹大笑。三花能上能下,能官能民,阴阴阳阳,活泼而俏皮,甚而油腔滑调,疯疯癫癫,唱打道白,似乎信口雌黄,随心所欲,夸张得令人瞠目……这里人爱唱,更爱看,这爱固执而让人嫉妒,滑稽而叫人可爱,大人听得神往,奇怪的是孩子也听得津津有味。黄梅腔仿佛就是一服镇静剂,一曲催眠小调……

　　这里人酷爱黄梅腔,黄梅戏世家当然多。旧俗戏子上不了家谱,不上就不上,戏总是要唱的。一位老艺人,年轻时游艺他乡,遇上做大官的族人认宗亲,但听说他是一位唱戏的,骇骇然,就亲自带着官兵去抓他。其时,艺人正在台上演戏,唱得精彩至极,于是官人也想听,于是就听,慢慢听出神韵,直到曲终人尽,恍恍惚惚想起初衷,只好摸着脑壳往回走。不提认宗,也不提抓他了——黄梅腔这神韵,艺人自觉到,于是就常拿来苦口婆心地教人处世。有姑嫂不和的,先是劝,后来就唱,唱《何氏嫂劝姑》。唱了一夜,唱得双方感动得泪水涟涟,终于捐弃前嫌,重修旧好。就这样,这里人创造了黄梅戏艺术,也创造了人生。或许,他们并不懂得言为心声,但生活中的忧愁欢乐幻化成黄梅腔,演生绎死,悲欢离合,黄梅腔也给予了他们人生的乐趣。人与黄梅也相得益彰,水乳交融,一部黄梅戏就有了一群浓缩的人生……

我也曾企图走出那诞生黄梅腔的土地,但终究走不出。童年爱唱京剧,可惜这氛围终究没裹住自己。我是在黄梅腔的土地上长成的人儿,身子骨柔情似水是黄梅,耿耿如磐是黄梅,怕是化成泥土也仍是黄梅雨浸泡,诚如这块土地上生长的秀竹、生长的苍松,抑或别的地方也生长这些,但毕竟各有各的长法。黄梅腔仿佛我故乡的招魂曲,我走得再高再远,也会让这招魂声呼唤归来。

*1987 年 10 月 12 日,安徽潜山*

## 寻找程长庚

这是中国乡村随处可见的那种普通的村庄。几丛疏疏的树林,散落着几间陈旧而斑驳的老屋、几幢簇新的青砖瓦房,清亮的池塘里浮游着几只白鹅和鸭子,缕缕炊烟在屋顶上袅袅飘扬……好奇地打量着让人陌生而又熟悉的村庄,我的心里隐隐透出几分历史的荒凉,一个盘结在我眉宇间的问号越来越大了:程长庚,这位著名的京剧表演艺术家、戏剧活动家是在这里发出他人生的第一声啼唱,又是从这块黑土地上,大踏步走上京都繁华的戏曲舞台,书写他人生的辉煌的吗?

我沉默无言。这个被人称为说话犹如"鸟儿歌唱"的戏曲之乡,一位被誉为"徽班领袖""京剧鼻祖"的戏曲大家的诞生地竟是这么枯寂和落寞。而我们这个喜欢崇尚名人故地的民族,为什么又独让这块土地被冷落了一个多世纪?是成名后的程长庚对穷乡僻壤的忌讳,还是中国京剧艺术史的一个偶尔的疏忽?我浑然不解。但我清楚地知道,我沉重的脚步声,对这个酣睡的村落将意味着什么。《程氏家谱》那一册册散发着霉烂气息的线装书,似乎在冥冥之中诱惑着我,将抖落开那历史的尘封,彻底揭开萦绕在这位戏剧大家身上的籍贯之谜——他的肉体生命毕竟才消失一百多年呀!

村子叫程家井。紧紧毗邻村庄环绕的是三口清水塘,四周便是程氏家族那祖祖辈辈休养生息、耕作不已的田园。我从家谱中得知,程氏先祖们"乐皖山皖水清涟秀丽……于是,耕田食,凿井饮"。程家井之名便由此而来。如今一个多世纪如流星去也,古井依然,程家井已繁衍了二百多人口,四十几户人家了,除一户姓吴外,其余全部姓程。这一群老实巴交的农民,紧紧地牢记着祖训,除了田间垄上,几乎没有一个走到比县城更远的地方。面对我这位不速之客,他们更是显得茫然不知所措,但他们偏偏喊"北京"作"京里",偏偏又知道祖上出过一个"唱戏不打脸(化装)"的戏子。听到这些乡下少见的口语和他们绘声绘色的传说,我发觉我寻找的线索越来越清晰了……在传说中穿行,我翻阅着《程氏家谱》,立即就神奇般地找到了有关程长庚的记载:"祥桂子文檄,字长庚,嘉庆十六年(一八一一年)辛未七月十二日时生","卒于光绪五年(一八七九年)己卯十二月十三日,妻庄氏合葬于京都彰仪门外石道旁路北,父祥桂墓前另冢","嗣子二人,养子章甫,从子章瑚"。家谱上线索时隐时现。对他的养子章甫,即后来三庆班的司鼓以及他的孙子——著名京剧小生程继仙,只有生卒年月的记载;但对步入仕途的章瑚和他那差不多都做过清末民初外交官的后代,却记载得非常详细。望着站在我身后的那群神情漠然的程氏后裔们,我感到面前的家谱忽然散发出神秘的清香,让我触摸到程长庚这个戏曲才子孤独的灵魂……

雪原无边 | 025

"徽班昳丽,始自石牌。"程长庚家离享有"无石不成班"的徽剧发源地石牌不远。旧时石牌一带戏台每有演出,程长庚就嚷嚷地吵着父亲带他去看。耳濡目染,他得到良好的徽剧艺术的熏陶,当然是可能的。程长庚从这里走出,在北京主演《文昭关》《战长沙》中的伍子胥和关公戏一举成名,进而成为三庆班主要演员。后来他不仅主持四大徽班之一的三庆班,还兼管四喜班、春台班,因而受到文宗皇帝的召见。文宗封送他"五品顶戴",赐任京都梨园会令、"精忠庙"会首达三十年。甚至连不可一世的慈禧、慈安太后也称他为"皖中人杰,京都名伶"……他的这些戏剧活动也能从中找到粗略的记载。但他到底是十二岁时随父北上,经开封、太原、保定入北京,还是经过其他路径闯入京华,这又是笼罩在他身上的谜团了……

也许这样的寻找不是重要的。重要的是应该探索他怎样敢于创新,熔徽调、京剧和昆腔于一炉,使唱腔、动作形成独特的风格,而创造出了蔚然一代的京剧艺术;探索他怎样在舞台上用他那娴熟的京腔、精湛的技艺,塑造出关羽、鲁肃、岳飞那些栩栩如生的艺术形象——而以艺术的光辉永恒地照耀了我们吧。

在程家井,程氏的后裔们还津津有味地向我渲染了他们祖上的一个传闻,说是程家井古时东厢富裕,西厢贫困,西厢人认为是坟山不好,于是,趁年夜用石磙抵住了东厢人家大门,在风水先生所勘定的鸭形宝地偷葬了一棺坟。第二天,风水先生大惊失色,说:"你们该白天葬,夜里葬只能出夜朝官(即舞台上的官)哩!"——"怕就是出了程长庚这个武旦生吧?"他们腼腆地问我。我没有回答,想这也许是无数名人身上都很容易附会的一个迷信的传说。我倒是知道"戏子不上家谱"是中国古代乡村几乎所有姓氏的族规。程长庚在他的家谱上虽也只有生卒年的记载,但他的家族毕竟接纳了他——中国巨大的戏剧艺术的洪流推崇了他。这,恐怕是这位皮黄巨擘所没想到的吧?!

  1988 年 1 月 8 日,安徽潜山

# 屋　脊

　　屋脊就在窗前。记得搬上二楼那天,开窗见那如龙脊椎的屋梁,拍着巨翅浮伏在窗前挡住视野,心里很是惆怅。于是每天自顾埋在书堆里,开窗听凭风吹拂,当然也感觉不到屋脊有什么妙处。一日朋友来玩,正是清晨,他说,太阳被扯得条条缕缕,那带血的条子就淋在屋脊上,幻成了斑斑血痕。朋友是位诗人,他有他感慨的道理。我的眼睛近视,眯眼望去,真有朋友说的那意象。从此,每当从纷繁的思绪里抬起头,我竟独自呆呆地望那屋脊。

　　梅城是座喧嚣声很大、灰尘扬扬的小镇。小镇这些年竖起了不少楼房,再看那太阳就像一颗钢球成天蹦跳在楼房的夹缝里。混沌乎乎的尘埃里,使人很少见到那浑圆如初、鲜艳无比的红物。有着面前的屋脊,更觉得世界被切割得支离破碎,起码在我的天空只剩下那么个半圆了。太阳艳艳地从东方升起,我站在窗前,见到那硕大无比的半球,十分地亲近和妩媚,宛如六月里切开的一瓣红瓤子西瓜祭奠着我。于是我就不再想看那球的下半边,生怕思维的空间被一个什么完整充塞得一塌糊涂。又傻想那该是情人的一只眼睛吧,便默默对视、喁喁私语。长期待在小城,忙忙碌碌,疲惫不堪,头脑被无数的喧嚣填得满满的,膨胀欲裂,独享这块属于自己的半球,我心里只有喜悦。

太阳热烈的时候,就似一颗红球悬在窗前。我常倚在椅子上,双手枕着空荡的头颅,望着它跃出屋脊。炽炽烈烈、噼噼啪啪的太阳挣扎声就灌入耳朵,我周围全是吱吱唑唑的响声,这是昂扬的勃勃的生命力,让心随那冉冉上升的太阳顿悟生活的赤橙黄绿青蓝紫吧……没有太阳的日子,最好的便是雪天。我曾仔细留心过雪后的屋脊,那是一场大雪过后,窗外满是莹莹的白色,尺厚的积雪盖住了屋脊。成天待在房里,眼前总赶不走梦中常出现的童话一般遥远而纯洁的小白屋,那是生命的极境吧?别人我不敢说,我只想自己一步一步走向那里。我心头抹不掉飘忽的雪的精灵,灰白的天空与洁白的屋脊让这精灵倏而黏合了,黏合了我们这个世界。只有这时候,我才确确实实感到独居的精神,原本很美很美——白的墙壁、白的天空、我。

也曾难受过,那是雨打屋脊的声音。假借夜雨秋灯读书,总有份雨打芭蕉的孤寂,我当然没有福气领受。细看屋脊和支撑屋脊的那块块黑灰色的瓦片,雨珠叮当叮当地滴在上面,盛开着一朵朵灿然的小花,仿佛叮当的雨在弹奏一首绝妙的轻音乐,令人销魂。急躁时,那雨泼天而降,铺天盖地泻在屋脊上,就见不着那优雅的白弧线了,只有歇斯底里迷蒙如雾,生命永无遏止地搏击似乎始终也没放过眼前的屋脊。那里仿佛就是中世纪的古战场,正在进行一场野蛮的厮杀、肉搏。特别是在夜晚,我躺在床上聆听着那撕心裂肺的呻吟,鬼哭狼嚎般疯狂,心里总是隐隐担心那儿该是怎样的血流如注……

第二天一早,我起床就打开了窗户。猛然,我惊讶起生命的原色来!裸露在面前的冰肌玉体,龙骨嶙峋。昨夜的雨正是为这生命洗礼如新,故屋脊才会那样的笔直如线,莹晶光溅似斑驳的龙鳞。这时,太阳凑趣地爬上屋脊,那屋脊就如纯静处子,卧躺在艳艳的太阳的怀抱,沉迷在大自然的抚慰中,又露出了那只独特炽烈而滴血含情的眼睛,充满着和谐、安详和幸福。我的担心消失了,挂上嘴角的是哑然的笑……

后来故弄玄虚的,我把这一切说与朋友听。朋友也相信我那感觉。他常来,也常常待在我的窗前,静静地望着屋脊,屋脊那边是什么样的世界呢?"要有翠绿的鸟儿蹲在上面就好了!"朋友说。我竟愣了下,我可觉得早就愉悦了啊……

*1988 年 4 月 14 日,安徽潜山*

# 父　亲

　　小时候我极顽皮,这顽皮就常常惹出些事端来。每每这时,父亲便气咻咻地教训道:"再顽皮,看我不捶你!铁我都锤扁了,捶扁不了你啊!"

　　父亲是铁匠。

　　父亲从小就跟他的三叔学铁匠活计。虽然是本家,他学手艺也是遵循师徒古训的。三年没有工钱,还倒贴三叔家几担稻子,闲时还帮他家打零杂工。父亲倒是很勤快很聪明,没学好长时间就出了师,轻重巨细的铁匠活计,他都做得很出色。尤其是木匠用的斧子,曾惹得几百里路远的手艺人慕名央他做。有人劝他,以后你在斧子上打上一枚印章吧!

　　他没打,但名气却在我们那个小镇渐渐打响了。

　　父亲打了一生的铁,在家乡一带就这样慢慢锻造出了一种德望。他从不为活计的价钱与主顾们讨价还价,主顾们也总是有理由缺他一块两块的钱,他一摆摆手就算了。轮到他自己带徒弟了,本家人劝他:"莫带路近的,同行是冤家!"他似乎没听见,后来他带的四个徒弟都是本队的。我小时是个"小皇帝"。一家人都宠我，他的徒弟每月与他结算工钱时，都客套地留下五毛、块把的票子叫我买写字簿、糖果之类的。但父亲没有一次让我接下那钱。父亲的铁匠铺设在离家不远的岭头街上，街上常有过路的行人短了路费，或者干脆就是行乞的，但到了他的铺子上，他从未亏过人家。家里总有陌生人吃饭，母亲也只当全是他的主顾。因为每逢来人，他手里总拎些肉、鸡蛋什么的，便十分客气地招待一餐。

事后才知道，有的人哪里是他的主顾，根本就是在街上乞讨的。但家乡有"一阉猪，二打铁，三捉黄鳝四叉鳖"的俗语，外人只当他有的是活路钱，才敢那样做。

父亲也曾狡猾过一回——那是"农业学大寨"的时候。公社里不准私人开铁匠铺，便把父亲吸收进公社综合厂，但工钱压得很低。其时我家中已有七八口人吃饭，兄妹一个挨一个，全仗着父亲那把锤。父亲找姓周的公社书记希望通融一点，就有人给他出点子，说："仗着你的手艺，摆他两天。"于是父亲就摆他两天，结果弄巧成拙，摆了两天，他的大徒弟自告奋勇地进了综合厂。听罢消息，父亲脸阴沉沉了许多天，成天叹气怨天。那次的打击对他太沉重、太意外了。

我中学毕业后，有一段时间成天待在房里看书、写小说。父亲见那时能够自主地开个铁匠铺，就希望我能学个手艺，或者干脆就跟他学打铁。我说，现在年轻人没有人愿意干这呆板而又繁重的营生。父亲好像发了一通火，说："皇天饿不死手艺人！不学门手艺，你混什么饭吃！"为了平平老人心火，我捧起照相机，串村钻巷，以照相聊以挣钱糊口。以致后来我进城，这在家乡的小镇上曾引起了一场不小的轰动,乡亲们恭维他生了个儿子,能编县志写小说,云云……家乡是出过写小说的张恨水先生的,父亲大概这时才知晓我鼓捣的是些什么。

父亲念过年把私塾。《三字经》《百家姓》《千家诗》之类的,他至今还背得滚瓜烂熟。一家人聚集在一起的时候,他便"赵钱孙李,周吴郑王",或"人之初,性本善"地背诵一遍。我有时从县城回家,躲在书房里看书写作,他歇工回来就踅进我的书房,讷讷地问:"你写么个?"然后就肘着写字台边坐下,默默地看着我,我就被这种慈爱摄得心驰神动,就怎么也写不下去。

终于有一天,父亲在书房里与我搭讪了起来,他说:"我年纪大了,炉火旁怕烤不下去,还是你说的,现在这吃力的营生又无人学,一个人活不起一盘炉。你看看,我是不是找点生意做做?"最后,他竟用商量的口吻问着我。

"……"

我知道父亲心里是清楚他的手艺将要失传,心里酸得不行。看着父亲吸了一口烟,烟雾涌上他那黝黑的脸庞,他的眼里露出的是一副十分忧郁的神情。但说实在的,铁匠铺如今真的是渐渐地少了,村里人修打农具也只能是找他。他呢,大概长年累月地干铁匠活,身子骨绷得紧紧的,一旦轻松下来,浑身就像散了架一般地难受。

我们终是没有商量出什么好的办法。

——他呢,也到底还是忍不住去打铁了。

1988 年 6 月 30 日,安徽潜山

# 南国民俗

## 清　明

自唐时清明,让杜牧写湿了,从此湿遍江南。

淅淅沥沥,一片织得密不透风的雨声,随着青石板路散开。透明,江南便肌肤似的延伸了,染指滔滔长江,浊浊黄河。

红木凝听,溪石鸣奏,杏花村浓浅浓浅、迤逦而罩的是小花伞的江南,袅袅婷婷。飘着四月梅子雨。一曲黄梅在唱瘦的江南小巷回旋……

雨巷泡酥酒坊,伞旗绕列列飞檐翘角,竖一杆白底黑字的酒幌,看清明时节雨纷纷。

出村便有细雨如织,红花草田野有三两农人,犁落行人魂。布谷声声,牛鞭拽住沽酒客;稻花香里,伸手抓起,竟是一两把蛙鸣……

## 端　阳

一碗雄黄酒,喝斜黄黄太阳。头烈烈一摆,长江似盘辫长长,唰地拉直整个南方……

"吭哧——吭哧!"阳壮的号子里,龙舟如红蚂蚱、黄蚂蚱绕油亮亮、粗乌乌的中国巨辫,攀缘直上,雄性猎猎,浇灌着黄土地,大地淋漓酣畅……

"哐哐——哐哐!"五月中国荡起秋千,一群躁动的南方汉子,踩锣鼓阵阵,踩得南方山摇地晃,屈子如橡大笔惊掷长江。一曲天问,问怒浓眉须眉,斩一绺黑辫遗留东方,作千载游弋端阳。

八角粽子裹住香喷喷端阳,枝枝艾叶如令旗呐喊歌唱。鸟鸟语语。有女人虔诚的、喃喃的祈祷声。少年中国的红肚兜上,老虎头天真烂漫地跑来,昭然做着楚文化最漂亮的冲刺。

五月端阳,南方中国在做民俗的赛场。

## 中　秋

幽蓝蓝的背景里,顶起那只细白瓷实的玉碗。一个精彩的杂技节目不期而至,演了几千年,硬是牵动着观众岁月的悬念。累了顶碗人,瘦了相思客。

抬头,有荷藕板栗,咬三两声清脆"好"字,一年一度,悠悠闲闲,喝彩声圆润了昼昼夜夜。

低首,有竹箫横笛,吹几句袅袅"愁"音,年年月月,怕碎了玉碗,泪滴倾蚀了箫孔,流出点点此事古难全……

台榭仍在,顶碗人昨夜谢帐归去,几时有?把酒常叩苍天,古老的顶碗顶圆了华夏的中秋夜,相思沾满眼帘……

1988年8月3日,安徽潜山

## 故乡的屋檐

不曾留意的是故乡的屋檐。那年在外的路上,逢上一阵瓢泼大雨,我连忙将瘦削的身子塞进人家的屋檐,望着屋檐与大地雨水穿梭,织一片密密麻麻的雨帘,我如蚕蛹,似乎只能静静地等待这个世界将我裹住。雨终于停住。我逃也似的离开那里,回头看时,那低矮低矮的小屋竟如泊在水中的乌篷船,叫人顿时生出绵绵的乡情。

故乡的屋檐也如这般低矮。归家时,远远望见那低矮的屋檐,总觉得是母亲用手搭遮的凉篷,召唤游子归来;出门时,走出那低矮的屋檐,又觉得屋檐就如母亲灰黑褂子的一角,似牵拉着游子,将乡思把游子的心塞得满满的。想故乡土地上低矮的屋檐,披风阻雨,遮阳挡雪,总像一顶竹斗笠或者一把竹骨油布伞,罩住故乡很大的天空。但是,故乡的屋檐实在太矮,矮得自然容纳不住一天天爆长的大个子,屋檐外面的世界真的很精彩!诱惑着我不愿弓腰待在故乡的屋檐下,硬是站直五大三粗的身子,要沐浴蓝色的天空,明丽的阳光。于是,屋檐下只剩下孤独的母亲,手里嗦嗦地打着鞋底,然后手搭凉篷,望着大路上走过的游子。矮矮的屋檐将母亲的脸遮得一脸忧郁,抬头再望屋檐下垒窝的燕子们伸出黄莺莺的小嘴,叽叽喳喳地,迎接燕子母亲的归来。于是屋檐下就有一声轻柔的叹息:"鸟儿晓得回巢呢!孩子就不想家?"

其实,孩子是想家的。如我,就总忆起故乡的屋檐,想起屋檐下捉蜂的嬉戏。故乡是一望无际的江南田园,泥巴小屋匍匐在田野上,一到春天,田野里红花草、油菜花浓香浓香地开了,小屋如一只乌篷船漾在绿色的河里。四面总有蝴蝶翩跹,蜜蜂嘤嘤。淘气的小蜜蜂先是试探性地绕着屋檐环飞,接着就纷纷拥进屋里,最终嗅得理想的场所就是屋檐下的墙壁,于是一齐嗡嗡地飞向那壁上,用它那细小而锋利的足打洞,然后钻进钻出,如猫的游戏。不几天,墙壁就被它们弄得如弹眼般千疮百孔,似一张漂亮的脸被弄得丑陋无比,于是年少心盛的我就气恼,与伙伴们手捂着漂亮的玻璃瓶,塞些黄绿的油菜花,将瓶贴在洞口,让花的馨香逗引小蜜蜂走进玻璃的"水晶宫"里,然后俯下身子,贴着耳旁听蜜蜂嗡叫,还很有趣地摆在桌上,一边做着作业,一边看蜜蜂在玻璃瓶里舞蹈。终于看厌了,终于看见蜜蜂大口大口地喘息,于是将蜜蜂倒放在红花草田野,重新来到屋檐下……

我想故乡的屋檐是一顶竹斗笠或竹骨油布伞,是因为故乡多雨。故乡的黄梅雨飘泻在屋檐下,屋檐一片烟。小时候,我与我的伙伴站在屋檐下经常嘟起小嘴,起劲地吹散蒙蒙烟雾。黄梅雨里,飘溢的是一片咯咯童稚的笑声。母亲和一些大人也在屋檐下,看我们撩拨黄梅雨,也感到无比的舒心和亲切。噼里啪啦,天下倾盆大雨时,鸡们鸭们畏畏缩缩地躲在屋檐下,我和小伙伴们端来白脸盆、瓷缸水桶就接那如注的雨水,顷刻间器具就满了。我们也常为这无师自通的偷懒而有着片刻的欢娱。一连几天,大人们却锁着浓浓的眉头如屋檐滴水,原来,那时正是稻子收割的季节,雨下得很不是时候。沉甸甸的稻谷让疯狂的雨打得遍地粒粒,割倒的稻把泊在水里如放一田的麻鸭。"庄稼靠老天啊!"母亲和一些大人同样也待在屋檐下,看雨很响地泼洒在地上。"天烂了肚子!"后来,大人们竟恶狠狠地咒骂老天。雨似乎也知趣地停住。"天晴了!天晴了!"我们欢呼着冲出屋檐,拍着小手在明净的阳光里叫着跳着。

　　故乡的屋檐很低很低。走出故乡的屋檐,我置身于矗立的高楼与高楼之间,晃荡在宽阔的柏油马路上,我这才发觉故乡的小屋虽然真的如一只乌篷船离我漂去,早已搁浅在我相思的岸边,但故乡的屋檐仍如母亲巨大的挥手,召唤着我归来归来。其实,我知道故乡那曾布满牛屎巴,挂着腊肉腊鸡的低矮的屋檐已不复存在,代替它的是一幢几上几下的楼房……对水泥钢筋堆砌的建筑物向来没有感情的我,有那么一个黄昏踯躅在故乡的田埂,远远望着那洁白的楼房,竟如一艘轮船泊在绿色的江水里,静静地就似一幅油画,似乎在向我炫耀着一股新鲜而亲切的乡情。

1988 年 10 月 28 日,安徽潜山

## 乡思如缕化梦游

"想起在桐城相聚的那段日子,好想时光倒流,再回到头。记得你最温柔贤德而文静,我和你也最投契,如果时间能够凝定,不要流逝,多好!"……

台湾著名女作家张漱菡女士充满深情地回忆着。程仁卿、马华正夫妇展读着这一纸海外飞鸿,已是情思绵绵。仁卿先生原是安徽教育学院的副教授,祖籍桐城的张漱菡女士中学时代曾跟他读过书。而张漱菡与表姐马华正却是一块"滚"大的。"俯头惊迁虎,侧耳喜鸣弦。"少年时同游龙眠山,张漱菡咏《瀑布》的诗句,多少年来更是这对夫妻耳鬓厮磨的美谈。

张漱菡女士系清朝宰相张英的嫡后——清末桐城文派的殿军、海内名宿马其昶先生外甥女。她的舅公姚仲实先生曾是安徽大学教授、我国著名的经学大家。家庭文化气氛的熏陶,"桐城派"文学土壤的滋润,使张漱菡自小便接受了良好的"才女式"文学教育。她在上海南洋高商肄业之后,便随哥哥去了台湾。一九五二年的一次病中,她在医院里受到一个真实故事的感动,便萌发了写长篇小说的愿望。这就是她发表在《畅流》杂志并在文坛走红的那部长篇处女作——《意难忘》。接着。她先后写下了《江山万里行》《飞梦天涯》《碧云秋梦》等三十多部小说。其中,《意难忘》先后在三家出版社出版,并再版了十二次,又在皇冠出版社再版七次,并被拍成了电视连续剧,轰动一时。她的作品熔中西文学传统于一炉,塑造的都是一批生动美好的人物形象。她自己偏爱的长篇小说《翡翠田园》,真实地描写了日军侵略时期,贫苦农民在倭寇奴役下艰难度日的悲惨状况。为了这部小说的真实性,她还曾亲自到农村去体验生活。这部历史画卷式的小说以其独特的艺术魅力和历史价值受到了台湾《中华杂志》发行人胡秋原先生的赞赏。为此,胡先生还特地请她写过传记。

张漱菡女士对家乡的爱十分炽烈。这种情愫在她那"可追易安"(台湾著名诗词家高越天语)的诗词中有着充分的流露。无论是绿了芭蕉的春日,还是碧空云漠的秋天;无论是整日凝眸的白昼,还是影上花墙的月夜,她"每怀故旧总情牵",思念故人:"情脉脉,思依依,欲卜归期未有期,姐娥应解怜孤客,莫向天涯照别离";从而感到"往事总神伤,最怕思量,纵教有梦也荒唐,可奈浮槎难渡海,徒断人肠"。她忘不了最能牵愁的江南垂柳;总是惦记着"真好吃"的安庆胡玉美虾子豆腐和蚕豆辣酱……在台湾,她每当从电视上看到大陆的酷暑、水灾、飓风,她便担心着南京、汉口的市民,安庆一带的乡亲以及杭州西湖的那一株古树,她说:"现在很多人都返乡探亲,我当然也想回去看看,但我由于伤腿,至今仍不能行动如常,不敢出门,奈何! 奈何!"渴望回乡之情竟是那样幽深和迫切。

谈及与张漱菡女士的友情,程仁卿先生总是兴奋异常,他遗憾地告诉我:"有次,我特地跑到安庆买了胡玉美的罐头,可寄给她时已有几个月,不能吃了!"海峡深深,天各一方。如今,这对夫妇只是和张漱菡遥遥吟诗唱和,飞鸿不断。俩人衷心地祈祷着,祝愿张漱菡女士的身体早日康复,并希望她能及早返乡探亲,把作品带回大陆,以加深海峡两岸的文化交流。让多少年萦绕于怀的乡愁,在真切的故土上消融。

**1988 年 12 月 15 日,安徽潜山**

# 天柱石

好久没上天柱山,怪想念的。想那一座座神情毕肖的峰峦,想那流雪溅玉的飞瀑,想那绿叶葱茏的鱼鳞松,还有那迂回曲折的神秘谷……

记得第一次踏进那一座神奇的大山,触目都是一株株、一具具形象独特的奇松怪石,让人恍惚进入一座动植物的公园里,为那活泼的生命惊奇不已。神秘谷里,谷重水复,柳暗花明,嬉游其间,仿佛穿越茫茫几个世纪,做了一次人类猿的蜕变……渡仙桥上,冷风袭人,天柱石峰,时而云遮雾掩,浑而不见;时而阳光镀雾,偶露峥嵘。我静心敛气地看,面前烟云弥合,天柱峰缥缈如一株罩在雾霭里的春笋,含秀滴翠;真切如鲜丽清纯的女子,一颦一笑,都让人神魂颠倒……近在咫尺,痴痴凝望,想沐浴在峰前的仙女瑶池里,静静地洗濯尘埃,裸露灵魂……最难忘那一年的秋末,那天,阳光绣雾,天柱峰腰浮起偌大光环,踮脚望去,那光环朦胧如镜,紫气照人,冉冉飘荡在茫茫的山壑,天柱峰昭然若揭,如一块天然的奠基石,似乎经过这"剪彩"的仪式,深深铸在土地之上!

凝眸再望天柱峰,阳光如箭,钻崖穿石,枝枝横折,那殷殷鲜血竟溅透了这一千七百八十米高的偌大峰柱……

然而,天柱山最让我兴趣盎然的却是那些造型奇特、形象逼真的石头。飞来石、鹦鹉石、象鼻石、猪头石、蜒蚰石……一块石头就有一个神奇优美的传说,一块石头就是一种刚毅完美的生命的昭示。它们寂寞横陈荒野,广采天地之灵气,饱吸日月之精华,入定坐禅一般,潜下身修身养性……或许,这真诚真的感动了冥冥上苍,一块顽石就那样颇具精神了。大自然是怎样的刀砧斧削,天造地设啊!……令人忧伤的蜒蚰石,小时候就曾听说过它不幸的故事。大人们说,天柱山是远古时期茫茫西海衍生而成的,如果蜒蚰石头上的那对石角长齐了,这里就会还原成西海。于是,年复一年,当蜒蚰石的双角悄悄长对称了,怜悯苍生的雷公就兴风作雷,斩断了石角……所以,千百年来,那只蜒蚰只乖乖地趴在铁青色的石壁上。两只角一高一低,如诉如泣,似乎在向人们展示着它那无法挣脱羁绊的痛苦!——传说,或许只是传说,但蜒蚰石有了这传说,就有了几分情趣。有了这情趣,游人也就徒增了无限的惆怅和留恋。虚虚实实糅合在一起,也就别具意味,别有精神了……

常听人念叨天柱山是"第二黄山"。我没去过黄山,自然也没有领略过黄山景色的秀丽,但我想,即便如李白吟咏的那种"奇峰出奇云,秀水含秀气",那风味也会是迥异的。我曾在许多画册里一睹过黄山飞来石的伟岸,就总觉得它不如天柱山飞来石的形象和神奇。天下名山抑或都有让人寄情的石头?那年,我曾流连在禹山的望夫石上,孩子气地在那里留影,那手抱稚子,含情脉脉,远眺夫郎归的望夫石,千百年来就牵动着人们满肠愁绪,或旅人的几多遐想!我就诧异于涂娘对大禹的一片坚贞,怎的就望成了一片河站成了一片岸!淮河岸边,还有一尊大禹治水的雕像,尽管人工斧凿,但栩栩如生。可我也感觉不如自然长成的望夫石,更让人惊叹自然的博大与精深。而天柱山呢,触目所见的,都是这样一尊尊奇异且形象的自然雕塑,一具具似是天地精气孵化出来的灵物,巍然屹立而自得其乐,让人喟叹着形象的逼真,神往于自然的造化,惊羡着生命的原始张力,看出自然和人生的别样结构!……天柱山,正是因这无数有生命的石头才盈满灵韵,生机盎然吧!

1989 年 7 月 13 日,安徽潜山

## 孔雀徘徊的地方

不再孔雀，不再徘徊。清凌凌的皖水在这流过，划一片是绮丽灵秀的焦家畈，划一片便作了拙朴浑厚的刘家山。遮掩在青竹婆娑，绿云滚涌的渡口旁人家，窗棂里飘曳出的是袅袅绕绕的黄梅腔。然而，当我在小吏港里穿行，耳旁萦绕着的分明又是那怨魂难灭、啼血不止的孔雀的凄艳的吟唱。

"孔雀东南飞，五里一徘徊……"

这里的大人、孩子分明随口就能背诵得出来那首流传千古的乐府民歌；又都分明像熟悉他们心爱的兄弟姐妹那样熟悉刘兰芝和焦仲卿。在一口水塘边，我见一位老大娘和一群孩子在捣洗衣衫，正想问着刘兰芝……老大娘抬起头，用手一指，就说："刘兰芝的娘家就在刘家山呗！那不！"那神情就像是对我们说，刘兰芝刚刚从那古老的屋子里走出，刚刚穿上大红的嫁衣裳。系着小红肚兜的孩子们更是忍俊不禁，如一群刚出窝的百灵鸟，一个个快快活活地从塘里爬上岸，叽叽喳喳地答应道："我晓得，我晓得！"他们自豪地蹦着、叫着，幸福得就像一群快乐的小天使。

一切都显得这样生动和真实。焦、刘那生生死死缠绵的爱情故事,也许真的就存在于这片梦幻的土地上?……踯躅在孔雀坟前,当地的一位老人吧嗒着尺许长的烟杆,趔趔趄趄地指着我们寻找焦仲卿"自挂东南枝"的地方,又带我们走到刘兰芝"举身赴清池"的古井旁,颤颤巍巍地翻阅着发黄的族谱,指着上面的"烈女传",向我们叙述着古井旁这棵合抱粗的四季青树。霎时,我似乎看到两行巨大的清泪喷然滴落,一双越过千年风尘的眼睛满目怨楚地注视着我。痴痴盼望着爱情长青的刘兰芝啊,选择在这殉情——千年万年常绿的四季青,莫不就根植在她那聪慧的心田里?

一切毕竟又都遥远了。孔雀徘徊的长长悲吟,声声叫唤,叹落了多少个日月星辰?年年隔河相望,平畴千顷的焦家畈与丘陵逶迤的刘家山,这一片灵秀的皖水与浑厚的土地,还曾诞生过几多水灵灵的刘兰芝,几多倜傥风流的焦仲卿?孕育过多少如他们一样缠缠绵绵的爱情?脚下这片土地是因为灵韵,才有了孔雀的徘徊;还是因为孔雀,才使这块土地盈满灵韵?……我心里一边怀想着现实乡土的迷惘,一边又让历史的真实搅得痛肝裂肠……

已是黄昏了。我身边的小吏港人家,鸡叫犬吠,炊烟袅袅,暮霭里透出一幅朴素的乡村黄昏图。村落里,进进出出的青年男女,一个个打扮得标致致、风流时尚。黄昏的风里,洋溢着他们叫天子般欢快的笑声。远处,清凌凌的皖河水无日无夜地流淌,河中的竹筏轻轻荡漾,一望无际的皖河大堤蜿蜒而去,红男绿女们或紧紧依偎,或并肩徜徉,絮絮叨叨的情语如潺潺不息的河水……不再孔雀,不再彷徨,那艳丽而悲伤的爱情故事早已淹没在历史的长河里,灵山秀水哺育出的青春的笑声,像阳光一样灿烂,像翠竹一样常绿不衰。

孔雀徘徊,或许只是这块土地上一个凄迷的幻想?

*1989 年 7 月 29 日,安徽潜山*

# 雨　街

天阴闷闷的,憋得人直想哭。人未哭时,天哭了,淅淅沥沥落起了雨。一连几天,老街的街道就泥泞一片。苦了小伙子们,脱掉鞋换上黑乎乎的靴子,一脚踩下去,人同泥巴一同滋润,萎缩得不行。得意的是那群打扮入时的姑娘,各种花色的雨鞋穿在脚上,像是时装表演似的。绷得紧紧的大腿轻轻一弹,嘴里还嗔怪道:"这鬼天……"看那神气,晴天时尚的炫耀在她们身上似乎本来就是一种无可奈何。

老街先前散散漫漫铺展的是鹅卵石。那鹅卵石圆滑滑地嵌入黑色的泥土里,风雨荡过,烈日扫过,几十年过去,点点星星的,像是母鸡下了无数的蛋挨在一起。后来有了水泥,就有年轻人挖掉鹅卵石,要铺水泥街道,于是鹅卵石全被人家挖去了。只是水泥路还未铺起来,这街道一到雨天,就像乡下孩子翻过泥鳅的畦地,成了一条阴沟。年轻人还想趁晴天填平这阴沟,铺一条宽展的水泥路,两边再砌些花圃,让老街沾些现代文明的气息。老人们却等不及了,老头子须髯飘逸,挂着拐杖,远远地蹲在屋檐下,深藏在胡须里的嘴唇哆哆嗦嗦就一阵骂:"败家子!挖祖宗坟哪……"老奶奶呢,自然没有老头子潇洒的胡须。儿媳不爱围裙,她就只好系着围裙成天围在锅台边,三寸金莲迈不出门槛,但还是要倒洗淅水,于是就倒,瘪瘪的嘴随那油腻浑浊的刷锅水泼声,也絮絮叨叨:"这年头,什么东西都得换……"这样,就有一上午的闷气憋在心里。儿媳端上一碗香喷喷的白米饭,且攃了许多的黄花菜和红萝卜丝,她连看也不看,瘦瘦的脸转过去,好像儿媳也须得像自己从前做过的童养媳一样。儿媳不敢得罪老人,饭碗欲放不放地端在手上,愣愣地,手足无措的样子。

  一会儿,雨下得像病人快断气似的悠着,年轻人拊掌仰头望望天,看来一时也晴不了。早挤在一起搓麻将、打扑克,"红星五字"喊得震天价响,男男女女挤在一起,无拘无束,疯疯傻傻,宛如回到了烂漫的童年。这时候,恼怒的还是老年人,七老八十的年纪串在一起,面面相觑,净是缺牙瘪腮的,说句话也要好半天时间,好像都有气管炎,使劲地说出一句话,便吐那痰,于是屋里很响是吐痰的声音。好在老街有茶馆,老头们凑着份子,聚集到茶馆,一角八分的一壶茶,绿茵茵的,漾在蓝花边瓷盏里,悠悠地呷上一口,闲话也就出来了,诸如岳西翠兰怎的不如以前的野朴,天柱剑毫如何地缺了滋味……还有现在的老板娘也不如往时的清纯妩媚,一个个打扮得妖艳,且穿着很洋气的衣裳,老人们愣愣地和她开上一句玩笑,她青晕晕的眼睛里白眼珠一抡,血红的嘴唇一粒瓜子壳就噗地吐了过来:"老不死的!"骂在嘴里,一扭身,转背就唤叫着城里的小哥哥!"人心不古!"老头子们没趣地摇摇头,脸拉得老长。

天黑了,雨下得密集如整束炸开的手榴弹,噼噼啪啪。风大起来,街道上纸屑杂物在水里汪汪旋转。人家窗棂里的灯光让雨幕舔淡,门吱呀吱呀响,于是闩得紧紧的。电视机边伢子们要看那风风火火的武打;姑娘小伙子们却要看那缠缠绵绵的爱情;老头子老奶奶们没有了份儿,倚在老苏州床上,或哼两声黄梅小调,或有一句没一句地闲聊……老头子手上照例捧着扑扑响的水烟筒,但不一会儿便有瞌睡虫爬进鼻孔,流涎的嘴里发出了梦呓声。只见得路灯处昏黄的灯光下溅起一片片烟雾……

**1989 年 12 月 28 日,安徽潜山**

# 遥想(外一章)

乍阴还晴,乍暖还寒。每当心怀惆怅,往事与朋友总是相扶而来。道是无情却有情,旷远而突然……遥想,就像一阵阳光雨,总在这样的人生里倏然飘落。

"把酒临风,一尊还酹江月……"水中看月、镜里看花、花下谈禅、石上植梦……遥想,就像一杯芳香浓烈的白酒,盈注着诗人气可吞云的杯盏。

缠绵的友情,浓浓的乡愁,温暖的火炉,淡淡的清茶……遥想,总会构筑一条时光的隧道,注满满天智慧的星光。

喜欢遥想。

遥想在阳光无风的日子,坐在凉凉的树荫里看书,蝉在树上嘶叫,阳光与主人一起哗哗翻动书页,手指沾满一股汉字的芳香。

淅淅沥沥的烟雨,牵出幽幽情思,也织出一张让人无法挣脱的乡愁之网……遥想在下雨的季节,也像戴望舒那样撑一把竹骨油布伞,轻轻走在故乡的小巷,走在长满苔藓的青石板路上……

喜欢遥想。

遥想"独拥书城千百万",躲进一间自己硕大的书房,如一朵忘忧的云,心随着那朵白云自由地游荡……

遥想有人唱一首流浪的歌,如沿街不断乞求粮食与思想的托钵者,让流浪者的钵子盛下所有爱情与忧伤。

尘世太扰,流俗伤人。总是遥想在白雪的苍茫里,有一座圣洁的寺院,静静地,围着红红的火塘,拥炉而坐,听老僧唪唪敲着木鱼,诵读佛经,让身心远避红尘万丈……

"遥想当年,小乔初嫁了,雄姿英发!"遥想苏东坡站在赤壁,当年是怎样豪情满怀、风流倜傥……

这便成了最著名的遥想。

## 有　缘

恍兮惚兮,混混沌沌。人生如水,终于流淌到你的一亩池塘,浓浓、淡淡、清清、浊浊……只因有"缘",我们孤独无援的人生,才泻进一汪波光潋滟的春水,长些水草,长些浮萍,长清秀秀的荷莲。

水草丛生。浮萍漂漂,莲荷漂漂,我亦漂漂,一池鲜花的开放如你的美丽。不说珍重,不说再见;云卷云舒,水在云间。

云水之间,你就是一朵美丽的莲……

你说,逝者如斯,你忍不住流泪;

你说,鸟儿飞离绿荷,你会哭泣。

缘聚,缘散,犹如鸟飞,仿佛水流,

鸟,衔走惆怅;水,流尽烦恼……

雪原无边 | 053

那一条注满泪水的河流,仿佛人类嬗变的蜕皮,丢弃在情感的荒郊。

我伸出我河流般交错的掌纹,美丽而布满险恶,布满重重的劫数。你说,我的情感线深深浅浅,纵横交叉;你说,我满身巫气、鬼气……巫术也是艺术,它能艺术地让你修炼;修炼便了却了一种企图,变得执着。

你说,执着,其实是一条泛滥成灾的水,更能毁灭人生的堤坝……你热泪盈眶,惆怅莫名,心怀忐忑。

水涨水落,水动水静,涌动的只是一份缘。

缘是一团气,

缘是一汪水……

来来去去,缘尽缘在……我的人生的水,终于流淌到另一片池塘,接近池塘的方式便是能够亲密地沆瀣一气,长些水草,长些浮萍,长清秀秀的莲……

1990 年 5 月 16 日,安徽潜山

# 童 年

　　童年梦幻般的岁月犹如清纯少女嘴里吹的七孔笛,每一个笛孔飘泄的都是银铃般的笑声。童年的村庄、河流、田野……每一处都是明丽的风景,光脚光屁股的童年滚荡在纯真无邪的怀抱里,撒泼娇嗔至今让人留恋,没有思想的日子,自然的光辉照耀着人之初的童年之路啊,璀璨如斯,如一盏长明灯……

　　长大了,长大意味着亲人相继离去,长大意味着脑壳渐次变成烦人的岛屿。四周汹涌着汪汪的海洋,外祖父嘴里已经结茧的故事随着他的一滴清泪流下了,外婆的宠爱让她的一声叹息摇曳一盏黄昏之星。狼外婆、故乡四溢的狐精野怪的趣闻将童年哪哪地敲醒……醒来已是三更,是童年不再夜夜难眠的怅惘,是麦地里周而复始生长的沉甸甸的麦穗……

　　(多少太阳从头顶上急邃而过,多少时日的梦幻变成无望的泡沫,在黄土地的丘陵上,芸芸众生孤独于一株株黄不拉叽的小老树,虔诚地呼唤着童年)……人的痛苦由此而滋生成一片茅草地,毛糙毛糙地繁殖。于是都渴望一把熊熊燃烧的野火,燃烧成一片干干净净的乐土。向住乐土。就是向住童年,向往那无法弥补,久而弥珍的光阴……

童年是一首久吟不衰的绝妙的诗句,童年是一位初恋难舍的情人,童年是一块发酵的面包,童年是一幅装在镜框里的油画,童年是一尊断臂的维纳斯。珍藏一本永不褪色的影集,轻轻地打开,尽管里面散发着淡淡的温馨,但却失去了原有的清纯!童年就如一把金钥匙遗失在自然的荒郊,无法寻找——重新启动人生的栅门。

远远地倾听着童年的水哗哗流去,人们只好正视现在的人生。

1990 年 8 月 11 日,安徽潜山

## 西河捉鸟记

那鸟是在西河的河堤上捉到的。

西河逶逶迤迤地从山里流来,舒舒展展甩下一截,立即就有白沙叠堆出两岸。岸很高很高,滋生些蓬绿的水竹、蒿草、芭茅……河风一吹,与那河水双双滚涌,黄昏的时候,满天漫散着一缕缕血红色的云彩,像扯着条彩带搭的丝瓜架。黄昏风里,河水泛着斑斓的光芒,河岸游龙摆尾般搅起汪汪绿浪。许多鸟儿从里面悠然飞出,又倏然飞走,低低浅浅,溅落着叽叽喳喳的叫声。

我和朋友倾耳谛听着这各种各样的鸟鸣,心便静静地被唤得温柔起来。两人不约而同地扳开一蓬芭茅,钻进一块早被人压得平展展的芭草地仰躺着,从被许多水竹和蒿子草拱圆的缝隙里望着天空。这样,就看见一丛水竹上站立的一只大鸟来。水竹分明承受不住,快快地弓着绿色的身子。我朝鸟嘘了声,大鸟明亮的眸子一转,脚不由自主地一哆嗦,翅膀连忙啪啪地扇动着,险些掉下来。"咦!这鸟通人性呢!"朋友忍不住伸手去捉,鸟却猛地向他啄去。"哎哟!"他下意识地尖叫了声,随着叫声,鸟儿就滚落在草地上,蜷缩着身子,敌意地伸着尖嘴注视着他。朋友掏出洁白的手绢裹在手上,伸手一逮,鸟的颈脖就让他握在手中了。鸟颤颤抖抖的,发出了一阵绝望的哀鸣。

朋友将鸟放在地上,用手绢系住它的翅膀,于是鸟儿静静地站在地上,失望地垂落着头。我细心地看那鸟,鸟脚高高地撑着,银紫色的翅膀,全身泛着麻鸭般的灰色,尖尖的嘴足有一寸多长,眼睛溢满了泪水。鱼鹰?高脚鹭鸶?看它上身倒像是一只野鸡,只是野鸡又没有它那伶仃的双腿。

"这是个无名氏,放了它吧?"我说。

"就你慈悲。"朋友嗔道,"我打听到这鸟叫什么名字,再放也不迟啊!"

朋友说着,就异常温存地将鸟揽进怀里,轻轻地摩挲它的羽毛。然后我们站起来,朝城里慢慢走去。边走,就边为这大鸟的名字猜想着,引得一路许多的眼睛都朝我们张望。突然,一个骑自行车的小伙子从后面撵了上来,八字胡子一翘,愣愣地说:"嗬!这鸟壮实,送我煨吃了!"

"煨吃了?"朋友的眼睛睁得好大好大。

"我买。"那人说。

"买也不行!"朋友头也不抬,气呼呼地回敬着。小伙子悻悻地跨上了自行车。

路过一幢楼房下,我忽然灵机一动,想起这里住着一位国画家,花鸟虫鱼什么的应该知道,就扯起嗓门一声大喊,很快,阳台上就探出了老画家谢顶的秃头。朋友举起大鸟,画家却说他看不清楚,趿着拖鞋,一身短裤裳打扮地下楼了。一见面就说:"这鸟名字我叫不出来,不过你可以送给我制作标本,我查查鸟谱。"

"你太惨无人道喽!"朋友可不客气。老画家挠挠秃顶,呵呵地笑了。

朋友伸出白皙的手,轻轻地拭了拭鸟的尖嘴,鸟似通人意地抬起头,又熨帖地在他的胸脯上,温顺地依偎着。"这鸟怕是病了,当真养起来啊?"我开始打退堂鼓了,朋友瞥了我一眼,说:"你不养,我养呗!"

"对,养起来! 养起来!"

一只嘶哑的嗓子传过来,骇得朋友一跳。我们转过身,却见是我的顶头上司,他满面红光,眼睛发亮,对我视而不见,可两只眼睛却紧紧盯着朋友怀中的大鸟,嗞嗞地咂起嘴,眼光变得贪婪起来。"这鸟样子漂亮,养起来不错!"顶头上司家里养了一只画眉,还养了一只老鹰,天天下班,他都在街头红案子上拣些碎肉回家喂鹰。看他那一见钟情的样子,我只好说:"你要养,你就拿去养吧!"朋友听到这话,眼光异样地闪了一下。但他是我的顶头上司,朋友也不好说什么,只好恋恋不舍地将鸟递给了他。顶头上司接过那只大鸟,心满意足地甩下一句:"有空来玩啊!"就走了。

朋友站在那里愣住了,显出了一副失落的神情。这神情就让他一直带进了房里,似乎想哭,连晚饭也不打算吃了,弄得我手足无措。愣了愣,我开玩笑地说:"吃吧,吃完饭,我俩再去看看那鸟可吃晚饭了!"可语气竟显得干巴巴的。但朋友当真了,三扒两口就吃完饭,说:"走吧!"

于是就走,走到我那位顶头上司家里,他一家人还正在围着桌子吃晚饭。一见面,他立即亮起哑嗓子咋呼起来:"那鸟不吃不喝的,害得我好苦,我把它放进西河里去了!"

……"放了?!"

我和朋友立时都嘘了一口气。

1990 年 8 月 12 日,安徽潜山

## 长绿不衰的友谊之树

旱魃肆虐的七月,干旱火一般地烫灼在我们的心头,而我们却收到一纸冰冷的讣告,张恨水先生的长子晓水溘然辞世。刚刚发出了唁电,却又惊悉张友鸾先生逝世的噩耗。这下,我与研究会的同志一阵唏嘘,都不由得扼腕痛惜——张友鸾先生,这位须髯飘飘,诙谐风趣和睿智的长者,曾和张恨水先生情深意笃地相交半个多世纪。记得一九四五年在重庆,他与朋友祝贺张恨水五十寿辰时,他还曾对张恨水许诺:"今天许下一愿,有朝一日我要为你写传!"

然而,几十年风风雨雨过去,他的这一夙愿竟未能实现……"总觉得欠了他一笔债!"晚年的张友鸾,怀着对故友的满腹真诚,竟常常叨念着这份遗憾。

在二十世纪三四十年代的中国文坛上,张友鸾与张恨水、张慧剑曾以"报界三张""三个徽骆驼"而饮誉一时。其中清楚张恨水先生为人为文的,怕就是他俩了。张友鸾虽然比张恨水小几岁,但他却像兄长一般尊敬和爱护着恨水。二十年代《立报》初创期间,任总编辑的他和张恨水先生就一起住在上海的德邻公寓,两人朝夕晤面,都一样不喜欢那座嘈杂而繁华的城市。但偏在此时,张恨水因为小说宣传抗日,被列入冀东日伪政权搜捕北平文化人的黑名单,在恨水不能北上而一筹莫展之际,他慷慨解囊,果断建议张恨水举家南迁南京,创办《南京人报》。征得恨水先生的同意,他先回南京筹办。报纸创办后,张恨水任社长,他任副社长兼经理。为了让恨水先生有足够的时间写作,他默默地承担了报社里的一些日常事务。不久,《南京人报》遭停,他和恨水只好携带家眷又先后西上。这时候,他在重庆参加新民报社的筹备工作,又向报社经理陈铭德推荐了张恨水。于是"三张一赵"会师重庆,声名鹊起。在他们漫长的报人生涯中,他和恨水先生一直相敬相重,情同手足。新中国成立后,在北京他听说张恨水终身卖文的积蓄被一恶友拐骗,竟怆然动情⋯⋯他常对人说:"张恨水一百一十多部长篇,就是从高压的石头缝里窜出来的,他的这种精神,难道不值得人们尊敬和学习吗?"或许,便是深怀着这种崇敬的心情,几十年来,他的脑际总时时萦绕着张恨水清瘦的身影和那等身的著作,以至于在张恨水离开人世多年,他也已进入垂垂老矣的一九八〇年夏天,还动笔写起了张恨水——这篇题为《章回小说大家张恨水》的文章,不想,竟成了他有生之年献给张恨水的唯一的一份纪念性文字。

然而,在他人生的最后季节里,他却为这篇文字离他想写的目标相差甚远而感到遗憾。但由于脑血栓日重,他已是无法提笔,缠绵病床,甚至几度濒危,他的思念故友之情却与日俱增,他告诉家人说:"今后我能不能写恨水,这并不重要。重要的是张恨水先生章回小说大师的地位不能被抹杀,他在中国现代小说史上应该占有一定的地位。"他说,希望能够看到全面分析研究张恨水先生作品的文章。当他在病榻上闻悉安徽省正式成立了张恨水研究会,精神为之一振,不觉喜极而潸然泪下,口述让女儿张钰写道:"我在九泉之下与恨水相见可以向他交代了,遗憾的是我不能为研究会做什么。我祝愿研究会工作顺利,成果丰硕……"

张友鸾先生作古了。他的八十六岁的人生之树,已经摇曳出了他的《不怕鬼的故事》《秦淮粉墨图》那一束束灿烂艳目的精神之花。在他那纷繁的思想的枝头,还长出了这样一片长绿不衰的友谊的叶子,为他与张恨水先生终生友情的温馨书页夹上了最后一枚漂亮的书签,这诚挚的友情就像火一样燃烧在人间了。

1990 年 10 月 6 日,安徽潜山

# 怀念乡村

天空阴阴沉沉,乡村在淅淅沥沥的雨中渐渐朦胧。蒙蒙雨丝,散发出一股股梅子香,缕缕地缠绕在人们的心头。许多日子过后,我发觉相思草茁壮其中,早已覆盖了尘世的喧嚣。其时我非常渴望走进故乡——走进乡村,怀念乡村。

怀念乡村也是一种情愫。

我土生土长在乡村,二十几岁的年华风餐雨露,日浸月润,当然布满了泥土。所以在城市里,无论是阳光灿烂的晴天,还是阴雨连绵的季节,乡愁的梦,总是沉甸甸的在心里盛不下;不论是愉快的日子,还是忧伤的时候,乡村就如一幅凹凸有致的版画,纹理清晰地浮在我宽阔的额际。我总觉得乡村的历史如一册册发黄的族谱,或开或合,或进或出;或生或老,或病或死,父老乡亲的人生简单得就像山野里的一蓬蒿子草,长了疯割,割了疯长……虽然我也出入一幢幢摩登大楼,人模狗样地戴着近视眼镜,穿着牛仔裤,甚至煞有介事地待在某一座红门大院、高等学府,自我感觉四肢灵活,应付自如。但在某种等级森严的场合,我还是听见大腿上没有洗尽的泥土剥剥有声,纷然坠落在人家打蜡的地板或红氍毹上。当别人沉默不言或转移话题,我更自觉成了一束被人碾下稻穗的草把……

我的二十几岁的乡村历史泥土喷香!

我的乡村位于长江北岸,那被人称为吴头楚尾的一道十八里长岗。那里平缓起伏的是丘陵。大片的丘陵上有山、有水、有稻田,长满松树,也长满蒿子草,长满了庄稼。乡村人一年四季忙忙碌碌。在乡村的那些日子里,我曾将上身脱得光滑溜咪地劳作在田野,太阳无情地将我的脊背鞭打出条条红痕;我曾在几十里山路挑一担松柴,似是挑一座沉重的大山;我曾流浪在异乡,躺在人家满是虱子的床上,让虱子咬了一夜天光;我还曾坐在人家新姑爷的宴席上,喝着大碗大碗的喜酒……鞠躬一般收割田野的稻子,我一拜一磕,宗教般的虔诚让我似有顿悟。我发觉乡村虽然贫穷落后,但我却有一种斩不断、理还乱的情愫。当外出坐在车子上,我总是那么急切地打开窗户,嗅着乡村浓浓的稻花香,淡淡的麦黄风,刚刚离开乡村,却又焦急地盘算着归期……黄昏的时候,独行于所谓城里的街道上,看见池塘里浮动的几只白鹅嬉戏,默默寻找自己归去的彼岸,我就会想,那岸便是我的乡村,那白鹅该是我眷念的一颗心吧?城市的尘土,就这样会经常疲惫我的一肩行囊。乡村,又总是在呼唤我归去来兮!

记得那年在向海南"赶海"的浪潮里,有许多人就劝我告别乡村。但流浪如我,总害怕失去归宿的脚窝,终是没有成行。那时我就清楚地知道,我只是乡村草坪上放飞的一只风筝。是乡村晴朗天空中回旋的一只鸽子。无论飞得多高走得多远,我的根牢牢地系在乡村,我的窝只能安稳地垒在乡村的屋檐下……我只能做乡村永没出息的儿子!这样的儿子,即便躺在城里炽白炽白的日光灯下,他的意识里结出的也还是小农经济的果子,而且每一颗都沉重得压弯了他思乡的树枝;在心里非常凄苦的时候,也只有这片树枝缀满的乡村之梦,才能成熟他那难分难离、难舍难弃的乡情之果……乡村历史源远流长,我们都从那一条水里游来,乡村早已是我们倦航时宁静的港湾,是供我们试游时的蔚蓝色的海洋——我们常常告别乡村,那是因为我们的生活不能仅仅只有宁静和蔚蓝,我们总是希望生活多一份颜色,人生多一点躁动吧?……

**1990 年 10 月 21 日,安徽潜山**

## 清亮亮的歌喉
——诗人钱启贤印象

他不是歌唱家,是诗人、是作家——钱启贤,这位淮北平原的儿子,用他那支笔为大别山歌唱了大半辈子。如今,大半辈的生命沧桑已将他童年到青年的时光剥落成一片朦胧的记忆了。但他仍然忘不掉故乡淮河……生于一个破落的地主家庭,读书时常光着脚丫,冬天穿着草鞋踩在齐膝深的雪地里;夏天挖野菜、打鱼,在淮河畔被大鱼咬得鲜血淋淋……直至新中国成立后,芦苇丛里掏鸟蛋、浅滩上追鱼、河水里嬉戏,他那稚嫩的脚丫才撒欢般地奔跑在春天的淮河岸边……他说,他留在淮河边的每个脚窝既盛满童年的苦涩,又印满了童年的温馨……淮河美丽的风景,更使他感到了人生的美妙,影响到他后来的创作……

一九五六年,钱启贤在合肥林业技术学校毕业了。接着,他就投身到大别山这块贫瘠且浸染着烈士鲜血的土地。古朴的民风与人情、粗犷的山峦、飞溅的瀑布……他一见钟情,大别山的一草一木、一山一水,就这样使这个在淮北平原上长大的孩子,眼里充满了陌生和新奇,赤脚跳进清澈的清凌河,仰望着蓝蓝的天空,他纯真的歌喉痒痒,再也忍耐不住,于是,十八岁的他终于在《安徽日报》上唱出了第一支歌——《清凌河,我要为你唱支歌》。

少年的歌手朴实无华。山溪一般明净纯洁的青春,炉火一般燃烧的激情驱使着他,于是在云雾缭绕的崇山峻岭中,他将一杆《大别山的路标》插在《人民日报》的"大地"上,就亮开了清亮亮的歌喉:峰擎天/岭长长/山花吐芬芳/……从此,他一"吐"为快,短短的几十个春秋里,他已在《北京文学》《山东文学》《解放日报》等报刊发表了诗歌、散文作品三百多篇,近八十五万字,优美的《天柱山传说》和迷人的《玉兔姑娘》分别由安徽省文艺书店、吉林人民出版社出版发行……

诗人对大别山感情上有所偏爱,当然不乏有着自己执着的艺术追求。"在那乌格兰的原野上/在那清澈的小河旁/长在两棵白杨/那是我可爱的家乡。"——这是一首流传一时的俄罗斯民歌。但谁曾想到,就是这首民歌奠定了诗人一生纯朴、清新、淡雅的诗歌艺术追求?在诗歌创作上,诗人没有故作高深、附庸风雅地发表什么主义与宣言,而是默默地耕耘在大别山这块还很贫穷的土地上,讴歌生活真善美,鞭挞假恶丑……即便在那个被"抄家"的年代,他也没有放下手中的笔。那年,他被贬成了"牧羊人",一些人见他成天写作,就要毁掉他的手稿。他说:"怕什么,手稿让他们毁掉,思想也能毁吗?"语气里透着一股纯真与坚毅。诗人天真、透明,连他的妻子也说他"身子骨里都透着诗人味!"读过他诗的人一说他诗歌浓厚的泥土气息里有一股性情,他就很得意。他说:"诗应该表达真情实感,否则就显得苍白、晦涩,成了无病呻吟。"

写了一阵子新诗之后,他又写起了散文诗。他说,有一段时间,由于诗与散文两种艺术之木嫁接所获取的艺术灵感,使他"心里又充满着喜悦和不安"。其实关于散文诗创作,他的理论与他新诗的创作是一致的。在一部散文诗集的"后记"中,他说:"散文诗飘逸出来的应是现代生活的馨香。它所歌唱的应是现代生活真善美的旋律,是综合着生活、劳动、爱情和艺术的深情礼赞。"他的散文诗清新、独特而精巧,有着健康向上的情感和优美的意境,诗意的语言和如同江南幽深的雨巷般的情趣,使作品有一股艺术感召的诗力。基于诗歌创作的经验,他的散文诗既没有以自我情感为中心的艺术宣泄的鬼诡,也没有那种被虚无缥缈的艺术假象掩盖的苍白,而是无多奇奥但归于自然的乡土、童年的艺术告白。首先,他笔下的乡土不再是一般意义上的泥土、田野和地方风俗的融合,而更多的是渲染了"革命老区"这样一个经过烈士鲜血浸透的革命的背景和历史。如在《花溪药园》《峭石》《石洞》《英雄岭》《碑》等篇中,诗人穿越具象的存在,或是演绎、喻示什么,但眼光总是与革命、英雄的历史交融在一起。其次,生活气息的熏染。生活在大别山,早年的林业生活以及他接受的林业劳动,使他对大自然有一种固执的热爱。他的诸多散文诗取材以及他的审美情趣,更多的就是绿色森林所赋予的。《护林员》《采蘑菇的姑娘》《筏工晚炊》等等,就是如此。其三,时代精神的折射。他的创作发轫于改革开放以后,这又使他的散文诗作染上了幸福、欢乐、温馨的时代气息。即便在寻访古迹时,他的古道苍凉感里透出的也是一种欢快的格调,是对劳动人民的礼赞,折射出的是平淡易懂的艺术光亮。

"海湾礁石的一角/有古松遮阴/微波细浪/宁静安谧/假日里/我在海边垂钓/把希望与寂寞一齐投向海里……"这无疑是钱启贤创作的内心独白。在诗与散文诗这两大园地,相信钱启贤完全能够用自己的双手去捡拾一个又一个精彩的片断,让草莓染红散文诗与诗的园地,染红烂漫的日子,在全新的沙滩上留下自己跋涉的足迹。

1990 年 11 月 23 日,安徽潜山

## 临窗梧桐

太阳远远地晃照着,窗前的梧桐树叶还没有完全褪尽,叶叶金黄像是金箔般耀眼。一整个秋天,这种飒飒的声音像是提醒着我什么。在夜深人静的时候,我忽然发觉自己早让这斑斑驳驳的树叶埋得深深的,每片叶子都像一只只零乱的眼睛幽幽闪烁,似乎在叙说着自然的怨艾或者倾诉着一个异乡树种孱弱的乡情……

梧桐树彻夜难眠的飒飒的痛苦声,使人想起夏天它那蓬勃旺盛的生命气象。街道两旁嵯峨的梧桐树,深绿深绿的树叶搭成幽深的绿色巷弄,炽烈的太阳悬在当空,蝉的叫声随着阳光的碎片落下,圆圆的阳光眸子般透出汪汪凉意。人走在这片浓荫里,如游进凉悠悠的深湖,浑身突发出一股清清爽爽的神气来。可是秋天很快就到了,人们对梧桐树持重的荫庇的诗意很快就让一阵接一阵的秋风剥落成一种沮丧。人们发觉,夏天浓荫的小巷已变成一个玩世不恭的露天舞台,轻轻地走在梧桐树叶铺就的街道上,冷不丁就有一只手拍在肩膀或脑壳上,满怀期待地转过身,却是梧桐树叶在调皮呢！这种善意的闹剧还算是一种情谊。可就在人们泛出真诚的爱心向它道别,梧桐树球就毛乎乎地搅乱了视线,揉揉眼睛的时候,它又嘻嘻哈哈地钻进颈项,搅得人一身的酸涩涩而哭笑不得。回眸望时,梧桐树早已佝偻起身子,冷飕飕地缩在街道上,如一位沿街托钵而行的乞丐……

夏天,我在临窗的梧桐绿荫里,静静地看书或者写作,好像躲在一个避风港里,操着双桨划着一只绿色的方舟;当疲倦的时候,我就歇下手中的活计,静静地注视着蓬勃的绿叶,似乎在与大自然喁喁私语。这样,我就听见那飒飒沙沙的落叶声了。叶子片片飘落,陡然变成一个个小精灵,穿过我的窗户,躺在我的枕边,钻进"二十五史"和同是法国佬的《巴尔扎克全集》上。终于有一天,我将它片片拾起来,用绿色的丝线将它们装订在一起,厚厚的一叠犹如一部无字天书置放在案头,在看过一些线装书的夜晚,悄悄地页页翻觅,真诚地寻觅着自然的天机,发觉这本书开始一天天变得焦黄,筋络分明的地图般的线条却越发清晰可辨,整个秋天,那斑驳的秋叶像是大自然提悬的秋心,让我战栗不已,感受到一种生命的悸动和嬗变。

冬天的阳光伸出一双无情的手,将梧桐树的叶子一片片摘落。那一片片有思想的叶子将在自然中散佚。梧桐树粗大秃露的躯壳巍凛凛地屹立在冬天的土地上,全身爆裂的树皮块块损落,它如一个有着持重思想的老者,蹒跚着散步——在冬日无风的中午,我打开窗户一动不动地望着它,心灵似是悄悄地交流着秘密,这时候,阅读那本树叶装订成的书,就似乎是阅读卢梭的《忏悔录》、培根的哲学笔记了。在远离住房的时候,那窗前的梧桐树就长在我的思想里。想那树叶装订的书,就是一个思想者用一辈子铸成的一本大写的人了。坐在窗前,我虔诚地玩味这本书的时候,不知不觉已是春风又绿的时候,梧桐树结实的躯壳上,绽出了一种耀眼的新绿,远远望去,那梧桐就变成一盆巨大的树桩盆景,装饰着多姿的人生了。

1990 年 11 月 29 日,安徽潜山

# 乡下的冬天

这是冬天，冬天以明显的寒冷姿态出现。冬天的白昼浸淫着亘古不变的铁灰色，太阳只是一枚薄薄的镍币，掂玩在很多人的手中，贬值得让守财奴们一个个心里发冷。冬天的夜晚漆黑漆黑的，人变成一尾尾乌鱼游弋其中，摸索出大把的冰凉，怀抱着什么进入温柔的梦乡。无数颗无望的泡沫轻轻诞生了，浮动在村庄上空，亦让铁画般的枯枝戳得支离破碎，冬天雪花般融落在干涸的沟里和结冰的池塘里。

这是乡下的冬天。乡下冬天的皑皑白雪让乡下的老奶奶们裹成一锭锭厚实的纺线锤。一整个冬天，老人们摇动着纺线车，将这线锤捻得绵长绵长，她们种种少女的甜梦从此就让这棉线牵着杳杳渺渺，里面不断浮动着那如雪丝般晶亮晶亮的头发。所以老人们都喜欢在冬天离开这个世界。于是，腊月正月里的白喜事摇曳成一面面旗幡、一张张满天张扬的黄钱。老人们在这样的冬天静静地睡去，睡在雪白雪白的丘陵上，静静地沉眠在深远无邪的梦乡，留给乡村，留给伢子们的，是多年后都咀嚼不完的一段段绵绵细细的往事。而伢子们更喜欢的是童话,往事与童话一起让他们轻轻地堆成一个个雪人,眨着一双双晶亮的眼睛。雪花如烟,童话朦胧。他们冻得红萝卜般的小手就这样开始触摸着世界,触摸自己冬天明晰的感觉。

  冬天的雪花让乡下的姑娘认认真真地在相思的染缸里漂红,她们穿起大红大红的棉袄,盖着红红的头巾,觍着红红的脸腮,开始做新娘子做母亲,她们温馨的梦在冬天暖暖而厚实的白絮里完成。大片大片的稻子或麦子被庄稼人赶在冬天来临之前就收割完了,田野上一片寂寥而旷远。冬天真的属于老人们和姑娘们?许多小伙子不自觉地拢着深深的袖管,或是伴着不怎么喜欢冬天的老人们偎着火炉,讲四季很多的事情和笑话。冬天的狐狸和兔子嗅出许多的不妙,一只只成了猎人手中的佳肴美味,在乡下桌上的火锅里嘀嘀咕咕的修炼着来世。阿弥陀佛……

  乡下的冬天就这样成了美丽而奇妙的日子。乡下人在冬天打猎和谈生意如今也成了一种时尚。许多男人手中拎着冰凉冰凉的钞票,赖在原上等候猎物或住在城里置有暖气的房子里,唾沫横飞地讨价还价。但回到有壁柜和火炉的家中坐不到一会儿,就有响亮的鞭炮雪絮般炸落,他们喝醉了酒的眼睛就像看杀年猪一般猩红。老人们望着孝幡晃过,吟叹人生无常的苍凉感正契合了冬天。而男人们望着面前一溜红红的新娘子队伍,泪水就斑斑驳驳蚀了冬天,哈一口热气,就不停地跺脚"好冷,好冷"。

  乡下的冬天实在是一个充满了喜事的冬天。乡下人很喜欢冬天。

1991 年 1 月 25 日,安徽潜山

## 亲近农业

农业自古以来滋生的多重生产环境,使地道的农民正站在不断丰收的田园,等待一种收割。钢蓝的镰刀在他们手中垂落成永远的弯月。在田野的另一旁由坟茔堆立的丘陵上,先祖们超越了一切时空的限制,以各种不同的姿势站立在苍黄的宇际,默默呼吸着神采飞扬的稻粱气象。他们自己丰腴自己,又用自己的镰刀收割。搁置在这些到处散漫的农业村落,他们每个人甚至都是一颗稻子一粒麦子,他们思想的点滴正像稻芒和麦芒直刺农业的内核,光芒万丈。

地球上的村庄苍凉地溃退,望着满目疮痍的农业,我们内心不止一次地倾听到土地的呻吟。这声音不仅仅让我们感受到先祖们某种原始的呼唤,它还能使我们生存的时间悠远而旷长,让生活的意义更接近生命的核心。我们希望粮食和农业不能仅生长在思想纷繁的土地上,不能只长成一株株稗子或野草。我们已经觉察到农业已向广袤的苍穹翕动鼻翼,滴血般嘶叫着生存的恐慌,我们真理般痛苦地想到农业……粮食。粮食。

在四季明显交替的炼狱里,身负农业革命的黎民百姓正以他们正常认知农业的方式顽强地劳作。太阳和月亮、雨水和冰雪在他们眼里无论如何都屹立不成艳丽的风景,二十四节气的喜悦曾使他们黝黑的脸庞流露出一两天的自豪,但他们的眼光穿越那叫作土地、叫作历史的地方,全部投向的还是农业!春耕、夏播、秋收,农业生产的工具和方式极其简单而粗陋,而看起来,对土地深深地顿叩和膜拜已成为他们生产劳动的所有程序中至高无上的尊贵动作。农业和土地紧密相连,他们深深顿悟干旱、洪涝、虫灾、老鼠……种种农业天敌袭击的结果是什么;他们不止一次地意识到丰收之后仓廪盈实,每一担粮食售不出去的滋味。那滋味犹如老鼠噬啮粮食一样咀嚼他们永远绷得很紧的神经……在乡下空寂而落寞的村庄,庄稼人咬牙切齿诅咒的都是粮食、粮食,广袤的田野上一堆堆稻草或麦垛在他们眼里挤出一两处可怜的所谓风景。

而在另一头,在城市有着大量人一样机灵精明的机器,正在加工制作进口的农业果实,面包什么的往往发酵成本土农业的霉菌,蓬勃生长如罂粟花般猩红地摇曳着,农业正满腹疑惑地看望,看望像是吞吐着鸦片一样地消瘦着自己的农业。正因为这样,我们就不难理解,稼穑之艰在他们实在不仅是抽象地在农田上劳作,而且更是铭心刻骨地为每一担粮食售不出去而忧心如焚;为七月的干旱泪雨纷飞;为四月洪涝心焦如火,因为只有他们自己才知道,农业的汪洋大海让他们的生命永无彼岸,而时时又让他们如鱼得水,游伏在农业的海藻里生生息息,繁衍不止……只有他们高呼农业,农业万岁!

有时候,我们走在让庄稼人收割殆尽的田野上凝望,见到几只雪白鸽子的红唇在田间辛勤啄食,我们心里就会泛起爱惜鸽子一样爱惜农业的怜心,我们一边会为粮食是麻袋里长出来的论断而哑然失笑,一边会为禽类寻找到自己最初的巢穴而惊喜万分。鸽子们也许正从它所绝对喜爱的粮食以及与粮食相类似的食物中觅取养料。禽类如此自觉和顿悟的非规则蔓延,已使人类惊羡禽类在颠扑不破的农业生存法则面前显示出的那份独特而永久的魅力。感叹这些,当土地慨叹着农业之花萎然凋谢的时候,我们就会由衷地亲近土地——亲近农业。

1991 年 1 月 29 日,安徽潜山

## 鱼的化石
——拜谒陈独秀墓

阳光轻漾一天水色,郁黑的森林,翠绿的竹子海藻般鲜亮。透明而温暖的水域里,我亦如鱼,朝着水的深处或是历史的隧道坦然穿过。我真理般地接近面前那如鱼的化石。

历史如水,人永远是其中游弋的鱼。

那块鱼的化石蛰伏在那里,已经很多很多年了。他已被鱼们心仪已久,奠定了某种丰碑的力量。历史之水浸润着他那一颗硕大的、智慧的头颅,士大夫式飘忽的青衫摆动亦如一叶鱼尾。而在曾经混浊的水里,那漂亮的游姿粲然滑过,自由立时滚涌成一股悸动的脉流,思想的鳞片辉煌地灼灼闪烁。流水之上,一支午荷,民主和科学地开放,亭亭独秀⋯⋯

(前面是一堵暗红的水岸,背后是将临近的未知世界,站在一片宽泛的水域里,他的耳朵灌满混浊的水,而汹涌奔腾的洪流,坦然晾干的不正是迷途之鱼?)

黯然地悄悄掩闭向往呼吸自由的鱼鳍,晶莹的鳞片令人惆怅地纷然剥落,俊逸潇洒的身躯消融如水,鱼尾停止摆动,犹如一条咸干了的风景……形形色色的鱼们悠然游弋。无数串泡沫泛滥进历史之水,留下的是浓浓的感叹和省略……这自然而炫目的无色巨礁,羁绊在历史的水域,簇簇森林、翠竹海藻般丛生,忠实而宽宥地拱卫着一种经典的精神,没有了形体和声音……而在水一方,那只从南湖开来的历史之船,正缓缓航行,实事求是地伫望着,他们拾起了几枚经验和教训的贝壳——说是熠熠闪光。

**1991 年 6 月 8 日,安徽潜山**

## 母亲的外婆路

> 女儿的路啊千千万
> 断不了娘家路一条……
> ——民谣

童年时我就记得故乡这支流传久远的民谣。混混沌沌的,我们在送嫁的人群里溜来钻去,吵闹着要吃糖果、放鞭炮。而幸福地裹着大红袄,脸羞得红彤彤的新娘子身边,亲人们千叮咛万嘱咐的就是这句话。呜里哇啦的唢呐声里,新娘子一行渐渐走上蒿草掩映的小道,从此就踏上一条漫漫的娘家路……我的母亲也是从那条娘家路上走过吧?小时候我傻傻地问母亲,母亲果然认真地对我说:"是,那是一条外婆路!"

外婆家离我家其实只有四五里地,沿路漫山遍野长满的是枞树和蒿子草。在我的记忆里,那条路柔细如一股棉线,似乎悠悠纺织着我的童年。我的外婆一生养了八个女儿,但由于当时外公正在硝烟弥漫的战场而无法照料家庭,外婆孤身单影地拖着女儿病的病、死的死,到外公转业时,就只剩下我母亲一人。我在家里是长子,母亲大概为了慰藉外婆那颗让战乱搅得破碎的心,当我刚咿呀学语时,就把我送到了外婆家。从此,我就像一只美丽的梭子蹦跶在那条外婆路上……

那时,在祖父和祖母的操持下,我家已是一个有二十多口人的大家庭。二叔、小叔相继参军,我的父亲是个手艺人,常年劳作在外,一家的生活重担几乎全落到母亲的身上。要强的母亲,只能把相继出世的我们姊妹几个童年的时光全部送给了外婆。但我们一个个在外公外婆的怀抱里滚大,却如长丰了翅膀的鸟儿一只只飞走了,剩下的依然只有孤独厮守的外公和外婆。最后,也只有母亲尽着她一颗无法泯灭的孝心,经常往返在那一条外婆路上。外公和外婆望着瘦成一把筋的母亲,常常心疼地劝她:"莫回来,莫回来。"但母亲当时应了,隔三岔五地还是踏上那条通向外婆家的路。

外公大概是想减轻我家生活的负担,他临死前突然决定将他家那幢六间小瓦房充公,让外婆"五保"了。母亲没接到亲人,心讷讷了几日,转而格外用心地侍候起孤独而寂寞的外婆——她唯一的亲人。有时,外婆一旦从那条路上出现,她就会立即停下手中的活计接到外婆,陪着外婆。外婆有时絮絮叨叨地诉说一个人过日子的种种不便,比如水缸里常断水啊,柴火自己挪不动啊……凑巧有一次我听到了,年轻气盛地就找了一回村里领导,可我前脚刚到,母亲后脚就跟上来了。她说:"你莫听孩子瞎说,如今大伙日子过好了些,这点难处算什么啊!"而这以后,母亲常常是在一天劳累之后,跑去外婆家挑水、碾米……外公是所谓一九四八年以前参加革命的干部,按照有关规定,像外婆这样的孤寡老人每月可以享受几十元的生活费。外婆将外公的转业证什么的拿给我,我正准备找有关单位,母亲知道了,连连打断说:"孩子,人家也有难处,你多尽孝心跑几趟路就照了,家里也不是拿不出来……"望着深明大义的母亲,我顿时泪如泉涌。

"娘痛儿,路样长;儿痛娘,线样长。娘想儿,长江水;儿想娘,哭一场。娘想儿,长如江;儿想娘,扁担长。"这也是母亲常常挂在嘴边的一句话。回家不见母亲的时候,我就知道,母亲肯定又走上了那条外婆路。默默地,望着那一条已经拓宽的外婆路,我想母亲就像是一只善良的大鸟,用她为人母为人女的爱心编织的两只巨大的翅膀,驮负着外婆晚年最后的锦绣时光,也驮负着我们儿女的灿烂人生!走上那条外婆路,我不知道母亲是否会体会她第一次踏上那条路的心情,但我肯定知道这一条外婆路,于母亲、于我们都已难舍难分了……

1991 年 6 月 19 日,安徽潜山

# 人生三味

## 叹　息

痛苦的时候,思想蠢动如蚕。蚕蛹般作茧缚着自己,许多的日子许多的夜因而叹息而去。

记得初读人生,真的是少年不识愁滋味。在很浪漫的红花草田园里,手中的风筝在非常乡土的背景里逍遥,于是乡土就成了感情依托的一隅。美丽的童稚的笑声,咯咯咯地耗掷三两瓣桃花,逐一流水的粉红。那时看流水,看的自是一片清明,不赋新词,也就用不着强说愁了。只是那份愁,让我们的大人驮负着,浓浓的愁云在他们丛林般的皱纹里缭绕,一声叹息也在他们厚厚的唇际飘落。我们太嫩的心盛不下,也就浑然不觉不悟了。初读人生,读的是一本糊里糊涂的书,一页页在眼前晃过,在童年就是一本美丽的天书了。

真正懂得叹息得付出成长的代价,叹息声那时似一个奇妙的音符从此滑落在人生的五线谱上,就如音乐一般泛滥流传。忧郁的叹息谋放着一缕惆怅;摇头的叹息是一种无奈,会心而默契;不由自主地叹息像给人生打了个逗号,繁重劳动中透出的叹息最是通俗易懂。叹息声或是真正清醒者唱给生活的一曲生命的挽歌。

随着第一声叹息,人生便莫明其妙地深刻了起来。

## 浮　躁

浮躁湿漉漉的雨意般浸在心头,在这种日子里,自然苍茫地遁去。闲敲棋子的诗意落寞地冷落一旁,夜雨芭蕉声胡乱地滑出两三溜惆怅,枕边的唐诗更显出一脸慵倦,案上的墨砚兀自散发着馨香……一切都可以虚伪地做作,唯独浮躁懒散得做作不来。

人浮躁起来,就如一只迷途的羔羊,哀怜怜地嗅不出草的芬芳。哪里也不是故乡。恨不得撮住自己黑漆漆的头发,浮躁便蓬头撒脑地粘在手上。燃一支白棍似的纸烟,嗞嗞地燃烧一截浮躁,浮躁却如潘多拉神奇的盒子释放的妖雾般,浓浓地袭来。进入骨髓,与那种叫作沉静的东西组成人生的平衡木,检测着人的韧性、良心和生活的态度。

孩提时代浮躁滴溜溜地转动在眼睛里,望着满日子的好奇。浮躁好奇得如渔夫收进了魔鬼的瓶子般,抛在蔚蓝的海洋。一个美丽的童话消逝了。浮躁便成了大人发明的专利,于是弄成了一份癫狂。他们寝食不安。风悄悄地漂白了他们的鬓发,摇晃他们人生之旅的脚杆,他们很不安全地沉入永恒的静谧。永恒之外,浮躁却如春秋无义战,历史地打着。因而在茫茫人海中,我们就常常看到浮躁飞扬,听到它侵入灵魂内部行走的节奏声。生命就这样扯一份给浮躁,浮躁挥霍着金子般的时光,掷地有声。

浮躁着看日子,如镜里看月,雾里看花。美丽总是有的。纵使浮躁一千次,总有一朵摇曳的花喷香,总有一滴流淌的热血,总有一份躁动的真挚情感。

## 寂　寞

寂寞古典得如一株闲置在庭院里的梅花,无主而开。开成一盆风景,从此置放在人生的案头,可以灿烂地观瞻,而不能浪漫地享用。梅花瓣瓣,点点离人泪,滴滴故人情,斑斑驳驳洒心头。

不谙世事时,我们看到大人难挨难忍的那份寂寞,总觉得那是一份真正的可怜可笑。奢望不得,便逸言狐狸吃不到葡萄的话题,那话题不经意就被自己染上了,便发觉早在葡萄未熟的时候,我们已迷惘地走失,那串葡萄悄然萎落。寂寞便成了吃不到葡萄,葡萄是酸的味道。

寂寞就像浮躁,这同生于痛苦渊薮的李兄李弟,与生俱来就拉着钢锯不断地锯着一株智慧的精神之树,使自然归于无声。寂寞而无声,犹如一口布满青藤的枯井,一支烟燃不尽的苦涩;一种阴霾暂驻的窒息……它横亘在收获了的茂盛的田园,空旷而寂寥;仁立在金黄的草垛,闲弃而失意;躺在待价而沽的盈盈仓廪,落寞地等待。无声的寂寞与沉静仅隔一层阴阳纸,轻轻地调理好那根绷得很紧的生命之弦,一经弹奏,便会排泄出心头那份沉甸甸的情感,甚而奏出美妙而和谐的人生乐曲。

寂寞在清醒的时候复活,那时它已经孕育了什么,尽管痛苦。

**1991 年 7 月 7 日,安徽潜山**

## 种瓜记

父亲嚷嚷着要种西瓜,这念头搅得他几乎忙了整整一个春季。他先是细心打听人家种瓜的技术,后来就到处央人求购西瓜种。对我也嘱咐过了多次。我几次出差到省城,他总是吩咐我:"莫忘在火车站的对面买西瓜种呵!"我一直没有注意过的地方,他却打听得真真切切。可我每次出差遇到七事八事的,就将买种的事忘记得一干二净。

父亲终于求购到西瓜种,他先是请了一位种瓜的行家传授些技术,就选了家里上好的一亩多田种起了西瓜。跟种稻子一样,莳弄西瓜也同样需要烦琐的田间劳动。于是,父亲便放下手中其他的活计,成天泡在田里。育秧苗时,父亲还找我要了一些废书和废纸,在家里小心翼翼地用糨糊卷成竹节般粗的圆筒子,又将火粪捣碎筛进筒里,再在上面放上刚刚萌芽的西瓜种,又在门口开了块地,用薄膜就育起西瓜秧来。秧苗育出来,父亲便唤着全家齐出动,将瓜秧在田里栽插了起来。

瓜田就选在塘基口边,父亲带着我们兄妹几个整治好田塍,栽好瓜秧。凑巧逢上一段好的天气,秧苗长得葱葱茏茏,满田的青绿。不多久,地里就绽出一个个鸡蛋般大的西瓜。慢慢长大了,瓜儿青滑青滑地卧在田里,像是一锭锭金元宝。这时开始看瓜了。父亲在瓜田边搭起了一个观音棚。那年,那一带种瓜的人家不少,大家如此仿效。于是,在有月的夜晚,看瓜的大人、小孩就凑在一起,趁着明晃晃的月光打着扑克。父亲搬个小板凳,却坐在窝棚边。望着月光下那翻过来的西瓜白光闪闪的,滋滋有味地吸烟。这时闹掉瓜的特多,邻居家一个孩子天天嚷着西瓜被人偷摘了,他就捧着那被人摘掉的西瓜回家吃。剖开西瓜,里面竟是白瓤子,惹得那家的大人连连骂娘。很快,父亲发现了蹊跷,原来那孩子自己耐不住嘴痒,自己看瓜自己偷。他父亲也发觉了,狠狠地揍了他一顿。父亲知道,自己捧了个大西瓜送去。嘴里连连说:"这么多西瓜,还在乎孩子吃一个?有的,有的。"

随后就发生了一场著名的洪水,我家的西瓜田因为在塘基口,便首当其冲地遭到了毁灭性的灾害。一连几天,雨下得越来越大,父亲手足无措,望着满田的西瓜浸在洪水里,汪成一片沼泽地。西瓜露出青皮的头,藤藤叶叶的,划着斑斑驳驳的绿痕,父亲急坏了。雨终于停住。但天晴的日子便是赤日炎炎的夏天,太阳烘烤着西瓜,瓜叶立即枯萎,藤蔓也渐渐枯死,西瓜像是害了脓疮,淌起水来,倒真的应了那一句古老的谚语:"西瓜淌水坏瘫着!"瓜田转眼就被太阳晒白了,一片狼藉,西瓜像是刚出土的文物,沾了斑驳的泥土。父亲头顶着麦草帽,双手拄锄,站在田里一筹莫展,那神情宛若一位刚吃了败仗的将军。裂着红瓤子的西瓜像一颗颗夏日的太阳,沉甸甸地就挂在他的心头了。

天晴了几日,便有人来收瓜。看邻居家的西瓜整车整车地被拖去卖掉,父亲在人家收西瓜的田里转悠着,发觉那西瓜的情形跟自家差不多。"这种瓜也能卖得?"他摇摇头转回家,就有西瓜贩子找上门收瓜,他连连说:"收不得!收不得!"邻居看见了,过来劝他:"他们收西瓜晚上来,再说也不能将西瓜个个检验哪?碍什么事?"父亲诧异地瞪着大眼睛,问:"糊弄人?我不干!"邻居便不好再言语了。于是,西瓜终是卖不得,又吃不得,父亲便只好唤着我们姊妹将西瓜挑回家,让母亲剁碎给猪鸭鹅们当粮食,说:"今年算是花钱买个教训了。"

转眼,又是一年西瓜上市的季节。但这一年,父亲竟然没有种西瓜。儿子看到圆绿绿的大西瓜,就吵嚷着找我父亲要。父亲望着我,我愣愣地望着头发花白的父亲,彼此心里都歉疚疚的,说不出什么话。

1991年7月24日,安徽潜山

# 心灵独语

## 记取初时

人们常说"早知如此,何必当初"。当生活的琴弦弹奏出不和谐的旋律,充满惰性的反悔意识就会悄悄地流进心里。初时,也许就是一片炫目的风景,一个美丽的人生开端。

自然有人开始就动了某种邪念的,但这种恶之花本身就注定着枯谢。即便是堂吉诃德式的,也难逃失败和碰壁的结局。在我的乡村里,曾有一位年轻人,觉得用一张纸片恫吓到一笔钱是桩不错的买卖,结果却以绑架罪被司法机关逮捕。当那锃亮的手铐出现在他的手上时,我听见他低低地说了句:"早知如此,何必当初。"初时对于他来说本就是一片充满伤残和死亡的沼泽地。

有许多人是不会这么自陷泥淖的。《三字经》里说:"人之初,性本善。"尽管有许多人腹诽不已,但实际人们在选择和拥有那份初时,都在编织着天堂般的童话,在洁白的人生稿纸上都异常谨慎地画下第一笔。读书人向往着知识的富有,干事业的展望着未来的发达,谈恋爱的憧憬着生活的幸福,生孩子的企盼着孩子聪慧……每一个人都拥有那份难得的初时。初时便这样显得珍贵和倍觉难忘了。

很少没有恋爱时缠绵,婚后却出现烦恼的情形。如果在这时候想想当初拥有的那份真情,轻轻一笑,烦恼也就不见了。

很少没有既定着伟大的目标,奋斗中却遇到挫折的人生,如果在这时候想想当初拥有的那份信念,挺直腰杆,挫折也就变成坦途了。

初时的苍白与贫穷,让成功的鲜花摇曳出了令人惊羡的鲜红。记取初时,就是记取永不背叛历史。其实,人生由少年而青年,而中年而老年,确实没有人能够不犯错误的,如果在这时想想自己曾经拥有的初时,真诚地修正错误,错误也就会变成一份实实在在的资本、一笔财富了。比如,我现在在学习写作时,当初的那份狂妄就渐渐淡化了,但在无聊的日子里,我还没准备搁笔。在贪玩的时候,我就自然而然地想起曾经拥有的那份无邪。初时于我就常常变成一种叫我积极生活的动力,我被这种动力催促着生存,这就够了。

记取初时,莫忘初衷,就会拥有一个丰富的世界,不会轻易地虚度人生。

## 学会放弃

生活中总有许多美好的事物。当人们的眼光触及那份美好时,心里便会被一股欲望点燃出一束贪婪的火焰。但如果这时放弃适时而至,就会像普天降下了甘霖,能扑灭这股熊熊的欲望之火。

不懂得放弃需要代价。不然孟老夫子就不会说"鱼和熊掌不可得兼"。记得在一个秋日的黄昏,我拜访一位垂暮的老者,这位老者年轻时才华横溢,卓识超群,他酷爱写作。但后来的生活却把他送上了仕途。仗着年轻心盛,他牢牢攫取着。结果他老了。在那个黄昏,他吐了一口烟圈,对我说:"年轻人,还是那位哲人说得对,重要的是一个人不能两次走进同一条河流。"他不无遗憾地告诉我。他一生最没学会的就是放弃。

比如金钱、地位、名声、爱情等确实令人舍不得放弃。就如几根漂浮在大江上救命的稻草,每一样都是令人不忍卒舍,谁不想拥有人生的全部呢?金钱使人富,地位使人贵,名声使人显,爱情使人醉,全部掠夺到当然是人生的至尊至贵了。沮丧的是人生不会如此至善至美。

放弃有时如秋天树叶的自然飘落。海明威在自己那座透明的冰山窥探到他生命和艺术的极限;川端康成在自己那忧郁的屋檐上守候,如一只精神的猫;三毛在她尚年轻时忽然对悬挂发生了兴趣……他们放弃生活的全部,我想他们绝不是因为一种简单的对生活的厌倦和迷茫而自暴自弃。生命如瓜,瓜熟自然蒂落,放弃是一种成熟者的大觉大悟。

小小的放弃有时还是甜蜜的。好几年前,我曾在一个著名的风景区,细细地品味着一块块神奇灵异的石头。那随物赋形、呼之欲出的石头,让我久久地徘徊和迷幻。看完石头,朋友劝我再去看看那千姿百态的松树,我忽然就摇了摇头。我有幸见到大自然的这些鬼斧神工的杰作,为什么还要将全部的美丽一览无余呢?我放弃是因为我心中留有一份想象,揣着一份美好。如春天花瓣的迷失,放弃总有一种如花的失落。

"退一步天高地阔"。古人是深谙放弃的道理的。学会放弃确实会有一份天高地阔。这里有一块长满友谊的草坪,有一份记忆和温馨,有一种向往的炽情,一朵理解之花从此总会绽开清纯而绚丽的笑靥。

## 呼唤真诚

在奔涌不息的海洋边,潮汐汹涌而来,又咆哮而去。当那雪白色的泡沫渐渐消失,海滩上总会留下一两枚闪光的贝壳。我满怀惊喜地拾起它们,目光注视着远方,心里总想缅怀点什么,比如真诚。

真诚就是这些晶亮亮的东西。而尘俗在哲人的眼里,又何尝不是一股浊流,一股潮汐?古人就说过:"天下熙熙,皆为名来;天下攘攘,皆为利往。"名和利像污秽一样腐蚀着人类灵魂的时候,真诚就如陷在泥淖中的头颅。

真诚注定要经受永无尽头的磨砺。古希腊神话中推动巨石上山的西西弗,受到诸神惩罚要把巨石推向山崖,但石头由于自身的力量,重新从山巅上滚落。西西弗走下山去,又重新把那石头推向山巅。他没完没了地重复着这个动作,人们在被神的力量震慑的同时,难道心里不是被西西弗的那份真诚感动?

许多人被流俗湮没了,但相信真诚总是有的。我所住的城市里,有一位双目失明的军人,几十年如一日地将爱和温暖倾注在一个胡同里的孩子身上。开始有许多人认为他另有企图。孩子们一茬茬地在他的哺育下茁壮成长,他仍是孤身一人。有人好奇地问他,他笑着说,让今天的孩子生活得比他好,这是他们上战场时心里就许诺过的。一胡同的人都被他那份诚意感动,逢年过节,总有人送钱和礼物,他竟老泪纵横地说:"有一份诚心想到我,这是比黄金还珍贵的礼物了……"

真诚常常与流俗不合,甚至有时候还会被流俗所抛弃。虚伪绝对是流俗的同眠者,而真诚就是流俗的挽歌了。漫不经意地抛弃真诚,抛弃的或许就是一朵洁白无瑕的花朵。

真诚有时简单得就像是一个少女的微笑,它不仅有花朵一样的艳丽和馨香,会给生活注入美好的幻想和自由的心灵,让天晴日朗,还会发出一束强烈的理智之光,使一座冰山消融,使一处岩石灼热,使一堆枯枝燃烧。真诚地存在着,思想和拯救的誓言,才圣经般地闪耀着历史的光泽。向人类昭示着什么?——真诚。

呼唤真诚,这自然是人类最理想、最诚挚的声音。

1991年9月5日,安徽潜山

# 水　声

头顶上不知名的晨鸟的叫声,融落在乳白色的雾里。那雾慢慢洇渍翡翠的山峦,真像人们常描摹的中国水墨画景致。环绕山峦流动的两条河,袅娜地撕扯着两片白色,河岸的石磴上,远看有一粒鲜红在花样般的颤动。细看,却是不断舞动棒槌捣衣的村姑——但我分明听不到那啪啪的捣衣声了。河水汩汩涌动作万古长流的幽情,泼绿绿地晃在眼前,我静静从水上走过,踏着一种生命的涌动,仿佛置身于湿漉漉的雨季。

响动的是水声,脚底下平缓涌动的水声。

难怪浑然难觉的雨意袭上了我的心头。这滩河水在这湾翠绿的山峦滞留了几个世纪,曾惹得唐人款款吟诵着"春潮带雨晚来急"的诗句,有许多文人雅士手执青烟一缕,缠绵于苍凉的茅舍,静静地赏玩着案几上一杯碧绿的中国茶,品味着面前那万古不衰的山水画轴;也曾陶醉手捏棋子,戎战在黑山白水间的清士隐客,凝听青山夜雨竹萧萧,做一份决战时胜败无谓,怡然自得的闲情……只有这水声,这种水声亘古不变。倘若不仔细听辨,眼睛只汪在翠绿绿的山峦上,便会真的感觉雨已肆意地从黛色的山峦急遽赶来,密集地洒落在这条山脉上——如当作雨,只能算是一种晴空雨了……

河水汩汩涌动,在清明的晨际如一匹绿绸飘动着,醒目地在我眼皮底下蜿蜒滑溜。我怕是永远不解这晴空雨发生的所在了。生命真是充满了奇迹!在脚下这片平静四涌的躯体里,竟然发出这种灵魂走动的声音。我这样想着,转过视线,屏声敛气地寻索,这时候便沐浴在这种晴空雨里了!雨来了,急雨弄乱了人们的方寸:孤旅的行人会让这阵雨驱赶得狼狈如兽,钻到躲雨亭里浑身无措;农民们断然没有那手执青烟或棋子的闲适,他们得匆匆收捡晾在屋外的衣物,披着蓑衣,扛着锄头去田畈看看水势,看看满田野的庄稼……这水声恰似急雨短敲的鼓声,不紧不慢的调子,起伏有致的节奏,咚咚咚地敲响,宛如一面无形的中国巨鼓,太阳便是铜锣,那月亮便是小钹,人生真是一个大舞台啊!鼓声耳熟了一方水土一方人,人们长年累月置身于这块舞台,吟伴着这自然音响,舞蹈般的劳作,一代又一代,忙忙碌碌,生生息息,在鸡犬之声相闻的村舍繁衍绵延。此时,自然的水声在这轴古墨画里,像是饱蘸着生命之水而有声有色的红红印鉴,钤印着他们的勤劳和智慧……

太阳从翠绿的山峦冉冉升起,日子不知不觉在晨风中复活,纷纷扬扬的喧嚣声很快遮蔽了水声。面前的河水荡涤着尘俗,露出清凌凌之气向不可知的远处流去。河水潺潺,如歌如舞,如泣如诉,大自然用它自己的语言呢喃独语,或许在诉说着它不幸的家世,或许在咏叹着一支奔向光明和欢乐之歌?这是一条扼杀不断的歌者之喉吗？当我们夜半突然醒来,从心灵深处,听到悠然的歌声,那正是潺湲的水声组成了一组编钟,宫音之高亢、商音之流畅、角音之激越、徵音之深沉、羽音之悠扬……可倾听这片空灵灵水声的,怕只有两岸青山,一缕烟岚了。那河岸上错落有致生长的一株株绿竹、蒿草和红蓼,在阳光里闪动着一抹红晕。再近处,便是红红白白点缀的村舍。我知道,这种平易的水声会被人忽视的。我站在水上,看见河边上那捣衣的村姑也起了身,胡乱地动作了两下,拎起一个小竹篮,袅袅婷婷地走进一所村舍。而在她的身后,那匹悠长悠长的绿绸温柔地晾晒在我的面前,我的眼睛从这匹绿绸上缓缓滑过,也开始挪动了脚步……

**1991 年 9 月 28 日,安徽潜山**

## 雪　原

下雪的时候,我喜欢在雪地里走走。我知道我的影子已袅娜开放如花。在这灿烂的阳光雪里,面前的雪地清晰如一卷洁白的宣纸,洇润着我,就仿佛涂抹出秋天最后的一束花朵,寂寞而温暖地摇曳在明亮的雪原……

雪花洋洋洒洒纯情而美丽地漫天舞蹈,溅在脚边的还有欢快的雪粒子。这种冬天美妙的花瓣和果实已让大地收获。茫茫的大地似乎铺垫着一层层丰盈敦实的绒绒白花。我独自走在这雪花铺满的幽径上,双脚软软沓沓,只是碰上冰冻的硬处才会发出一点声响。四周灼灼,如花纷纭,世界银装素裹,果然分外妖娆。路边的树梢上披着晶莹的雪衣,如绽开的一朵朵冰凌,便成为伴随我的唯一的风景了。雪终于停止,世界于是静寂无声,冰凉而玲珑的雪风缓缓地从脸上拂过,浸透我的整个身心,唤出一种淡淡的忧郁和幸福的氛围。

慢慢走上一个雪坎,突然间,我发觉天地在我眼前变得富丽堂皇。悠远而洁白的雪原上,一轮胭脂般的太阳如一朵红玫瑰,开放在如纱的天幕上,面前一丛如烟似雾的林带,仿佛少女横陈的纤纤玉指,正擎着那朵红玫瑰,而就在那如烟如雾的朦影里,有一株猩红明亮地炫目着。我想,那是梅吧?或许是那个叫作梅的女孩在等待我,她伸着那冻得通红的小手,穿着那身漂亮的红披,在冰天雪地里,浑身散发着一股淡淡的馨香。我站立着凝望她,仿佛彼此都已深深知道,在这雪原上的约会,需要一种寂寞而不失浪漫的等待。我看见在她的脚下,有一条滞流的河水,阳光泻在上面溅出绯红,那红玉般的河流不是她刚刚缱绻遗落的纱巾?

天地似乎也凝聚在这艳丽的一幕了。浩渺的雪野无边无垠,坦荡如砥。红光白影的茫茫雪国,仍是一片澄明静谧。俯视脚下那条河流,我竟诧异地发觉,在这冰封的河床里,河水原是流淌不止的,它披着太阳的色彩,载着两岸雪影,在无声无息地流动,像是一群美丽的小蝌蚪,蜿蜒着从梦里的雪原爬过。源源不断,似是为了某种痛苦的蜕变,坚强地追求一股有灵性有力量的生命涌动。顿时,我感到漠漠的雪原在我眼前激荡不已,雪水融融,沧海横流,一条粗壮且通红的血管奔涌在旷古的混沌里……我被这庄严肃穆的景色迷住了,不由得溯河而上,探寻那闪动着灵性和力量的源泉所在。终于,我看清柔美而乖巧的梅的妩媚了。这株梅树亭亭玉立,姹红地开放在雪野里如少女般羞涩,却凛凛地透出一身傲骨!在这天地之间,我忽然怜疼她的渺小和孤立无援。我怜爱地举起手,又缓缓地放下——这株雪原上长出的精灵,冰冷的雪水滋润着她,刺骨的寒风吻着她的双颊,她虽如冷艳美人却屹然挺立,这是为了一个怎样不被庸俗左右的承诺和期待?

太阳隐翳在如雾的天际里,地上迸射出一片白光。有雪的天空慢慢隐晦起来,河岸上依依树林,装点着这茫茫的雪原,使我的眼前世界变得寂静无比。我就这样静静地和这株梅树对峙着,朦朦胧胧,却又感觉到漫漫的雪原慢慢在冰冻,且发出一种淬火似的响声。这种雪与雪搏斗凝聚的声音让我喜悦不已,我弯下腰,抓起一把冰凉的白雪在嘴里咀嚼着,仿佛是完成了这期待已久的约会,心陡然充实了起来。我突然发觉,在雪原上走过,渺无人迹的雪原上,只有我那斑驳的足迹,一溜溜的,像是老僧不经意遗落的一串串佛珠……

**1991 年 12 月 18 日,安徽潜山**

## 北方的秋天

朦胧了莺飞草长的江南,我逶迤如蛇,从那芳草萋萋的故乡义无反顾地滑犁在北国的大平原上。圆圆的太阳如一颗红红的蛇莓,跳跃在前,似是充满着诱惑。我侧耳聆听,凋零的树叶的飒飒之声盈耳掠来,我已如江南一枝湿漉漉的垂柳,从遥远的南国婆娑而来,插上漠然的北方。

北方的秋天实在是碧云漠漠,黄沙漫漫。我身居南方,也曾遥想北国的秋天,一定尘染着塞外的滚滚黄沙。大漠孤烟直,长河落日圆。仔细打量北方,真的感觉到广袤的土地灰透透的一片,连春也留不住的绿树灰蓬蓬的,块状的棉花远远望去,就像一摊萎缩的泥沼,三几个农人陷在里面,摘那星星点点的白光,摘尽了棉花,也就涂抹出大地一片褐色。漠漠的平原,条条长垄,一望无垠地伸展而去,新翻耕的土地在阳光下显出油黑色,如焊条戳戳点点的弧光。头顶上北风嘶叫,密麻麻的树林里凋零的树叶如麇集的无数黑鸟,在一起撕扯着什么。北方的秋天就在旷古而漠然的呼啸的风中露出一脸苍黄,翻飞的黄叶迷蒙了艳艳秋光……

而在我的南方,空气仍湿润得能拧出一把淋淋的青草之汁。我整个的身心汪在那漾漾的秋水之中,便心旷神怡吮吸着朵朵开在秋天的黄花香了。那里尽管也有秋风落叶,凄怜地滴落着李清照的寻寻觅觅、凄凄惨惨的伤感;回廊转曲,池水残荷,也总有风吹雨打的萍踪,但南方的秋天确凿是天凉好个秋,弥漫着一股成熟的金黄的气息。虽不胜桃花流水鳜鱼肥,青斗笠、绿蓑衣的春光,但满田满贩的稻穗沉甸甸的,那种橙黄如一只只匍匐在原野上、张翅欲飞的金凤凰,热烈而吉祥。枫叶红彤彤的,只只枫叶如一起啄食的红鸟,秋风涌来,漫天翱翔,河水碧绿,漾起了圈圈涟漪,一切都让人感到自然的妩媚和柔美,日子如波动的一股秋水,明澈而祥和。

带着这种对南国乡土秋天的偏爱,我的心如一头漂亮的小鹿,就这样莽撞地闯进了北方的秋天。茫茫风沙,杳杳苍穹,我独步在湛蓝而寥廓的天宇,流连在一幢幢红墙绿瓦下,脚步声声叩响着那一座座盈注着帝王气象的故都旧城,一点点地铅洗着南方的纤秀和绮丽,觉得心中幽幽的化不开的浓郁,便渐渐塞进了几分刚强和粗犷。耳边,我总是感觉到风的声音。风开始有呜呜的怪叫,原野上哗哗摇摆的树叶声还夹杂着另一种气息,那是瓦楞上响起丁零的梵音吧?岁月的风铃悠然传来,轻漫着辽阔的北方地域。没有山,自然见不到山的秀丽鬼诡,大地遥远得望不到边,满天弥散着浑然的腥气,含着尘沙咆哮而鸣。是苍黄奠定了北方的秋天吗?在这种秋天里,北方的汉子在大碗大碗地喝酒,大口大口地吃着油炒面,啃着膻腥的羊肉串;城市的摊贩上,热气袅袅,熏得生意人的吃喝声也粗粗的;爱情不再缠绵,姑娘小伙搂到一起,就旁若无人地依偎着,互相取暖,一个个都是大大咧咧、放荡不羁……北方倔强地屹立如一个关东汉子,浸染着历史的厚重感,奇怪的是人和自然便这样和谐统一了,怆然而涕下的只是历史,历史册封在一本发黄的线装书匣,叠山巍峨,成渠四涌。北方的雄浑和博大、北方的粗犷和冷峻,北方的幽古和深沉,让那一轮秋月,浩浩轮转进自然的怀抱,溅起了朵朵生命的尘花……

　　阳光殷勤地擦拭着幽幽蓝天,便擦出一个天高气爽的北方秋天,留心苍黄的北方,千里平原坦坦露露,阡陌纵横。地里的高粱红了,呼啦啦蔓延在远方的地平线上。株株红缨静立,阵阵秋风攒动,那红高粱似乎就燃烧成一片火红的霞光。那该是北方秋天翻跹的一颗巨大的秋心吧？我那与泥土不可分离的脚趾,踩在这脉脉的火红里了。我青春的血正值汛期,掏尽背囊里盛装的那发黄的秋叶,我一瓣一瓣将这酸气交给北方,我看太阳在高粱丛里,正扇动着翅膀,追逐着一群雁影在飞翔……我不再为一种荒凉而伤感,而对北方的辽阔,我觉得最忠贞的姿态就是侧耳谛听——

　　秋风,微眯着双眼在预言着什么？

1991 年 12 月 22 日,安徽潜山

# 乡　旅

旅途中晃荡的是一颗寂寞的乡心。多少年了,那乡心浓酽得像一壶陈年的老酒,需得独自默默地品尝。旅途中将眼前擦肩而过的树林、池塘好奇地细细打量,想把那稍纵即逝的风景牢牢拴系,让旅途变成一条愉悦的游廊,可忧忧地看人家的风景,自己也变成了被人看的风景,如那位诗人说的,看到的是说不清道不明的孤独和惆怅。

默默且无语。

默然无语的时候,我的情绪总是飘扬着某种怀念,怀念旧事、怀念故乡。于是无穷无尽的旅途中,故乡如一枚永远的青橄榄,酸涩涩地抿在嘴里,含也含不得,吐也吐不得。旅途渐远,故乡渐次变成一滴晶亮而忧郁的泪珠,汩汩地滚在脸腮……"鸟儿有巢/野兽有穴/当我离开祖辈的家园/我说再见了亲爱的家/青春的心受着煎熬/鸟儿有巢/野兽有穴/当我挎上自己的旧背包/画着十字走进陌生的房间/我的心忧伤得怦怦直跳"……喃喃叨念诗人蒲宁对故乡的那脉心情,耳旁依稀传来的是故乡孩提时的笑声。

哦哦！吸一口诱人的故乡风,舒舒缓缓吐出的是亲切;喝一口清清的故乡水,沁人肺腑的是丝丝的甜蜜。想着故乡树林上垒起的鸟窝,远去的鸟儿可曾栖息？故乡那淡淡的人和事,那绵绵醇厚的乡情,春天阳光下那放飞风筝的温煦;冬天白雪里那拥被卧读的温馨……恍惚眼前,眼前有景道不得？我曾试图把故乡的风情与异乡做无奈的比较,想或许一次投机的谈话,会抚平胸中那道折皱的乡心;一次会心的邂逅,会减少思念故乡的那份挚情;一处舒坦的客栈,会增添那种宾至如归、四海为家的浪漫和豪放;想当日在故乡的那份寂寞,那种惆怅如狼般乱窜乱嗅的情形,此时也会变成哑然地失笑。美丽的风景是有的,但陌生也是有的。旅途迢迢,乡心处处是归途,故乡整个儿幻成儿时的温柔梦乡,裹在旅途。年轻的心便常被这乡思搅得缠绵悱恻了。

　　我不知道别人孤旅时那份乡心可曾遭受天气的侵扰？如我,在茫茫的旅途中若遇上一段阴雨连绵的日子,那颗浑然无凿的乡心便浸泡在一种淋淋的雨意里煎熬,无论是躺在舒适的客栈,还是疲惫在遥遥无期的旅途,那雨汪汪地密置在眼帘,长成一束束牵藤绕蔓的相思林,叫我迷失在陌生的乡域。那雨扑扑地敲击着屋顶,像一只声声叫唤、声声催归的杜鹃,让我忧心如焚、归心似箭。我常常默诵着古人梦雨的诗句:"壮年听雨客舟中,江阔云低断雁叫西风。"陡然就明白诗人驾一叶扁舟,泛舟江湖是怎样地道地契合了眼前的一切。凄风苦雨逗留在旅途上,不正是羁旅在一只客舟上的漂行？四周茫茫风雨,江水无边无际汹涌而至,孤旅的游子如长年漂泊在江湖上的水手,君问归期未有期,乡心抛甩在波涛里,看那柔嫩脆弱的乡心在咆哮的波浪里遭受着浪花的咀嚼和摔打,经受着庄严的洗礼与磨砺。乡思点点,泊无彼岸,那时候想自己的故乡就如一道宁静而妩媚的港湾,如母亲的一抹明眸,悄悄企盼,轻轻唤归,孤旅的乡心快快回到那片温暖而舒适的海域,备足再次旅行的给养……

乡心是一株水浸不腐,雨打不烂的空谷幽兰,散发出一种愈久愈浓的馨香……

旅途中难抛难弃这一颗滚烫的乡心。我知道那乡心是从远古的蛮荒彗星般耀眼地趺坐而来,它盛装在不同肤色人的胸间,它跳动在迢迢千里的旅途。游子多少,乡心多少;旅程多长,乡心多长……只要你离开家,离开故乡,纵使一辈子不能相见,但在漫漫的旅途中,在遭受着爱恋中故乡的煎熬时,有那么一颗心时时刻刻陪伴着你,那颗心就是乡心,漫漫的旅程就是一次次乡旅。

**1992 年 3 月 15 日,安徽潜山**

# 土　地

## 一

思想的叶片总悄然在宁静的夜晚生长,如今金碧辉煌缤纷摇曳,在繁庶的土地之上,这一片片叶子筋络分明。

一根筋络就是一条流动的河流,而河流又是土地的记事绳结。因而蹚进河流,就是蹚进历史,那历史人们常常比喻说:明白如水。

## 二

还是那叶片似的田园,祖先们的农业思想根须般纵横交错,根深蒂固的农业之花在田园上倏然开放,绵延不绝。

有什么比土地更让植物们美丽地混乱呢？眼花缭乱的庄稼成熟的气息熏染了人类一代又一代,而农民的汁水珍珠般闪亮。

河流因而得到源源不断的滋润和补充。历史的记事绳结,佛珠般渐渐散落,人们诧异地发觉那是灾难深重的汗水,让我们思想的叶子越来越不轻松。

## 三

远古的击壤之歌依然响彻在世纪的河床,粮食作为脱娩于土地的植物,已在河岸的四周嗷嗷待哺,田园从未有过地企求繁茂,茂盛的景色固执地茁壮在世纪末的恐慌里,因此荷担扛锄的农民在历史深处的挖掘之声,不啻是叩响着人类的福音。

## 四

有几多土地就有几多优美动人的传说,其中所溅射出的文化的光辉,亘古以来就滋养着我们。然后义无反顾地一截一截变成历史,或者蔓延成垃圾……

逐渐陌生的稼穑之声,在漂泊的稻谷淅沥声中分离剥去。麦草帽金黄的炫示永恒如一片风景,可它只钉在雪白的墙上作冷冷壁上观,身负土地之累的历史中人就只剩下漠然的骨架,乞怜于茫茫沙漠,形影可怜。

## 五

谁敢忘怀土地呢?

安泰的传说清晰地向人类诉说着背离乡土的悲剧,战争、污染、抛弃……当许多的现代建筑物矗立在曾骄傲的、繁荣的土地之上,人类的眼光便变得像狗尾巴草一样摇曳与迷离……钟爱土地,就是钟爱自己的家园。

……遥望远方,土地的巨筏从苍渺的历史眼里正无声漂来。

1992 年 3 月 16 日,安徽潜山

## 春江水暖失渔翁
——怀念张友渔先生

猛然听到张友渔先生逝世的消息,不知怎的,我竟陷入一种无边的虚空。三个多月前,与他见面的情景立即浮现出来:病房里,他深深地窝在宽大的沙发里,头硕如斗,手软如棉,似一位睿智的历史老人,绵绵地从恍惚明灭的往事里钓出几星记忆的鳞片——他那和蔼的声音,宽大、沉静和超然的胸襟,让人顿生敬意。

同去探视他的恨水先生的女儿张正,趋步向前握住他的手,贴脸附耳地告诉他:"张叔,我是恨水的小女儿。"他竟显出一脸的惊愕,像是见到阔别多年的女儿,他仔细端详着张正,幽默地打趣道:"我和你父亲交往时,还没有你哪!"说着,他孩子气地扳起手指,兴奋地报出了恨水先生几个孩子的名字。虽是九十有三的高龄,但他思路敏锐……接着,他动情地回忆起他与恨水的相识相交。

那是二十世纪的二十年代,他在北平法政大学法律系读书时,看到《世界晚报·明珠》副刊招考编辑的启事。于是便去应考,有幸被恨水先生录取,从此开始为副刊写稿,聊以补偿生计之需。不久,他加入了中国共产党,并担任北平地下市委委员兼秘书长。这时他利用报纸巧妙地揭露国民党封建法西斯的黑暗统治,因而屡遭国民党当局通缉和逮捕。无奈之下,他曾三赴东瀛。在颠沛流离、漂无定所的险恶环境里,他和恨水先生"鱼水"情深。恨水落魄自办《南京人报》,他还曾义务为报纸撰写政论,以抨击时弊。

"张恨水一生勤恳,做人正派,二三十年代小报记者敲诈勒索的种种行径,他从不沾染。"他真诚地说,"恨水的创作技巧受到古典文学的影响,但思想健康。恨水早期的作品有'鸳鸯蝴蝶派'的痕迹,但他很快就摒弃了。凡事我们都要辩证地看,比如我开始拥护孔孟之道,后来又拥护胡适的民主派,起始办报也是国民党的左派,后来才慢慢走上革命道路的嘛!"

"当然,我只是一个爱读小说的小说家!"他幽了自己一默。

季节虽然是北京的秋末,但窗外却寒风凛冽,一派冬日的气象。友渔先生平易近人,无拘无束地谈吐,一下子消解了我们进门的拘谨。他唤家人给我们沏过茶,让我们又吸上烟。透过乳白色的烟雾,我们静静地注视他这位法学界泰斗、报界老前辈,认真听着他深情地叙说,仿佛在触摸这位"渔翁"一颗跳动近一个世纪的滚烫的心……我们知道,作为法学界的权威,他是我国唯一在国际上保留席位的国际宪法的执行委员,他还曾为起草我国社会主义的第一部宪法而呕心沥血。经他亲手审订和起草的法律法规更是数以千计。在中国的法制建设史上,他可谓功不可没……

因为青年时代有过东渡日本的经历,他的一口日语也说得非常流利。我曾听说过他的一个故事:说他在二十世纪四十年代初,受组织委托携夫人去香港创办《华商报》,日本侵略军从九龙向香港开炮,炸弹炸毁了他的寓所。一天傍晚,一群日军闯进他家,用雪亮的刺刀顶着他的胸膛,要抓他们夫妇俩。他泰然自若,竟用日语大声地呵斥他们,吓得他们狼狈逃窜。我好奇地说出这事,他沉吟良久,却将眼光久久地投向墙壁上悬挂的夫人韩幽桐那巨幅遗像上,仿佛若有所思。顺着他的视线,我看到墙上还有他亲笔书录的《论语》载孔子"九思"的箴言。他以"九思"命名幼孙,以志不忘……病房里竟有这样的布置,让我又感受到他心里洋溢的那浓浓的濡沫之情和天伦之趣。

"健哉渔翁!"念着廖沫沙先生贺他九秩大寿的诗句,我心里默默地祈祷。他闲聊着安徽的宣纸和徽墨,也关心着安徽刚刚过去的水灾。告别时,他谦逊地说:"我的字不好,等到春暖花开的时候,我给你们写写字吧!"——别后,我们也真的深深企盼着。再后来,我们还读到他追怀廖沫沙先生的一纸哀文,他那洋洋洒洒的笔调和友情,令我们一阵感动。只是如今到了春暖花开的时节,不料,他竟离世仙去了……发去唁电,我们好一阵沉默,觉得他那细哑的嗓音,娓娓的谈吐还在身边漾起一种温馨,拂之不去,恍惚如昨。

1992年3月18日,安徽潜山

## 妹妹的栀子花

栀子花,几瓣绿叶包裹着白莲般的花朵。那花朵欲开不开的,似是暑夏孵破的蛋壳,爆裂出白色的香团……熏陶着这浓郁的栀子花香,我潮濡濡的眼睛,便见轻轻颤动的栀子花骨朵里,露出了一双哀怨的眼睛。栀子花,我仿佛看见了妹妹的栀子花。

妹妹死后,村里会算命的瞎爷说妹妹是花魂,村里人都信。都拿这话来劝慰哀恸欲绝的父母,咒妹妹是个讨债的花鬼——我家乡方圆几里那时就只有那么一株栀子花树,它没有生长在谁家的门前或者屋后,只是孤零零地长在平原大畈的田埂上。挨到了五月,栀子花就艳艳地香开了,满田满畈漫溢着它那迷人的气息。五月的田野,油菜结籽,小麦抽穗,乡下人采了蚕桑又插田,在异常劳累的时候,那奇异的栀子花香就会沁人心肺,一闻到那花香,人们浑身的疲劳便消失殆尽,他们或许由此而感到生活的美好吧! ——但他们是没有心思赏花的。剜野菜、看牛的妹妹,看牛时就将牛放在田埂上吃草,摘那栀子花。剜回一篮子野菜,她就带回满屋的栀子花香。但她不像乡下别的姑娘插银饰似的,把栀子花炫在鬓角上。她只是默默地找一个洁白的玻璃瓶盛满清水,将花供养在家里的桌上、窗台上。接着,她读书了,这栀子花便被她带进了学堂。妹妹天生娇弱,善良温柔,见人栀子花般笑得可人,老师和村里人都喜欢她,高兴时便唤妹妹唱歌,妹妹就立即露出她那齐崭崭的糯米牙,甜甜地唱起来,唱着家乡的黄梅调。

妹妹从小学一年级到四年级学习一直不错,女教师提问时也总喜欢找她。有一回学校听课,老师找上她,她正兴致勃勃地摆弄着课桌上那瓶栀子花,变成了哑巴。好心的老师便疑惑着把她带进了家里,我说"妹妹心思全在花上了",就将桌子、窗台上的栀子花没来由地摔到地上,用脚狠狠踩着,妹妹望着地上那被压扁、零碎可怜的栀子花,露出了哀怨的眼神。这眼光让我记得一辈子了。

妹妹得病是突然的。那事不久,妹妹真的不玩那栀子花了,上学、放学、看牛、讨猪菜……妹妹那默默无闻、忧忧郁郁的神情,我现在回想起来该是象征着某种征兆的。但那时家里人都没注意。直至妹妹病了,家里人才显出一脸的惶恐,开头以为是出麻疹。那天晚上她闹肚子疼,一家人便焦急地围在她的身旁守护着。半夜时分,她突然问:"哥哥,昙花一现是什么意思?"我就把我学过的这个成语对她解释了,转身就要回房里睡觉,忽然就听到妈妈悲怆的一声嘶叫:"小红!小红!……"我慌里慌张又冲回来,想到刚才的释句,心陡然紧紧地冷缩起来。妹妹那时已软弱无力地躺在妈妈怀抱里,眼珠无神地望着我们,慢慢就闭上了。妈妈大声号啕着,我掀开妹妹的被褥,就发现枕头边有一朵泛黄的栀子花。天亮时妹妹摊在门板上,我一口气跑到田埂上,摘那树上的栀子花,大把大把地撒在妹妹的身旁,望着妹妹躺在栀子花丛那安详的睡态,我蹲在地上烧着纸……我绝望了。后来,我想,我摘那栀子花的举动,并无甚诗意的祭奠,多半是解气。但那一株栀子花树却因此而枯萎,死了。

1992年3月22日,安徽潜山

## 想象一株梅

有些树只能静静地观瞻,而不能浪荡地接近,比如一株梅。著名的杂文家林放先生说:"郑逸梅本身就是一部活的文学史。你们是可以见见面的。"但是我没有。读他的散文小品,倒让他那清新隽永、自然天成的小品风范感染得心驰神动。想象一株梅瓣瓣落花缤纷,俯身拾起一地的琳琅,珍藏起来便会沉浸到弥漫久远的清香里,香彻到心里。

那株梅是百年老梅。那梅根植在出徽墨歙砚宣纸宣笔出文章的地方,长在苏州园林那该植梅的所在,那最初的清香便淡淡地弥散在南社的园林里,香透在柳亚子、沈尹默、苏曼殊的胸里了……梅是有许多别名的。他也有。"冷香"是写梅风骨的清傲了;"疏景"是崇尚梅景致的迷离了;"双梅庵主"那正如钱钟书先生所说的:两三个素心人商量培养学问的"荒江野老屋"了。还有纸账铜瓶之类,也断是双梅庵主人少不了的,苦相厮守,拈花而微笑。他娓娓道来藏在心中的人物掌故,也必从侧面入手,以动态取势,琐碎事物,细微动作,经过他的笔墨,便不同凡响地跃然纸上:"邓怀农晚年以画菊著称。其人颇落拓,其岁严寒,拥炉取暖,不慎灼伤死。"寥寥数语,不动声色,钩沉一生,耐人寻味;他写名胜古迹、逸闻轶事、花木欣赏、书画鉴定等小品也都是这样的浑然清言霏玉。这不枝不蔓,雪泥鸿爪式的"书林散叶""艺海点滴"是宜作报刊补白的。他也做了,因而人称"郑补白"。擅刻的朋友还为他刻一方"风流郑补白"的朱文印。雪里梅花朵朵,笔走龙蛇万千。他自是要写梅的,他出版的第一本书就名曰《梅瓣》,梅花点点,汇集起来,竟有著作《人物品藻录》《近代野乘》《味灯漫笔》六十余种,一千多万言,殁前他曾写有《近代艺术百家传》,写张大千、张恨水、叶公超、严声鄂等一代作家传略,不想却蔚然填补了一个时代文学史的空白。"补白大王"补了一大片白。

想象那株梅伴着庭院深深的古宅,古宅里透出的该是浓浓的翰墨之香。听说画有十三科,唯独梅不曰画而曰写,曰为梅修史,但他不该是仅仅能诗作文,作翰林式"梅修史"的,他还应该以书画名世,以写梅闻名,用他故乡的那笔墨纸砚,画那千姿百态、风姿绰约的梅。没见过他的墨梅图,倒是听说他极通晓书学画理,酷爱书法和收藏名家翰墨,几十年积存的墨宝不下千百,且几经失而复得,得而复失。即便是一鳞半爪地获得,他也很投入地研考和撰介。"一滩复一滩,一滩高十丈;三百六十滩,新安在天上。"他题款识曰:"此诗以白描出之,节短韵长,饶有民歌风味,而当轩中佳作也。"这推崇的怕也是他心中的艺术圭臬。天道浑成,师法自然。友人称他书法沉着自如,俊逸典雅,无有半点拗气。老梅临风,枝横影瘦,披离而且烂漫,览人间何倔强,近百年更著花,他以他的人生大写了一株梅。

想象那株梅静静地长在幽静的一隅,遗世而独立。自古梅与兰竹菊并称四君子,与松、竹合称"岁寒三友",他既然于梅移情而生,也一定是尊梅风骨,赏梅高洁的。他由爱梅的心性,宽容地将全身尘俗的劳累和烦躁剔除掉,还自己同梅一样格调的淡泊和宁静。因此"不与富交我不贪,不与贵交我不贱"。他恪守自己的信条:"世上无金窟,有之在勤山劳水间",也如梅,无论依篱倚石,还是傍水临岩,也必不与百花争妍。他不趋炎附势,宁愿独傲寒霜,高标亮节;他邀梅共修,用全部的生命铸一身天地无私的清气,而星星点点茁壮着自己的花,最后凋谢在双梅庵里。

想象一株梅,立于勤山劳水间,清香到永远。

**1992 年 8 月 17 日,安徽潜山**

## 三祖禅寺

### 一

禅松静立。玄竹环围。那山便是一座如佛的山了。山是有名的,名曰凤凰。有塔铃声自寺院里飘出,如朵朵莲花,那塔出浴于晴天朗日之中,便巍然如凤凰之冠,翘楚山峦。

沿一级一级的石阶,轻轻地款步而上,响动的是自己的鞋履声。寺被竹围,风因禅定,阳光因清明而纤丽,古松因寂静而肃穆,在一株老松下坐定,啜两口好茶,听僧谈禅,便觉浑身自然,明心见性,了无尘痕……

有痕的是膝下的山谷流泉,水洗一线,潺潺响作解人语,有许多被尘俗羁绊的人,逗留这里,将满心的机巧,做一番脱卸,掬捧清水,洗尽尘脑病眼两醒然……

寂山无语,冈陵锦绣,望三两僧人,出入俨然佛印;二三来客,往来依稀东坡……

## 二

沿千年禅宗风景线,三祖羽化而来,见林色自忘饥,坐石上终不归,驾凤凰而涅槃。"一种平怀,泯然尽逝",道场从此千花满载……

莲花缘谁而开?茂盛的修篁苍松,涌起涛声阵阵,掩庭院深深。圣谕声里,有钟磬相随,恰与客谈玄……

遥想当年白鹤惊翅,卓锡玄变;寺院幢幢,道宫列列。往昔佛道斗法的场景荡然无存,留下梵音阵阵,笃笃木鱼,响悠然岁月,万物齐观,复归自然,一花而载五叶……

菩提树下,浓浓的香火飘荡,绵延不绝,多少香客拈花拜佛入名山,曳杖听泉伴松眠……

而我的耳旁,总有鸟雀啁啾,我听不清那是眼前的鸟,还是仙化的佛鸟,啼了百年?

## 三

红墙青瓦,楼阁重重,岩壑犹奇藏古寺。一边是塔的耸立,一边是水的坦然,入眼尽是青山白浪,天地澄明而清澈。

山掩静穆,人观流动,流动的还是河中的舟子,当年汉武帝登礼的旌旗辇车已让滔滔白沙所湮没,没湮没的是这座灵山。"青青翠竹,尽是法身;郁郁黄华,无非般若?"

寺院里,夹竹桃漫起灿灿红霞,虔诚的香火袅袅生烟,阳光落在斑驳的青瓦上,泛起历史的鳞片,如浮在如岸的佛海……

坐在禅房里,老僧手执紫砂壶,泡缕缕香甜,讲两则公案。窗外日朗风清,极静。静得听见一颗怦然跳跃的禅心。

寺院的背后,苍翠的山脉,逶迤成一脉禅宗风景线,亘古不变。

1992 年 10 月 22 日,安徽潜山

# 寻找鸟儿的歌唱
## ——著名导演马科印象

也只有站在这块黄梅调盈耳的土地,马科才激动,也只有这正宗而清新的黄梅腔的感染,马科才在导演《红楼梦》时,大胆地铅洗掉那股浓浓的粉黛气。美国记者埃德加·斯诺曾在《中国的暴风雨》中写道:"在扬子江中上游有两个地方说话最好听,一个是重庆,一个是安庆,他们的声音宛如鸟儿的歌唱。"马科在京腔京韵中泡了大半辈子,他没想到他心仪已久的"鸟儿歌唱"的土地,竟还是京剧鼻祖程长庚的故乡。

马科的故乡在河北深县,但他在那里仅仅待过七年。由于卢沟桥事变,他被迫夹杂在流亡的队伍中背井离乡。一别十八年,他才回到故乡重新领略故乡戏曲的风味。童年的故乡对于他是一片模糊。十二岁那年,他流亡到陕西,参加了当时由进步人士和知识分子创办的夏声艺术学校,接受了较好的艺术熏陶,以一年不到的戏龄,他在具有浓郁文化传统的古都长安,竟然出演了他人生的第一部戏——京剧《新打城隍》,当他由角色唱起《义勇军进行曲》时,全场哄然伴唱……戏曲艺术的魅力,给少年马科纯洁的心田种下一颗非凡的艺术种子。

他所在的夏声戏校娃娃剧团后来与周恩来创办的抗日演剧九队会合。马科因此而结识了田汉、郑君里等戏剧艺术家们。郑君里给他们上了一堂"角色的诞生"的戏剧课,使马科首次接受到被戏剧界称为"斯坦尼"的训练。以后他在华东戏曲研究院京剧实验剧团开始了跑龙套的舞台实践,仔细领教了艺术大师周信芳、梅兰芳、盖叫天"不是斯坦尼的斯坦尼境界"。再后来,上海戏剧学院来了位"斯坦尼"故乡的列普柯其卡娅教授,他偷偷跑去听课。列普柯其卡娅讲了一个故事:"有一个蜈蚣,它有一百多条腿,导演对它提出要求,当它的第一对腿的左腿向前迈的时候,它的第八对腿的左腿和第十对腿的左腿,也必须朝前迈!于是这只可怜的蜈蚣变得不会走路了。导演大怒:你滚出去!蜈蚣一溜烟就爬出了门,哪一条腿也没出错。"这使马科对"斯坦尼"的体系加深了认识,"斯坦尼体系的真谛就在于内心感受,而不像传统京剧那样重视一招一式的教育"。……由此,"西洋"和"民族"两个科班的学习和艺术实践,给马科打下了深深的功底。在执导《红色风暴》处理工人罢工和警察发生冲突这场戏时,他便运用双方演员的内心与角色趋向"斯坦尼",又让演员用京剧程式化动作表演当时的心情。东西方戏剧在此成功地融会贯通。他尝到了创造的喜悦……《赵一曼》《铁水奔流》《海港》,他开始了辉煌的舞台艺术生涯……然而,历史却不幸地让他戏剧般地演了十年"丑"角!

"西洋戏曲是知识分子和贵族的天堂,他们可以从人的大脑、心理、潜意识和整个神经系统的经验研究发展戏曲;而我们的戏曲是一群苦难的、没有文化的劳动人民创造的艺术结晶,戏曲的源流在民间。我们有深厚的文化积累,戏剧演员可以口传心授,下一代演员可以承继上一代演员搞了一辈子的舞台艺术经验。我们戏曲的总导演是人民!"重返戏剧的舞台,马科面对戏剧观众越来越少的难堪现实,开始了痛苦的思索。也就在这时,他导演了《曹操和杨修》。这两位有才华、有抱负的知识分子,双方真诚渴望经邦治国,但又由于各自的弱点,最终酿成了曹操杀杨修的悲剧——马科深沉地体现着这一艺术母题。此戏一出,举国轰动。在第二届戏曲节上荣获了"金盾奖",并被誉为是我国十年京剧艺术探索划时代的开端,京剧史上的一个里程碑!该戏传到"斯坦尼"故乡俄罗斯,竟令艺术家们刮目相看,他们惊呼道:"我们多年来盼望着东西方两大戏曲体系的优点能够融合,把人类的戏剧文化推到一个艺术的极致。在这里我们看到了人类戏剧艺术至美至善的曙光。"

怀着对戏剧艺术不懈的探索和眷念,马科终于来到了黄梅戏故乡"反串"导演起黄梅戏《红楼梦》。他和著名的文学理论家余秋雨共同把握挖掘着这部文学名著的内涵,大胆反对传统戏曲观点,破坏了《红楼梦》原有的众多剧本创作和表演的思维模式,更准确地导演塑造了一个新容新貌的贾宝玉,提高了黄梅戏的艺术品格,差不多重塑了黄梅戏形象。一曲红楼果然名噪大江南北,久唱不衰……告别幽幽红楼,拂去丝丝入耳的袅袅黄梅腔,马科立即把眼光投向了程长庚的故乡,在黄梅浸透的土地重新寻找鸟儿的歌唱。这莫非不是京剧艺术史上的因缘际会?

清涟的水塘浮动三两只白鹅,肥沃的土地,阡陌纵横,散发着诱人的黄梅的气息,乳白色的炊烟袅袅升腾,把中国的戏曲之乡刻画得异常宁静而祥和。马科用他艺术家的眼光拥抱着这里的一切,用他执着的探索精神寻找他的艺术之根。他激动地说,一百八十多年前,程长庚这个乡间艺人在这里将家乡小调唱成蔚然的一代宗音,是什么缔造出这位杰出的艺术大家呢?他被脚下这块艺术的土地感动着,仿佛从程长庚身上,他找到了繁荣京剧的力量和源泉……

*1993 年 3 月 1 日,安徽潜山*

## 尚能一醉红霞
——访张恨水老友万枚子先生

阳光使他的屋子突然明亮起来。让人感觉时光虽然泯灭了许多美好记忆,但一股清纯的友谊之水,仍像阳光一样依然在他心里流淌。身着老式棉袄,戴着老式眼镜的万枚子先生,似乎就蹚在这条水里,如山野里一朵朴素的秋菊,散发出一股久远的芳香。

潜水泱泱天柱峰,山川毓灵有张翁。
三千万言传千古,尽在哈哈一笑中。

他嘶哑着嗓子作诗,眼帘被往事与情感粘满星星的光亮。朦朦胧胧,我仿佛看见他和恨水先生正手挽着手,从那条深厚友谊之河向我们走来。他浅浅地笑着,颤抖着声音说,恨水谢世二十五年了,可他那哈哈豪爽的笑声,至今仍在耳畔回响……

他生于一九〇五年的五月端阳,二十岁那年考进《世界日报》当编辑。当时,相貌英俊、语音洪亮、态度和蔼、书写疾速的张恨水就坐在他身边的长桌前,他编制的要闻稿件都要交恨水核发。

恨水那时也才三十多岁，正在报纸连载长篇小说《金粉世家》，一时轰动大江南北。这惹得他文思泉涌，也写起了长篇小说《半新儿女家》。他偷偷地模仿了张恨水工稳而典雅的小说标题。如张恨水的《金粉世家》第十三回目"约指勾金名山结誓后，撩人杯酒小宴定情时"，他写的第一回目便是"一吻多金曲终人散后，百年永决烟馨瘾来时"，如此不下十多幅，在当时文坛留下了一段趣话。

记得张恨水五十生辰和文学创作三十周年时，他和留守重庆的吴范寰、龚德柏、张友鸾、马彦祥以及张恨水在《世界日报》先后共事的朋友们一起，以"我们所认识的张恨水"为题撰文祝贺，他执笔撰写了"三十年剪影""艺术家""孝与爱""我们的祝福"等几个题目。他说，张恨水的章回体小说在近三十年中，毫无疑问地获得千千万万的读者青睐，同时奠定了他在文学界的崇高地位。他创作的许多宣传抗日小说，如《八十一梦》就达到了进步思想的高峰……

董桥说："不太浓又不太淡的友情可以醉人，而且一醉一辈子。"自青年时代认识张恨水，他就与恨水就成了终生知己。现在，他已八十有八，但一想起张恨水，他还把自己思念之情默默写成诗词……"钟天柱之灵气，底说部之大成"，他深情款款地为《张恨水研究会刊》题词，字迹清瘦，笔力千钧。

最是难忘一九六二年的春节。他和恨水、吴范寰、季道时、张友鸾、左笑鸿、张友鹤"七老"一起相叙在北京西四的"同和居"。笑谈之间，左笑鸿即席填写了一阕《临江仙》，他雅兴大发，依韵奉和，曰："大地春回机运好，天空曼舞银蛇，锦团玉簇敬轻纱，十三惊美曼，举世望新华。回首燕山有几老，尚能一醉红霞，卓然挺立

耐冬花,门庭雏凤巢,克己正传家。"余兴未了,到了张恨水七十寿辰时,他又集恨水小说名作题送张恨水:

揭春明外史,嘲金粉世家,刻画因缘堪啼笑;
喜新燕归来,望满江红透,唤醒迷梦向八一。

朋友们看了,都齐声称赞这副对联工整,匠心独运。张恨水拱手称谢,端端正正地挂在自家正堂……如今二十多个春花秋月叠印而去,回首燕山当年一起无拘无束、谈笑风生的"七老",只剩他一人尚存人世——得知恨水先生的家乡开始研究张恨水,他特地写了一篇《张恨水著作扬弃的鸳鸯蝴蝶派》的论文,并用李煜的《相见欢》填了一首词:"问谁依翠偎红?过匆匆,一阵鸳鸯蝴蝶闹春风。潜山泪,群情醉,影重重,应中人生长恨水长东。"

惆怅地推了推鼻梁上的老式眼镜,他缓缓站起来,说,恨水著述,属于中国传统通俗文学,而随时代有所进步和发展,代表作《啼笑因缘》《金粉世家》早被编成戏剧、曲艺,搬上舞台、银幕,蜚声海内外,对社会的影响,实不亚于茅盾。际兹百年(张恨水诞辰)诞辰,敬题四句,略表怀仰:

通俗文学小说先,
心远扶摇皖山颠。
一笔几挥千百篇,
百年纪辰万代传。

1993年3月5日,安徽潜山

# 天柱茶

一杯碧绿的清茶，似乎酽酽的就泡香了我整个的故乡。站在故乡这片云蒸霞蔚的土地上，我望故乡那一块块绿色葱葱的茶林，朦朦胧胧地便幻成无数翻飞的茶的叶片，浓绿得化不开的故乡茶啊……

故乡有茶，也有浸润着斑斑茶渍，呈现在发黄线装书上的茶史。那缕缕清香总这样罩着故乡的秀山丽水。故乡有一座雄奇灵秀，云气弥漫的天柱山，茶就叫作天柱茶。唐代杨华撰《膳夫经手录》上载："舒州天柱茶，虽不峻道，亦甚甘香芳美，良重也。"《安徽通志稿·物产考》更有天柱茶辉煌的册封："茶以皖山（天柱山）茶为佳产，皖峰高矗云表，晓雾布漫，淑气钟之，故其气味不待熏焙，自然馥馨，而悬崖绝壁间，有不种自生者，尤为难得，谷雨采贮，不减龙团雀舌也……"

还是唐朝，故乡盛产两种茶叶，一种叫皖山茶，曾泡酥了官宦富豪的台亭楼榭。一种叫苦丁茶，有叶有刺，一叶大而圆，在深山岩壑间天然生长，无籽无种，味苦性凉，可以入药，山民们自摘自饮……《玉泉子》还有关于天柱茶的一件趣事：唐时有人授舒州牧，宰相李德裕向他要茶，那人果然献了数十斤茶，然："李不授，明年罢，郡用意精求，获数斤，李悯而受之，曰此茶可消肉食毒，乃命烹瓯沃肉食，纳以银盒，闭之，诘旦开视，其肉已化为水矣，众服几其广识，用银具将茶肉合煮。其肉化为水。"县志记载这茶每斤值四十钱，而当时的大宗茶只值十钱一斤，足可见天柱茶的珍贵。唐代著名诗人薛能曾写诗赞美："两串春团敌夜光，名题天柱印黄杨。偷嫌曼倩桃无味，捣觉嫦娥不觉香……"

故乡有茶，当然更有手执紫砂壶、附庸风雅的茶客，一批骚人墨客含着碧绿的清香，娓娓茶道就随那须髯飘飘的口中飘逸而出，晨暮如鸟聚茶林，相互品茶论诗，一个个夫子自道。依然唐朝，秦韬玉还写过《寄谢天柱茶》诗："天柱香芽露香发，倚云便酌泉声煮。"宋代元祐癸酉年，苏东坡在这里会合旧友同游灵仙观，旧友用光明泉水煮茶，俩人同饮大醉；另一位大文人黄庭坚寓住舒州，在石牛古洞旁"涪翁亭"，总贪爱山谷流泉的水煮茶，直喝得诗情大发："持节接九城，乐此水一钟……金瓯煮山腴，茗碗不暇攻。"清代罗庄在《潜山古风》诗中更是激动了："一杯之泉无所酿，山茶风味犹堪夸。"

故乡有好茶，还有好泉，最是深谙茶道了。他们用那紫砂壶，眯眼瞅去，就用沸水荡尽，取茶少许放进壶内。先是倒进三分之一不到的沸水，约莫过上两分钟，才揭开壶盖，那时只见壶内叶水交融，芽发汁出，于是摇头晃脑谓之曰："海底捞月！"又将壶内倒满沸水，立即就见水涤青翠，色绿味香，一缕青气冲壶而出，再乐陶陶叫一声："龙王巡宫。"凑那碧绿轻吸一口，满口生香，如甘霖润心,灵台空明恍若出世;虚目凝视,壶内旗杆横陈,雾气里龙腾虎跃,疏朗悦目,便胸中澎湃,诗情画意、书道琴韵横溢而出……

　　故乡茶就这样从唐宋元明清一壶泡来,那拂不去的清香丝丝荡涤着这里的山水,千年碧绿,万古飘香。故乡现在的天柱茶色翠毫显,挺直似剑,青花香久,鲜爽醇厚而回甜。碧绿清澈的茶水,叶底嫩绿匀整明亮,曰之:剑毫、弦月。茶叶飘香时节,故乡到处可闻那袅袅清香,随处可见那片片碧翠……有一日,捧一杯亲切的故乡茶,我立在墙上的地图前,恍惚就觉得那根茎分明的大陆架,优优雅雅旋落在清水间,就如一片偌大的茶的叶片。香酽酽的茶中国啊!有一杯我故乡千年碧绿的天柱茶……

1993 年 3 月 9 日,安徽潜山

# 看 湖

阳光那柔媚温暖的气息,在湖上抹出粼粼的亮色。风透着清凉,从那波澜不兴的水面上吹过,湖面上布满的绿荷暖融融地举起春天的小手,胖嘟嘟的样子,怪逗人怜爱。湖周遭的田野泛青回绿,含着白墙黑瓦的村庄影影绰绰倒映在湖水里,显现出水乡一派宁静祥和的春色来。

果然春江水暖鸭先知。先知先觉的鸭子们蹀蹀地从宋代苏轼的春江里踩动而来,嘎嘎地游弋在湖水里,像只小船队;还很宋代的是鱼鹰,也就三两只,警察般待在渔民的小划子上,伶仃着脚,眼睛骨碌碌逡巡着。忽然一个猛子扎进水里,人没反应过来,它嘴里早叼起了一尾小鱼、泥鳅什么的,乖巧地吐在船上。原来它的脖子上装了机关呢!渔民不惊不喜,径自划着,径顾让鱼鹰忠实地守卫着……

湖间的坝埂全疯长着些蒿子、红蓼草,还有杨柳、椿树什么的,树枝上全扛着早春的蕾,有蝴蝶和蜻蜓飞过,依依杨柳点点,在湖上兀自写着什么,没人读得懂。太阳灼热灼热的,照得湖上腾起一片白汽的时候,湖上的荷叶似乎就撑出了无数把绿色的小伞,撑着撑着,就撑瘦了湖,汪汪地泛出情人般的眼波,绿郁郁的荷叶睫毛似的遮着。天下雨了,雨打荷叶瑟瑟作响,就有人躲在湖边的草棚里看,听那带了绿的声音。天一放晴,湖面上整个弥散着绿色的馨香,远远地闻着,就将湖边的孩子撩得心头痒痒,爬上草棚,望着浓绿得不见边际的宽阔的荷叶丛。有露珠的早晨,片片荷叶被太阳照耀,泛起无数绿宝石般的光泽,眼前就成了一片色彩斑斓的世界。只是孩子们对这世界还很陌生,还不能用心去体会,只蹦着、跳着,摘那荷叶擎在头上做伞或是干脆戴在头上,扮他们在舞台上或是电影里看到的古代官们。在夜间,更有姑娘小伙子们走到清凉的湖边,走累了便爬上草棚,听那如潮般的蛙声,即刻全有了兴致,改着辛弃疾的词,念"稻花香里说丰年,听取蛙声一片"……

湖上滴翠流芳的时候,就有人来采莲了,莲花朵朵,荷叶田田,摇曳在清凉的绿色里,那莲梗似只只碧玉簪,将湖打扮得俊俏艳丽起来。莲子结得饱满而大,像只小铜锤,姑娘小伙子乘着小划子,也不知从哪里来,咯咯的笑声就把满湖感动着。采藕了,男人们总是光着身子泡在水里,顺着荷梗踩,像是扭着秧歌舞;女人们更有趣了,摸出白白胖胖的一截荷藕举在头顶,让人弄不清楚是手臂呢,还是藕——那藕白得出奇,掐断了就有九孔十三丝,用水洗净就吃得,蘸着白糖吃,自是鲜凉爽口。湖上人说乾隆皇帝吃过这藕,叫贡藕。皇帝吃了满口生津,口占一对:"一弯西子臂",就有湖女对上:"七窍比干心"——湖上人总自豪地将这传说挂在嘴上,然后看影影绰绰采藕的人,朦朦胧胧地做着绿色的梦。

湖水皱动,寒风吹来了。枯黄的荷叶萎贴在湖面上,像是一块块金箔,这时候看湖,最好是雪天。雪悄无声息地下着,被湖水滋滋吸尽,湖面显出一片幽暗来,凄迷得像一个曾经繁华的绿色舞台,朔风卸下那绿色的帷幕,绿天绿地的《绿色圆舞曲》曲终音尽,湖面一片寂寞,只那褐色的荷梗,悄然竖立,像是打击乐停止了敲击。没有了谛听的蜻蜓,也没有了追逐的蝴蝶,更听不到雨打荷叶的梵铃之声了。偌大的湖面似是一盘空白磁带,倒觉得那荷梗像是一支支春天的水号,吹奏着什么。

*1993 年 3 月 11 日,安徽潜山*

# 鸟　声

　　那是好几年前的事了。朋友邀我到他的一位朋友家去玩,夜里就宿在那位朋友的家里。

　　我躺在一张老式的雕花床上,主人新换了一床洗得干干净净的被褥,鼻间是一股棉花和老布的温馨的气息,上床不久,我就睡着了。大概五更时分,我突然被屋外的一阵鸟叫声弄醒了。我睁开眼,发觉天依然是白亮亮的月的光芒。那些鸟声穿窗而过,似乎清脆地落在我的枕边,十分悦耳。我的头脑也异常地清晰,依稀看到屋后的绿竹林里有无数白色、黑色、绿色的鸟儿在栖息着、跳跃着,鸟声的音符随着绿竹叶上滚动的露珠滴落:或啁啁啾啾,短促而明快;或叽叽喳喳,粗糙而凝重;或吱吱扭扭,柔弱而婉转;或鸣啼百啭,清脆而悠扬……鸟声由远而近,此起彼伏,仿佛是在一种哨音的引奏下,为着早晨的到来而抒情歌唱。那是活泼泼的鸟们真正的歌喉。听到这些声音,我恍惚觉得竹林里林噪叶飘,露珠滚落。百凤朝阳,一个小竹笛手就能演奏的场面,在这里剔除了所有的矫情和浮奢。我睁大眼睛,屏声敛气地听着这些鸟鸣,心里便因一种温暖和爱抚而激动起来。

　　清晨起床,我就朝那片竹林跑去。这时,太阳已经挂在竹林梢上了,竹林里没有鸟,一只也没有。我有些失望,就沿着屋后的大沙河河堤走,大沙河两旁生长着绿茵茵的水竹,河水远远地流来又流去,那白色的带子似乎就飘荡在竹林的上方。四周静寂寂的,我听到自己很潮湿的脚步声。河里还有一排竹筏,影影绰绰地从绿杨荫里划过,有筏工咿咿哎哎的号子声。竹林里氤氲着一层绿雾,一滴露珠突然冰凉冰凉地落在我的脖子上,我回转了身,愣愣地望着那片已让太阳照得斑驳陆离的绿竹林,突然犯疑了:那一个个小生命是曾真切地在这里存在过,还是我做了一个梦呢?

　　事情已过去多少年了,我的朋友也早已娶回了那人家的一位水灵灵的姑娘,并有了一个可爱的小女孩。这当然用不着奇怪。可奇怪的是那些鸟儿不知飞到哪去了,我竟没有发现任何一只鸟,只是那个有鸟的早晨,那些鸟们动人盈耳的声音,像一道清泉曾经倏而流过我的心田,像是洒落的音符陡地种在我思想的罅地上。

1993 年 3 月 20 日,安徽潜山

## 铁饭碗，泥饭碗

不知什么时候，世上泾渭分明地有了"泥饭碗"和"铁饭碗"之分。名副其实也就真有了端铁饭碗的人，有端泥饭碗的人。铁饭碗自是相同的，清一色的坚如钢铁、硬若磐石，如祖传家宝，薪火相传，皇天不老，皇粮不断。泥饭碗也是相似的，无论是出自景德镇的陶瓷蓝花边，还是产自宜兴的紫砂钵，或者干脆就是乡下土窑里烧制的，活脱脱的都透着一个"碎"字，叭的一声就摔成八瓣儿……

"天下唯有读书好，世上无如吃饭难。"难就难在得到那样一只铁饭碗。这古人将读书与吃饭连在一起，真该推举他得一个诺贝尔文学奖。孔子曰："万般皆下品，唯有读书高。"读书"高"在哪里？高就高在永远会守财奴般拥有一只铁饭碗。于是乎，古时的读书人一个个出脱得像寻土刨食的鸡一样，钻进线装书，鸡蛋里面寻骨头，疲命于科举场上，嘶声哑气地背着"八股文"，人头摇成了鸡脑，摇成一纸定终生的荣华富贵，封官加爵的灿烂前程。难怪范进老先生中举时的那一份癫狂了。

端泥饭碗的人永远乡土。那两只泥巴腿子终生也洗不干净,很傻气地走在城市的某个角落,让人一眼就能认得出来,不小心的还会被人叫上一句"乡巴佬"!倘若不知趣地走进人家铺有崭新红氍毹的房间里,闭着眼睛不用抬头看主人的脸色,就知道主人急得如热锅上的蚂蚁。粮食是麻袋里长出来的,地毯上的泥巴难道不能长稻子?偏偏有这样端泥饭碗的人赖在这置有空调的房间里不走,哈哈,这还了得?

端铁饭碗的人决不奢求端泥饭碗人干的差事。说你是作家,"如若要有真才学,为何当年不登科"?你顶多是赚赚稿费,捞个名誉,为了跳"龙门"吧!说你是医生,人家正儿八经的科班出身,你一肩行囊混江湖,整整跌打损伤吧?说你工作了,你坐在办公室能吃透上级的精神?典型的田埂干部,混混酒喝才是正经;你是发明家,瞎猫碰到死老鼠,鼓捣什么发明,不务正业吧,二流子……

端铁饭碗的人常常这样瞧不起端泥饭碗的人。铁饭碗是一座熔炉里铸造的,自有种种好处:房子铁定占有一份,占有一股;妻子铁定会姻缘前定,门当户对;孩子铁定会侯相有种,福禄世袭;票子铁定是旱涝保收,不忧不虑;位子铁定不在河边在岸边,座次分明。一整套的都是经久耐用,雨淋不烂的正宗而优质的货。不消说他们鱼跃龙门、五子登科、光宗耀祖时的欣喜,连穿的衣服也都一律整整齐齐,正儿八经。烟夹在手指上,也能夹出一种味道,夹出一种风度。上班下班怠慢不得,吃喝拉撒睡也一律规矩开来。端泥饭碗的人就常常被这气派震慑得无话可说,见面乖巧地喊一声"同志"。但端泥饭碗的人偏偏自由自在,晴天出工,雨天打牌;穿着缺扣藏领、不整不洁。鞋也穿成半截踏子,若戴帽子,帽子也打歪主意,一口浓痰不分场合就呼噜而出。不想,端铁饭碗的人却偏偏看中了他们那放荡不羁的潇洒相,于是从"头"学起,剃一头的傻里傻气。酒杯一掷,就喊:"嘿!哥们儿来两杯!"端泥饭碗的人于是也被这种豪爽劲感动得一愣一愣的,也跟着学着斯文,于是怀里夹着个公文包,人模狗样地穿着一身的熨帖,见人就将红塔山、剑牌之类香烟天女散花般乱扔。若问:"你在哪里发财?"便喷出一嘴的烟雾,悠着说:"海南、深圳呗!"然后又拍拍端铁饭碗人的肩膀,呵呵地一笑:"哈!这年头都是凭本事吃饭啰,哥儿们!"

1993 年 3 月 21 日,安徽潜山

# 落　叶

院子里很宽敞。甬道的两旁栽有桂花、樟树、四季青,那树分两溜排开,给大院倒是增添不少醒目的绿意。但平时来来往往,行色匆匆地忙自己或别人的事,我很少注意这些树木。

春天的一个早上,我和儿子手牵着手,在院子里散步。那正是清新的黎明,空气异常新鲜,没有风。忽然在我的眼前,两株绿叶婆娑的樟树雨一般滴下一阵叶片。立即,我便被这沙沙的声音吸引住,与儿子站住了脚步。倏而面前又一阵落叶悠然飘下来,树脚的四周马上就铺垫了一层枯黄。再看那树,仍是绿茵茵蓬着一树的绿色,好像什么事也没发生过似的,静静兀立。在这样清新的空气里,万物俱寂。要不是那沙沙的落叶声,我想,绝少有人感觉到这两棵树,这两棵绿色生命的存在。

儿子早已欢呼雀跃起来,伸出小手就去拾那满地的落叶。他仰着头,又摇起那树,树叶骤然就如阵雨般洒落着,拍打着儿子稚嫩的脸庞,儿子更使劲地摇晃着。我连忙阻止儿子的举动了。我还沉浸在树叶刚才那种平静的飘落之中。那些树叶浑然从树的身体悄悄飘落,没有一丝留恋的意味,也没有半点故作的潇洒,透出生命的平静与祥和。这和儿子摇落的叶片神态迥然不同。儿子是带了嬉闹式的,树叶在他略有轻狂的嬉戏中散落,我发觉的那份平静就陡然消失了,而充满着一种大不和谐。看来面对两株平静的树,也是癫狂不得的。

儿子当然没有再摇那株树了。我抬起眼睛看那树上的叶片,一片片绿得可爱,早晨的阳光照在它的身上,每一片叶子似乎都注满了生命的绿汁,一点枯萎的痕迹也没有。可就在我思考的时候,我的眼前又是一阵缤纷的叶雨,沙沙地响着,软软地铺在那先前的黄叶上,仿佛一滴水珠融进了海洋。我奇怪了,依然细细地打量那两株树叶,还是纯绿依然,那分明枯黄的叶片又是从哪里来的呢?落叶本来是有一股腐朽的气息,但眼前这落叶却神奇地给我一份感动,不是身临其境,谁会怦然心动呢?

树叶安静在我的视野里。儿子不安分地颠着小脚绕着树转,黄黄的叶片就泼洒了他的一身,他只觉得这样好玩,稚气地问道:"爸爸,我没摇,树叶为什么也落呢?"

我忽然回答不上来了。本来我还可以说,生命在于运动,新陈代谢是一种自然规律,什么都会有落的时候,太阳、月亮、鲜花,包括我们的生命。但我实在无法将这些深奥的东西告诉儿子。我只是说:"它自己要落嘛!"——这不是我的虚伪和搪塞,在这个美妙的早晨,有两株春天里的树落下了自己的叶片,我被感动,确实不是因为一些深奥的道理,而在于眼前的这份生命的平静和坦然。这是我不忍破坏的一幅恬静的图画,一种无以言喻的喜悦。我此时所面对的只是叶落时的那种姿态。

儿子睁着眼睛,像我一样凝视着院里那飘着阵阵落叶的两株树,忽然默默地牵起我的手向前走着,身后的树叶随之又发出沙沙的响声,在这沙沙的声音里,儿子甩开我,便又雀跃般蹦跳在前了。

**1993 年 4 月 21 日,安徽潜山**

# 一庵一潭记

四面环山,是山都高,都有名字:或木鱼坳,或雨淋寨,或斗笠包。天星庵就坐落在那低低的坳里,抬头看天,天只有巴掌大。头顶上太阳一轮就匆匆过去,月亮冷冷一笑便闪进峰峦。坳底雾岚蒸腾,寒气侵袭。只那漫天繁星,山坳里似乎才能盛着,也就那么几颗,我便疑心这是天星庵的来历了。问天星庵人,竟答曰不知道。

俗话说:天星庵上云雾多,三天两头雨中过。云里雾里就长茶叶,茶叶从山脚长到山岭,间或春有幽兰滋润,夏有金银花、栀子花熏染,坳里终年便绿色葱茏,馥香缭绕。白雾绿海,就有三五成群采茶的女子,身心沉浸在这香气弥漫的茶海里,天长日久,便得灵气,便出脱得一个个楚楚动人。说话像是鸟语,悦耳动听;动作似是做戏,优雅自如。采茶时,手指都做兰花状,轻巧一招,茶芽就如绿宝石般落在手心,拎起那满筐的碧绿,一晃就从山上咯咯地笑着下来,将那茶叶轻轻地倒成一堆香丘,香气陡生,袅袅撩人……

有菜叶作坊,就三两栋寮棚式房屋,黑瓦土墙,也极简陋。屋中置有几口大铁锅,几盆栗炭火。进进出出都是茶民,人脸均呈茶色。制茶时一边动作,嘴里一边快活地哼着山歌。满屋浓浓的馨香,只是熏得外来人心醉。屋里待不住,便沿着那土屋四处转悠,寻那天星庵遗址。庵堂据说明清时香火极盛,民国时毁于兵燹。尚存有两块石碑,被茶坊主人小心地嵌在墙壁里,石碑风化,字迹斑驳。据说某年某月有位茶客,趴在石碑上看,看了半天,也看不出个子午卯酉来,于是一脸惘然,呷口山茶,恍然大悟叫道:"茶有仙味,天星庵怕是叫天仙庵吧?"果然叫开,并无人质疑。

从天仙庵往山外走,必经白马潭。山路极瘦,如蛇溜子隐于树丛荆棘间。路旁溪水潺潺,右有黄莺鸣啭,左有鹧鸪咕咕,越叫山越是幽静。雾岚乍起,山峦迷蒙,一声人语响,惊得碧烟四合。有山雨来,如星稀落。山中有凉亭,有山棚,有古洞,可以急身躲过。雨住了便又走,不一会儿就望见白马潭了。烟岚浩渺,远山如眉,峰夹细水如带,又打结般生出一片沙洲。洲上人家,青瓦白楼,隐于绿树之间,澄明凝秀,真乃人间仙境。洲上人家说是由江西瓦窑坝为避战祸迁移而来,那时一河两岸,芦芒似雪,先人慕如此世外桃源,便开荒定居,以白芒潭名。河中舟筏,因而与江通,自宋至明清,山外的百货与这里盛产的茯苓、桐油、厚朴、茶叶、生姜相互贸易,一时商行遍河岸,财源达三江,人称"小上海"。有年秋天,有商人驻足河边,见风吹白芒攒动,如白马嘚嘚奔涌,触景生情:"白芒潭,白芒潭,一年到头还是白芒(忙),不吉利,不如改成白马潭。"人都叹服。

白马潭傍山依水建有半爿街,房屋飞檐翘角,牛头马墙,古风尚存,依稀可见当年"小上海"的繁华。街上人家,什么都自给自足。合面街一律都是商店,山货琳琅满目,有木耳、香菇、粟谷粉、茶叶土产;也有小百货、盐、烟、酒、布匹,这与山外毫无二致。随便走走,就有人呼你坐坐喝茶。坐下来,看面前小桥流水,溪石垒垒,风吹杨柳,万缕妖娆。聊起往事,那人就说起街上永祥、永发、永昌商行钱庄的兴衰;说风水,那人就说山中出俊女,民国时期就有四大美人。说起茶叶,那人简直就喜形于色了。茶香飘千里,天仙庵、白马潭就是靠茶叶才声名远扬,富足一方哪!说着说着,便叫着泡茶,用当地产的紫砂壶。倒来一盏,轻轻呷上一口,果然舌底生津,香彻身骨……

"天仙庵上茶,白马潭中水。"那人摇头晃脑,拈须自道。俨然仙人遗风。

1993年4月30日,安徽潜山

# 油菜花缘谁而开

**油菜花缘谁而开**

油菜花缘谁而开,那一颗颗黑色的种子,在许多喜悦的眼光吮吸之下,饱满成一种金黄色的品质。

南方为什么总是花草迷离,油菜花这密植在田园里的花草,为什么总喜欢生长在这莺飞草长、眼花缭乱的地方,金黄的色彩擦亮着一双双混沌的目光。

金色的风中油菜花布满猎猎方阵。走不出江南,就是走不出油菜花散发的浓浓的芳香。油菜花在愉快地成长。日日缔结着一种圆圆的颗粒,让人怀乡……

油菜花盛开,郁郁黄花把天空清涤得澄明而锃亮,南方渐次显出一种宽阔和辽旷,有多少油菜花,就有多少蝴蝶翩跹,多少蜜蜂为它嘤嘤歌唱……油菜花这南方奇异的花朵,烂漫如云,生就是蜜蜂和蝴蝶美丽的家乡……

在油菜花盛开的地方……青青草上,走动的是谁家的黄牛和白羊?

## 布谷鸟的叫声

那明丽欢快的歌喉格外地嘹亮,四月天空的云絮里,种子般撒下一串串忙音,那音符落在肥沃的土地立即像野草一般疯长……

布谷鸟的叫声尖锐而高亢,那声音早就穿越整个南方,在那灿烂的声音里,阳光水一般地流淌,麦子挺起它那金色的锋芒,白蝴蝶在麦子涌动的河流徜徉……

蚕豆花浓绿浓绿地开了。紫色的花儿摇曳着青春的气息,成了儿童心目中的一杆旗幡。就在那种叫声里,田野秧苗发棵,青蛙在春天发亮的眸子里蹦跳欢畅……

在布谷鸟短促而悠长的歌声里,故乡如春天的一株树蓬勃生长。布谷鸟的声音是四月最为动人明亮的语言,栖息在那树枝之上。

然后,就听不到那声音了,布谷鸟在到处流浪?

## 河流的走向

在南方,春天的河流不再处子般静静地流淌。在两岸许多花朵的抚慰之下,河流激动着抖落阳光的袍子,奔腾一如大江东去般的狂放……

两岸的庄稼平托着春天的河床,清澈的河水浴洗着黑色的石头和水鸟的翅膀,河水在浣衣女子的脚边汹涌展现,用歌声和色彩敲打着她们雪白的肌肤,河水灌溉着田原和村庄。

桃花汛泛起,用乡土的声音与浪花般的纯净,缝补着土地上一处处的裂痕,春天因此被感动得热泪盈眶。

河流是一种液态的乡土,思念在波纹上流动,哪一种走向都是回乡。河水不知疲倦,歌唱着温暖和爱情,它经过的地方,庄稼和花草一束束含羞的心事,在妩媚地绽放……

河流生命中渴望亲近的是土壤。它在返回春天的时候,挚爱的目光紧紧地盯在稻子或麦子之间……

美丽的河流因为真诚而源远流长。

1993 年 6 月 17 日,安徽潜山

## 罗丹思想起

天空中漂浮着一层晨曦的晖光。没有人,北京美术馆门前的广场就显得有些寂寞。广场中间裸露着一尊《思想者》的雕塑。这正是罗丹思想着的时候,罗丹一进入这泱泱大国就跌入了沉思。那思想的目光,越过那些为金钱和物质而忙碌的人群,停留在这聒噪和热闹的繁华处,罗丹就平静地发觉周围没有历史感了。没有人愿意与他对视,去倾听自己心中那绵厚的历史的回声了。我的惘然的目光一触摸到那思想的深邃,心里便战栗不已。

罗丹,艺术和思想是没有国界的。罗丹的雕塑从遥远的西半球走来,罗丹在东方这个宁静的早晨一睁开眼,思想的光辉倏然就洞察了这里的一切。岁月将流尽一个世纪的河,《思想者》的雕塑也开始布满斑驳的绿色铜锈,但那双永不生锈的目光穿过厚积的岩层,却永远不会在某一处断裂带做久久的滞留,他用那沉重的头颅以一种姿势永恒地冥想,让一个东方乡土的心真切地感受着,触及那个伟大罗丹的一颗跳动不已的良心!罗丹在这个世纪之初,那副痉挛而痛苦的面容浮了出来。他说:"在现代生活中,追求的是功利……然而,心灵、思想、美梦,再也没有人提了,艺术是死了!"

罗丹,《思想者》很落魄,也很寂寞。在东方这个美好的早晨,他很想有一支悠扬的竹叶笛或与在青青草上走动的绵羊为伴。面前最终只有一线阳光是明媚的,而他的呼吸沉重且沙哑……思想者肯定很累,巴尔扎克是这样,雨果也是这样,人类的思想者都这样。他们喜欢自始至终站在人类历史的制高点,用他们博大的胸怀和深邃的思想关注芸芸众生,洞察着人生的种种欢乐和痛苦、诚实和罪恶……然后又满怀激情地去创造和革新着什么。思想者就一直坐在《地狱之门》,那一扇是感动、是爱、是希望、是战栗、是生活之门啊!罗丹用他那双粗糙而凝重的手,轻轻地推开了这扇黑色的大门。人类的痛苦、哀鸣、惊惧和斗争淋漓尽致地呈现出来……那《半人半马像》是人类从兽性的渊薮挣脱时的无言呐喊,那《加莱义民》是一曲无私无畏的献身精神的礼赞;那《永恒的春天》是一支洁白无瑕的爱情颂歌……罗丹溅射出巨大的艺术火光,因循守旧的"学院派"的聒噪就停息了。《思》《青铜时代》中那艺术家的"智慧、专心、真挚和意志"(罗丹语)立即焕发出一种更加强烈的思想的光芒,照耀在这种光芒里,耳边回荡着这人类最初也是永恒的精神呼唤,我觉得满身的尘嚣星星剥落,而终日盈耳、益发噪烈的摊贩的叫卖声,不规则的水泥钢筋混凝土的搅拌声和城市梦呓般的歌声,也渐渐远去。我将眼光停留在《伊克塞尔的田园诗》那幅雕塑上,那天使背后的翅膀和芳香四溢的玫瑰花,就似乎让人闻到天国的歌声了。循着这乐声,我仿佛看见每个彷徨的浪子,都能最真诚地幻想出自己的家园,抚摸到温馨的泥土……罗丹就这样教会我们用深邃的目光打量大地,用岩浆般喷发的激情抒发生命的磅礴吗?

　　罗丹无语。在东方这样一个实实在在的早晨,我曾努力与这位来自巴黎的思想者互相对视,试图用无言的密语和心灵感应与他交流。我发觉他是那样的苍老、深沉和豁达,又是那样的健壮、年轻和洒脱,阳光与他那思想的光芒一起在我的身边跳荡,让人感觉到脚下大地的真实,心因此而变得安宁和透明,人类需要思想,诚如人类离不开大地一样,《思想者》的高度是一种精神的辉煌,是人类精神永远的渴求,罗丹,这样的艺术会死吗?

　　我终于与这位巴黎思想的歌者匆匆而别,错过罗丹,在思想者默默的眼光中走进大街。猛然回首,那尊蜷曲的青铜雕塑莹洁无比,在阳光下灿然生光……

1993 年 8 月 24 日,安徽潜山

## 却吟小诗觅故园

——台湾"新古诗人"范光陵的乡情

  故园原只是父亲的窗前明月,故园原只是梦里的彷徨……故园,白石松风,青山斜阳,菊花丛丛,小路农庄。故园美丽的乡土,在游子的心里是那样的清晰和遥远。诗人范光陵将四十年未经乡风吹拂的心,轻轻地放在这片丽山秀水上,在故园激动地走去又走来,留下的是一声声如诗的吟唱:"十六离乡六十归,山川依旧人物非。千里云海家何去,夕阳秋风又几回……"

  故园是他父亲魂牵梦绕的地方。在故园天柱山的摩崖巨石上,他早就知道父亲书刻的"万岳归宗"那几个气势磅礴的大字。面对着父亲苍道的大字,他激情难抑地书写了"秀峰傲日"的雄浑,他早就梦想重续这凝重的一笔。可海峡四十年,历史却让他的夙愿迟迟才得以补偿……童年,他对故园只是模糊的一瞥,难忘的却是故园的"一室书香,半壁占阳"。当时,他那担任安庆行署专员和国民党立法委员的父亲,还来不及在家乡的天柱山精雕细刻他的理想,就匆匆忙忙地走了。关山万里,战乱迷离,他也只得走。他在那块孤岛上长大、读书。他选择的是冷门的法律专业。为了留学,他揣着二十五美元到了美国,在纽约"汤米·陈"的中国餐馆打工,每天剥着五十斤的冰虾和冰鸡,还遭受着老板无理的斥骂。童年的战乱,青年的艰辛,使他发誓要成为一位伟人。于是,他在进入世界第一流的电脑公司——IBM 后,他就发明"第三次世界大战"棋,受到老板的赏识,而他终于也在电脑上学有所成,被人们誉为"电脑之父"。

"半生流离半生闲,一层酸苦一层甜。天下英雄谁了得,却吟小诗觅故园"。然而,远离故土,浪迹天涯的游子叶落不知去,身心总在风雨中飘摇。在那块思乡的岛上,范光陵耳闻目睹父亲渐渐年迈,读书写字、作诗赏画,每每总把心中那无法排遣的一股炽烈的乡愁,浸淫在一首首思乡的诗词里而款款吟哦的情景,就依稀看见父亲在夕阳秋风里望乡的孤影,就仿佛看见父亲那一颗飘飞的、思念故乡的心,像一片片落叶,总在秋风淡月里打战……与父亲多少回沉默一对寡言人;多少次喁喁私语,乡音不改。父亲的思乡之泪,平平仄仄,点点滴滴地落在他的心坎,长出一条条思乡的大树。只有中国的古典诗歌才能表达浓浓的乡愁啊!他忽然对古典诗歌产生了浓厚的兴趣。在一次音乐创作发表会上,朋友不能填词,他竟情不自禁地代为"捉刀"写诗了。

"苗色青青残星寒,栗又满枝瑟瑟弹。新月溪水催人老,竹映堂前劝化禅"。中国是诗歌的国度,从古到今,上自皇帝,下至百姓都有吟诗的习惯。然而,中国古典诗歌不仅意境优美,而且韵律严格,很难为外国人接受。范光陵开始创作诗了。这种分四字、五字或七字,每首或四行、八行不等,以四行居多。四行诗中,第一行字,第二行字与最后一行字押韵,有时为了诗的意境也可以牺牲韵律。他把这诗叫作"新古诗"。创作出版了《透明湖》《雨树》《泪河》等多种中英文诗集。相继被邀参加了多届好莱坞诗人学会举办的洛杉矶诗人节。十几年来他不断参加欧、亚、美洲各地召开的世界诗人会议,并在一九八八年纽约世界诗人大会上赢得四十五个国家诗人赠予的"桂冠诗人"称号。

"海峡四十年,历史一瞬间。相思如雨丝,落入漓江去"。从此,他就带着他的诗,奔突在东西与海峡两岸的思想文化交流中。第一次登上大陆,他随兴就写下了这样一首怀乡诗。此番归来,他还珍重地将父亲的骨灰安置在故乡,安葬在故园的皖山皖水之间,让父亲那一生飘摇的心有美好的归宿。"欲悟吾道,小桥故乡。"他浅浅地吟道,那颗横溢的诗心该是安歇在了一条艺术之根。

1993 年 9 月 2 日,安徽潜山

## 染绿的声音

山居的日子,是在山中一座精巧的石头房里度过的。那些天,我都被一种巨大的宁静震慑着。经过许多尘嚣侵扰的心灵,陡然回归到这旷古未有的宁静之中,而又知道周围全是绿色的森林,心里似乎也注满了一汪清涟之水,轻盈盈的,如半山塘里绽放着的一朵睡莲。

也有声音,在白天的山峦,偶尔也有人语喧哗,幽谷回鸣。空山不见人,倒使人感觉到大森林的真切和人世的烟火之气。更多的是鸟声,从黎明的晨噪到傍晚的暮啼,耳闻着那密密松林里传出的啾啾鸟鸣,还可以看见那墨点般的小鸟,如大森林的音符跳荡着、栖落着。鸟鸣常常使大森林归于虚静,它天生就是一种虚幻的精灵。鸟声让人着迷地听,这时听出的就是一阵阵染绿的声音。

当然有许多声音是有颜色的。如皑皑白雪,潺潺流泉,响动的就是一大片白;如春花秋菊的凋谢,细心的人也会听出它的艳红和鹅黄的色调。在大森林里,此时激动我的不是这种颜色的声音,而是满山攒动着的森林——那浓绿浓绿的声音了。满山密密的松林,枫树、珍珠黄杨、翠竹……树丛间刮过的风也是绿的,绿将大森林融为碧绿的一体,分不清树颜色的浓淡深浅。那声音自然也不用侧耳倾听,触目皆是——大森林的宁静固然会使人坠入前无古人、后无来者的孤独和虚空当中,但这染了绿的声音,却让人感到一种生命的快意和心灵的悸动。黎明的时候,"山路原无雨,空翠湿人衣",森林里露珠"噗噗"滴落的声音,在我听出的是一种轻柔而凝重的绿色;森林静静肃立,枝叶交柯,在我听出的是一种茁壮生长的蓬勃的绿色;狂风呼啸,排山倒海咆哮着的松涛,在我听出的是一种悲壮和磅礴的绿色;阳光拂动滔滔无边的绿海,阳光掠去又显出一江春水,在我听出的是一种恬淡而平和的绿色……山居无事的时候,只要静静地穿行在这无边的大森林之中,我满心的尘垢,便一下子就被荡涤得无影无踪,只觉得身心惬意和愉悦,心中陡然就有斑斑驳驳的绿爬上心壁,盈注着生命清凉的绿意来。

听惯了这种声音,在夜里我常常睡不着觉。拥被而坐,此时周遭那染了绿的声音已渐渐无声无息,看很白的月光,慢慢浮上窗棂,月光里的绿色冷冷如春水荡漾着,使人感觉到那绿色的声音一定是被浓浓的月光所消融,隐翳在莽莽苍苍的大森林之中了。但此时此刻,我思想的羽翅还翩翩起伏着,希冀那染了绿色的声音出现。有风的夜晚,我看窗外的大山果然是混沌未开的一团绿色,那染了绿的松涛之声,铺天盖地的就在我石屋周围如狂飙般的春潮,惊涛拍岸,振聋发聩,让我激动得恨不得长啸了……这些年,我知道我常常谛听水声,谛听鸟声,不仅是因为我对尘嚣之声异常地厌倦和唾弃,更多的是在寻找清纯的自然和人生的大自在。那是我生活须臾不可缺少的思想的源泉……若能轻轻地裹在这染了绿的声音里,心就会轻灵得像一朵绿荷。即便泊在波涛里滚动,那梦也常常染了绿呢!

1993 年 9 月 15 日,安徽潜山

# 精　神

秋天的夜晚，天空飘着蒙蒙细雨。小城为了纪念从故乡走出去的一位将军、外交家和艺术家，举行了一场盛大的文艺晚会。观看晚会的人很多，有声名显赫的将军和外交官夫人，有著名的雕塑家、画家和艺术家，还有当地省市的大小官员。大家彬彬有礼地端坐在观众席上，都在静静地观看这场群英荟萃的演出。

这时，演的已经是第四个节目了。上台表演的是小城杂技团的"顶碗"节目——这个动作是杂技表演艺术中的高难度动作。在家乡出道的著名杂技表演艺术家夏菊花，当年就是以表演这个节目风靡世界，而赢得"杂技皇后"的美誉。据说当年曾有人问她成功的秘诀，她指了指床底下那一堆碎碗，说："秘诀就在这里！"这里面当然有许多感人的故事。我听到马上表演的是这个节目，心里自然生出了一种亲切感。可这次演出的是"对手顶碗"的节目，难度更大。表演的是一对少男少女，男的穿的是一身洁白的戏服，少女红装素裹。两人的表演举止优雅，动作娴熟……我坐在前排，不一会儿，就看见那对少年额头上沁出了灿亮的汗珠。

但两人只是聚精会神地表演，一招一式，扣人心弦，时而博得观众的一阵阵掌声。可就在两人演到一个旋转动作时，那少男翻身起立，托住顶碗少女的双手却微微颤抖了一下，忽然少女头顶的那碗就哗哗地掉了下来……这下子，全场鸦雀无声，观众也屏住了呼吸。那一对少年有点慌，即刻却落落大方地朝观众一个谢礼，重新倒仆，继续着旋转起立的顶碗动作——这下，成功了！"唰！"，全场爆发出一阵经久不息的掌声。在热烈的掌声里，那对少年不慌不忙，优雅地完成了对手顶碗的一整套动作。"从哪里跌倒，就从哪里爬起来。"我突然理解了这条朴素的民间谚语的含义，好像还有别的什么。我非常想知道他俩的名字。

就在那天晚上的演出中，有著名的京剧表演艺术家孙毓敏，有黄梅新秀韩再芬和杂技新星许梅花，还有许许多多中青年黄梅戏表演艺术家和歌唱家，他们也都亮出了自己最精彩的节目。他们的名字也像璀璨的星星一样，闪烁在幽蓝的天空中。可是那一对少年，大约没有多少人能记住他们的名字，但就在他俩再次倒仆，终于完成那一套高难度动作时，我脑海中蓦然浮上了"精神"这两个字。我突然觉得，我记住"精神"这两个字，远比记住他俩的名字重要得多。

1993年9月26日，安徽潜山

## 山心水目

天柱山美丽而充满阳刚之气的是石头。黛翠的峰峦因那铁青色石头的堆砌,才岩壑参差,洞穴幽深,峰峰嵯峨。苍郁的山脉因如禽如兽、形态各异的石头,才满眼嶙峋,显出一山怪态。在山中走着走着,望通体石骨在阳光下泛着冷峻的光,静静冥想,那心便也会想成了一颗颗石头。不觉痴痴就说出了声:那石头不就是这山玲珑的心吗?

山中当然有树有花草,还有雾。树和花草都长在险绝的山峰上。松是如披似挂,苍翠遒劲的;花草也长得灵异,琼花瑶草一般,却盘曲掩道,罩在乳白色的雾里若隐若现。人是眼花缭乱,又爽心悦目了。峰从来就很奇特,浓雾滚涌时,峰没雾海,满眼的白色迷离;淡雾片羽,峰便偶现峥嵘,如蓬莱仙境。到处都有水声,一路在心里淋着,石头般的心便活泼泼的,便有一种湿淋淋、圆润润的感觉。天是晴正了的,面前平平坦坦,只一片葳蕤的树,雾绕着,忽而银海般奔涌,忽而又轻烟一缕,依依恋着树。这样走了一程又一程,便有一阵劲风吹过,雾鬼魅般销声匿迹。面前陡然一派澄明。爽爽秀秀的峰峦,竟然就挤压出一块偌大的碧玉般的湖来,粼粼的波光,含着酽酽的绿浪。朋友乐了:"喏,炼丹湖,依你说,那湖就是山的眼睛了!"

眼睛里立即就有了水意,倏然对视着。想山有多高,水有多长,天柱山果然是因水而活着。到处可听瀑布轰鸣,溪流潺潺……天柱山真是一座让水浸秀泡灵的山哪!"炼丹湖"据说是因左慈炼丹而得名。朋友说,左慈曾在湖边那怪兀的大石洞里待过。他当是为了修道。《后汉书》称左慈"少有神道",在天柱山中"精思学道,得石室中丹经",叫"九丹金液"。左慈按此炼丹法,在石室里烧了七七四十九天真火,炼得金丹数枚,成了位点石成金的神仙。神仙当是仙去了,但那丹灶苍烟一下子从苍翠的山峦袅袅而起,千年不散,给渺无人迹的天柱山就添了几许神秘、几缕道家的风骨。古人就吟过:"苍苍一缕烟,袅袅出薜萝。仙风四散吹,俱带金丹气。"左慈炼丹,求的是无欲自静,长生不老吧?而这人造的高山平湖,却让青山常新,绿水长流,看来丹灶苍烟的妙趣,远不比这炼丹湖的景致让人顾盼流连了。

远观炼丹湖似一块翡翠,让群峰吞衔着,明珠般熠熠生辉;近观炼丹湖清碧溢翠,时而波澜不惊,水声汩然,时而轻风折皱,涟漪层层。朋友说,在炼丹湖上看天柱山就如看一山盆景了。当然要泛舟湖中的。起风了,湖面上银光闪闪,玉湖倾泻似的,恍惚群峰攒动,苍绿迷离。若逢烟雨,则水波氤氲,群峰半隐,苍茫浩渺。天晴日朗,小舟轻颤,只低头看湖,也见水中峰冠林立,与蓝天白云倒映在湖里,就有风景油画般凝重了。眺目四望,指点峰峦,回狮峰耸于右,青龙背拱于左,登仙峰、打鼓峰立于东,麟角峰、覆盆峰峙其南,东西南北群列开来,峰峰隽秀:"飞来"如帽,"宝月"如镰,"衔珠"欲吞,天柱似箭,直窜苍穹。静静观峰,就有了一些"磅礴"、"伟岸"和"雄浑"之类的字眼随着湖水在心头汩汩涌动。山的苍劲与水的温柔,峰的挺拔与湖的浩渺……既在眼前又在心里冲撞、叠印、呼啸着,叫人感觉到湖水与峰峦间的宽容和谐,大自然吞吐力量的强悍和飘逸……山多有灵石,多有名湖,天柱山竟得而兼之,仁山智水,天柱该是一座大仁大智的山了。

  独自在天柱山中走着。在郁郁苍翠间,心忽而因石头而迟缓,忽而又随水而灵秀……我说石头是山的心,炼丹湖果然就是山的眼睛了。山心水目,叫我知道什么叫厚重,什么叫玲珑剔透了吧!

**1993 年 10 月 22 日,天柱山下梅城**

# 海上文坛访谈录

或许现在很少有人像我这样面对着一个作家，尤其是在这种文学的声音渐渐稀少的时候。但当我的双脚踏在上海这座著名的很商业很繁华的大都市的时刻，在感受到一种旷世清冷的同时，我还是听到了一个幽幽的声音——文学的声音。

在浮嚣的大都市里穿行，我耳旁不断响起的是赵老那弥散着怀念情绪的动情叙说。他对张恨水先生的那份叨念的声音，仿佛就一直导引着我。当我坐在现代文学研究史上有着泰斗般地位的钱谷融和贾植芳先生面前，当我被一种巨大的学术和文学的氛围紧紧包裹的时候，我为自己，也为张恨水先生独享的一份知遇和友情不断感动和感到幸运。

## 一竿清瘦的竹

他曾是胡风分子。他幽默地纠正说："不是。是胡风反革命分子。"

这一段无论对他还是对于历史本身,都已是一块晶亮的疤痕了。好在历史已经自惭形秽地抚平了被它弄皱的一页,他还能坦然地生活在现代文学散发的芬芳里。人瘦如竹,性淡如水,因而获得几分历史的安详和超然。

只是我在电话里听他和蔼浑厚的山西话,想象着身体福泰、表情严肃的老头形象,在见面的一刹那,让他本人就给修正过来。我傻呆呆地问:"您是贾植芳先生吗?"

当然是。

他毫不介意我的愚鲁与忐忑,就招呼我坐下来抽烟。烟是"三五"牌的。他手头习惯地夹着的是廉价的"迎客松"。忙着泡茶。茶是绿茶,他操着浓浓的山西话说:"茶叶过去多产在福建、江浙一带,现在安徽的茶叶也不错……你们安徽过去一定不是很穷。现代文学史上就出现了韦素园、李霁野、朱湘、蒋光慈、台静农这些人。特别是陈独秀和胡适,这可是两面'五四'运动的旗帜,如果没有他俩,我们现代的历史恐怕又是另一番景象了……"

"张恨水当然是位大作家。"他告诉我,张恨水作为一位具有世界影响的通俗文学大家,人生阅历丰富,文学功底深厚,他创作的作品也集中反映了中国二三十年代上层社会、中层社会、下层社会的众生相,揭露了黑暗势力,作品具有极强的可读性和适应面。除了还珠楼主,还没有哪一个作家有他那么多的作品哩!读他的作品,实际上是我们认识社会、认识人生的一个重要渠道。作为历史中的人,他当然也有一个从幼稚到成熟的过程。成熟后的张恨水不仅是位通俗文学大家,也是现代文学的大作家。"他是了不起的!"说着,他加重了语气。

接着,他扳起手指,就像数星星一般数落着诞生在安徽大地、闪烁在现代文学天空上的一个个晶亮的名字。我突然感觉,他仿佛终年就坐在书房中央的圆桌前,让周围成排的书环绕着他,那浩繁的书籍与他那渊博的学识、卓越的智慧相互砥砺,溅射出一片灿烂的文学星空。他在探索那一颗颗耀眼的星星发展轨迹的同时,用他大量的著述,也将自己融进了其中。他说,他被打成胡风分子,身陷囹圄,许多珍贵的书被抄掉了。

"这书是我新近几年添置的,书是抄不掉了!"他说得铿锵有力。

他说,他和张恨水先生有过一段奇特的书缘。十六岁的时候他和哥哥一道去北京考高中。临考的那天,他还花七毛钱买了本《啼笑因缘》,晚上看了整整一宵,哥哥为此狠狠地责怪了他。他孩子气地搔搔首,说:"《啼笑因缘》后来由胡蝶主演电影,我还去看了。这部小说是张恨水创作生涯中的一个里程碑……我看小说还是要面向大众的。赵树理写的就是通俗小说。现在文学处于低潮,改变这种非正常的文学态势,既需要作家自身的努力,也需要一批有眼光的出版家。当时,上海大书店世界书局陆老板,在福州路杏花楼请恨水吃饭时,当场就拿出两万元的支票,说,张先生,这钱你先用着,往后你的作品我全包了!可见这位老板是很有眼光的……"

"现在没有了!不过,现在的有些事也怪!"他孩子气地说。有次他到江苏参加一个文学会议,乘车到一个地方参观,车子还没有停稳,当地人就跑来收费。同去的江苏一位作家的父亲幸好在那个县里工作,大家打着他的旗号,果然就马虎过去了。还有一次县里一个小科长陪他到一个宾馆吃饭、开房间休息,临走时,大家抹抹嘴,坐着车子就一溜烟地走了。"怪!不结账又不打招呼,一个小科长就可以那么做啊!"他侧着身子像是自言自语,又像是问我。

我被他的赤诚和天真感动了。我看着他,看他的书房简陋得除了书,还是书。只是一侧的墙壁上挂着幅《瘦竹图》,是著名的园林学家、散文家陈从周的墨宝。望着那一竿瘦竹,亭亭有节,清风虚心,不正是他的写照吗?

"徐志摩是陈老的表弟。"他嘀咕一句,又扯上了他的文学史。

## 先生不著述

"日子一天天过去,似乎总也没有空闲的时候,可又不知所忙何事。回首检查起来,剩下的竟只是一片空白。真是不胜懊恼。"钱谷融先生不久前在一篇文章中还这般夫子自道地谦逊着。

然而,先生不事著述了。

他实在太忙。他今年已经七十有四,自五十年代起他一直执教在上海华师大。虽然他因发表那篇著名的《文学就是人学》一文,遭受了二十多年的不白之冤,但他那追求艺术真理的信念从未泯灭。他致力于我国现代文学史的研究,曾撰写出了《曹禺(雷雨)艺术论》《文艺心理学》等大量著作。但为培养中外现代文学的博士研究生而呕心沥血,他现在忙得只好搁笔,不事著作了。

我们谈起通俗小说。他说,小说本来就是通俗的。无论是最早班固所说的"街巷俚语,道听途说"之类,还是后来"说话人"所说的话本,都是出自民间,读的人也是里巷小民,所以,在小说前面再加上"通俗"二字,近乎画蛇添足。他说:"人不为无益之事,难遣有暇之身。小说的功能本来就有消遣、娱乐的作用。法国写过《英雄崇拜》《法国大革命》的卡纳尔的母亲一生不看闲书,但卡纳尔翻译一本歌德的小说集,她还是悄悄找过来看了,可见小说的魅力。"

他思路清晰,记忆力惊人,引经据典,信手拈来。因编辑一套"中国言情小说大系",他倒是破例地写了篇序言。他认为,许多人不去了解通俗文学在平民生活中所起的作用,而囿于传统的偏见,一味轻视、贬斥它,甚至不屑一顾的态度是错误的……莎士比亚无论生前还是死后,都曾受到过嘲讽,他同时代的罗勃脱·格林就称他为"暴发式的乌鸦",甚至像伏尔泰这样启蒙时代的领袖,也把《哈姆雷特》看作是一个粗俗而野蛮的剧本,"是一个烂醉的野人凭空想象的产物"。但在《哈姆雷特》里他还是发现了莎士比亚一些无愧于伟大天才的崇高的闪光点……"莎士比亚的剧作里,的确到处都充满着天才的闪光的东西。可时时夹杂着一些最粗野鄙俗的东西,但他以他高超的见识、博大的胸怀、如海如潮的诗情和才气,就使他那些粗野的东西,因夹在通篇都绚丽耀眼的作品里,而显得熠熠生辉了。"陆机《文赋》说:"石韫玉而山晖,水怀珠而川媚,被榛楛之勿翦,亦蒙荣于集翠。""作家大可不必在小说的严肃与通俗上多做计较,认真一心写你的小说就是。"

面对世纪末文学尴尬的处境,他显得尤为冷静,他语重心长地说,当许多作家还沉湎在精神宫殿的营造,当港台通俗小说泛滥成灾的时候,我们应着手解决两大问题:"一是治标,即选择翻印一些有价值的清末民初至四十年代的通俗小说,以缓解群众对通俗小说迫切需要的现状和反映文学史全貌;二是治本,鼓励和提倡严肃作家、纯文学作家从事通俗小说的创作,或者尽量创作一些雅俗共赏的作品——通俗当然不等于庸俗,通俗小说也应该剔除一些思想境界不高、趣味较低的东西。作品质量的高低,固然与阅读人数多寡不一定成正比,但绝不会成反比的呀!"他说,"张恨水作为通俗文学大师,他恐怕是考虑到了这一点,中国现代文学史缺少张恨水这个流派就很不完整。文学作品没有吸引力,是因为没有走到人民群众中去。"

他声音宏厚,精神饱满。浓浓的慈眉映衬着一副忠厚慈爱的长者形象,一种雍容和学识渊博的学者风范。望着这位耄耋高龄的文艺理论家,我突然想到,他那为了文学走向大众而孜孜不倦的努力,不正是实践着他那"文学就是人学"的艺术主张?

他看了看我,说:"古希腊神话中有几位姊妹女神——缪斯,通常只被称为文艺女神,并没有专司通俗文学的缪斯,假如有,我想她也不必因为通俗文学在我们凡人眼里低人一等,难登大雅之堂就感到羞愧吧?"

先生幽默地一笑。

## 不灭的声音

俄国大诗人普希金说:"无论是多情的诗句,还是漂亮的散文……它们代替不了亲密的友情。"我一次一次地拜望恨水先生的挚友张友渔、万枚子等长者时,心里就经常冒出这样一句诗。

我常常被他们之间至诚至爱的友谊感动得泪流满面。然而,诚如一位作家所预言的:这是一个长者正悄然逝去的年代。

又一棵大树倒下来了。现在我就已经失去了面对的机会。但这位长者留下了自己的声音,他的关于与恨水先生之间的友谊的声音。这声音总给人一种温暖和怀想。

他说:"我和恨水是师友关系,可以说是半师半友,他长我几辈,又大我几岁,我开始从事新闻时,他已经名噪一时了。但他对我们后生很友爱,很器重,很注意培养。一个青年到报社编两天稿子,他就知道能否录用。大家都敬重他,喊他老大哥、恨老……"回忆起朋友,他激动得语气竟有些颤抖,"恨水兄妹多,家境很困难。他是长子,过早地挑起了家庭重担,到处流浪,很艰苦,他成名后,升官发财的机会很多,当个官很容易,但他不愿混迹官场,唯愿靠自己的笔耕生活。他的稿费收入比较多,但他不去做买卖,经商,他的道德、文章都不错……"

这是一盘赵超构先生谈话录音的磁带,是他那智慧的声音。大半个世纪以来,他就用这种声音说出了被称为是中国《西行漫记》的《延安一月》,发出了《世象杂谈》《未晚谈》《林放杂文选》那一篇篇劝人醒世的警言,他还用这种声音同中国许多伟人做过亲切的畅谈,同千千万万个普通的百姓开怀大笑……在中国新闻史上,他还曾与张恨水、张友鸾、张慧剑一起被人称作"三张一赵",声音飞入寻常百姓家……

难怪我在心里总抹不掉这种声音了。

他声音缓缓的,平静得惊人。他说:"一九四五年五月,我随中外记者代表团访问延安时,与毛主席一起看京戏,我坐在毛主席身边,毛主席表扬了恨老。说《水浒新传》这部小说写得好,梁山泊英雄抗辽,我们八路军抗日。像张恨水这样的通俗小说配合我们的抗日战争,真是雪中送炭。这本书在解放区翻译过,八路军战士大都出身于农民家庭,文化程度比较低,给他们看新文艺小说,他们看不懂。所以他们对《水浒新传》容易接受。周总理还给我们送了一些土特产,延安小米呀,红枣呀,还有自制的呢料,也有恨老一份。中华人民共和国成立后,他待在家里,生活很困难,有人反映到周总理那儿,周总理说,我们不能忘记老朋友,安排他当了中央文史馆馆员,每月有一定的薪水。他中风恢复后,写作不像过去那样方便了。他作为一个很有名望的知识分子,一辈子靠写作吃饭,这是很可贵的。"

他动情地追忆,思绪绵绵。"恨老的作品反映的是民国初年和抗日时期的现实生活,因此受到了广大人民群众的欢迎。鲁迅的母亲就喜欢读他的作品。鲁迅批评过不少人,但他没有批评张恨水。张恨水非常爱国。《延安一月》的序言就是他写的,他当时认为对延安情况报道一定要客观真实,这非常难得……"

他回忆起这些往事时,已是八十一岁高龄了,恨水其时离开人世也有二十多年了。然而,当朋友的故乡人轻轻叩开他记忆的大门,他和恨水同室相处的岁月竟然历历在目,故友的故事仍是烂熟于心。他是怎样珍重这份友情、这份甜蜜的记忆的呀!斯人已殁。在后来一些宁静的夜晚,我独自倾听,倾听着他那至爱满怀的声音,灵魂像是受到一次洗礼,感受着一份历史的沧桑和温馨。

那一次,他还兴致勃勃地用他开创"林放杂文"宗风的如椽大笔,抄录了恨水先生一首勉励朋友的诗作,然后屹屹写道:"我们今天进行张恨水研究,确认这位小说大师的一百几十多部作品在现代文学园地中的应有地位,给这个流派的文艺创作以公正的评价,从而清除过去那文坛的门户之见,使得现代文学史的宝库更加丰富多彩……"

这是亲密无间的朋友留下的最诚挚的语言,一份现代文人相重相敬的友谊的见证;也是一代宗师,一个良知不灭的现代文学大家的呼唤。

缘此,恨水恨水,何恨之有?

1993 年 11 月 2 日,安徽潜山

# 我的乡村生活

## 插 田

在所有的农活中,插田是迥乎寻常的动作。一捧绿色的禾苗在手中舞蹈、跳跃,我的眼、手、脚三样并用。水田里倒映出的是一群膜拜土地的乡亲们身影。这时节,田野上总飘荡着面朝黄土背朝天的黄梅调。

插田的方式是退后。退后看见自己亲手栽插的一株株禾苗,望着面前一片绿色海洋,就有一种赏心悦目的舒坦。有时候累了,站起身子,四周很静,阳光的白浪里,大片的绿色汹涌而至,太阳将田畈涂抹得格外层次清晰。躬身插秧的乡亲,头顶上那崭新金黄的麦草帽,在绿海洋里一起一伏地浮动,天地一片宁静与祥和。看到面前自己劳作所赢得的收获,我恍然明白:退后原来是向前。有首民歌说过这个道理。

插了一行到头,我总喜欢坐在田头点起一支烟,对坐一岸青山,顿时,劳作的疲劳感消失殆尽。而只有在这时候,我感到整个身心都汪进这片绿色之中了。这种情绪延续至今,我在填满面前每个方格子之后,手里也燃起一支烟,很有类似于插田时的感觉。

## 锅　灶

锅灶,有的地方叫作锅台。在我的乡村,锅灶算是一家门户的标志。至今仍有很多地方,仍将搭一个锅台墩子当作自立门户的开始。父、子、兄、弟析居分家,首先搭起的必须是锅灶。可见锅灶在乡亲们心目中沉甸甸的分量了。

锅灶的构筑方式历代相沿,在乡村变化不是太大,即便是早年由两块砖垒起来的那种,炊火恣肆地蓬勃燃烧,浓浓烟雾滚涌,滚到现在,也只是多了个烟囱。于是在乡间的青瓦屋顶上,炊烟袅袅,乳白色的炊烟顿时给乡村倾注几分生活的安逸、和谐。在冬闲无事的时候,我也钻进锅灶下帮妈妈烧锅。用火钳夹起一把柴火,塞进锅灶,熊熊的火苗映红我的脸庞,脸上立即就有一种温暖的感觉。看到火苗飞快地舔食着柴火,柴火噼噼啪啪地炸响,声音显得十分纯粹。烟囱平静地过滤着生活的几分繁杂,悠悠吐出几分单纯。

现在在城市,锅灶是很少见的了。大都用上液化气灶之类,已没有乡村锅灶的那份情趣。正像作家们用电脑写作,现代是现代了,但总缺少一种味道。这是不是狐狸吃不到葡萄的想法?

## 放　牛

乡村里鸡、猪、牛、羊、猫、犬,六畜兴旺。乡村人最敬重的是牛。春暖花开的时候,牛拖着笨重的犁,驮着沉重的轭就开始下田了。乡亲们用清脆的鞭哨呵斥着牛,牛便年复一年重复着劳动。在水田里牛浑身湿漉漉的,我常常弄不清那是牛的汗水,还是溅在它身上的泥水。

在田里我总是驾驭不了它。听话且忠实的牛,也只有在放牧的时候我才能亲近。这时候我可以抚摸它柔顺的尾巴和黄毛,可以亲昵地疼它的脸,然后将牛绳子绕在牛头上,让牛独自在家乡的小河沿或去山丘上吃草。我和同样放牛的小伙伴悠在一旁玩耍。有时忽然被独坐青牛横笛归的气氛感染,偶尔爬上牛的背脊,但很快就被大人们制止住。他们对那种染有唐诗的古典场景陌生而漠然。

在放牛的时候,我们可以安心地读书。牛一拨拨地沿着萋萋青草走动,它走过的地方,青草齐崭崭的,像是割过了一遍;我读着书,也一页一页地翻过。书看完了,就牵着肚子浑圆的牛往家赶。牛和我几乎同时获得物质和精神的双文明,就有一幅悠然的田园牧歌式的风情。

枯草季节,牛便被乡亲们一律送到山里或者在苇湖边的亲戚家放牧。没有了牛,大人们坐在火塘边聊天,我坐在一旁看书。但总怀想着牛。现在,在书房里读书时,我也总想到家里那头老黄牛,于是书里便叠印出各色各样的牛的身影来。

1994 年 2 月 17 日,安徽潜山

# 石楠，不是草
## ——著名作家石楠印象

江南有一种春天开伞状白花，秋天结球形红果的常绿灌木叫石楠……欧洲德黑兰半岛有一种敢于和人类较量的野草，也叫石楠。在扬子江畔一座小城里，还有一位如这棵草木姓氏的女人也叫石楠，她们都一样具有顽强的生命力，都开着殷红的花，结着殷红美丽的果……

读过石楠的长篇传记小说——《画魂》。那是石楠在人生的秋天绽开的第一束令人称奇的花朵。张玉良这个从仆女、小妾进而走进艺术宫殿，却又被历史尘垢所蒙沾的著名画家就如一朵昙花，在石楠爱的滋润下婀娜多姿地开放了。这颗奇异的花朵横空出世，便立即让一代读者的心灵受到了极大的震撼。记得当年读了这部传记小说，我还十分虔诚地在书的扉页写了一段关于不幸、关于奋斗之类的人生格言。那时我尚年轻，一颗天真无邪的心稚嫩得就像一棵盛不住露珠的小草，当然也就有一种"感时花溅泪"的慨叹。

第一次见到作家石楠，是在一次文学创作的笔会上。那天我和她坐在了一起。她戴着一副老花的眼镜,朴素如草,和蔼可亲,脸上漾着的是亲切慈祥的笑。那时,她因创作出版传记小说《才女之死》《弃妇》《裸雕》等几部书而早已名噪一时了,但她毫无名人的架子,仍像孩子一样天真而率性。记得会后参观三祖寺,她还在庙里求了一个上上签:"四时日月照晶光,唯有文章压四方。三级浪中龙现爪,九霄云外凤呈翔。"众人怂恿她念,她就大声地念着,脸上掩饰不住一阵喜悦。

游天柱山时,我与她又走在了一起。她以多病的身躯和五十多岁的年龄,一直走在我们这群文朋诗友的最前面。整个的身心融进大自然,她似乎感觉自己的心灵十分自由。她说,她原本就是大山的女儿,她的出生地就在离天柱山不远的太湖县李杜乡。那可是李白、杜甫两位诗仙留有足迹的地方。她是石家的"第五根草",她上面的那"四根草"都让父母在漆黑的夜里偷偷地送给了人家——她奇迹般地生存下来了。就在这样的大山,她砍过柴、放过牛、打过猪菜……生命也如山中随处可见的草木一样,在风霜雪雨、炎炎烈日中自生自灭地生长。多少年过去,她也以女性的坚韧,以顽强的意志承受着生活的一切重压,一步一步走出人生困境……我们歇息时,抚慰着身边一株小草,她轻描淡写就将往事付之一笑。

天柱山的山路高高低低,崎岖不平,我们时而行走在台阶上,时而行走在悬崖绝壁间。但她毫不畏缩,一个人不停地朝前走……陆陆续续的,我就听说后面一些作家和诗人们走不动,有的还被狠狠地抬下山去了。我问她是否也找人抬一下,她夹着满口的太湖腔说:"不!不!"连配给她的拐杖也让她甩了。亲近自然,自然似乎给了她更大的勇气和力量……为了给千千万万个同命运的中国睿智女性立传,短短几年的时间里,她就用巨大的毅力捧出了《画魂》《寒柳》《从尼姑庵到红地毯》等五部著作,洋洋洒洒几百万字。她告诉我,她真的没有时间和精力沉湎过去,她面前的路还很长,她要一步一步地走……她告诉我:"一个人的人生也和自然界一样,倘若没有四季,没有绵绵春雨,没有夏日骄阳,没有瑟瑟秋风,没有风雨的季节变换,大自然也因此而感到遗憾的。"她说她打麻将得出一个人生的看法,那就是自摸和牌好!

我默然。静静望着走在面前的她,我突然觉得,石楠不是草,果真是一朵花,是在晚秋季节开放的一朵绚丽、倔强而又令人惊羡的花!

**1994 年 3 月 30 日,安徽潜山**

## 桂窗琐记

我现在的居所是一座小木楼,古拙而简朴。朝南的窗前原有一棵高大的梧桐树,不知什么时候,那棵梧桐树却被砍掉了。剩下一株终年绿茵茵的小树,我不知道这树的名字,当然也就好长时间不甚在意。到了八月里,满屋盈鼻的都是沁人肺腑的桂花的馨香,终日里让这香熏着,心情便十分地爽快。"竟是桂花树!"我欣喜异常地叫了一声。面对一树桂花,我觉得再也不能无动于衷了。在桂花的窗前,夜读陶渊明《归去来兮辞》中"倚南窗以寄傲,审容膝之易安",我的心怦然一动,陶老夫子做了八十多天的官,便辞官归田,回到老家,不嫌房子小,以为容下膝盖就行,那自是陶老夫子的洒脱。"采菊东篱下,悠然见南山",陶渊明南窗有菊,菊如陶渊明,自有他寄傲的地方。我无官可辞,无菊可采,而南窗一树桂花却委实让我有了些许骄傲。"桂子三秋落,天南云外飘""三秋桂子,十里荷花""桂华秋皎洁"等等,桂花在古诗词中受到赞美的句子就不少。杭州西子湖畔的"满觉陇桂花",历史悠久;唐代大诗人白居易也有"山寺月中寻桂子"的名句;著有名诗《桂湖曲》的明代学者杨升庵早年攻读诗书的桂湖公园,如今最大的桂花树即杨升庵当年手植,香飘五百年了。而在我的家乡,虽不敢说家家有桂,但至少也是无村不桂的,同乡作家张恨水故居院内,就有一株终年绿茵茵的桂花树,点缀着他的文思,以致多少年后,他在一篇《桂窗之忆》的文章里,还充满深情地忆起那树桂花:"予祖儿时手植之,时则亭亭如盖,荫覆满院,清幽之气扑人,七月以后,花缠满枝,重金币皋,香袭全家……月圆之夜,清光从桂隙中射上纸窗,家人尽睡,予常灭灯独坐窗下至深夜,二十年来,不忘此境焉。"在我家乡,甚而还有这样一副对联:"丹桂有根独长诗书门第,黄金无种偏生勤俭人家。"

知道了这些,我独以为我该钟情窗前的这株桂花了。我的房子只有十二个平方,书房、厨房、卧室"三位一体",也仅仅只是个容膝的地方,我没有陶渊明的潇洒,对这住所的境状是日甚不满意起来。悠然处之,也仅仅是一种无可奈何。得了陶老夫子的点化,我附庸风雅地将住所取名曰"容膝斋"。久而久之,也独得其乐,且时常"伸伸脚",在这里写作、生活、睡觉,与妻儿三人相安无事。容膝斋里倒也有三两名诗人、名作家光顾,先是惊诧于我居住的寒酸和简陋。寻至明处却是窗前,惊讶一声:"呀,看这桂花树……"我的心便由惴惴而变得自傲起来。

桂花树日渐长成硕大一蓬,树叶四季浓绿,枝头有着点点米大的花粒,春天里绿得发亮。八月桂花开时,阵阵香气罩住我所住的"容膝斋"和整个院落。因此也惹得姑娘、小孩驻足桂花树下,心急的便伸手摘那桂花。有一日,我在床上听到窗前笑语喧哗,枝叶沙沙,终于忍不住起床大声骂起来:"花也是有灵性的,干吗要摘断它?我家徒四壁,唯一拥以自傲的就是这树桂花,这点骄傲的东西,你们也侵害?"性之所至,大骂一通,摘花的人们鼻子嗅着桂花,便悻悻地走了。

拥有桂花的骄傲,得意忘形起来,我便免不得说与一位文学前辈听。他有一座别墅式的房子,院子里人工栽植了一株桂花。岂知我话还没有说完,他却愁眉苦脸地告诉我:他近邻的一家栽了桂花,病事不断,拔了全好了,因此他爱人也要拔这桂花树。说某朝某个皇帝是在桂花树下吊死的,桂花树是鬼魂附体。自从栽了这株桂花,他家里也七事八事,祸事不断的。他说得一脸真诚,我听得十分惘然。

过了几天,我再去他家,果然见那桂花树不知挖到什么地方去了。回到家,我心里一直怅怅的,坐在南窗桂前,看那满树的绿茵茵,心想那么好的桂花树,怎么说不要就不要了呢?

*1994 年 3 月 31 日,安徽潜山*

## 梅城的梅

我在梅城居住转眼就十余年了。仄耳濡染梅城的传说倒是非常之多：说梅城有满城梅子树，于是我就有种绮丽的感觉，说有座梅花小姐墓，便有许多古典的意象从我心底唤起；说起三国时那则"望梅止渴"的故事（虽然那可能是杨梅），我分明更有种历史的朦胧和恍惚之感了……然而，遗憾的却是梅城无梅可赏！

今年立春特别早，那雪在漫漫的冬天里了无痕迹。而到了立春后，就接二连三地下了几场白雪，洁白的雪掩盖了我身边的一切。我所住的院子里，春雪厚厚莹莹地泛出刺眼的光芒，映入我眼帘的也都是冰清玉洁、玉树琼枝的景象。雪很快就停住了，那阳光又极轻巧地消融着雪，院子里便恢复平时疏枝横影的庭院模样来。水泥地晾干了，我信步走入这清凉的院子里，忽然发觉眼前几株猩红，淡淡地在阳光下出浴成清寒而俏丽的身姿。数了数，也就那么三两株，问问同院的朋友，那三两株竟都是红梅。我心里也就十分地诧异：住在院子里少说也有几年了，四季青、黄樟树、白玉兰都曾日日在眼前耀艳，或绿或白的花，给我素来很累的心灵也曾倾注着几抹暖意,竟然就独独不见身边的几株梅花呢?为此,我奇怪地寻思了几天。

梅花红红的,瓣瓣绽放在梅枝上,我几乎注意到梅花开放至凋谢的全部过程。在这之前,我心目中也有过梅花的,但总觉得梅花不易见到,在感情上也就把梅花推得很远。岂知梅花原本身边就有。冰雪融化时,梅花几点红蕾,淡淡疏疏,像是一只小白猫不经意地蹲在雪地里,天晴梅花盛开,一朵一朵的梅花,披了一树,灼灼地耀眼。一出门,眼睛里全都是梅花的倩姿,回到房里,那满树的红艳也晃在心里,心就随那梅花滋润之至了。梅花落时,像是筛金流玉,不几天,梅树脚下就密密的一层,再看那梅树,清寒且瘦,倒像位饱学之士独自在雪风中轻吟,听那声音,却依然古典:"有梅无雪不精神,有雪无诗俗了人。"

一次出差,我把庭院梅花的事说与一位长者听,长者向我摇头晃脑背了有关梅花的古诗。自古吟梅的诗多得像梅花瓣瓣,盛开年年。梅花很脱俗耐寒,在古人心中也一直有"四君子"和"岁寒三友"的比喻,至于古人爱梅成癖,称梅妻,倚梅而生的人和故事,也大都凄婉动人,让人浮想联翩。而我想得却十分实际:有梅,梅城才名副其实,出入梅城的大街小巷,我想小巷深处就该有梅树,该有擎着小花伞的红衣少女,顶着梅雨从梅树下款款橐橐地走过……从梅树下走过,轻轻拂去活蹦乱跳的绺绺梅子,有一块古墓被梅花藏住,也像梅花瓣似的脸腮,一大滴晶莹的泪珠冷了很久,那便是梅花小姐,便是那扼不断的城墙般牢固的传说吧!真的,梅城多梅,多梅的梅城,还须得到梅花树下去找小店,要到梅花丛中去寻人家,三国时那跑了三天的曹兵渴已止了,唯有樱桃小嘴咀嚼颗颗熟透的梅子,品味很酸且很开胃的笑话⋯⋯

　　自然这是想象中的梅城。但梅城作为千百年来州郡府所在的古城,根植一城梅花和流传梅花的种种故事,对谁都是极具诱惑力的。这也是我在梅城十余年遗憾无梅可赏的缘故了。现在,我终于见到梅花了,梅花艳艳地开放在我眼前,开放在我的身边,早晚我路过这有梅花的庭院,我真的闻到了梅花散发出来的馨香,这香也就一阵子,仔细闻,却怎么也闻不到,这也十分奇怪。再望梅花,梅花似乎也奇奇怪怪的样子,我便疑心这不是梅了,梅非梅,花非花,那我也非我了。定定神,再看梅花,依然是梅,梅城有梅,这就够了吧。

1994年3月31日,天柱山下梅城

# 抚摸春光的手
## ——观看巨幅国画《胜似春光》

还在仲秋,一群渴望春天的艺术家们聚集在一起,用他们那抚摸过阵阵寒风和秋叶的手,轻灵灵地便牵来了一缕缕春光。

这幅《胜似春光》的巨幅图画,自然也会在中国的国画史上留下一则佳话。静静地伫立在这幅国画面前,我心里忽然一亮,明媚的春光就这样照亮了我们?

我觉得国画的语言似乎就是成语,千年传诵。看到这幅由十位国画大家共同描绘,仿佛浑然天成的国画《胜过春光》,我的心头突然就涌出了"百鸟和鸣""姹紫嫣红"之类的成语……此时,这十位制造春光的艺术家中就有罗铭、卢光照、黄均三位夹杂在观画的人群里。我有幸握了一下他们那一双双浸染丹青的大手。一遍遍地翻着在绘画上中西兼容,尤擅中国山水画的陕西国画院名誉院长罗铭的花鸟画册页:《秦岭雪葬》《西岳华山》《华岳秋色》《鹤寿图》《瓜雏图》,望着面前满头银丝的罗铭先生,我真的不解那直灌胸臆,苍莽雄健的山水和富有浓郁生活气息的花鸟画,怎么同时出自他这位八十老叟之手?

"他的花鸟长于写意,是大写意!"同是皓首白发的画家卢光照对他也是赞叹不已。现任北京花鸟画研究会名誉会长的卢光照,这次呈现在我们面前的是《竹林飞雀》《节礼果篮》《鸡冠花》等六幅画,这些画也全是花鸟题材。从攀谈中我得知,卢先生早年曾师从齐白石先生,深得白石老人赏识。白石老人还赠他"吾贤过我"的题词,并题所画云:"光照弟别有思想,近世不易有也。"予以鼓励。卢先生的花鸟画后来果然驰名中外,曾有巨幅国画《大展宏图》作为国家礼品赠送给了日本的中曾首相,《松鹰》赠送给了爱尔兰总统。我看他的花鸟画着墨疏密有度,旷达坦荡,比起罗铭先生那用笔纤秀、工整细致的花鸟,显得野趣而拙朴,更是大写意。我将想法怯怯地说出,老画家对我笑了,喜遇知音般地点了点头。

祖籍台湾的黄均先生和卢光照先生同年庚,他是中央美术学院的副教授,当代著名的工笔仕女画家。几十年来,他刻苦钻研传统工笔重彩绘画的技法,影响到他作品的便是结构严谨,笔法工致,色调明丽典雅。或许是受到电影《五朵金花》的感染,我久久地在黄先生画的《蝴蝶泉边》前流连忘返——那画面上阳光明媚,百花盛开,一位红装素裹的瑶族姑娘动人地站在红、白蝴蝶翩跹的泉水边……姑娘在泉水旁端详自己的俏姿,抑或是等待相恋中的阿哥?暖暖的色调把我带到了美丽而多情的少数民族的风情当中,仿佛做了一次精神的漫游。

三位老画家,各自独具自己的艺术特色和感染力……孙天牧、秦岭云、张秀龄、田世光、许麟庐、侯又名、刘继瑛,十位画家或用笔工细飘洒,或气势磅礴,酣畅淋漓,或画风拙朴、工整,自然又是风格各异、美不胜收了。面对《胜似春光》这幅巨画,倘若不是有他们的署名,谁知道这浑然玉成的巨幅国画竟是集体创作,出自十位高手的手笔呢?艺术相知而相遇,国画传统的审美情趣自古以来就是一脉相承?高风亮节的竹、清香飘逸的菊、玲珑依人的小鸟,总根植在我们传统国画的意境里,熏陶着艺术家的心灵,铸造着一代又一代艺术家们的文化品格。

品格的力量总是沉着而伟大。这,也胜似春光吧?

**1994 年 3 月 31 日,安徽潜山**

## 穿陵而过

天空陡然在这里显得寥廓而幽蓝。峰峦叠嶂,浓荫绿盖的掩映下,一座座朱墙黄瓦、飞檐翘角的殿陵在阳光里泛着鳞片般的光亮,面前的土地似乎真的盈满了脉脉的帝王气象,使人恍惚看到大明王朝的皇旗猎猎、龙辇浩荡……

这是明朝十三陵。我穿陵而过,大明朝覆灭已有三百五十多年。岁月沉淀一切,滞留在这块土地上三百多年的明朝历史,却像疤痂一样晃在我的眼前。

远古的笙歌乐鼓訇然作响,陶醉其中的朱元璋——这位小行童出身的开国皇帝或许压根儿就没有想到,他苦心孤诣传承的皇位很快会被亲生儿子半路篡去,连他长眠的陵墓也会被皇子皇孙们遗留在遥远的南方……谁愿意相信大明江山的覆灭仅仅应验在一个谶语上呢?明成祖朱棣取代他的皇孙,在这片风水宝地上另起都城,暗含玄机的身影与他繁华的皇袍之梦,也早已真切地与这块土地融为了一体。留下的只有一个恍惚若梦、滑稽可笑的宫廷传说。

传说中的康家坟、橡子山、干水河依然真实地存在。朱棣当年梦想皇袍绵祚、江山永固的故事也从皇宫走向了民间——"猪(朱)到了这儿,有糠(康)吃,有泔(干)水喝,有橡子吃,还怕朱家不发吗?"朱棣梦呓般癫狂的声音和他的朝代曾一起兴盛,一起寂灭……如今,我在这片曾经弥散着浓郁迷信气息的土地穿陵而过,我只知道我在洞穿声赫一世的大明王朝。那一座座辉煌的明陵让人怀想它的骄奢和兴盛,那一股股腐朽的气息,让人体味到它的糜烂和衰落。大明王朝的背影早已远去,而辉煌的明陵却在这片古老的土地上熠熠闪光。更多的人透过奢华的神祇,看到的是一个民族智慧的光点,明王朝给自己树立的死亡的碑记,已变成象征劳动人民勤劳与聪慧的一座丰碑!

天造地设而又人工雕琢,庞大而又完整的建筑浑然一体。平常的一事一物、一山一石,到这里构成了多姿多彩的皇陵景致,让人叹为观止。然而,穿陵而过,我无法细心领会这些建筑的奇异。从残存的历史遗迹中,我尽管不止一次地感受我们民族对世界万物轮转、变幻的深切理解所做的努力,不止一次地体会到孜孜不倦的先祖探索建筑风格所付出的代价,但侵蚀我思想更多的还是帝王驾崩时的盛典,建陵时那被劳役、被陪葬致死的劳动者蝼蚁般的生命。我仿佛目睹一群群衣衫褴褛、面黄肌瘦的劳工,沉重的号子和淋淋的鲜血,他们将自己血汁注进历史的河流,铸造历史,又改写了历史……十三陵的恢宏由许多渺小的生命堆垒构成,构筑皇陵的这些生命偏偏又是那么智慧和精心,他们建造皇陵就像民间剪纸和类似的艺术创作那样自由和倾心。看来,我们的先祖对美好生活的追求一刻也没有停止过,这便是一个民族生生不息、源远流长的动力。

　　引人沉思的还有被明陵粗暴拒绝的那位建文帝。这位被朱元璋诏封的仁柔的继承者，在洪武年间连绵不断的霜降之后，让社会安定、民风淳厚，甚至还出现了"夜户不闭，路不拾遗"的"四载宽政解严霜"的德政，可他的皇位被四叔朱棣毫不客气地掠走，从宫廷流落民间，他继而就成了千古的迷踪。"乾坤有恨家何在，江河无情水自流"……建文帝的诗幽魂一般浮荡在这座皇陵之间，民间从此到处遗有他的衣冠冢。甚而云南大理的百姓还自称是他的后裔，没有为自己建造陵墓的建文帝如此引起人们的缅怀，这怕是兴师动众的陵墓修建者们没有想到的。

　　穿陵而过，我行走在这川流不息的观陵的人群里，行走在这片古老而奇异的土地上，我恍惚发觉历史的美妙和公允——尽管历史可以篡改，但最终它还会拂去积淀的尘垢，泛出它本来的面目。这不，悠悠蓝天下的十三陵，不就是一双历史的眼睛，一枚历史的巨大定针？

1994 年 3 月 31 日，安徽潜山

## 走西安

冬天的日子,八百里秦川幽幽寂寂,不着一星点绿色。山是如斧如削,断壁千仞;地是枯叶飘零,黄土生烟。人家烟囱里的炊烟慵散散的,面前偶尔晃动的农人,全包裹着白色头巾,让黄沙灌得一脸苍凉,眼睛眯眯的,很是惘然的样子。望天上的日头,也全让黄沙迷住,混混沌沌的,就让人疑是哪家炕灶里蒸出的黄饼;稀稀落落的树,让风剔除了叶子,孤苦伶仃的,远远望去冷不丁就当是一位倔强的关中汉子。

便见到西安的城墙,只是断落而豁缺了一节,其余便修复得整整齐齐。灰砖砌垒,白泥勾缝,巍然四合,蔚为大观。天在城墙的上空忽然变成了蓝色,万里晴空,只飘着一两片白絮般的云彩。城墙里面灯红酒绿,人声嘈杂,果然就豪迈了许多;人西装革履,旗袍飘袂,腰身一律硬朗如铁,喝茶吸烟,嘴里弥散开来的总是秦都,总是唐朝……

俯身在这片黄土地上,脚下随意蹦踩的便是龙山文化、仰韶文化的历史碎片……想在文化之前,这片远古蛮荒的土地,无边无际阴森森的参天树林里,有一群与自然和谐相住着的先祖,筑洞穴居,取石而火,耕猎饮食,裸露而歌。他们快快活活,实实在在就是一群清纯的自然之子,活泼泼生活着,原始却又非常人性。遗憾的是再也看不清他们的面孔,看到的只是一群群恣肆而动的历史背影……

能看清的也不一定就是历史。历史的黄土层里,冷不丁就开列出一群兵马俑,黄土黄脸黄皮肤,一个个金盔铁甲,赫赫然就排迤出秦王朝的浩荡雄风——祖先不再原始,也真的就不再肆意地站立,那队列便开始雄壮,便整齐划一。秦始皇千古帝国的梦妖雾一般萦绕在黄土地上,三百里阿房宫的笙歌箫鼓、靡靡之音整日充盈在强大的王朝疆土:一边是粉黛弄姿,娇无颜色;一边是铁马金戈,万里戎战,秦始皇长生不老的幻想让一把熊熊大火燃灭之后,历史无情地隆起了一片土丘,终于画出一个休止符了……

在这样的黄土地上行走,我来到期待已久的灞桥。然而面前的灞桥已无柳可折。可折的还是历史,线装书般的历史一册册一沓沓抖搂开来,就有一颗岭南的荔枝噗地落地,艳红可人。面前垒起的是苍翠的山脉,骊山绮丽在前,强盛的唐王朝哪里去了?为什么见到的杨贵妃们全都是搔首弄姿?温泉脉脉的浴池,杨贵妃洗浴着她的清白之身,褒姒一笑,烽烟戏诸侯的传说瘟疫一般到处流传,唐王朝的宫院深深,杨贵妃难道真的就充耳不闻?后来,长安街上黄黄的菊花开了,多少驿马飞奔而去,王朝的那骁勇一世的黄袍瞬间就在灰飞烟灭中消逝,杨贵妃樱桃小嘴衔含的荔枝轰然跌地——定格。一位如芙蓉出浴的女儿身哪里载得动一个王朝的恩恩怨怨?

历史总有几分荒凉古意,冬天的风吹得我也满腹苍茫。在我的脑海里,猛然走马灯一般转动的也总是秦都,总是唐朝。我陡然地明白,我驻足的这个城市,这一个个现代打扮的人们,时髦的嘴里为什么总是蹦出发黄的历史。人们自豪地炫耀着历史,但一双含有五光十色的文明的眼睛里,时而溅起的又是一星点古老的灰光。身临其境,我实在无法熟视无睹身边一个个奔波忙碌、跨进现代生活的人们以及眼前古老的景物了。

我用一个外省人的眼光努力使自己的心情变得轻松。跨进碑林,看历史的人们篆、隶、正、行、草般友好而和睦地相处在了一起。琳琅满目的碑林,似乎用翰墨之香氤氲着古城西安,泗渍开来,便是历史一滴硕大无比的墨点。难怪古老的文明在这里做了长久的驻足,而追求文明的人们在这里也流连忘返……修复了几段城墙,便围起一座新城,还难怪城里人怪里怪气地说的:"我们是城里人。"嘿嘿!那意思和说"我们是文明人"一样地有着韵致了。

**1994 年 3 月 31 日,安徽潜山**

## 钱的滋味

滋味要亲口尝尝才知道,伟人毛泽东对此曾说了意味深长的一句话:要想知道梨子的滋味,就得亲嘴吃它一口。老人家一生不碰钱,却很是知道品尝滋味的办法。滋味因为嘴才能品尝出来,当是一条颠扑不破的真理。钱也有滋味,但偏偏不用放在嘴里品尝,其中酸甜苦涩俱全的滋味,就让有钱人说不尽,没钱的人说不清……

世人都说文人们清高,但文人却最是品尝过钱的味道。因为眼下关于钱的文章几乎都是文人作的。外国的拜伦、莎士比亚、巴尔扎克说过钱,巴尔扎克笔下守财奴葛朗台数钱时的那份吝啬,让我就很疑心是巴尔扎克本人所为。中国文人当然也不例外,西晋时期的鲁褒专门就写过一篇《钱神论》:"夫钱,穷者使通达,寒者使温暖,贫者使勇悍。""钱能转祸为福,因败而成,危者得安,死老得生,性命长短,福禄贵贱,皆在乎钱。"这简直可以当成一部关于钱的文学名著了。现代的文人就连闲适得一塌糊涂的林语堂、梁实秋也都正儿八经谈过钱。钱风行世界,畅通无阻,玩钱的人当然也姿态万千,但关于钱的滋味却大抵相同:富者有钱,显也显不得,藏又藏不住,可谓之酸;有钱能使鬼推磨,吃三喝四,呼风唤雨,趾高气扬,可谓之甜;穷得什么都没有,唯独有钱,这可谓有钱人的个中辛苦。有钱的六亲不认只认钱,心狠毒辣,不富不仁,就不必说了;没钱的见利忘义,横生歹心,更叫人恨之入骨。实在,看别人大把大把地花钱,犹如看人家吃梨子想知道梨子的滋味,那滋味在自己便是酸嗲嗲的,无钱无钞,不敢动弹;看人家因钱生祸,倒是可以回家美美睡上一觉,浑身甜滋滋如掉进蜜罐……

钱是一支伟大的魔棍,随随便便就能改变人的模样。莎士比亚在《雅典的泰门》剧中说得就十分透彻:"金子……这东西,只一点点儿,就可以使黑的变成白的,丑的变成美的,错的变成对的,卑贱变成尊贵,老人变成少年,懦夫变成勇士……它可以使受诅咒的人得福,使害着灰白色癫病的人为众人所敬爱,它可使窃贼得到高爵显位,和元老们分庭抗礼,它可以使鸡皮黄脸的寡妇重做新娘……"如此,钱不是魔棍是什么?以至于许多人在这支魔棍的驱使下卑躬屈膝,俯首帖耳,更显出了人生百态。一个出身寒酸的人因为有钱振奋;一个颇具优秀品格的人,也因为有钱而变得贪婪。退一步有时还可以做小偷扒手。有钱既然能使鬼推磨,当然也就可以懒得下地狱;钱有时就像是花枝招展的美女,令人顾盼流连,冷不丁就会钻进美女的石榴裙下。金钱、美女自古就是串通一气的嘛!投合美女可以从奴隶到将军,而人在钱的面前却永远是奴隶……

有奴隶自然就有了奴隶主。社会可以进化,钱却永远地滞留在一个半殖民地半封建的社会。这社会固执地占据着种种被钱奴役的心灵。当然也有对钱豁达的。毛泽东连钱都不碰一下,那是因为他心里有他倡导的共产主义理想。其余的似乎便没有这般旷达和潇洒了。古人皮日休写过一首金钱花的诗:"阴阳为炭地为炉,铸出金钱不用模。莫向人间逞颜色,不知还解济贫无。"这也只是对钱发生一点怀疑;再豁达一点的如徐渭说:"闲来写却青山卖,不使人间造孽钱",他碰到的还是钱,只不过是希望钱干净一点罢了;陶渊明说他"不为五斗米折腰",那更是丢了官的一时傻话,况且也只是"不折腰",还没到不要钱的地步……

看过一部不大出名的电视剧,却记住一句很出名的话:"钱不是万能的,但没有钱是万万不能的。"这的确是道出了钱的千般滋味。但眼下这话也只是说说而已,尚要衣食的人们,仍然在匆匆忙碌着挣钱,连死人现在都在用冥票了。钱依然有着它的巨大诱惑力,至少,在人们心目中还占有很重要的位置。记得有一次,我听一位学者谈"钱",他说到西方人都把人想象成是一只只经济动物,因而他们之于钱的瓜分和乱花一气,认作是一种不能正常的正常;而我们总一厢情愿地将人想象成一位"道德人"。所以稍不留神,心里便承受不了钱带来不道德的滋味。听了这话,我对身边守财奴般玩钱的同类倒真觉得的有动物凶猛之感,别有一番滋味在心头了。

1994 年 4 月 1 日,安徽潜山

# 感受四川

满目苍黄在夜的天空遁去。莽莽的黑夜里,车轮哐当哐当响着,巨大的声音似乎覆盖着厚厚的黄土高原。我沉沉睡去,一觉醒来,面前的河滩已是沙白风清,一片澄明清澈。凝望着这窗含西岭千堆雪的景致,列车却呼啦一声让一片浓黑包裹起来。车进入了隧道。面前忽白忽黑的,都有一条河与车并列走着,只是隧道太多,存心让人看不清楚那河的全貌。同车的朋友说:"这是嘉陵江,入川了!"

猛然看到这青翠的山岭,含烟的嘉陵江,我心中就有一种莫名的惬意。还是冬天的时候,面前的夹竹桃却是苍郁猩红,楠竹滴翠;地里小麦青青,菜叶绿油油的,天空中时而滚涌起一团白雾,雾里的嘉陵江上时而就有一群黑色的大鸟掠起,它们缓缓地飞上峰峦,又渐渐像墨点一样疏淡、消失……

走着,走着,面前便突然地开阔起来,一座现代化的城市屹立在眼前。"成都到了!"朋友一阵惊呼。成都是一座城市,是城市当然都很眼熟。不相同的便是这里终日弥漫着的浓浓的白雾。

走在街上,头发就有些潮湿,成都的朋友说,这里的潮湿自古以来就有,但这浓浓的雾的出现也只是近两年的事。朋友津津有味地告诉我:"成都的地基相传是王母娘娘大发慈悲,用香灰在水面上炼成的。不信,你掘地三尺便能见到水源!"我信。我看这城市里到处都是水,即便伸手在空中胡乱抓一把,也能抓出一把湿漉漉的空气。湿润的地气蒸腾成雾,有雾弥漫,眼前的一切都朦朦胧胧,城市就如海市蜃楼般美丽了……

湿漉漉的空气里,石阶上便布满绿的苔痕,城墙上便有青草,虬干的古梅也便更加苍郁。随处可见的古柏、茂林、修竹,气象森森,也都有湿漉漉的感觉。大概就是这种潮湿的空气,使人受不了,于是就有了四川火锅——标有"四川火锅"字眼的饭馆触目皆是。都说人的身子终日漾着水气,钻进火锅店里饱餐一顿,那身子便立即热乎起来。几天来,我一直在黄土高原上行走,身子骨浸染的是一片土黄,一身干燥。尽管我不爱吃火锅,但在雾的成都里钻了几天,油然而想起的果然就是火锅。凉飕飕的身子骨一坐在火锅前,感受到那种氛围,果然就满头大汗,在绵绵的雾里,也就浑然精神了起来。阴阳相调,适者生存,这便是成千上万的四川人吃火锅的理由?

成都除雾以外,便是水灵灵的竹子了。南郊武侯祠里有竹,杜甫草堂也有竹,望江楼更有竹,这里的名胜便是竹的名胜。我曾在望江楼里的竹海里钻来钻去,想我南方家乡的竹子也没有这么蔚为大观的韵致。人面竹、观音竹、孝竹、楠竹、慈竹……每一种竹子都有一个好听的名字。好看的竹子,当然也有好看的用途,成都的街头巷尾摆置的竹器一律精巧玲珑,琳琅满目。在商店里随便买上一盒腊肉、兔子丝什么的,全是用竹子编织的东西盛着,好看而且实用。仿佛说,四川人就像这竹子的性格,灵性而又实际。

最有灵性的当然是青蛙。有水的地方就有这种精灵。夜里,我躺在玉竹楼里,似乎总听到这青蛙的声音。这该是城市的蛙鸣,我久违的乡音。但老家在这样的冬天是无缘见到它们的。听朋友说,这里的青蛙也有典故:一个暮春的晚上,唐代大诗人杜甫在池畔吟诗,忽然感觉草堂内的青蛙叫得腻烦,顺手就用朱笔在青蛙头上点了一点,封它到十里外去唤"哥哥"。所以,这里的青蛙头上都有一点红痣……听到这古典而恍惚若梦的美丽传说,我便深深地为青蛙感到幸运。"稻花香里说丰年,听取蛙声一片。"青蛙总是诗人灵感的佐料,一只只跳动的诗蛙,总是这样漾着水漾着爱了。

我用心感受着这里的一切,及至离开灵秀的巴山蜀水,我还在打量着酣睡的巴蜀。只是自己的心绪让雾包裹着,什么也看不清。很快,就看到了集水之大成的万里长江……江面或宽或窄,黑黄黄的江水让轮船一路犁过,泛出雪白的浪花,很像是冰封的刚刚融化的雪地。我踏着冰雪向下江缓缓驰去,转身告别了茫茫的雾山雾水。

1994 年 4 月 23 日,安徽潜山

## 玫瑰艳艳而开
——访著名川剧作家徐棻

歌德说:"如果是玫瑰,它总会开花。"在玫瑰花开的季节,徐棻悄悄回眸凝视自己那曾经流逝的美好岁月,甜甜地笑了。她谦虚地说,她耕耘的艺苑里虽只有几颗蔫巴巴、没有结出果子的花……但她还是看见了一抹鲜亮的红,这就足以让她忘却一切的遗憾和烦恼。

生于山城雾都,长在巴山蜀水的徐棻,父亲是自命清高的一位小职员。童年时,父亲固执地认为"女儿要学谢冰心",怀着望女成凤的心愿,总带她游山逛水,还以糖果为赏叫她写作文。因此她从小学到中学,作文成绩在班上总名列前茅。但差不多也在此时,她却迷上了"下江人"搭成的京戏班子。除了乱七八糟地看书,一有闲暇,她便追着下江人,没完没了地看他们排戏和演戏。以至在校读书,她就粉墨登场,演出歌舞《葡萄仙子》《小小渔家》,扮演了善良的阿盖公主和狠毒的客店老板娘赛观音,偶尔还客串丫鬟、彩女、苏三起解什么……冰心没有做成,耳濡目染的戏剧文学的氛围和抗战时期山城重庆得天独厚的文化熏陶,倒使天资聪颖、悟性不凡的她深深痴迷上戏剧……

这以后的经历简单而奇特。一九四九年,年仅十六岁的徐棻参加抗美援朝的部队文工团。归国后就考上北京大学中文系新闻专业。但在大学,她念念不忘的还是戏剧。因此和志趣相投的年轻人一拍即合,她们成立了一个地方戏曲社,自排自演黄梅戏《夫妻观灯》,川剧《翠香记》,湖南花鼓戏《刘海砍樵》等剧目。也就在这时,她和同台演出的俄语系高才生张羽军一见倾心。一天,她邀请张羽军斗胆改写了关汉卿的戏曲《诈妮子调风月》,两个初生牛犊不知天高地厚地对元曲大师关汉卿原作大动刀斧,将一曲原来的轻喜剧改成了惨烈的悲剧。剧本改好了,两人就缔结了百年之好……

令人遗憾的是张羽军的家庭让她的生活蒙上了阴影。结婚不久,羽军那曾是辛亥革命元老、后来担任合肥市副市长的父亲张东野被错划成了右派。徐棻因此也受到了批判。接着,风暴很快摧残了她的梦想,她被下放劳动,又被拨回成都"破格"成为反"右倾"运动的靶子。突如其来的打击,使年轻的她一时茫然,她病倒了,生活一时陷入了困境……幸好成都川剧团的伯乐们没有嫌弃她,还默默地收留了这个被泼了一身污水的孩子……如今三十年过去,白发悄然爬上了她的额际,但也照亮了她绽开在剧作花圃里一株株鲜红的玫瑰:她创作大小戏剧三十几本,《燕燕》使她一举成名,《秀才外传》晋京演出让她声誉鹊起。《王熙凤》和《跪门鉴》双璧进京,使她名闻遐迩;《红楼惊梦》《田姐与庄周》再次饮誉京华……她的演员由此蝉联了难以问鼎的梅花奖,她自己数度摘取全国剧本大奖的桂冠……

戏剧行家们说,徐棻把她在未名湖畔熏染的风轻轻地吹进了川戏里,这样使她的戏曲就有了一种浓浓的学院风格。这学院气息与另一位川剧作家魏明伦那梨园的气息便有了诸多的不同。她坚守的是"开放的现实主义"信念,她信奉真正的艺术是表现人类生活相通之处,因而她总是寻找寓于作品内涵中的思想感情与现代人的共鸣点,寻找古典美和现代美的契合点,并在具体作品寻找一个具体的点。同时她又考虑到传统戏曲观众的欣赏习惯,在采用传统的连缀折子戏时,她兼容现代艺术的手法,表现现代意识。她的实践因此而获得了成功!

但她说,她只是戏剧界一位仓皇的插队者。

成功的徐棻,那些使她成功的剧本都收录进了《徐棻戏曲选》和《探索集》两部集子里。如今川剧艺术家们在谈及魏明伦现象时,也总屡屡惊呼"徐棻意识",亲昵地称她是"巴蜀女秀才"。面对许多戏曲同行的鼓舞和勉励,在清冷的灯光下,徐棻有些欣慰,也有些动情,她说:"……我那简陋的作坊里虽然摆的只是马掌钉,但总会有一天,我会用你们馈赠的礼品,创造出比马掌钉更有价值的东西。"

1994 年 4 月 24 日,安徽潜山

# 云在青天水在瓶
## ——记马一浮与乌以风

一

"买山早是爱山居"——这诗是一代儒宗马一浮先生为弟子乌以风作的。

晚年自号"蠲叟老人"的马一浮先生,少时即有神童之誉。据说他禀赋优异,幼受庭训,九岁就能读《楚辞》和《昭明文选》。十岁那年,母亲以麻字韵,要他用一首五律咏庭前盛开的菊花,他应声而就:"我爱陶允亮,东篱采菊花。枝枝傲霜雪,瓣瓣生云霞。本是仙人种,移来处士家。晨餐秋更洁,不必羡胡麻。"诗铿锵有声,却无人间烟火气。母亲听了心里亦喜亦忧,怕儿子"一生少福泽耳"。果然,不久母亲病逝,马一浮痛失母爱。但他未辍于学,十六岁那年参加县试,竟用成年饱学之士也不敢轻拈的古人文句集成一文而名列榜首。那篇行云流水般的文字,从此使他的一生充满传奇色彩。

比马一浮先生小十八岁的乌以风,求学的经历比他的恩师似乎要平淡一些。他二十一岁考入国立北京大学哲学系,毕业后任浙江省图书馆编纂和杭州等地省立高中的教师。幸运的是,在二十八岁那年,他遇上了马一浮先生。"中心悦服,别后弥坚",这是他对先生的第一印象。此后每有空暇,他必去拜谒先生,与先生结下了终生难以割舍的师生之谊——更幸运的是,马一浮先生在四川筹设复性书院时,他被先生选作膝下弟子,随行入川。

马一浮先生那时已是海宇闻名的饱学之士。佛学、儒学、文学、哲学,先生无一不精,且又能博采百家,如海纳百川。而首推儒学,精研义理,道德风范,一时无两。交游谈学者比如谢无量、熊十力、苏曼殊、李叔同、夏丏尊、朱光潜等大家名流,海内外学士闻风也无不归其麾下。乌以风恰在其时得以在他门下学道问业,在那座著名的书院担任都讲和典学,专司先生讲学时礼仪。

复性学院是个循规蹈矩的儒学世界:一浮先生讲课,每周才一次,每次只有两个小时。其他时间都用在接见学人上。先生每次开讲的数日前,都是自己先写好讲稿,交乌以风誊写后自己改正。讲期一到,乌以风就将讲学时的旷怡亭侍弄得干干净净,再摘一束鲜花插在讲台的瓷瓶里,然后去先生居住的尔雅台拜请先生。先生将修订后的讲稿交他,这才换上袍褂礼服出门,乌以风随侍先生一起缓缓行至讲台……等先生坐定,他再双手持于头顶将讲稿敬献。如是先生开始聚精会神地向台下云集的学人开讲。多少年以后,乌以风还忘不掉那个场面,他被先生渊博的学识和那种浓郁的文化氛围深深浸染,不无坦率地说:"予未从先生学以前,专治哲学,尚知解,自以为有得。及从先生学,受先生教,方悟以前所学,只是在知解一边层层增上。学是学,我是我,学用打成两橛,和我的身心不相干。从学以后,始知向己返求,从自己的气质偏处克治。所以我从先生学,是我重新做人为学的转折点。"

然而,一个遗憾的变故却使乌以风的人生之路发生了重大转折。很快,他辞去复性学院典学和重庆大学副教授职务,也告别先生,千里迢迢来到了他曾有一面之缘的天柱山——这座被汉武帝封为"南岳",又被隋炀帝废除的冷落名山。千里天柱,茫茫林海,渺无人烟,乌以风自号"忘筌居士",风餐露宿,过起了苦行僧般的生活。其时,他开始潜心研究佛学,苦闷烦躁时,就走进马祖道一曾诵经打坐的马祖庵里面壁而坐——马一浮先生知道此事,留之不及,悔之已晚,只好遥寄一封诗书慰问:"买山早是爱山居,世味应同绮障除。马祖庵前松柏下,如何不寄一行书?"乌以风读了,感慨万千。

先生深明程朱理学,且能因地因人施教,乌以风恍惚间理解了先生。他结庐天柱,修桥铺路、建馆造楼,终其一生撰写《天柱山志》。山人合一,终于成为一位令人可敬可爱的天柱老人。

二

"和音长在画桥西"——这诗是乌以风写给马一浮先生的。

当时,乌以风在天柱山居住已有十余年了。马一浮先生游南岭返杭州后,收到弟子这篇诗作,看到其中"更喜南山归鹤驾,和音长在画桥西"的诗句,抚鬓吟叹,忍俊不禁,击节称好。

马一浮先生对诗律要求极严,轻易不肯允人。他少时能诗,对自己的诗作也颇有自负,曾说:"后世有欲知我者,求之于诗足矣!"一九四六年夏天,先生赋《湖上闲居》七律一首,借荷花鸥鸟的景物,抒发他从容恬淡、超然物外的情怀,其中"荷花鸥鸟莫关余",就表现出他万物自得,相对忘饥的意境……先生诗作功力深厚,意境高远,玄言梵典,运用入化,气象阔大而哲理深邃,在弟子之间非常流行。乌以风在杭州西湖拜望先生时,先生留他住在西楼,每当夕阳西下,晚风送爽,他就陪着先生坐在西楼的画燕歇息眺望,聆听先生教诲。先生临别赠诗云:"已抛荷芰饲游鳞,更绝盘餐一味莼(湖上莲叶,尽为鱼食)。日落西风江畔路,两行衰柳送行人。"乌以风读了,爱不释手。

乌以风三十岁开始作诗,粗成篇章,他抄录数首诗呈先生请教。先生阅后,说:"汝诗尚未入门。"他闻之大惭,从此暗下决心,发愤学诗。但及至花甲之年,他仍嫌自己诗作比先生诗作浅薄,不觉自惭形秽。此时,他的诗作得到先生称赞,他当然欣喜若狂,更是一门心思地求"诗"问"佛"。

一浮人称一"佛",他的佛学造诣极深,"三藏十二部"无不阅读,人称"佛学大师"。自三十年代起,他即广交方外之友,修撰碑铭,曾为杭州虎跑定慧禅寺撰写《五百应真造缘不谢后记》。另一位广洽法师在纪念册上说:"弘一法师在俗时,虽年长马先生二岁,却经常登门求教。终于赖马先生之接引,悟道出家。"据说,弘一法师就是马一浮亲自送到虎跑寺披剃的。或是受到马一浮先生影响,乌以风"家变"之后,潜入天柱山的寺庙研究佛学,并涉及儒道,花了三四年的时间,写了一部《儒释道三家关系史》。

还在师从先生时的一年冬天,乌以风和几位学友侍奉先生围炉而坐,先生拨火见灰,提示道:"人的性理习气所埋没,好像这炭火常埋于炉火里,拨火在后火出,破习然后性见,学者须有破习功夫,才能谈得上见性。"乌以风对先生这番话当时未有领会,屡经忧患,乃近晚年,他说他终于醍醐灌顶,身上的习气也随之渐渐剥落。

乌以风师从一浮先生三十余年,受先生启发良多。晚年,他把闻及先生的议论整理成卷,于一九五三年赴西湖先生座前请安。先生欣然修删批改,定名《问学私记》。回天柱山后,他请友人抄一副本寄呈先生,另抄两本分送蒋苏庵、蔡禹泽二君。"文革"中乌以风家被抄,先生手稿不幸付之一炬。后闻先生及蒋、蔡二稿本均被红卫兵扫去,乌以风心疼万分。

一九七〇年,归隐闲居天柱山的乌以风已到古稀之年。追忆先生教诲,他又得数十条,曰之《问学补记》。一九八七年他将《问学私记》《问学补记》编成《马一浮先生学赞》,私费印行五百册赠给朋友,以报答先生知遇之恩。

三

"白云无尽是儿孙"——这话是马一浮先生对自己说的,也像是对他弟子说的。

马一浮先生十六岁参加县试名列前茅,当时的绍兴名流汤寿潜(蛰先)先生大为赞赏,嫁以爱女。马先生十七岁结婚,十九岁丧父,翌年又遭丧妻之痛,从此断弦未续,一心归学。

他的弟乌以风子三十岁才结婚。女方天生丽质,颇有诗才,两人情投意合,可谓花好月圆——可惜好景不长,国民党的一个不大不小的军官插足了他们的生活。生离当死别,乌以风有着与马一浮先生不一样的痛苦的爱情。沉默寡言,和妻子在书房里相拥而坐。当他发觉一切已经无法挽回的时候,他只好请来轿夫,默默地送走妻子。然后,他自己检点行装,悄悄告别重庆,驾一叶孤舟飘荡在嘉陵江上,他独自吟哦:"月出寒云江不迷,江声月色共高低。嘉陵江水峨眉月,水向东流月归西。"从此,也一心向学。

所不同的是,马一浮先生年轻时就蓄须明志,决不再娶,面对许多人提亲,劝养儿子这些情况,他都一一婉言谢绝,把心性全放在学业上。为了探求西方学说,马一浮先生与汤蛰先弟子谢无量一同赴上海学习英文、法文,后来结识了马君武,三人共同创办《二十世纪翻译世界》,介绍西方文学、哲学。"旧学商量加邃密,新知培养转深沉。"一九〇三年,马先生远游美国,主办留学监督公署中文版文牍,还去柏林游历,习德文,带回一本国内最早的德文版马克思著作《资本论》。一九〇四年又东渡日本留学一年,习日文与西班牙语,并从英译本移译西班牙的名著的《堂吉诃德》。

周游列国归来,马一浮深感清廷腐败,国事日非,便杜门不出,潜心研究国学。为了阅读文澜阁《四库全书》,他特地借居西湖广化寺,天天到文澜阁借阅藏书,博览群经。民国成立后,蔡元培任首届教育总长,特聘马先生出任秘书,但他到任不满三周,大为不满官场的虚伪应酬,自叹:"我这人不会做官,只会读书,不如让我回西湖去读书吧!"于是,他辞职回杭,栖身陋巷,潜心治学,以布衣终其身。

弟子乌以风也不求闻达。一九四三年,国民党一七六师抗日阵亡将士墓在野寨落成,为保护陵墓,教育后代,当地建起一座中学,起名"景忠",他担任了校长。但不久,当局勒令该校停办。时到汪少伦任省教育厅厅长,汪看乌以风满腹才学,便留他担任主任秘书。乌到任不到三日,除代行批准创办景忠学校外,亦请求辞职……六十年代,他和先生一样受到冲击。平反后,乌以风进了一所师范学校教书,但在繁忙的教学中,他梦牵魂绕的还是天柱山,于是,毅然决然地告别了学校"智海楼",回到天柱山"谷口草堂"……

陪伴马一浮先生晚年的是他的内侄女汤小姐。另外,他数十年如一日地照顾着居孀的大姐。对大姐有病亲尝汤药,就像侍奉母亲一样。大姐去世后,他又一直抚养着外甥一家……乌以风婚变之后,也一直过着单身生活,从未有再婚的念头。但当他步入知天命的年头,却意外接养了一位坐了三十年绣楼,带着三十亩良田作为陪嫁的一个女人……无法给妻子带来幸福,反而还要连累妻子,在监狱的那些日子里,每每见到探监的妻子,他就止不住热泪盈眶……

马先生胸怀旷达,然对姐弟之情深矣。乌以风旷达,然而,闻知父亲逝世,自觉再也无法见到父亲,他潸然泪如雨下:"割肉报恩时悔晚,添香煮水梦难开。"养育之恩,跃然纸上。

马一浮无嗣,乌以风有一养孙女。马先生说:"孔子的传人不是曲阜衍圣公,而是濂、洛、关、闽(指宋儒周敦颐、二程、张载、朱熹)。"又说,"他日青山埋骨后,白云无尽是儿孙。"先生弟子,俨然一念。

## 四

在那躁乱的岁月里,马一浮先生寂静地逝去了。连同他渊博的知识、超人的智慧、绝世的天才……一颗奇特的彗星殒落在渺渺的太空,留下的却是久久的辉光。但他的弟子们却永远地记住了他——

丰子恺先生曾说先生:"茶壶旁有筒香烟,是请客的,马先生自己捧着水烟筒,和我们谈天,有时放下水烟筒,也拿支香烟来吸,有时香烟吸毕,又拿起旱烟来吸'无奇'。弥高弥坚,忽前忽后,而亦庄亦谐的谈论,就在水烟换香烟,香烟换旱烟之间源源地吐出来,我是每小时平均要吸三四支香烟的人,但在马先生面前吸得很少。并非客气,只因为我的心被引入高远之境,吸烟这种低级欲望自然不会起来了。有时正在寒暄闲谈,另有客人来参加了,于是马先生另换一套新话来继续闲谈,而话题也完全翻新,无论什么问题,关于世间或出世间的,马先生都有最高远、最源本的见解。他引证古人的话,无论什么书,都能背诵出原文来。记得青年时,弘一法师做我的图画音乐先生,常带我去见马先生,这时马先生年只三十余岁,弘一法师有天对我说,马先生是生而知之。假定有一个人,生出来就读书,而且每天读两本,而且读了就会背诵,读到马先生的年纪,所读的还不及与马先生之多……"在他认为,与马先生谈话,如同呼吸了一次新鲜空气,可以持续数天的清醒和健康……

余生也晚,知道马一浮还是缘于乌以风先生送我的《马一浮先生学赞》这本薄薄的小册子。而其时,马一浮先生离世已二十多年了。记得当时,先生的故乡人正在杭州文澜阁举办为期三周的"马一浮先生书法展览",他生前居住的苏堤庵蒋庄也开辟了纪念室,专门展出了先生的遗著、照片和实物……记得有一回,我将我在报上得知的这一消息告诉乌以风先生,先生欣慰地笑了。

我见到乌以风先生,先生已垂垂暮年。我请教于他,听他满口山东聊城的口音,只感觉到和他说话就是一种享受。当然,你尽可能地裸露出你的心性,不要有一丝的伪装。如果有伪装,你也要悄悄地剥去,先生是一丝的虚伪也没有的。他如一泓秋水静静地流淌在你的面前,任何一些尘垢你都会觉得玷污了什么……

那时,他出版了《天柱山志》《马一浮先生学赞》两本书,他还在整理着书稿:《天柱老人书信集》《性习论》《岳云山馆诗抄》。他轻声细语地告诉我:"本想多写点,但老了,毕竟力不从心了!"

说这话不久,他真的就谢世了。

天空飘洒着蒙蒙细雨……八条汉子抬着他坐化的佛轿,缓缓地穿行在天柱山脚下。小镇两旁,闻讯的天柱山人纷纷拥来设香案、供祭品、烧香纸、放鞭炮、磕头祭拜……说来奇怪,当举行遗体告别仪式和火化时,那雨却神奇地停止了,倏而,一缕青烟冲上云霄……

天柱山人按照他的遗愿,将他安葬在他终生挚爱的天柱山脉上。那里,背倚天柱,面对皖河。那一年的清明节,我拜谒先生的陵墓,站在先生的墓前,我不知怎么就想起马一浮先生,想起唐代文士李翱拜见药师时的一番问答。

李翱问:"什么是道?"

"云在青天水在瓶。"药师说。

1994 年 4 月 30 日,安徽潜山

# 风檐展读

## 捕　鱼
### ——读《老人与海》

巴乌斯托夫斯基说："对生活,对我们周围的一切诗意的理解,是童年时代给予我们最伟大的馈赠。"实在,我的一直固执而不近人情地对生活、对周围的一切怀着诗意般的憧憬和浪漫想法,回忆起来,全然是源于童年时代一次又一次捕鱼的游戏。

这种情感,在一个老渔人那里便让整个人类都得到了莫大的鼓舞。在浩瀚无边的深蓝色的大海上,那张着翅膀般胸鳍有一千磅的马林鱼,与圣地亚哥老人默默而顽强地搏斗,那有着庞大的身躯和周身涂着蓝紫色条纹的、蓝色海洋深处的大力士,将圣地亚哥老人弄得精疲力竭,以后它就静静地躺在海里,坚强得只剩下骨骼,一副精神的构架。看到这一捕捉产生的力量,总让人感受到美和欢乐确实就是海洋、太阳、军舰鸟和渔船所赋予的。

我惭愧的童年只能在狭小的河流里捕鱼,但也毕竟让我的童年拴上喜悦的缆绳而狂欢过。这就够了。我长大了以后人生经验告诉我,我童年的喜悦并不是为了获得某种纯粹的食物,而是由于蕴含在脚底以及眼前的那清凉的、各式各样鱼的美和力的搏动才让我童心流连。

苍老的圣地亚哥老人当然比我更懂得捕鱼是谋生的一种手段。但面对海洋以及他认识和未知的世界,鱼还和他在梦幻中出现的"海滩上的狮子"一样,是一种充满着奥秘和力量的神奇象征,圣地亚哥老人在海明威的精神世界里衍生了,而实际上更多的人却让鱼在他们的手头轻易滑掉和丢进肚子里去了。

我现在当然连小鱼也捕捉不到了,但常常感动于捕鱼对我童年生活增添的那份欣喜,受益一辈子。

## 向日葵
### ——读《凡·高传》

向日葵,这种普通的金黄色的植物,散落在我故乡的地旁田头,但我们在那圆圆旋转模样的葵盘中,眼馋得更多的是它的果实——葵花子。

然而在那个叫作凡·高的荷兰人眼里,向日葵不知怎么忽地就燃烧起来了。那位把自己耳朵当作圣诞礼物割下来的凡·高,首先看到的是巨大的艺术光环。他在画布上涂抹着油彩,用自己的眼睛和手表示着他对向日葵宗教般的膜拜。认识到功利主义和艺术区别的契机或许在此。但实际上凡·高感觉到的远不止这些,他在圆圆的向日葵中还看到了另外的叫作生命的东西。一股原始生命的火焰,一股常人不可企及的熊熊烈火。这火焰在灼伤我们眼睛的同时,凡·高的精神和肉体都燃烧如凤凰涅槃。这种色彩是凡·高的才华和心,是凡·高内心深处流淌出来的鲜淋淋的血,凡·高只活了三十七岁,向日葵安妥了一个徘徊不已的灵魂。

我尽管已到了而立之年,但我精神上的向日葵还只生长在故乡的地旁田头。跟不朽的凡·高相比,我自然连狂乱的资格都没有。我往往看到的还是葵花子。那"噗"的一声就从人们嘴里溜出来的优雅,曾让我莫名其妙地羡慕着。

看来凡·高的向日葵是与生俱来的。在凡·高生前或者死后,向日葵一直为他而开放,守着他那疯狂而痛苦的魂灵。很少有人能够享受到这种殊荣,凡·高的例外只叫人感觉到流动的阳光、色彩和线条与他生命仪式完成的关系。或许这正是我眼中的向日葵,与凡·高灵前的向日葵迥然不同的缘故。

## 守望麦田
——读《麦田的守望者》

谁在殷殷地企盼着守望麦田,那个名叫霍尔顿的城市男孩?

麦子在我们中国的乡村,五月总是焕发着类似于金属般的光泽。那种成熟的诱人气息在村庄上空弥散,就会唤醒着我们某些关于泥土、关于芳香的温馨回忆。再倒退二十年,我或许也赤脚在麦田丛中走过,嘴里愉快地打着呼哨。可以肯定我们那时用的是闲适和满足的目光。包括追逐麦田间的蜻蜓或蝴蝶什么的。守望麦田的却是用草扎就的——稻草人。

在这样的麦田里,城市的小客店、夜总会、女人、抽烟、酗酒……自然都是些与麦子无关的事物。霍尔顿的心灵不可思议。他穿着风衣,倒戴着鸭舌帽,满口粗话连篇就从繁华的纽约街头逃遁而去。他看见几千万个孩子在麦田里游戏,他的职务就是站在混账的悬崖边,要有哪个孩子朝悬崖边奔来,他就捉住他,像是赶着糟蹋麦子的鸟儿一样驱赶孩子们,当个麦田的守望者。但"许多的孩子都在狂奔,也不知跑到什么地方去"。由此可见霍尔顿在塞林格的笔下,仅仅也只是对东方田园哲学的一厢情愿。他的愿望只是一个稻草人的简单愿望。我常看见稻草人在风中舞蹈,这也与霍尔顿跳舞的法则大相径庭。霍尔顿还在做着混账的事、唱着混账的歌,他的爸爸还会要他的命。相对而言,守望麦田的稻草人不是英雄,霍尔顿更成不了。在一个缺乏英雄的年代里,塞林格在痛苦地呼吸,这却是人们共同感受到的。

## 散 步
### ——读《忏悔录》

很难说我所做的什么是坏事,但现在我至少能把握什么是坏事了。干坏事且能向人们如实坦白,在我还缺少一种无须讳言的勇气。卢梭不,卢梭能有滋有味地将他所犯的一切过失告诉人们,并且说:"没有可憎的缺点的人是没有的。"

值得玩味的是中国明代张岱也说过差不多意思的话:"人无癖不可交,以其无深情也;人无疵不可与交,以其无真气也。"与卢梭相反的张岱,是由沉湎于鲜衣美食骤降为衲萱粗粝的,但他居然也写出了如黄裳先生所称为卢梭第二的《明遗民传》般的忏悔文字。由平民而声名显赫,我们有足够理由喜欢卢梭这位钟表匠儿子的坦白襟怀了。卢梭讨厌另外一位思想家蒙田的掩饰,一颗多情的心竟成为他一生不幸的根源!他反感大城市的"一切真正富丽堂皇的情景",却在"淳朴的农村"得到不可估量的好处:"葡萄园熟了的时候,他分享农人收获的喜悦"。饱受焦虑和痛苦折磨而日渐年迈,悠然神往的还是童年时代听过的清新曲调的民间歌谣,并用颤巍巍的破嗓子哼着。这是从学徒、仆人、伙计、随从、乞丐而一跃为十一世纪思想巨子的声音。这个从平民家庭那亲切宁静的柔情小岛上发出的声音,后来就始终动情回荡在人们心怀。

我们通常说,只见树木,不见森林。但在卢梭的忏悔声中,我感受到的却并不是这样。我说他在一片绿色田园里散步,毋宁说他散步在一片茂盛的森林里。这种巨大的绿色荡涤着他灵魂的尘垢,这样卢梭就有说出干坏事的可能了。有什么比心灵融进绿色森林里更能感到伟大呢?森林独步作为卢梭忏悔的背景,已经被我想象的误区接受,同时还接受了那片森林的力量,由此而原谅卢梭并奉若神明。

<h2 style="text-align:center">环 境</h2>

——读《生命中不能承受之轻》

我们知道接受生存环境,是一个婴儿从子宫里就能感受得到的,婴儿那时不便思索,上帝也就不会发笑。米兰·昆德拉说:"我想……有一天突然听到上帝的笑声,欧洲第一部伟大的小说就呱呱落地了。"毋宁说是婴儿呱呱落地更为切合实际。

我们都是由婴儿切入这个世界的,但我们并不是"上帝的回响"。就算有上帝注视着我们,慢慢睁开眼睛,我们从一开始注视着的却是这个世界的人们,一天也未停止过他们要改变自己生存环境的号叫。环境成为一种界定,更多的已经影响和正在影响着动植物生存行为的实现。托马斯、特丽萨、弗兰茨、萨宾娜之流的软弱、惶恐和堕落、腐败的事迹在媚俗的花丛里,散发着一股大便的气味,这无色透明且没有分量的东西,在我对于阅读(行为)的本身,就有种心灵无法承受和拒绝的迹象,甚至一泄而至衰微。

人们都有可能对自己所居生存环境做出种种理解和选择,但在无法改变的政治和强权时代,这种选择便尤其显得虚弱。既是上帝之子,又是上帝弃儿的小斯大林不知道大便和环境的关系,他为此付出了生命的肉体。"被无边无际的轻所承托",做了一次无谓而根本的"形而上之死"。幸好中国哲人们在这之前说过:"形而上者谓之道,形而下者谓之器。"小斯大林为大便殉身的行径,便诞生出一位辉煌的生命殉道者。这次上帝尴尬得发不出笑声了。

其实只要有人类的存在,媚俗的声音就会像天国里的音乐一样光辉圣洁。"钢琴和小提琴旋律依稀可闻,从楼下丝丝缕缕升起来"——托马斯一转动钥匙就听到了这种声音,我们也听到了。但听到了这些的米兰·昆德拉,却大胆启用了全部思想的句子,向我们进行了一次告密。

## 胡萝卜须
——读《胡萝卜须》

我现在在夜晚的灯光下,突然想起了儒勒·列那尔的《胡萝卜须》。这里有一位棕红色头发的儿童,但更多的却是一种认识动物和植物的方式,语言闪耀着金子般的光。

纯粹的胡萝卜须于我印象过于深刻,搜罗我的记忆,其实它的出现是在我故乡生产队的稻场上。那时的农田是集体属性,人们拔得许多的胡萝卜都放在上面,然后队里依据一家人口的多少挨家挨户分配。望着成堆的胡萝卜,倏而,一种饥饿的感觉在我肚子里咕咕唤起。儒勒·列那尔的胡萝卜须自然比这更麻烦。儒勒·列那尔在凝望胡萝卜须那清晰的根部,被感染的还有一种凄婉且不失浪漫的色调。事实上,也只有具备广泛同情心和艺术性灵的人们才能与他对话,然后儒勒·列那尔才能毫无保留地将他关于胡萝卜须的愤怒告诉我们。我们在由抚摸语言得到快慰的同时,感觉到胡萝卜须动物性的顽强生命。

差不多在一百年之后,中国有位叫莫言的家伙,对胡萝卜也发生了奇妙而深刻的悲悯,他的目光尖锐地撕扯着乡土中国的胡萝卜,因而他看到胡萝卜另一种透明的状态。之后,当我在发觉面前悬挂着这种透明的物体时,我猛然发觉我小时候尝过的胡萝卜与儒勒·列那尔笔下那个受虐待的儿童,以及莫言小说中那个中国孩子相比而言,太微不足道了。由此我深刻地感受到饥饿的困惑和意识的悲怆之间的微妙差别。

### 天柱山
#### ——读《文化苦旅》

我对《文化苦旅》持有特别亲切的文化认同感,一半是缘于余秋雨写了我故乡寂寞的天柱山,尽管我知道,我之于他笔触的人文山水其精神的阐释在理解上还显得十分局促。

许多天柱山游记,都津津乐道过李白、黄庭坚、苏东坡、王安石等对此持有的"卜筑归此地"的名人心迹,而忽略的正是余秋雨先生感悟到的,他们对此具有家园般眷念的精神实质。他说:"冷漠的自然能使人产生故园感和归宿感,这是自然的人化,是人向自然的真正挺进。"

这就像水一下子被海绵吸进去了。余秋雨先生义无反顾地从他在线装书中认知的人文山水走进清寂的山道和真正的自然当中,他当然一下子就消解了旅游风景和人物拜谒的距离,古典的人文精神和他本身所具有的现代文化品格,叩醒了他沉睡在心灵深处的良知。他选择的还是文化的坐标,但又越过我们引以为自豪的中华大地文化坐标上的层峦叠嶂,浓缩沉重的历史,又轻松地溶解历史。因此江南柔美凄迷的小桥流水、阳关荒芜的大漠、天一阁的浩浩典籍、道士塔下的王道士……都不仅限于旅游技术上的随意认知了。旅游之于大多数中国文人或许是一种认识山水的动作,当然有人也试图做着探寻中国文人艰苦跋涉足迹的努力,但其因袭的传统精神素质和心理习惯都被博大宏深的文化包容得喘不过气来。螺蛳壳里做道场,自然也就拒绝了汹涌澎湃的水,固守在智慧的岛屿,但余秋雨不屑这种载体。

不过,余秋雨说天柱山没有山志,是不确的。真正结庐在天柱山的还有当代一位隐儒——乌以风先生。他撰写了一部《天柱山志》,不事声张地完成了大批文人的夙愿。知道了这些的余秋雨,不知认为这是生命的枯萎,还是生命的张扬?

# 英　雄
## ——读《荒芜英雄路》

　　生活在一个不断倡导英雄主义的年代。这种唯英雄论的思想会很让我们憧憬所有沾有"英雄"字样的事和人,从而学会崇拜和虔诚。然而,当过红卫兵的张承志,却用空前的雷击般的语言猛然就把我们击倒了:我们曾经只是个"英雄"词语的爱好者。

　　查《辞海》上"英雄"的解释仅是"杰出的人物"。张承志自然不是充当"英雄"词义的诠释者,他的警醒或许还用着一代人心灵负荷为代价,在生活的表象上,张承志还有过辉煌的"反叛"行为,理论上也曾用过"蒙古草原的义子、黄土高原的儿子"这种名相,走过中国部分文人寻找大自然为其解脱的路数。然而时至今日,他的诸多后天努力都远不如他那"草原的过深的烙印、中亚的过美的诱惑、回教的过烈的刺激"以及回民血液在血管里冲撞来得直接和杰出。杰出的张承志首先不是摒弃文字上的黏性和忧郁,而是直指心灵"秘史"。他裸露自己的心灵,不再靠的是"勇气"和某种角色的需要,而是生命带着兽性的搏斗、撕扯的结果。对于他来说,摆脱只是一个过程,生命完成和飞跃之间的一个时间历程。

　　读张承志的作品,起初便让我的心灵倾洒着血性男儿、强悍的暴雨。一切都会平静。当飘荡的成吉思汗的幽灵多少年后成为张承志心里一个解不开的"英雄"情结时,我忽然害怕人们对于张承志也有着"汉族人对他们领袖那样的实用主义"。张承志否定孔孟之道、抨击中庸,恐怕正在痛恶实用主义。关于民族、关于国家的自尊心和责任感对张承志心灵的纠缠,希望能让所有中国人心灵得以震颤!缘此,极具艺术本质的张承志更是极具生命力的,是生命和艺术残酷而真正融为一体的杰出的——人物。

在荒芜英雄路上,张承志因此也只有茕茕独行而怆然泪下。尽管他不忍用侵蚀英雄的泪水洗面。

1994 年 5 月 7 日,安徽潜山

## 外婆家的老屋

世上有些事情神奇得无法理喻。比如现在,在幽蓝的闪电和轰隆隆的雷声中,我就忽然想起外婆家的老屋。冥冥之中,我远逝的外公和外婆,在这幽明永隔的夜晚似乎又浮现在我的面前——小时候我很怕雷声的,记得电闪雷鸣的天气,外公或者外婆总是紧紧地抱着我,那时候,我总感觉外婆家的老屋如一只风雨飘摇中的孤舟……

我的童年时代是在外婆家度过的。

外婆家的老屋其实也很平常,右边是一块菜园地,背后是一片稻场和一口清清的水塘。老屋面对一岸青山,门前有几棵桃树,田三面环绕着,于是老屋前的空地就很小很小。外公每天都把它打扫得干干净净。我就总爱坐在老屋那粗糙而略显笨拙的门槛上,听外婆和过往行人的招呼声:"是小外孙?""是咧!是咧!"外婆的脸上也总洋溢着一派自豪。春天到了,老屋门前屋后的桃花杏花就开了,要不了几天,桃树就打苞结蕾,绒绒的桃子逗得我嘴里发馋。但外婆这时却不让我摘,待桃子熟了,她才摘,然后放在竹篮里用水洗得干干净净,留着我慢慢地吃。二月杏、五月桃……外婆门前屋后的果树几乎喂养着我整个童年……夏天,外婆带着我在老屋前乘凉。凉风飕飕的夜晚,我躺在竹床上,望着满天眨眼的繁星,欲懂不懂地听着外公、外婆和邻居们谈起一些山精狐怪的传说,偶尔也听到外公轻易不说的他的打仗的故事……当然,那一切在我童稚的思想里都显得遥远和神奇。漫漫的冬夜里,老屋显得异常孤寂和清冷。那时,外公常到大队开会,只有外婆带着我在家里。昏黄的煤油灯下,外婆吱扭地纺着棉线,嘴里咿咿地哼着民谣。我静静地躺在床上,躺在外婆那份慈爱的温馨里,幸福极了……以致多少年后,流行起《外婆的澎湖湾》那首歌时,我竟感到特别地亲切,听了潸然泪下……

外公先外婆离世了多年,但外公那瘦硬的身影伴随着那幢老屋却让我难以忘怀。外公青年从军,从枪林弹雨中走过,原是转业到地方工作,但他却辞职归田,放下了手中那份舒适的工作,他的勤劳、豁达和行径的古怪,至今还有人念叨。记得读中学时,他在大队任职,有回我看他在大队部里晒花生,上学路过时,我就随手抓了一把,他发觉后却硬是让我放下了。当时,学校时兴写"一心为公的老贫农"的作文,我就把他当模特儿写了一回。作文居然还被老师当作范文贴上了学校的墙壁,让我快活了几天……外公就养我母亲一个女儿,他自己手上撑起的老屋,却又自己拆除交给了队里,没有随我母亲到我家——这就像他当年辞职归田一样,我们一直感到是个谜。我甚至觉得,老屋与外公的一生有着某种神秘的关联。要不然,他怎么会在拆除老屋后没过几天就突然病逝了呢!

我对自家的老屋印象模糊,只记得老屋的后菜园一株柏子树下埋有我的胎衣罐……我却深深地记住了外婆家的老屋。我那三十年来从未忘记给我留生日礼物的外婆,是在冬天的一个夜晚死去的。赶到外婆家,外婆的灵前,只有我那痛苦而无望的母亲,伴着她至爱的亲娘!送走了外婆,我莫名其妙地独自跑到外婆家老屋的废墟上转悠,老屋已改成一片良田,只是老屋右边的菜园地里,外婆生前莳弄的青菜还在绿绿地长着,屋后那株杏树瘦瘦地挺立着。徘徊在杏树下,我心里不觉怅然,待了好久好久。

*1994 年 5 月 30 日,安徽潜山*

# 张恨水的散文
## ——读《山窗小品》及其他

还是张恨水先生在世时,有位名叫司马小的先生就说过张恨水的散文比小说好的话。但他这独具慧眼的声音,却被张恨水先生那等身的小说著作给湮没了。我留意了这话,后来在沪上一家图书馆搜寻到一本由上海杂志公司张静庐一九四五年印行的《山窗小品》珍本,如获至宝。

"国破山河在,城春草木深。"张恨水先生写这本书时,正是抗战离乱的岁月,当时山城雾都的歌乐山、北碚、缙纭山、南温泉就聚集了一批过着孤寂、忧愤生活的大师级的作家和文人。冰心在这里写了《关于女人》,梁实秋创作了《雅舍小品》的小品美文。居住在南温泉山窗下的张恨水不知怎么也写了五十六篇类似于明清小品式的文字,写短案,写涧溪,写竹与鸡,写金银花,写种菜……张恨水的闲适态度是惊人的,文字也非常清丽。如《虫声》:"时或窗外风吹竹动,蟋蟀一二头,唧唧然,铃铃然。在阶下石隙中偶弹其翅,若琵琶短弦,洞箫不调,倍觉增人愁思。"更有很多是同情民众,抨击大发国难财的锋芒毕露的文字,如《贵邻》《忆车水人》《耘草者》。还有自我解嘲的,如《待漏斋》《猪肝价》,情绪或凄恻婉转,或落寞怅惘,或讽刺幽默,涉笔成趣,适志随意。

作为一个传统的文人,张恨水受明清散文小品的影响是自然的。"独抒性灵""任性而发""取裁胸臆,受法性灵,意止而鸣,意止而寂"的"公安三袁"的散文观点,很是浸润着张恨水的散文风骨。除《两都赋》《上下古今谈》之外,他的很多散文用的也都是文言,但这种文言已经摒弃了古文原有的深奥艰晦,而质朴恬静,清通畅达,大抵上如恨水老友所评价的那样:"于朴质冲淡之中,有一股清新隽永之气,韵味深长,若不食人间烟火。"如他的《随凤珠玉》:"荒鸡乍唱,夜气侵帘,减烛批书,则见纸窗虚白,凉月西斜。不须登床倚枕,已仿佛情境若梦矣。……枣花帘底,重翠扑人,午晴风定,得毋有茶熟香浓之思?……"便可略见一斑。

年届半百,儿时所读的书还记得一半。由此来看张恨水的散文小品所达到的艺术境界,完全取决于他的国学功底。他的这种文字是他文学真性情的流露。读这本《山窗小品》时,我们当然不会忘记他在抗日战争时期,"以笔弯弓",鼓吹抗日的事实,不会忘记他是当时作家中很早而又积极创作抗日小说的作家之一。一个对民族前途表现出深切关注的作家,在生活的另一方面显现出来的恬淡,很难说不是作家对和平岁月的一种向往和怀念。同时,也还让我们看到清寂的山道上,一位身穿长青布衫的中国传统文人踽踽独行的身影——实际上,他关注的还是窗外。

1994 年 6 月 2 日,安徽潜山

## 搬　家

在城里磕磕绊绊过了几年,终于有块可以安家的地方。那年秋天,我对妻子说:"你也去吧!"妻先是不信,后来见我没开玩笑的意思,便回屋里打开高低柜、大衣柜什么的,一件件地翻检着衣物,正儿八经地收拾起来。房间里立即凌乱不堪,像一个开杂货的铺子。在外忙忙碌碌的母亲得知消息,连忙歇下手中的活计回了家。回家见到面前的情形,母亲竟愣了一下,呆呆地问:"你们真的都走吗?"望着母亲欲留不妥、欲舍不忍的一脸茫然,我嗯了一声。母亲便不再吱声,默默地一把揽过在房里蹦叫不迭的孙子,不知怎么眼里就噙满了泪水。我心里陡然一酸,莫名其妙地抄起墙上的一杆猎枪,走了出去。

秋天,丘陵上的阳光艳艳如水,似乎随手就能轻轻地掬得起一捧。不远处的小山上,通红的枫叶燃烧得像是一团火,绿色的田野显得格外洁净和明亮。可此时我的心中却异常地烦闷。在家乡由童年而青年,我实在熟悉了家乡的一草一木、一山一水。如今真的说走,真的要到其他地方另筑自己生活的小巢,我心里泛起的是一股说不清的滋味。漫无目的地,我在田畈上转悠了一会儿,扛着猎枪就钻进了小山的树林里。可奇怪,眼前竟然一只猎物也没有。天空悠蓝悠蓝,大自然显得异常和谐和亲切,仿佛以从未有过的姿态和我的身心贴得很近很近……半晌,我才看到一只鸟,一只叫不出名字的小鸟。但我端起猎枪瞄准那鸟,那鸟却有感应似的,突然呼哧一声就冲出了小树林。我有些恼火,发疯似的追寻着。满山遍野跑,差不多跑遍了家乡的山山坳坳——鸟终于也在一棵红枫树上停住。我朝鸟重新端起了枪,但鸟这回却纹丝不动。它的眼睛滴溜溜地转着,还不时地朝我大声啼叫一声。我浑身一激灵,枪无声地从手中耷拉下来,逃也似的离开了那片树林……

"爸爸,都走嘛!走嘛!"朝天空胡乱地放完铅弹,我如释重负地回到家。儿子看见我,远远地喊着,撒欢地蹦跳着过来一把紧紧抱住了我的双腿,歪抬着小脑袋,直嚷嚷:"爸爸,你叫都走嘛!叫爹爹、奶奶、小叔、小姑都走嘛!"孩子天真稚气、童音嗲嗲地喊叫着。他对将要去的地方十分陌生,对那里的一切自然也都充满着新鲜和好奇。听了他的话,我却一时无言以对。母亲笑着,怜爱地抱起她的孙子,轻轻地疼吻着。低头偷偷地抹了一把泪,她面向着我,说:"你们吃过中饭才走吧?"说完,她就放下孩子进了院子——随即,院子里就传来了一阵鸡飞狗叫的忙乱声。我知道母亲想干什么,突然感到一种更为巨大的慌乱和烦恼,大声嚷道:"妈,我现在就走,别杀鸡了,鸡留着你们吃吧!"我这一嚷嚷,后院立时就安静了,拎着鸡的母亲的手被火烙般地一松,鸡咯咯地叫着挣脱着跑了。我心里一疼,赶紧弯腰背起了行李……

雪原无边 | 229

母亲也不再坚持,默默地,也背起她的孙子送我们。于是,妻子在前,母亲在后,我背着行李走在中间,一家人慢慢地朝车站走去。直到我们上车,我望见母亲仍站在路旁——车子渐远,母亲瘦弱的身子渐渐变小,就像一株瘦瘦的苦楝树一般站立着。

1994 年 9 月 7 日,安徽潜山

## 美妙的夜晚

"最是潜山风物美"——这是香港作家曾敏之先生的诗句。曾先生没到过潜山,但他知道潜山这块土地上诞生了文学大师张恨水。潜山灵秀美丽的山水,与曾先生那种种绮丽美妙的幻想,都情深意切地表达在这首诗里。大家读了这诗都很感动。于是有人建议将它作为我们撰写的电视纪录片《真正的写家——张恨水》的主题歌。

录音必须在一个夜晚完成。这首主题歌的谱曲请的是著名黄梅戏音乐家时白林先生,演唱者是韩再芬和安徽省黄梅戏剧团的俞士伟先生。很快,著名黄梅戏青年演员,也是潜山女儿的韩再芬风尘仆仆地从她生活的江城赶来,与俞先生相聚在时先生家中——两人刚刚落座,时白林先生便将曲谱交给他们,自己摇头晃脑,有些陶醉地哼了一遍。时先生风趣地说,唱这首黄梅歌,你们一定要对潜山的山水人文充满感情噢!

他告诉他俩:"你们知道吗?潜山古时称皖国,寻根发脉,我们安徽的老祖宗就在潜山呢!……那里,曾诞生过长篇叙事长诗

《孔雀东南飞》,写爱情的。还哺育过皮黄巨擘、京剧鼻祖程长庚,'杂技皇后'夏菊花。那里的丽山秀水也养育了一个水灵灵的女儿,咱们的黄梅戏新秀韩再芬,是不是,小韩?……"时先生手舞足蹈,一副老顽童的样子。

两人笑着,又都聚精会神地听着,不时地点头。

我知道这是时先生为了让他们理解歌词而说的话。但我听了,心里还是佩服时白林先生渊博的学识。因为,我的家乡潜山县其实也只是安徽省一个很小很小的山区县,尽管那里有一座被汉武帝禅封的古南岳天柱山,但自隋炀帝另立湖南衡山为南岳后,天柱山从此备受冷落,"养在深闺人未识"。浓郁而丰厚的"古皖"文化的唤醒和雄奇灵秀天柱山的开发也只是近一两年才开始的事情——难得时先生知道得那么多,那么详细,还那么动情。

"天柱山很美,很美,我去过。"时先生还在深情地回忆着,我们被他绘声绘色的渲染感动。两位演员很快就熟悉了刚刚到手的乐谱,不由自主地就进入角色,练习开了。入夜,两人走进录音棚,很快,一遍又一遍,他们饱含深情地对唱着、复唱着……时先生亲自督促着录音师,校正着音质音量。录音合成的磁带连夜制作了出来。

一切都在匆匆忙忙中完成,以至于我还没有完全反应过来,就深深地陶醉在一种优美的黄梅腔的旋律之中了。出了录音棚,送别韩再芬,夜已经很深很深了。我和时白林先生一起走在尘嚣落尽的静谧的合肥大街,秋风有些凉意地吹拂在我的脸庞上。但我一点也不感觉寒冷,我甚至还有些莫名的激动。在这个美妙的夜晚,我忽然觉得一颗平凡的心和艺术家也是容易贴得很近很近——美的创造其实也很简单。

**1994 年 9 月 13 日,安徽潜山**

## 水流故土

张恨水百岁诞辰纪念活动举行的日子，我的故乡天柱山仿佛漾在一片平静的秋水中。沐浴在艳艳秋阳里，那来自天南地北的专家学者、作家名流似是受到某种感染，心里油然而生出如许的肃穆和庄严。这庄严迫使着他们在那散发着浓郁乡土气息的张恨水陈列馆流连忘返，久久驻足……

张恨水陈列馆建在背依天柱，面对梅城的县城彰法山上。为了纪念张恨水这位著名的小说家，故乡人民呕心沥血建造了心远亭、池塘、碑刻和一幢带有明显皖西南风格、主体建筑为二百五十七平方米的陈列馆。新建成的陈列馆分为第一展室、第二展室以及仿故居部分。故居后院的鹅卵石墙上此时已布满了青藤，院内桂花散尽，一缕冰魂却依然幽幽——"清池浮桂影，书香尤袭人"。这里真实地再现了恨水先生当年在故乡"黄土书屋"里刻苦自修的场景。如今书桌静立，书架悄然，地面仿佛刚刚扫过，恨水先生好像刚刚离开这里，到桂花树下散步去了……漫步在陈列室内，一股淡雅的书卷气和沧桑的历史感扑面而来。

至于彰法山,恨水先生在生前是断然没有到过的。但这里绿树丛丛,环境幽雅,近观晋代太平塔屹然耸立,远望天柱山巍峨挺拔,真正是个做学问的所在。故乡人相信恨水先生会喜欢这地方的。天柱山川的灵秀,其实恨水先生对此也情有独钟。恨水先生一生虽然大部分时间漂泊在外,但乡音未改,直到耄耋之年,他还萌动着攀登天柱山的愿望。他曾在许多文章里,叙述过他小时候爬天柱山的故事。小说《神秘谷》,就是直接取材于该山上的奇景。他还用过许多笔名,"天柱山下人""天柱峰旧客",寄托着他对天柱山的一往深情。朴素淡雅的陈列馆里,如今陈列着当今名士张友渔、万枚子、赵超构、胡洁青、张锲、曾敏之等恨水先生的好友和子女赠送的书画、诗词、相片和题词,以及恨水先生童年时代曾用过的赣桌、砚池、笔筒、书柜、瓷茶壶、锡壶、画缸等等。琳琅满目摆设的是张恨水先生《啼笑因缘》《金粉世家》《春明外史》等几可等身的著作,还有大量金石、信件、手稿……室内四墙图文并茂,丰富的内容展示着恨水先生那一生迥异常人的创作、生活道路。引人注目的更有那些有关恨水研究的著作:《张恨水研究资料》《闲话张恨水》《张恨水评传》《张恨水研究》等。恨水先生在中国文学史上像一颗流星转瞬即逝。但他划出的奇特的光痕,实在令人思索和叹为观止!然而,一个世纪以来,由于他一直被笼罩在"鸳鸯蝴蝶派"那巨大的阴影里,他在中国现代文学史上备受冷遇。尽管如此,仍然有不少的专家学者默默地将目光投向他,探寻着"张恨水现象"。喧嚣不已的评论界,有的以法国文学为参照系,将他誉为中国的大仲马加半个巴尔扎克;有人将他与鲁迅先生相提并论,称他俩各自代表着中国二十世纪纯文学和通俗文学的尖锐,"双峰高下相望,二水分合长流"或称"双峰并秀"。他那无法抹杀的文学创作实绩和经久不衰的"张恨水热",已为世人瞩目和推波助澜。故乡山山水水和先生的故居多少年来已成为中外游人寻访的热点。恨水先生那远在美国马里兰州的两个女儿就曾激动地说:张恨水的研究,经过多年的艰苦努力,取得了丰硕的成果,使中国一个偏远地区的小县城,放发光波,引起涟漪,泛及海峡两岸,更荡漾在海外华人社会之中了!

"若道士无英俊才,何得山有屈原宅。"杜甫老人当年吟道屈原宅,只能是发思古之幽情。而张恨水陈列馆却在我们的眼前真切地存在着,且掩映在那一片浓浓的绿荫里。丛丛树林里有翠竹青青,有黄叶飘飘,远处巍峨的天柱山的轮廓也越发地清晰,故乡山高水亦长,先生抑或想到,他的这一泓清水竟流至故乡汪汪的绿意中吗?

*写在张恨水先生百岁诞辰,张恨水陈列馆落成之时*
*1994年10月18日,安徽潜山*

# 汉语与乡村

一种喧嚣之后绝对的清冷。多年来我期待着的平静,终于伴随着夜晚的台灯在我的身边幸运地出现。我发觉一股前所未有足可依赖的力量在我的体魂里汩汩涌动,而房间里零乱摆设的方块字所构筑的汉语的光芒,格外熠熠生辉。我不止一次地摆弄过这些灵性的东西,但从未认真地思考和审视过它们。一刹那,我为自己思想的贫瘠和苍白汗颜不已。

这种感觉我记得在北京图书馆里就出现过。那里是怎样的一个真正的书海啊。巡行在那成千上万、琳琅满目的汉语图书间,我立即对自己摆弄的文字忐忑不安。那场景简直动摇了我对自己写作的信念,同时又使我不合时宜地想到了我的乡村。我只是乡村一个活计粗糙的农夫,耕耘的也只是一块巴掌大的土地,乡村生活的背景使人贴切地认识到我太缺乏文化的精致感和乡村的大幽默了。我或许只是汉语和乡村之间走动的一只小蚂蚁,生活的触角永远也不会比蚂蚁爬得更远、更快。这种残酷且真实的事实让我心灵痛苦又平静。

我开始有机会思考我的乡村和汉语之间的关系了。当然,这不仅仅是指写作时所必须倚恃的背景如何地重要。作为写作者,我并不企望世俗的功利,心灵的自由和操作方式的灵便一直是我顺手牵羊式的生活法则,开始时名利思想或多或少侵蚀过我的心灵,紧接着我便朴素起来了。这同样不是伟大和崇高,我脱离乡村生活的事实显然不是我比父辈高明多少,实际上其中的坎坷和痛苦永不是我父辈所怀想的,比如乡村里挖一口水井,我只是挖掘了一口适合自己的水井。这水井里的水好得像是流泉一样汩汩涌动,而没有任何附属条件。有条件总是让我感到生活的累和无奈。我阅读汉语和用汉语表达自己渴望表达的,相对而言累和无奈就会减少一些。

人们的期待总有一股咄咄逼人的光芒,这会使自己迷失在浩瀚无际的汉语海洋之中。我更有理由在博大的汉语语汇中找到自己说话的方法。可我还只能说一些民间俚语、方言,再要做的就是胡言乱语,这是没有办法不自卑的事情。我的乡亲更能理解一株小老树就是"千年锯不到一寸板"的道理,任何游离乡村的事物只能叫作城市或其他什么的。但博大恢宏的乡村文化所充盈的那股生生不息的力量缠绵于我的心灵之中,我就感到一种超尘的安静和平和。脚跟上的泥巴没有洗净的自己,何必涂脂抹粉,拼命地擦洗那块属于自己的生活本色呢?因此,我有可能平和地善待自己,善待我时而写下的那些可怜的文字,这是我一种生命的需要。

我常想人一生只能做成一件事——为什么不试试?这从某种意义上说是矛盾的两极。因为人生的确打不得草稿的。如果生活和写作没有目的,只有一时一刻都在充满一种愉悦的时光里度过的过程,那么任何目的的辉煌或失败的结果都不重要。既然我真的能够在汉语和乡村中寻找到属于自己心灵自由的天空,那么,我为什么不试试在汉语和乡村之间走动一下?

**1994 年 10 月 28 日,安徽潜山**

## 雪原无边

那里一年四季就两场白雪。麦苗记得：一场冬雪，一场春雪。下春雪的时候，雪原上，麦苗茁壮的绿剑刺破许多雪的斑斓，探出头来，麦苗就看得清春雪绵绵的模样了。但在冬天，大雪纷飞，铺天盖地落满雪原时，麦苗由于生长得还很稚嫩，就被紧紧地捂在雪的被褥里面。麦苗想象不出冬雪的样子，便说雪原无边吧！

麦地旁边是池塘，池塘有着和麦苗同样的感受。除了清得发亮的池塘，还有萝卜、白菜，这和麦苗一样的青绿绿的植物们，对于雪的感受最是明显。虽然春寒料峭，但雪花总像一只只温柔搔痒的小手，抓耳挠腮的，弄得浅浅的绿色植物十分羞涩，半隐半昂着头的，一副渴望春风亲吻的少女情怀。绿嫩嫩的，逗人怜爱。而冬天的白雪不分青红皂白地倏然而来，多少就有点霸道的色彩了。绿色的植物都知道强扭的瓜儿不甜呢！尽管，绿色的植物也明明知道冬雪强烈的男子汉意志会保护它们，使它们接受圣水般的洗礼，从而更加茁壮，更加绿叶葱葱。但麦苗、萝卜、白菜们有时不这么想，它们交头接耳地说："被这白色精灵吻得喘不过气来了!"涨红着脸。过冬的小植物们温情得就更加不敢抬头了。

池塘较为具有男子汉的胸襟,大地宽阔而透明的情怀。它周身暗暗滚涌着如春水般温暖的血液。春雪飘飘,雪落池塘亦无声。池塘接纳着春雪,搂在怀里就融化了它,真的就融为一体了。这有点风中调情的意味。可冬天的池塘本来就十分像是失恋的男人,尖利的、呼啸的北风将它们冻得冷冷的血液块状般凝固,很少见到包括鸭鹅之类的动物们的亲近,满塘的失魂落魄。冬雪毫不留情地盖住了它的一切。倒是有鱼们虾们的小玩意儿游移在水底,仰头望望头顶,白白的一片,也说雪原无边了吧?

看来,雪原上最为壮丽的景观便是蜡梅了。有许多的树尽管也常怀有梅的信念,但冬天的巨手成功地摘尽了它们的所有饰物,只剩下铁枝般的枯干,被罚站在那里愣愣地数落着天空。一树繁华早成了昔日绮丽的梦幻。但蜡梅悄然地开放在雪原上,白雪落满衣襟朵朵似花,就如锦上添花了。那梅红红的艳艳如火,似一位倔强的小女孩,白的皎洁如天使,都抬着明亮的眸子,望着周遭的村落、房屋、池塘和河流。冬雪无边也好,春雪如纱也好,梅就那么温文尔雅地屹立着。有时候她犹如待嫁的新娘,引得许多人在她身边转来转去地看,慨叹着那伟丈夫的词"已是悬崖百丈冰,犹有花枝俏"。梅就心安理得地做出一份自豪、矜持的姿态。偶尔哧哧地笑着,说:"斑斑点点的脚印,唯有我散发的瓣瓣心香!"人果然就清晰地闻到一阵清香从雪地斑驳的脚窝里唤起,站在梅树的身旁,竟激动得不忍离开——天明地净,梅就如自己久寻复得的白雪知己了。

1995 年 1 月 7 日,安徽潜山

## 谷雨天仙庵

谷雨时节,总要到天仙庵去的。三两个朋友说去也就去了。这回结伴的是几位老人。拎着酒,袋里揣着钓鱼钩。看山已绿得发亮,空气清新得醉人。各种鸟儿的啁啾声像是从耳朵里飞出去的。边走边聊,往事也如陈年老酒般滋滋有味。走不动了,就说歇歇,给歇脚的地方就取些俚俗的名字:"脱衣岗,一伙坡,二伙坪,三伙到了岭。"每年上天仙庵都要这样歇上几伙的。老人们自嘲地笑笑:"将来就在这些个地方立块碑吧!"

就下岭,天仙庵就坐落在岭脚的山窝里。四面环山,几间简陋的屋子,却是手工茶坊——并不见庵堂。庵堂不知何年何月就废了。茶树一簇簇地从山上环绕到山下,一晕一圈的,像是一口大锅。坳里雾气蒸腾,茶香缥缈,似乎日日月月都炒着茶哩!主人知道我们来,早迎了出来:"晓得你们今天到呢!"便忙着打水。水是山泉煮的,几位洗洗脸,就忙着四处转悠。说是每回来都这样转转,总是转不够。咦!清明要明,谷雨要雨,今年谷雨,天怎么就晴得发亮呢?谷雨看山,山跟平日也并无二致,谷雨只是历书上写着的。山该绿的地方依然是绿,只由于满山的茶树,那绿色就更深了。有几丛翠竹和泛着白花的棘楂,红杜鹃、紫杜鹃也开得漫山遍野。屋前有口水塘,一小片油菜花,黄黄的还未谢尽。天仙庵犹如"七彩谷"一般什么颜色都有了。那花草的香气、茶叶的清香缠绵在一起,七彩谷一天到晚香气弥漫,惹得人也浑身沾香的。

晴日无事就说钓鱼的钓鱼,摘茶的摘茶。钓鱼的老者说,我只钓中餐吃的鱼,摘茶的就该摘野茶了。野茶是鸟雀衔籽落种的。只年复一年无人剪枝,无人施肥,自生自长。多长在棘楂、石头缝里,摘起来可苦了我们。沿着沟涧往上走,遇到一株野茶,一惊一喜,便手忙脚乱地摘起来,芽头嫩嫩的,轻轻一掐,落在手心如一支绿色的玉簪了。这芽可做剑毫,那芽可做云雾,还有能做猴魁的,一边摘茶,一边评头品足,惹得一山摘茶的姑娘都朝我们咻咻地笑,情不自禁地指点哪里哪里有野茶,我们也就心甘情愿地攀岩石、钻刺窝,果然摘得不少。再看那摘茶的姑娘,一个个心灵手巧,采茶的动作如舞蹈一般,歌声和笑声溅得一山的清脆。挽着满满一篮子的茶香,转身咻溜下了山,都懒得洗掉手上的茶香,随随便便地围在桌子旁。一桌摆的都是木耳、竹笋、蕨菜之类的山珍。果然只有一餐吃的鱼。钓鱼的老者说:"我说仅够吃一餐就一餐,多的也放进了水塘……"说着大家嘿嘿的,都如神仙般地笑。

人走动在天仙庵里,抬头也只是碗大的天。几间房子都大门洞开,再珍贵的东西也都随便摆着,晚上睡觉当然更不用关门了。主人养的几十只绵羊,也如主人一般日出而作,日落而息,与人快快活活地生活在一起,毫无隔阂,人当是"无丝竹之乱耳,无案牍之劳形"。坐在屋前静静看山,竟发觉山有一隙缝:那里青山如黛,雾气缭绕,云蒸霞蔚,宛如人间仙境。天仙庵像是那神仙洞府的一扇门户了!陶渊明笔下的世外桃源也不过如此吧。正说着,身边的几位老者便道起天仙庵主人开荒时的艰辛。说是盖几间房子,连运一块砖也不容易,莫说开辟这几百亩茶园了。一片一片地开垦破荒、砌坝、整地、施肥……"老徐硬是造出了这方仙境哪!"想想也是。老徐大名礼智,性嗜酒、种茶、看羊、养鱼,快活似神仙。

响午天转阴了,空气闷得憋人。凑着煤油灯搓一阵麻将。大家都兴味索然,靠在床上又天南海北地闲扯,都是老人们的一些红尘旧事。突然一阵雷鸣,天就下雨了。"我说清明要明,谷雨要雨,天道不错吧!"老人们经验老到地说。心想,果然是不错呢!房里却响起一片浓浓的鼾声了。

          1995 年 4 月 23 日,安徽潜山

## 门楼与门风

或进或出都有门。门是一种通融,也是一种拒绝、间隔。房屋之门、生活之门、成才之门、发财之门……门是内和外的界限,也是过去与未来的分水岭。门横立于等待与超越之间,在平凡与伟大之上。一门之隔,风景迥异。难怪人们对门总是奉之若神。记得小时候见到人家门楣上贴着几张威风凛凛、颇为森严的门神,我就很难把门与神联系在一起而遭大人们呵斥。后来听说西方人也有门神,且还有门板神、门框神、门环神三尊门神,心便一下子开了"窍",想那洋人比咱中国人也洋不到哪里去,三神守门,更无洋气啦!

门有门神,但其"神"却大不如其他诸神成天被人香火敬奉,至尊至贵。由此看有人将门楼建造得奢华自是无可厚非。芸芸百姓大兴工役建门造楼,也属情理之中。史载,宋朝范仲淹之子范纯粹贬降徐州滕县(今山东)任知县时,一反"官不修衙"的旧俗,将破旧不堪的县衙和吏人办公房修葺一新,而颇得时任徐州知州的苏东坡赏识。苏认为官衙是互相继承的,一任一任地无限传交,并非哪一任官员独为自己享有,当时不修缮,将来修缮费用就会成倍地增加。开宝二年(九六九年)宋太祖为修门楼颁布诏令,提倡修缮破旧的官衙门楼。诏令规定:"(官吏)上任时,凡官衙损坏者停止一次晋级,凡修建而没有烦扰居民者,提前晋级。"……旧时还有"高门大户"和"侯门深似海"之说,门楼对于一族一姓,往往还有能否兴建方门、圆门的讲究。它是一种势力的显示,一种身份的标志,官衙门楼森严,当然更是一种权威和等级的象征。

有门楼,自然就有门规和门风。门楼显贵,门风不一定端正;门楼陋简,门风不一定轻薄。门楼重要,门风更是重要。历史上《朱子家训》《颜氏家训》就是倡立门风的典范。位居爵相、官居相品的曾国藩的曾祖父就立过"早、扫、考、室、书、蔬、猪、鱼"八字信条,告诫子孙后代一要早起,二要打扫清洁,三是诚修祭祀,四要善待乡邻……还要读书、种菜、饲鱼、养猪。实际上这就是曾家的门风。曾国藩幼承家训,信守家规,为使门风肃端,他还另制定了一套家训课目,规定曾家男子要"看、读、写、作";女子要"衣、食、粗、线",即织麻纺纱、烧菜煮饭、打扫房舍、缝制衣服等等。在任两江总督时,他要求自己的夫人和儿媳每天坚持织麻纺纱,自己为官三十年一直身穿粗布衣袜,遇到庆典和春节时才穿一回三十岁时缝制的那件青绒马褂,还说"三十年衣犹如新"呢。他的九弟花三千串钱新建一套房子,他闻后大骂:"新屋搬进容易搬出难,吾此生誓不住新屋!"……范纯粹修建一百一十六间房屋,自己的居住不事修缮,是倡导一种清廉的门风;宋太祖规定修建房屋"不许扰民",是提倡一种"爱民如子"的门风;独看曾国藩的治家之道,也不能不钦佩他所树立的这种纯朴、诚实的曾氏门风……

门风就是国风、党风和家风。门楼一日可就,却只能给人的视觉徒添一处美景;门风非一日之功可成,却给人心留下一座丰碑或是一摊污秽。苏东坡奖赏范纯粹,是因为他认为,只讲简陋而不提营造,任凭官衙墙歪而导致府第破落大可不必。但人们一味地讲究排场、摆阔气、奢侈浪费,用公款高标准地装饰门楼,甚至装饰私人门第,或者一方面为注重"形象"而大兴土木建造门楼,另一方面挥霍无度,用公款大吃大喝,奔豪华舞厅,住高级饭店,乘超级轿车,行贿受贿,不思为官一任,造福一方,却是败坏家风、党风、社会风气的典型行径。要知道上古舜受尧禅位,做两把五明扇让侍从执掌合起一个"门"字,原是借以广开求贤大门,缔造清明政治的"门风"呢!——从门楼进进出出的我们,就会大胆地开启一扇智慧的大门,轻叩世上紧闭的大门、神秘的大门,创造一个毫无设防的朗朗乾坤。

**1995 年 4 月 30 日,安徽潜山**

## 名著与名牌

要说名著是精神文明,名牌是物质文明呢。名著与名牌自是同类作品与产品中的佼佼者,是艺术或质量高尚的象征。由此"名气"而受人青睐当然属于天经地义。偏偏世事乖张,知道《约翰·克利斯朵夫》和《复活》的人,就不一定知道"仕奇"和"金利来"是何物;而吃尽天下美味佳肴的人,也只当《红楼梦》和《西游记》是什么天书。一部名著背得滚瓜烂熟、谈得口若悬河的人,说不定连茅台酒、玉溪烟都闻所未闻呢!

名牌既是一种物品,当然吃住穿用样样俱全。吃住穿用的物品本来就是人类生活须臾不可缺少的东西,人们每天都在接触,而每天都希望用最小的代价获得最大的效用。从来散发的都是坚定的现实主义光芒。忽然有一天,你身边有人告诉你:"你还喝这样的酒啊,与你身份不配!""你只有穿那样的皮鞋,方显示出你的身份!"睁眼一看面前物欲横流,让人眼花缭乱的世界,才发觉名牌越来越成为显示人们身份的标志,好像身上没有穿名牌的人比一个没有灵魂的人地位显得还要低下——"见人矮了半截"!

这还了得！于是抽名牌、喝名牌、穿名牌的人如过江之鲫，于是名牌制造事业也愈加地辉煌，甚至光彩照人。连内衣、游泳衣也纷纷不甘落后地"名牌"起来。中国名牌、国际名牌于是便成了广告人的"名牌"语言，"超越一流"了。"名牌"女人——校花、交际花式的选美运动也在加紧炮制。只是名牌太多、太滥，泥沙俱下、鱼目混珠的情形常常就使上帝发笑：比如你穿一件才十七八元的衬衫，人家当你是名牌衣衫而奉承一番，你未置可否地沉默一下，人家也就当真了；比如你被人请吃一餐名贵宴席，有人和你谈名菜，你如鲁迅先生说的："……对于他所讲，当装作偶有不懂之处。太不懂被看轻，太懂了被厌恶。"此话颇合时宜地"拿来主义"一用，也很奏效。说不定共同的"名牌"语言，就让你在酒席上也不会捉襟见肘。

  名著现在好像就没有这么麻烦。古人说"万般皆下品，唯有读书高"，毕竟时过境迁。天下名著一部未读，一身摩登名牌并不让人心怀惴惴，将写《大堰河——我的保姆》的艾青"爱情"一回，也只当是偶尔的笑话，并不会因此而丢了身份。饱读世上名著，满腹经纶的先生们倒是自觉很有地位，但仍是"臭老九"或"穷老九"的瘪三形象。况且人家有钱人照样可以搜罗海内名著以装潢门面，买一套名著总比买一件什么名牌物品便宜得多……只是，名著这一部分人类智慧的经典，像是浩瀚的著述海洋里大浪淘沙才留下的晶亮的贝壳，总是麻烦地存在着（时下经常炒豆子般炮制的名著不算），读些名著，确实使人知识渊博、心灵充实，这是千秋万代之举，不像名牌那样用一个"钱"字就可了得！名牌只能炫耀于一时一事，而不会永恒于世。还是一位法师说得深刻："穿一双名牌皮鞋的人,不一定就能走上佛道;而戴一只名贵手表的人,更不一定就是爱惜光阴的人。"名牌服装包裹的如是一具没有灵性的躯体,自然可以从名著中读到"金玉其外,败絮其中"……

曾在报上读过一篇介绍青年作家苏童的文章,说风流倜傥的苏童穿的是名牌服装,抽的是名牌香烟,喝的是名酒。实际上还应该加上一句:他读的还是一些名著。这有他自己的话为证。他说:"对于美国作家塞林格一度迷恋使我写下了近十个短篇。"他写的还都是些出名的小说,一律著名开来,名著与名牌在苏童身上相得益彰、相映生辉,这也算是"两个文明一起抓",一个成功的例外了。

1995 年 4 月 30 日,安徽潜山

## 也说"牌玩"

"如果今日得空,就玩麻将牌去。"陕人贾平凹写过一篇《牌玩》,不动声色地就给麻将消费了一回。在不绝于耳、哗啦啦的麻将声中,他似是若无其事嘟哝着"不知牌玩的人呢还是人玩的牌呢"。读来心里怦然一惊,想这贾先生不知是杞人忧天,还是留下一句警世的醒言——其实这扑克牌、桥牌、麻将牌、牌九,无论是舶来品还是"国粹",人们似乎从来没有一天停止接触过,但也从未见有人因此身形枯槁、七魂出窍、八魂颠倒,而甘愿马放南山,金盆洗手⋯⋯

玩牌的是人,牌玩的倒真的是我们这个社会——全社会还在多快好省地建设社会主义的时代,麻将、牌九被视为赌物摆不上台面,但人却玩起扑克牌。游戏当然都有规则。玩扑克牌与麻将一样也需要四员大将。四平八稳,力量才能均衡嘛!扑克牌中的"大王、小王"牢牢坐在金銮殿上,A、K、Q、J等大小官员也谋位有序,各司其职。社会都在"争上游",扑克打的当然也是"争上游"。牌分单出、对出、连步、"拖拉机",只要奉行"多快好省"的原则,怎么都可以。就这样争了几年的"上游",忽然就变成"打对家"了。对面结成统一的联盟,与对家寸金不让,寸土必争,谁赢谁输,刺刀见红,阶级阵线泾渭分明——没听到那年头广播喇叭上不是成天地喊"阶级斗争天天讲"吗?既然讲阶级斗争,那大家便要使劲地较量,于是乎都挖空心思,互相算计,摆出了一副斗争到底的架势。嘴里"好日子先过""官大一级压死人"之类的,喊得唾沫横飞,牌桌上东方式的智慧和狡猾运用得得心应手。胜方扬扬得意,败方图谋东山再起,不服输的劲头也表现得淋漓尽致。后来,身边的官们不知怎么就越来越多。"红桃5"一跃成为太上皇,"红桃3"被擢升为"参谋长","大王""小王"只好暂时委屈一下了。人多官多,官多牌多,一副不够两副凑,扑克牌像扇子一般捏在手上。官多的优越性有了,弊端也就出来了,这当然就需要"改革"。淡化官的意识似乎便从打扑克开始,全社会也流行打美其名的"跑得快"了。这玩意儿与当年的"争上游"差不多,但对不起得带点"小意思",社会已是商品经济的年代啦!

搞活经济,麻将这种赌具仿佛是天然的道具。扑克牌似乎一夜间销声匿迹时,举国已是一片麻将声了。大人打,小孩也打;官老爷打,平民百姓也在打。于是就有了民谣:"呼隆一声响,来了几位老首长。带着一副好麻将,一打打到大天光。"风水轮流转,山庄挨着坐,麻将这种"国粹",赌技一时异彩纷呈。先是打祖宗传授下来的番数,十番和牌算输赢。接着就嫌麻烦,五番和牌多少钱,最后就干脆赤裸裸地用钱玩起来。百多张麻将牌,花样却一天天地在翻新:割断"一索"给钱,"放炮"一冲给钱,"跑风"更有钱……没钱的麻将桌上捞外快,想那乌纱帽的麻将桌上献殷勤;谈生意的麻将桌上斗心智。麻将似一只巨大的魔方,让人神魂颠倒,寝食难安。觉可以不睡,麻将不可一日不玩;班可以不上,麻将却不得不打;和老婆可以离婚,麻将却断断不能割爱;可以消遣,可以断烦恼,可以拉山头,可以妙趣横生,笑话连篇。你没有听说吗?秘书问报多少产值,头儿在麻将桌上手捏着"八万",于是产值就到八万了。事后头儿哭笑不得,说:"我说的是麻将呢!"怀孕的女人成天离不开麻将桌,孩子出世开口便是"二条",女人笑笑:"胎教的功能不小,我儿好聪明!"

……

社会上人玩牌,牌玩的就是社会呢!人活在世上,都说自己像一张张麻将牌,果真该出牌的就出牌,该吃牌的就吃牌吗?我说人玩了牌,牌也真的玩了人,人中牌的流毒更深了——只是人身在其中,总是执迷不悟罢了。这不,耳旁就有人喊:"今日得空,就玩麻将牌去!"啧啧!

*1995 年 4 月 30 日,安徽潜山*

# 恍惚中的明白

## 一

听说,我小时候极顽皮。这顽皮就常常惹出一些事端来。每每这时,父亲便气咻咻地训斥道:"再顽皮,看我捶不捶你,铁都捶扁了,捶扁不了你!"

父亲是一位铁匠。一位老实本分的手艺人。父亲年轻时就靠他的一把铁锤养育着一个数十口的大家庭的。和天下所有做父母亲的一样,他当然非常希望他的由小学而中学成绩都不错的儿子能考上大学,光宗耀祖。然而,当时他并不清楚,在莘莘学子正在为高考而日夜奔波忙碌的当儿,他的儿子却被"缪斯"女神蛊惑,懵懵懂懂地挤进了文学那条充满艰辛和痛苦的道路上去了。父亲哪里体会到,在金黄色的油菜花田野里,他的儿子——那为在一张小报上发表一篇散文,就欣喜若狂地奔跑着的十七岁少年的心情?——返乡后,父亲倒是出乎意料地没有责备我,但在他那满怀希冀,沉默寡言的目光里,我倒是读出了一种咄咄逼人的期待的光芒。

## 二

我的家乡坐落在雄奇灵秀的天柱山东麓。

这里山川俊美,人杰地灵,历史上曾诞生过唐代"五老榜"诗人之一的曹松、宋代大画家李公麟、京剧鼻祖程长庚、现代作家张恨水,烟雾弥合,四谷回音的还有一曲"孔雀东南飞,五里一徘徊"的凄绝千古的吟唱……历代的达官贵人、文士骚客如王安石、黄庭坚、苏东坡也都曾在这里纵情山水,吟诗畅游——多少年后,当我在故乡县城工作,我发觉故乡人总津津乐道这片蕴藉着丰富浓郁的地域文化时,我突然明白,我怕是无法走出这块黄土地了!起始接触的村镇规划以及后来从事的县志民俗、人物传的编辑工作,使我更清楚地认识到,由于缺少文学科系的训练,无法接受历史的、精致的文化关怀时,另一种生命的朴素的原野的乡土生活的背景对于我将是如何的重要。浸淫在地域文化的海洋里,我曾不止一次地穿行在故乡的深山与丘陵上,开始用故乡的人和事写小说、写散文,居然就有了几十个中短篇小说和几百篇散文见于全国的一些报纸杂志……

## 三

当然,很快我就感觉到了我的写作是一种寻求语言阅读和表达的愉悦。这种接近和不断接近的体验,使我痛苦又喜欢。在很多孤寂的日子里,我知道我的一切寻找都是徒劳,一种来自天生骨骼的精灵,时而如一只雷鸟栖息在我的额际。我开始愿意在默默抚慰和飞翔的肆意之间和它独言独语。

……感觉的原始律动,能带来种种尖锐的官能刺激、愉快夹杂着无法拒绝的理论介入。这种主客体的焊接之光,我相信它一直在洞明人们意识里种种难以言传的幽微……因此,无论是乞力马扎罗的雪如何透明成一座冰山,马孔多小镇忧郁的孤独,还是所谓"时代的宫阙",供奉人性的"希腊小庙",都是为了一种神思妙想。"都会有一次翅膀的抖动,提示你,太靠近太阳,蜂蜡固定不住羽翼(斯坦倍克语)"……

有意或无意识地读着大量文学名著,我似乎什么都不明白,又恍惚明白了什么。

## 四

我一直认为,小说家是为别人而创作。因而,写作者心里便都有一种自觉得无可推卸的责任感。而写散文对于我来说,全然是为了自己。相比较而言,我的心灵就会显得非常轻盈和自由。在许多痛苦或高兴的日子里,这种于我一挥而就的文字就常常让我自己首先温暖和感动。然而,我的一些遗韵流风所及,且时而做俯仰状情形的文字(其中的主客观原因现在虽然无法表达)——这般称作审美领域中弱者所为的东西却叫我时常汗颜不已。文学创作,应该是一个人的整个的人格和感悟的显露,它无疑还关系到一个作家的常识、修养和才情,而这一切当然应该天道浑成,质朴自然,且无法刻意创新,用心雕琢。

散文也概莫能外。

五

一切都在流逝。包括鲜花、生命、事业和爱情……二十世纪的潮汐很快就会退落,下一个世纪的海啸已在我们的耳畔轰然作响。置身其中,我不知道刚刚跨过而立之年门槛的我,将会捡到几枚晶亮亮的贝壳。现在,静静地坐在窗前,我仰望着满目繁星的天空,心里回响着的却是一首悠然的歌谣:

老年遥遥天边,

童年在远方……

**散文集《想象一株梅·后记》**
**1995 年 5 月 9 日夜,安徽潜山**

## 阳光之下,土地之上

一

太阳如一把鲜亮的双刃之剑,高高地悬起。一只只金凤凰,灿然地绽放着被丰收折叠的喜悦。接近太阳的深处,摘取太阳馈赠的丰硕之果。眼睛如嗜金成欲的商人般发亮。

二

许多人近乎真理般地认为人由鱼进化而来,而不是由猿蜕变的。命题确属正确。譬如人们常说:"鱼儿离不开水。"还譬如人们说,地球上占70%的面积布满了水,水浪滔天。

## 三

太阳普度之下,人类一个个如出土的文物,展示着或白或黄或黑色的胴体,身躯扭曲如蝌蚪之文。沉重的劳动号子让无情的太阳削得干巴苦涩。阳光下劳作的姿势,永恒一如古老的图腾。

## 四

从盈盈之水中爬起,长城挟着脉脉雄风逶迤而来。梦幻的尊龙,从此睡态可掬地横亘在北方之岸,昂首亿万斯年……

而在远置的荒郊,长江与黄河亦如龙的蜕皮,通体透明。

## 五

太阳半是魔鬼半是上帝。我们向水祈祷着,讨价还价地与魔鬼做一笔买卖,盈亏由天。

阳光同时收掠起街上一条条人影,阒寂空城。乌龟壳似的现代建筑物里,我们坚固地盘踞着。一个个如被剔除刺骨的干鱼,横七竖八,溃不成军。

## 六

长城还像一架龙骨水车,凌驾于岁月之河,俯视着我们泱泱大国……

步履蹒跚地滑行在黄土地黑土地之上,无数次喧哗与骚动,泪水蚀成凹凸有致断断续续的印痕。孟姜女的哭声打湿了秦始皇手中的神鞭……

## 七

龟缩在浓浓树荫里的黄狗大声地喘着粗气。树上,太阳同时孵生着透明的精灵——蝉,悠悠地纺织着难眠的夏天。

## 八

我们就不难理解"泱泱大国"这个名词了。阳光亲切如水,人类须臾离不开水。还譬如说,在赤日炎炎的夏天,阳光榨油机一般,人亦如一尾尾鱼焦头烂额。渴望什么——水。

水是农业生产的命脉。

*1995年6月5日,安徽潜山*

# 听　蝉

是在老家的屋里,躺在床上突然听到悠扬的蝉鸣的。透过窗户,看浓绿的树叶丛里,天空奇异般清澈明亮。而此时蝉声就水一般地漫进了我的耳里。悠然地听着这夏天最后的一阵蝉鸣,我陡然感到一种自然的亲切和温暖……久违的乡村蝉声,便是我那久违的乡音。

我寄住的小城,夏天的蝉鸣其实也是昼夜起伏的。那声音嘶嘶的,充满了无望的韧性。但奇怪的是,我的心灵从未产生过真正的激动。城市的飞扬浮躁,蒸腾的阳光将一切有生机的东西似乎都驱除干净了。蝉嘶嘶鸣唱的声调变成的是"知了!知了!""死热!死热!"如小商贩般有节奏的叫卖声,与城市固有的喧嚣搅杂在一起,声音抑扬顿挫,也响彻晴丽的城市上空。但听到这种声音,我除了感觉蝉是夏天奄奄一息的小动物外,更多的还有异常的烦躁。城市的蝉鸣不像此时的蝉声,能够唤起我关于乡土、关于心灵的滋润之至的亲切来。此蝉非彼蝉,抑或此心情非彼心情?身子骨里流露的乡土气息和对家园的依恋,真的冥顽不化到能拒绝城市的一声蝉鸣?

在城市的蝉鸣声中,感觉到不安的还有一大群天真的孩子。他们或许是城市里对蝉最有兴趣,而又最能谛听蝉声的人了。他们一个个围绕着蝉的声音转悠,然后就小心翼翼地爬上树,慢慢地捉那嘶声哑气的蝉,居然都会捉到一两只。蝉们老老实实地成为他们囊中之物。看来这里的蝉,身手也是很笨的。记得小时候,我在乡下捕蝉就没有这么容易,往往一走到有蝉叫的树下,蝉就哧溜一声箭一般飞去。后来,还是大人们教我们些捕蝉的方法。用柴耙子巧妙地搅上蜘蛛网,然后轻轻地踱到有蝉的树下,屏声敛气地网上去,这样才能网上一只。再用线系住蝉,晚上放进床帐里,那蝉好像也不怎么害怕,依然洪亮地叫着。我就伴着这悠扬的蝉声悠然入梦。可早上一起床,那蝉却挣脱了线,早不知飞到哪里去了。而在窗外的树上,蝉依然悠悠叫唤着,似乎真的声声呼唤着夏天,呼唤着童年……

在乡村,蝉的确是夏天真正的歌者,是一种来自乡土的清纯的歌唱。即使在繁重的田间劳动之中,一听到这悠扬悦耳的声音,我们的身心就陡然一阵激灵,轻松起来;而在炎热的中午或傍晚,躺在这阵阵的蝉声里,耳旁似乎就响起一种催眠的摇篮曲。我不知道其他从乡村过来的人感觉如何,在我,陡然听到这乡村的蝉鸣,对乡村蝉声就愈感亲切了。已是夏天的黄昏,此时,那只蝉还在耳畔激动地叫着,悠悠地撕扯着黄昏的凉意。我起身绕着有蝉的树走动,但看不见蝉,几团浓绿的树叶包裹着它,那声音尖锐地穿过一团团浓绿,嘹亮在旷野之上。树枝在微风中轻轻荡漾,一副若无其事的模样。刹那间,我脑海里忽然涌上一些关于童年、关于旧的印痕来,但此时却怎么也捕捉不住,就像无法捕捉到面前树上的这样一只蝉。

**1995 年 8 月 15 日,安徽潜山**

## 秦淮河只说历史

不闻桨声,不见灯影,秦淮河繁华的风月似乎已让滔滔的江水丝丝缕缕抽尽了。很现代的建筑物虽然也很努力古典地矗立在秦淮河两岸,但那条凝粉的河水还是湮没了昔日的白舫青帘、楼台歌榭。繁华是异样的繁华,却真的寻觅不到朱自清、俞平伯笔下的那幽幽寂寂的美了。

幽寂的只能是秦淮河那"晃动着蔷薇色的历史"。

从文德桥穿过乌衣巷口,我独步西行,不知不觉就到了钞库街口十八号——李香君宅院。从柱红檐绿的东墙望着秦淮河,果然就见历史从蔷薇色的秦淮河浮面而出。我发觉在阳光下,有一朵硕大无朋的独舞的红莲,多少年了,凭栏倚望的浓妆佳人脂粉脱净,泪水流干,把栏杆抹遍了,"媚香楼"却依然散发着红莲的迷人清香。声声琵琶曲里,那名享秦淮的一代名妓李香君娉娉婷婷,袅袅而来,撩衣舒袖,她像是正在为下第的侯生送行,仿佛正在怒斥着田仰的霸权,似乎正在为大明江山的痛失裂肝断肠,依稀正在为不当大清顺民而削落青丝……"奴是薄命人,不愿入朱门",是一道女儿声的呐喊;一腔鲜血溅红桃花扇,更是一个女儿身的忠贞。美人香草,侠骨红装,留下的是一曲千秋艳说。李香君舞动那一纸桃花扇,舞成一朵硕大的红莲,就这样出淤泥而不染了……

十代古都、六朝金粉里流动着的十里秦淮河,不染的还有一片桃叶。那一片桃叶从晋代的秦淮渡口嫣红地漂来……"桃叶复桃叶,渡江不用楫。但渡无所苦,我自迎接汝。"一代书法家王献之迎接爱妾桃叶的野渡,附丽着才子佳人般的风流韵事真的就这样美丽地传说了。才子佳人,俱归杳渺,"渡口名因爱妾留,都夸子敬特风流"。连乾隆皇帝也忍不住青睐这江南野渡的风流了。桨声渐起,桃叶的渡船渐远。我奇异地发觉,站在这渡口上的还有郑板桥和曹雪芹这两位清代的大文豪。"究竟桃叶桃根,古今岂少,色艺称双绝。"郑板桥的一曲《念奴娇·桃叶渡》,曾惹得曹雪芹灵感勃发,挥笔就写下了"衰草闲花映浅池,桃枝桃叶总分离。六朝梁栋多如许,小照空悬壁上题"的题扇诗,桃叶渡题诗填词,千载难逢的幸会,两位大文豪在桃叶渡留下一则艺坛佳话,给桃叶渡也蒙上了一层美丽的面纱。"当年桃叶归何处,渡口有人歌白苎。"秦淮河,这样的历史难道不婉媚艳丽?

漫步在三步一舫、五步一亭的秦淮河,我看到的当然还有钱庄、书局、印社里的那些古玩首饰、文房四宝、字画、剪纸、刻刀、绣品、紫砂壶,一切都是古色古香,情趣盎然。置身这风情万种的秦淮河,就仿佛历史中人了。而面前,一个挤着一个的小吃摊,案上摆设的什锦包、油滋汤、烫干丝、葱油饼、麻油素鸡、翡翠烧卖、桂花糖芋艿、鸡鸭血汤,喷发的清香也似乎穿越椒兰粉红的烟花巷,

雪原无边 | 265

破空而来,小商小贩一浪高一浪的叫卖声,焉能说叫唤的不是秦淮河,叫卖的不是历史?

我无法坐船,当然也就无法体会到桨声灯影里的秦淮河了。但此时此地,模模糊糊地感受着明末秦淮河的艳迹,我却突然想起了朱自清说的:"于是,我的船便变成了历史的重载了。我们终于恍然秦淮河的船所以雅丽过于他处,而又有奇异吸引力的,实在是许多历史的影像使然了。"

朱自清是对的,秦淮河上只说历史。

——我就被秦淮河的历史之美感动得有些凄迷了。

1995年9月1日,安徽潜山

## 秋雨残园

这是北国京都的秋雨。尽管我来北京已不止一回,但真正地领略到这里的秋风秋雨还是第一次,况且这秋雨滴落在这伤痕累累的圆明园里,凄风苦雨倏然暗合了我眼前的一切。风无情地吹拂我穿着单薄的身子,我感到很冷。圆明园里的废墟上,恣意生长的野草如鬼魅般狰狞,断壁残垣下的白色石头似乎在雨幕中跳着、叫着,更给我一种阴凉飕飕的感觉。

圆明园昔日的繁华和绮丽不仅只是记录在那些旅游性的小册子上的。皇家花园的豪华与奢侈肯定无与伦比。不必将它比作古罗马的斗技场、希腊的帕特农神庙、埃及的金字塔,如果时间能够倒流到一八六〇年以前的话,所有的假设在这份美丽面前都会变得苍白而无力。透过熊熊燃烧的烈火,法国大文豪雨果就已经由衷地描绘过:"你只管去想象那是一座令人心想神往的,如同月亮的城堡一样的建筑,夏宫(指圆明园)就是这样的建筑。"

还用得着对圆明园的雄浑和秀美喋喋不休地描述吗?

在圆明园,历史是一段铁打火烤的历史。它是中华民族血汗和智慧凝成的历史,是八国联军蹂躏我们大好河山的见证!卑劣的英法联军一场大火就残忍地烧毁了一个美轮美奂,毁灭了我们封建时代灿烂的文化和东西方人类的文明!如果没有历史铿然有力的声音,我自然会疑心走进《聊斋志异》,走进蒲松龄老夫子笔下那狐狸精野怪出没的所在,或走进中国民间常见的那种后花园,包括鲁迅笔下那长脚虫出没的百草园。"天下国家,本同一理",偌大的圆明园的衰微如同一个家庭家道中落一样。从这个意义上说,是一种历史企求新生的必然。那一把大火宣告的自然是清王朝的覆灭,抖尽一个王朝的灰烬,我们的民族很快从废墟上站立起来了。我们不难发觉,那把大火烧烫的还有我们民族的心,灼热的石头灼伤着我们民族的灵魂,圆明园是我们民族无法愈合的一道巨大的伤口……

秋风在渐渐飘落的秋雨里呻吟,巨大的残园周围齐腰深的茅草,参差不齐散落着的大树,与废墟上横七竖八躺在那里的廊柱、栏杆、石狮、石龟,都显出一派苍茫古意,阴气逼人。秋雨消消停停,阴霾的天空混混沌沌,潮湿的野草纷纷低垂,残损却依然高大的巴洛克式的柱石和背后那一大片疏密有致的老松屹立着,点点雨水滴落,在亘卧的雕石上溅起一片烟雾,我的眼前呈现出的是一幅酷似古战场的凄凉意境……我知道,这里的草草木木,每寸泥土,每块白石,都凝聚而流淌着历史的一抹老泪。这泪水虽然洗刷不尽一个民族灾难深重的历史,但时时刻刻却在控诉着强盗们掠夺人类文明的野兽行径,倾诉着"落后就要挨打"的血与火的耻辱和教训……

"谁道江南风景佳,移天缩地在君怀"的清王朝,那"林瑟瑟,水冷冷,溪风群峰动,山鸟一声鸣"的美丽怎的就化为了乌有？那些价值连城的奇珍异宝哪里去了,那举世无双的园林杰作,中外罕见的艺术宝藏哪里去了？我问残园,残园无语,法国那位正直的老作家雨果愤怒的声音却一直回响在我耳旁。"有一天,两个强盗走进圆明园,一个抢了东西,一个放了火。仿佛战争得了胜利便可以从事抢劫了……在历史的面前,一个叫法兰西,一个叫英吉利。"这两个强盗跑进清王朝的后花园里,大清王朝剩下的仅是一副腐败无能、任人宰割的模样！在秋风秋雨中行走,我们的心头止不住一声声呐喊,心在凄风苦雨中发颤……

太阳从乌云中穿透出来,雨不知什么时候停住了。一抹残阳给在凄风苦雨中痉挛的圆明园镀上了一层亮色。半是阴晦半是明亮的天空,此时勾勒出的是圆明园坚挺的悲剧意味的轮廓。高大然而残损的巴洛克式的柱石上,雨水如泪般一遍又一遍地做着最后的洗刷。抹尽泪水,它坚强地高昂着头颅在这旷世的秋风秋雨里,仿佛与那沉重且庞大的乌云抗争着,驮负着我们被侮辱、被损害的灵魂,同时让我们看到了那古老的力量和雄心。"思想是无须援助的""好了伤疤莫忘痛",民间这一条条朴素的谚语,倒是这座残园留给人类最为浅显的昭示。

**1995 年 9 月 20 日,北京东城区和平里**

# 随笔二则

## 被抄袭也是一种幸福

"老婆是别人的好,文章是自己的好。"自己的文章发表或被转载,让更多的人读到,当然是一种幸福。不是转载却看到被别人原封不动地抄在另一家报刊上,你或许首先就有一种被愚弄的感觉,倏然释怀,你心里唤起的也许还有一种莫名的兴奋。

那一回,在一家报社闲坐,顺手抄起一本该报的合订本,慵散地翻着,忽然就看到我的一篇散文被署上了一个并不熟悉的名字醒目地印在报上。看看文章,除了名字陌生之外,排列的方块字还是那些方块字,同样也散发着一股浓浓的油墨之香。可我没用过这个名字啊!我问编辑,编辑气极,翻箱倒柜地找出了那人的底稿,我看看,不由得乐了。我用错了一个字,他也跟着倒霉。真是,稍不小心就连累了他。

还有一种手法就比他高明。几年前我曾写过一篇关于南国、关于民俗的散文,后来竟被一位熟知的朋友抄到一家刊物发表了。他的抄法,我倒是佩服,他抄袭的只是我那篇文章的意象。里面尽管时而也浮动着一两句我用的句子,但那些汉字夹在他的美文里竟是天衣无缝。比如我写"自唐时清明,让杜牧写湿了,从此湿遍江南",他写的却是"杜牧写湿了唐朝清明,从此江南湿遍了",仔细辨认起来,这还不能算是抄袭。他领会的是我的文章的"神韵",文章的"精髓"。真谢谢他读懂了杜牧,也读懂了我,该引他为千古知音才是,想着,我竟有些感动和幸福,就像刊物上发表的就是自己的文章一样。

外面的世界很精彩,眼前的生活也色彩斑斓,说穿了都是你"抄袭"来,我"抄袭"去的。著名的战争有人因袭,不朽的建筑有人模仿,街上的红裙子很快就会流行。抄袭是对被抄袭者的奖赏,是对创造者的礼赞,创造是一种幸福,被抄袭也是一种幸福。想想,你在小城里穿起一件时髦的衣裳,不几天大街小巷的人们也穿着如你一样,不亦乐乎?

## 家是抚摸不着的疼痛

想家,又怕家。想家,是因为家是我人生之根,是我生命的神祇,那里有太阳晒过我片片尿布留下的淡淡温馨,有过我童年时歪歪斜斜的脚印,还有年迈的祖母,父母双亲……家是我们一棵屏障世态炎凉的大树绿荫,又是我们疲倦时可以托付身躯和心灵的圣庙。

怕家,是因为我的家乡还很贫穷,那里晃动着我辛勤劳作的父母瘦削的身影。望着艰辛岁月留给他们的苍苍白发，而我，却不能与他们一起承受着生活的重轭，我心里就有一种莫名的疼痛。怕家，是因为我还从那里知道，赤日炎炎似火烧的日子，父老兄弟姐妹在田野上劳作的滋味，还有出嫁了的姐妹们家里任何一点的不和谐，一担粮食售不出去的焦虑，都会时时煎熬着我悠闲在所谓城市里的灵魂。

著名作家路遥死后，我曾在一本书上得知，路遥的母亲，那位年过七旬头发花白的老人至今还住在一孔窄小暗黑的土窑里。她孤苦伶仃，为远近闻名的特困户。还在路遥中学毕业那年，她家里穷得没办法，可为了不中断儿子的学业，老人竟拄着打狗棍在陕西延长一带沿门乞讨，将讨来的食物卖掉，换钱供路遥读书……"寒门出贵子，路遥成了名作家，忙于各种应付，忙于他艰辛的创作，很少回家与母亲团聚，但时而有几十元人民币邮回那孔土窑里。"读到这里，谁不会泪水潸然呢？路遥用他的一片孝心奉养着他的母亲。家，是他抚摸不着的疼痛。

不只是从乡村里走出来的人，才领受到家的那份滋味。即便"腰缠十万贯，骑鹤下扬州"的富豪也会有这份心情。逃离故乡，偷渡香港而发迹的闻名中外的洋参大王庄永竞，不止一次地用钱投资他的家乡办教育、修桥铺路，不也是企图医治他那心中曾留下的家的那份疼痛？树高万丈，叶落归根，城市浪子或异乡游子的乡愁更能深深浸染着其中的况味。在所有的人生中，想家，就是念及家的那份抚摸不着的疼痛……

1995年10月5日，北京东城区和平里

## 好女人是一种好心境

有人说女人总是一道风景。好女人不仅让人欣赏到她的那份美丽,还使人心想到永远;慢慢地品尝,慢慢地滋生出一种好心境。

好女人不一定容貌美丽,美丽的女人不一定给人带来好心境。漂亮或许是一笔可以炫耀的资本,但这种资本总有挥霍殆尽的时候,穷途末路的滋味大抵由此而生。漂亮的女人做一件非常不漂亮的事,更叫人如在吃美味佳肴的同时,筷子碰上的是一只死苍蝇。我从前遇到过一个姑娘,漂亮得光艳照人,可后来我认识她时,我发觉她的所作所为竟没有一件不大煞风景。比如她涂口红、搽胭脂,总是不合时宜地将自己弄成一股浓浓脂粉气的样子,媚俗得恶心。比如她经常与朋友为鸡毛蒜皮的小事无理取闹,叫喊得几乎歇斯底里。以致我在见到她时,心里总有一种晴转多云的坏情绪。尽管这时她已是素面朝天。还因为我们认识,我们少不得天天要打交道,但我心里总弥散着一股"恶之花"摇曳在身边的味道。

好女人不一定美丽，却一定美妙绝伦、妙趣横生，也不一定是贤妻良母。贤妻良母式的女人尽管是传统中国沃土上茁壮成长的花朵，但毕竟一花独放不是春。女人是一道风景，是风景就得万紫千红。好女人就存在于平平淡淡的生活中，也只要有一颗地地道道的平常心。或许她长得很丑，但她也真的绝对温柔。做姑娘像姑娘，做妻子像妻子，做母亲像母亲。好女人也许会有"孔雀东南飞，五里一徘徊"的凄艳，也许会有花木兰替父从军的豪迈，也许会有女娲补天的雄心，但最重要的是女人就要像女人。上帝造亚当，又造出个夏娃，就是因为男人和女人同样的须臾不可缺少。巾帼不让须眉，是要让每一个人每一段寂寞的人生旅途，都应该有一个如花般的倩影，都应该有一种甜蜜的声音。还要使男人事业成功时，有一种鲜花和泪水；失败时，有一种温柔和爱情。总之，要让人感觉到女人是一个活泼泼的生命，一个真正的天生尤物。

"做女人真好！"这虽然是电视里一句广告词，但也实在矫情得可以。女人说，不做女人，她们就不会在自己的节日闻到媚俗的花香；不做女人，她们也不用在自己的会上喋喋不休地呼唤人们的尊重；不做女人，她们更不必在空荡荡的舞台上虚掷自己的青春。好女人的美艳不是案桌上摆设的花瓶；好女人的韧性，是要让人们感觉在阳刚气质之外，还有一种伟大的阴柔的品性。好女人的乳汁就这样是长江、是黄河，哺乳着人类生生息息，源远流长；好女人的肩膀就这样如小鸟的翅膀，驮负着一个个人生的辉煌；好女人的纤纤玉手就这样编织着人类的锦绣时光；好女人的胸怀宽阔得像浩渺的海洋，盛得下地久天长……

做女人真好！真好的女人就是一道如画的风景。有一种非常好非常好的心境。

1995 年 10 月 16 日,北京东城区和平里

## 小老树

写作已有几个年头了,一直觉得这是一件让自己心灵自由和愉快的事情。当然也就从没想过自己是不是文人的问题。忽然有一天,发觉自己的一篇文章被人依样画葫芦地鼓捣着发表了,觉得有趣,随手便写了一下。后来那位朋友找上门来,说我不够义气,不帮助提携提携,还毫不留情地挖苦他。朋友很是气恼,说:"你也无非是个小文人嘛!有什么了不起?"云云。他理直气壮,好像他的所作所为根本就不是什么错误。

原来自己还是一个小文人——想想,还真是。由家乡出道的作家张恨水先生早年就曾说过"潜山秀才不发达"之类的话。据说先生在二十岁以前,就一直为家乡的文风不盛而气恼,发愤地从县志里"沙里淘金",想找出一位显赫的大文人出来,然而"前清三百年,未曾点过一个翰林,就是再溯上去,也未曾出过什么伟大人物,在历史上很不容易找着一挂'潜山县'的名人"。结果他大失所望。倒是后来他在北京看到刚出版的一本《梨园外史》,开宗明义便是"大老板程长庚",才使他这位"穷措大"大大地吃了一惊。他觉得这位大老板较之邻邑的桐城经常炫耀的张家父子宰相和蔚然一代的桐城文派也不相上下。因而在得出"潜山秀才不发达"的结论时,他再也不自卑,还刻了两枚闲章,一曰:"一世不发达的潜山人",二曰:"大老板同乡"。

由小文人,就很容易联想到家乡丘陵上那一株株经年累月成群生长的小老树。"小老树"顾名思义就是"小"而"老"了。小与老联系在一起,那树何等的丑陋当然可想而知。我家屋后的山上就生长着这样一群矮小且不规则的松树,乡下人看厌了,见烦了,便骂这些树"千年锯不到一寸板",平时更是不屑一顾。有一年,乡下有几家兴致勃勃地栽了一批桑树养蚕,但那桑树栽在丘陵上,也如松树一般,叶少枝多,侏儒般孱弱。天天看它,也一个模样,乡亲们愁得不行,每看上一回就咕哝一句:"天生的贱坯,烂泥巴糊不上墙"。小老树作用就是不大。由此而比如小文人,看来真的妥当贴切不过。

我的家乡,这几年人们言必称"古皖文化",总津津乐道那里"地灵人杰,人文荟萃"。可多年前,穿行在家乡的黄土地上,我望着那一个包连一个坳,一个坳连一个包,绵绵延延,平平凹凹起伏的丘陵上生长的黄不拉叽的小老树,竟然看不到一片阴森森的参天大树时,我心里几乎流露的就是与前辈作家恨水先生相类似的"潜山秀才不发达"的叹嘘。由此而怀想,发奋图强走出去的恨水先生算是一个例外了。而在家乡,不仅仅止于"秀才",更多的人怕也只能有如小老树一般生长的人生了。这种人生既没有江河般的波澜壮阔、海洋般的奔腾咆哮,也没有雄奇灵秀的山岳般耸立的壮观。不能呼风唤雨,匡世济民,也不能独步海宇,自领风

雪原无边 | 277

骚,真的只能像小老树一般默默无闻,顾影自怜地生长着。但这种人生,也如小老树一样,不择土地,不择时令,不哗众取宠,不自暴自弃,顽强而韧性地生存着,只要有一丝生机,就欣然接受着自然的洗礼和馈赠,生老病死。尽管最终也难成为一株价值更高的栋梁之材,甚而因故而过早夭折,但这种小老树毕竟美丽地生长过,这样的人生本身不算有错吧?

做一株小老树,也能孤守一道独特的人生风景。

而既然"小文人"不过是一株小老树,被人(如前面说到的那位朋友)折几根"树枝"的确也不算一回事吧?

1995 年 11 月 23 日,北京石景山区八角村

## 坐对一山竹

　　竹子生是这一方山水的景致,似仙人栽种的一片绿云,一团团,一簇簇,总婀娜在人们的眼里。人有青竹的陪伴,一年四季就有着爽朗的感觉。冬天若不下雪,沉郁的绿色便给了灰蓬蓬的山水一片生机。下雪了,竹林披金戴银,似婆娑的玉树卓然纷垂,搭成一幢幢童话般梦境般灵巧的小竹屋。特别是夏天,风简直就是从竹林里吹出来的,漾在这片绿荫里,我心旷神怡,索性就待在竹林里,听那一片喃喃的竹语。

　　坐对一山竹,我总感觉到心灵的浊气被绿色的竹叶浅浅扫去,裸露出一片宁静与清新的境界来。我们觉得尘浊的人间太累,流俗伤人,但有青青的翠竹抚慰,便能感觉到风情万种。竹叶温柔得像一只来自天国的上帝之手。难怪大文学家苏东坡说:"宁可食无肉,不可居无竹;无肉使人瘦,无竹使人俗。"滚滚万丈红尘,有一把青绿的竹帚轻轻掸扫出一片澄明的洁净,不像是在荒无边际的戈壁滩上,你陡然发现一口清冽冽的甘泉,感受到一种生命的新生和希望吗?和风吹荡着竹林,满山遍野青竹袅娜摇

雪原无边 | 279

曳,一幅大自然大自在的形象,随风而动,正是生命本身的悸动啊!竹林是毫无心机的,在阳光下舞蹈,舞动着的是满山的绿色,跳跃的是一种自然的竹舞,又没有人间的"伦巴"或者"探戈""迪斯科"之类的忸怩作态,哗众取宠。风平浪静,满山竹林静立,更是一种自然的凝滞,它昭示着岁月的平和、安详和美好。坐对一山竹,看云月溪山中竹林的动动静静,就会看到人生所倡导的真善美了。

自然会有人善听竹声,善解竹语的。竹语如一股自然的天籁,总在我们明净的天空悠然响起。除了画眉、麻雀、黄莺、竹林鸟之类的鸟们,怀揣着童话般美丽的梦幻,在黎明或者黄昏和它一起叽叽喁喁,圆融无碍地畅谈自然的和谐,交流着生存的秘密外,最能解竹语的恐怕就是我们了。尘世太累,流俗伤人。我们对人生、对艺术、对未来的种种设想,竹林都会知道。我们成功,它会用一种告诫的语言予以警示;我们失败,它会用爱的语言倾心抚慰。因为于自然,竹林是一群适意而顽强的生存者;于人生,竹林又是一群睿智的隐者,仙风道骨的历史老人。坐对一山竹,你就会发觉,竹林每时每刻都在倾诉、呵护或语重心长地启迪着什么,与你一同共享着自由的欢乐,背负着痛苦的忧伤。"衙斋卧听萧萧竹,疑是民间疾苦声",忧国忧民的郑板桥老人不是这样凝听过竹林的呻吟吗?

坐对一山竹,我常常与绿凌凌的竹林一样沉默无言。我恍惚感觉一片片竹林摇曳青春的风姿,带着色彩斑斓的迷梦,从那闪烁着瑰奇无比的神话家族走来,细皮缕缕,编经织纬,或流水行云,或山川人物,或花卉虫鸟,或飞禽走兽,糅进了人类所怀揣的一切美好的愿望,栩栩如生地走进了我们生活,微笑地散发出生活的芬芳……这时,我便清晰地听到竹林平平缓缓的呢喃声,既历史又现代地向人们宣告什么——自己的心情,也变成竹林的心情了。

**1995 年 11 月 25 日,北京石景山区八角村**

## 飘逝的红灯笼

多少年了。想象的天空总是飘忽着那串红灯笼。那一只只红灯笼划出的红痕，越来越清晰地浮现在我的眼前……

大约十多年前一个腊月皇天的日子，年的氛围浓浓地弥漫在我们的小街上。阳光慵懒懒的，风像是失去了控制，肆无忌惮地狂号着，我在为铁匠铺拖着一板车煤。沉重的板车，在咆哮的北风中艰难地前进，行驶到街上的一个小岭时，我忽然感觉到板车不由自主地朝后坠滑着，我紧紧拽住车绳，心里充满了巨大的恐惧……突然，就在这时，街边屋檐下一位穿着小红袄的女孩，飞快地跑到了我身旁，我立时感到了一阵轻松。可几乎就在同时，响起了"哟嗬！小女孩的红灯笼跑喽！……"的惊叫声，我抬起头，就看见寒风呼啸中，一只只红灯笼鱼贯着从屋檐下飞起，呼噜噜满天满地地飘荡起来……一切都发生得那样突然，那样迅速！我心里泛涌出一股惘然、愧疚、不知所措的滋味，于是更泼命地拖着板车，向上，向上……

街上的一切很快复归于寂静。当我心怀惴惴，将拾到的最后一只红灯笼交给小女孩时,那小女孩已镇静地站在装红灯笼的竹篓旁了。她眼里噙满了泪水,牙齿紧咬住嘴唇,双手摩挲着系在竹篓上的红绸子。她也不过十三四岁的样子,一头乌黑的头发姣好地系成一束,俊美的脸庞涨得通红通红……我忐忑不安地掏出一张拾元的票子,小女孩突然对我异样地望了一下,陡然转身背起装红灯笼的竹篓,走了……

我的眼睛一片迷蒙。径自望着那团蓬勃的红色在我的视线渐渐消逝……如今,十多年过去了,但那一串串飘逝的红灯笼,迅雷疾电闪起的一刹那,却在我的眼前越发地鲜亮起来……

**1995 年 11 月 27 日,北京东城区和平里**

## 谈"生意"

老祖宗创造的"生意"这两个字,在现代日益商业的语汇中,使用频率算是最高的了。查《现代汉语词典》,"生意"的解释就是"商业经营"的意思——这生意成为商业活动的同义词,真是绝妙不过的事情。足见我们的祖先对商业活动的理解是多么的深刻,多么的富于幽默感。

每天走在街上,或是神色匆匆地涌进商场,总听到那些不遗余力,兜售自己商品的商贩们的吆喝声。而我们呢,也总是唇枪舌剑、唾沫横飞地跟他们鸡毛蒜皮地讨价还价着。陌生的人和事——不打不相识,慢慢就生出了一点意思,竟可以就成功一笔交易了!而正因为这谈生意吧,买方和卖方身心俱累,便彼此显出疲惫的神色来,仿佛一个上紧了发条的玩具人,稍有不慎,那发条猛地就绷断了……可春夏秋冬,雨雪风雹,在各式各样的市场上,人们还是如鱼一般游移着,忙忙碌碌,激扬斗志,喘气式地生活着。想想,这"生意"真有一种纯粹的生活的意思,有一点生存的意味了——我真为仓颉制造的"生意"两字,一下子就把冷冰冰、硬邦邦的经营活动,升华到活生生的精神境界而大叫其妙了。

在有着不绝于耳的叫卖声的京城,我的这种感觉特别强烈。梁实秋先生听北京沿街叫卖的小贩声,说"其抑扬顿挫,变化颇多,有的豪放如唱大花脸,有的沉闷如黑头,又有的清脆如生旦,在白昼给浩浩浴沸的市声平添不少情趣,在夜晚又给寂静的夜带来一些凄凉。细听小贩的呼声,则有直譬,有隐喻,有时竟像谜语一般耐人寻味"。梁先生是从欣赏京味的角度倾听的。如我这般俗人,每当听到那生意人带来的嘈杂的市声,只感觉到一种艰辛岁月里透露出来的无奈的生机!而在宁静的冬夜,那圆润的、韵味十足的吆喝声,穿过寒冷的风隐隐传来,我几乎就被这幽远的"生意"感激"涕零"了——感谢这陌生的生意人!

一位做生意的朋友告诉我,生意表面上是一种实实在在的商业活动,但关键也还是要生出一个"意"来。这"意"就是寻找、把握和理解市场,并从中悟出有规律性的东西。即"生出意思"生财。这是吾辈茫然不知的"生意经",不谈也罢。

**1995 年 12 月 2 日,北京东城区和平里**

## 冬天的广场

这当然是世界上最著名的广场。洁净、平整的地面曾被无数伟大或者平凡、年轻或者古老的足迹亲近过；锃亮的地砖每一块都折射出东方文明的神秘光芒，也总闪烁着蓝眼睛、黑眼睛幽幽惊奇的目光。这里，还曾响起过无数忧国忧民的仁人志士的呐喊声，追寻光明的手曾举成了一片森林，汇成一片滚涌的黄河、长江……这里也总是那么天高气爽，一代伟人宣告炎黄子孙"站起来了"的声音，至今还在这旷世的广场久久回荡……

是冬日的夜晚。我随着观看中华人民共和国国歌音乐纪念会的人流从热血沸腾的人民大会堂里出来，信步就走到了广场。人们似乎还沉浸在《义勇军进行曲》那激昂高亢的旋律之中，耳畔缭绕着蒋大为、杨洪基、李谷一、董文华、关牧村等一位位歌唱家或恢宏雄壮，或优美甜润的声音，心里都被一种庄严、悲怆的召唤搅得心潮澎湃、思绪万千。尽管，冬日长安街上的风很大，广场旁边的树叶在呼号的寒风中哗哗摇曳着，但人们经过广场时，脚步却陡然变得很轻、很轻。像是生怕惊醒了喧闹了一天才沉寂的广场,像是生怕惊扰了麇集在广场上空的无数先烈的英灵。于是,辽阔的广场,白天那种纷纷攘攘不见了,偌大的空间响动的是一群沉重且不失健壮的脚步声,游移的是一群浑身热血滚涌的生灵,一群被自己国家、自己民族音乐的光芒涂抹和感动的身影……

　　我认真地观看着广场。这时,华美明丽的灯光溅射在广场之上,广场寂然无声。几面高擎的红旗在狂风中猎猎作响,整齐而威严的红墙,在灯光的照耀下,泛着炫目的鲜红,保守着一种凛然不可侵犯的智慧和尊严。四周高大庄严的建筑物矗立不动,如一个个凝重而美丽的音符。广场中央的人民英雄纪念碑散发出晶莹透明的圣洁的光,像是无数革命先烈心灵的光芒在熠熠闪烁。白色大理石此时洋溢的是——庞然而辉煌的生命,充满一股不可抗拒的神圣力量,崇高得摄人心魄……广场边时而有一两辆轿车流线般飞驰而去,随即又归寂于无声和遥远。我曾不止一次地在这里驻足,随着满怀惊喜的游人参观过广场,瞻仰过毛泽东同志遗容,也曾出入过故宫和人民大会堂,甚而还像许多人一样登上过天安门城楼,试图感受伟人们胸怀宽广的气魄,高瞻远瞩的思想。然而,却从没有像在这冬日的夜晚,我置身在广场上产生的雄浑、悲壮的心绪,如此的怦然心动,九曲回肠……我默默徜徉在广场,只有此时此刻,我才恍然大悟,茅盾先生在《白杨礼赞》中盛赞北方白杨"磅礴"和"雄浑"究竟是怎样一种气象。我的脑海既沉静又很苍茫,我真切地感受到世界上一种雄伟的美是多么具有力量,面对这种雄壮之美,人又是多么的需要摒弃苍白的思想。

　　越过广场,走在长安街上,寒风鼓动着我的衣裳,可我心里却依然热乎乎的。《义勇军进行曲》那凝结着中华民族精魂、血肉和意志力量的乐曲仍然在耳旁回荡,驱之不散。抬头看天上,一轮冬天的月亮在高远的天空似一扇历史的隙洞,又像无数先祖们明亮的眸子正悄悄俯视着广场。我面前这著名的广场,永远是一个自由而吉祥的象征,是华夏民族跳动不已的生命的心脏。远远地,我深情地凝眸着冬日的广场,我发觉在华灯辉煌的照耀下,那闪动的光亮似一只只洁白的和平鸽,正麇集着,在广场上空飞翔,飞翔。

1995年12月3日,北京东城区和平里

## 展卷听好雨,花报一枝春
——读梁东先生诗词集《好雨轩吟草》

或挥毫泼墨,笔走龙蛇,自成气象;或与梅葆玖、刘长瑜、李维康等京剧名家们一展歌喉,联袂清唱;或激情洋溢,口若悬河……每每见到梁东先生,我感觉他宽厚的嗓音里总张扬着一种智慧,刚劲的手势挥洒着一种才子的魅力……知时节的是好雨,动心弦的是好诗。读他散发着油墨馨香的诗词集——《好雨轩吟草》,我竟发现那一阵"润物细无声"的好雨,不断打湿的就是他的梦里故乡,鬓角染霜的沧桑……

"由来故土自牵肠,费思量,忆沧桑。"他的诗词总盈满了一种沉郁而撩人的深深故园情。是的,他的出生地——"楚尾吴头扬子绕"的安庆,本就是让他骄傲和自豪的一个地方。那里莺飞草长、黄梅飘香,曾磅礴地喷发出一代蔚为大观的桐城文风;那片美丽的天空还曾闪烁着陈独秀、邓石如、程长庚、张恨水、严凤英等一颗颗璀璨耀眼的艺术之星。远在童年,他就受教于安庆一带颇享盛名的葛冰如老师的门下,仰承桐城文派和恩师的教诲,他很小就贪婪地沐浴了中国古典诗词和博大精深的地域文化的光辉。

岁月沧桑,"弹指鬓飞霜",他终于学有建树,可命运却让他羁留在异域他乡了——"他乡云,故乡云,江畔流云游子魂,情连皖水滨。"他萦绕于怀的当然是哺育他成长的故乡。于是,他听见人家屋檐燕子的呢喃,便生出一缕"无人问旧邻"的惆怅;嗅到"丹桂花繁香满襟",滑下的是一声"蜡梅何处寻"的叹息;他"抹尽青苔觅旧痕",竟发觉"儿时梦最真";他"寻到归时意最沉",感受到的是"乡愁重似金";家乡的故友送来一瓶陈酒、一捧故乡茶,他"注到心头细品茗",体会到的却是"归思味最真"……或直抒胸臆,或描摹状景,或低首徘徊,浓酽酽的思乡之情流露于笔端,一颗不老的乡心总跳动在他的诗词里,力透纸背的是一个浪子对故乡的深情呼唤。

凭借他的天赋,他原本可以游刃有余地畅游在他喜欢的文学艺术的海洋。然而,在他青年刚刚学有所成,祖国正是急需建设人才之时,遵循恩师的意愿,他只好放弃了他情有独钟的文学艺术事业,投考了北洋大学的采矿系。从此,他"移情别恋",过上了"半世无暇叹寂寥,从来侄傯度春朝"的生活。辗转在华夏的黑山白水间,和煤矿、和无数的"煤黑子"打交道时,他立即被这一群"挖掘太阳的人"的精神所感动,诗兴大发。在一首《煤矿工人赞》中,他写道:"擎山开岳贯牛斗,唤醒荒原碧更幽;拨动铁龙成巨阵,点将钢水汇洪流。"……他体验和理解开采煤山黑海的一颗颗赤子之心,他和矿工们一起忧苦和欢乐,却又不停留在对他们劳作的艰辛和困苦的层面上呻吟,而是充满了旷达的人生态度,挥洒出一股劳动者的乐观主义精神和浪漫主义情怀。"万载苍茫沉睡中,当年应是碧葱葱。只求人世春常在,化作烟尘炼彩虹。"

他的《咏煤》诗,铿锵激昂,含蓄蕴藉,韵味悠长,不啻是一首对散发光和热的"煤"的赞美诗,而更是达到了人"煤"合一、物我两忘的化境。欧阳中石先生在评价他的诗词时,曾说:"最难得的是他把一些新的词语熔铸在严谨的格律之中……尤其把一些外国音译名词掺杂其内,一点也不格生。"当然便是诗人直抒胸臆的真情流露使然。

山河沧桑,历史给大地留下许许多多的丰碑或废墟。这些岁月遗存的文明碎片,也从来就是诗人吟咏的物象。梁东先生当然也不例外。在戏马台、奉节草堂、白帝托孤城、孔明碑……他览人世之沧桑、发思古之幽情,既有"唐韵秦风扑面来,骊山东望总萦怀"的历史阐释;也有"遗留千回吟滟滪,壮怀万仞走瞿塘"的人生追怀,还有"青史神州谁与论,须听黄水送行舟"的慨叹。他的诗词平仄有致,格律工整,一股幽远、凝重的传统诗赋的情怀里夹杂着一股"青史掠行云"的苍茫意味,让人品尝到一种缅怀历史、观照人生的距离美。

"展卷听好雨,花报一枝春"。这样读梁东先生的诗词,就感觉他忽而带着远古的怅然,从历史的深处走来;忽而又带着淡淡的忧伤、悠悠的真切,从巷子的深处走来;更感觉他带着炽热的温度与浪漫的情怀,从地心的深处走来……在他的身上,龙飞凤舞的巨大书法艺术的辉光和冰清玉洁的缕缕诗魂,总是这样美妙地交融着,漾出翰墨文化的袅袅幽香……

1995 年 12 月 6 日,北京东城区和平里

# 忍冬花

据说有一种花,叫忍冬花。我没见过这花,想很可能是极耐寒的一种。寒冬到了,南方人称之为"过冬",北方人称之为"忍冬"。这过也好,忍也好,南人北人对于天寒地冻的冬天,身子骨里都透出了一种冰凉的无可奈何的感觉。常言说"人非草木,孰能无情"。其实草木颇是冷暖自知的。许多草木于寒风凛冽、冰霜雪地的冬天销声匿迹,其情可悲夫多矣。人这高级动物到底比草木有办法,但在冬天也只能缩着身子,咬咬牙关挺过去啦!京人之所谓"忍冬",趣味也就出来了。

"涮庐主人"陈建功以为北京人的"忍冬"自冬至开始。对于旧时的京人来说,他认为这是件很有情致的事情。"旧京人家,有的人喜欢描'消寒图',一幅八十一瓣的梅花枝,每天描上一瓣。有的人则描双勾的'亭前垂柳珍重待春风'。每天描上两笔,九九八十一笔描完,已是'九九加一九,耕牛遍地走'的日子了。"由此看,京人忍冬倒真的是一件颇有雅趣的事。还有,就是北京人家生的煤炉,我想这也是北京人忍冬的一件乐事。初来京都,我对四合院里的人家屋角都安放一只煤炉挺奇怪,觉得有碍观瞻。直至在北京过上第一个冬天才明白。倒觉得北京人实在不该称过冬天为"忍冬"的。想想即使穿着厚厚的棉袄从外面进屋也得脱下,而成天待在置有暖气的房里,面前一应都是现代化的设施:电话、传真机、电视机,优雅地拨弄一下,天南海北的什么都知道。屋里窗台上的水仙花、仙人掌、菊花等,旺盛地透着生机;鱼缸里的金鱼悠悠游着……还有意思的是站在窗前看风景、看外面雪花飘飘,洁白的雪将街道、楼房织得玉宇琼楼一般,不是很有意思很舒服的吗?在这样的冬天,至于"涮庐主人"所说的:"亲朋好友围坐于熊熊火星飞迸的紫铜火锅旁,将切得薄如纸片的羊肉放入滚沸的汤中,随即夹出,蘸佐料而食之。"大快朵颐,更是现代北京人忍冬时最惬意不过的事了。而最富于传统而又现代情味十足的应该是三两个朋友,伴个如花似玉的美人来一段流行歌曲或京剧清唱,一边嘴里说着"北方天气真干燥!"削着东北的梨,吃着南方的柑橘,在火炉上再烤两块红薯,剥着烤红薯,做着乡土的梦想,让屋里弥漫着一股撩人的清香,那真是美妙之至,简直就使人感到北京人"忍冬"实在太矫情了!你想,这忍冬有"心"字头上插上一把"刀"么残酷吗?"忍冬"该叫作"暖冬"了。

由于这"暖冬",人们待在热乎乎的房里都不想出来,惰性便极强。即便出门,也裹头巾,穿皮衣,将自己紧紧地"武装"一番。冷不丁地还染上感冒,就更不愿出门了。想这人真是贱命,抗拒冬天却受到了自然的惩罚——这一点就比不上忍冬花,在自然的环境里能独守一份自然的生命本色了。

1995 年 12 月 14 日,北京东城区和平里

# 儿时旧事二题

## 拾 粪

儿时留在记忆里最深的,就是拾粪。其时,我还在上小学五年级。但当时的农村生产队,是以记工分称口粮的。我的姊妹多且都尚年小,父亲长年在外,家里就靠母亲一个人忙。人家孩子都拾粪,身为长子的我当然也不能例外。于是每天早上起床的第一件事,就是背起粪筐,伴着公社高音喇叭里悦耳嘹亮的"我为公社拾肥忙"的歌曲,雄赳赳,气昂昂,挨村挨屋地去拾粪。

拾粪要跑许多的路,走许多的村庄。我总贪睡懒觉,还由于上学,有时赶不及就无法拾粪;还有时,起得虽然很早,但父亲想让我读书,又不让我外出。这样,在拾粪的队伍里我就常常"缺勤"。队里有两个粪池,叫了两人专门管称粪、记工分。一般还不允许我们旷工。那两人看我常缺勤,就向队长反映。父亲知道了,默默背起粪筐,把自家猪圈里的粪拿去充数。牛粪因为是公家的,不算;狗粪可以,但猪圈里没有。每每将粪交给称粪员时,那两人便诡秘地笑笑,不言语,因此也混得了些工分。

有年夏天,天特别地热,身上似乎也臭烘烘的。和伙伴们拾粪回来,我就想洗冷水澡。扑通一声跳进屋后的一口池塘,突然,我立即感觉水淹没了我的头顶,脑海里一片空白。我绝望极了。在水里直蹭直蹭的,不知怎么竟抓住一蓬泥草,慌忙地爬上了塘岸,东张西顾的,结果就看见我那伙伴也直仰仰地在水面上踢腾着。他被淹得半死,我吓坏了……远远地,望见路上走过来一个中年汉子,我立马跪在地上大声叫喊着:"救命,救命!"央求那人将他捞了上来。那人不慌不忙,还在附近一家找来一口铁锅,将伙伴的肚子放在上面。吐了很多水,伙伴才苏醒过来。我高兴坏了,叫妈妈搅了碗红糖水给那汉子喝,直喝得那人不停地夸我"懂事!机灵!"云云。

这事虽然让我赢得了一些好的声誉,但从那以后,我再也没有拾粪了。父母骂道:"还不晓得你们惹些什么事呢!"也不让我随便外出乱跑。害得我们家里的工分从此在队里就更少了,"欠钱户"的帽子戴了好多年——好多年过去了,父母渐渐年老体迈,可儿时那段拾粪的经历却一直让我长萦于怀——不知为什么。

### 拾金不昧

儿时还有一件荒唐事,是关于拾金不昧的——确切地说,是关于一只红皮夹子。其实,说是红皮夹子还不准确,因为那是《毛主席语录》的红封皮。那时候,乡下人喜欢用这东西装粮票、钱什么的,这样它就变成了一种皮夹子。

"学雷锋,见行动。"先生在班上总是这样说。不光说,先生还要求我们学生每学期至少要做一件好事。赶吃秧的牛啦,拾到一分钱啦……果然就有许多做好事的。"我捡一分钱,骑马到苏联,苏联莫斯科,我要吃萝卜,萝卜泡着心,我要到北京……"这歌天天有人唱。可一学期快要结束了,我在班上"好人好事登记簿"上还是空白。作为班长,我满心的羞愧。

也是活该出事。一天中午,我在合作社买练习本子,突然发觉柜台脚下谁丢了一个红皮夹子。我捡起来一看,里面有几斤粮票几块钱什么的。我四下环顾,直嚷嚷:"是谁的？是谁的?"嚷了半天也没人应。交给营业员,营业员却让我在外面"等等"。冬天,北风呼啸,刮得我身上直打哆嗦。我待在门口等,等着,等着,直等到黄昏,才见一位妇女走了过来,寒暄了几句,她就说钱包是她丢的,我心里一块石头落了地,立马将皮夹子还给了她。不料,她接过红皮夹子翻了翻,突然说丢了几斤粮票！那年月丢了粮票就等于丢了她家的口粮呀。我一下子慌了神,喏嚅道:"我没动呀！没动呀！"那妇人可不管我,脸一变,就咋呼起来:"皮夹子在你手上,你没动,谁动了?"……

我吓呆了！委屈的泪水忽地流了下来,很快,事情就闹大了,学校里的先生和同学们都知道了这件事。后来,幸好营业员出面做证,这事才罢休。先生在"好人好事登记簿"上也给我画了个红五角。事后,有人对我说,她用《毛主席语录》封皮做皮夹子,你该说她是反革命,她就不会找你碴儿了！想想也是,记得我买毛主席像时,就惹得营业员翻过白眼,说用"请"字——但我没有。

事情当然也过去了。但现在,每当我听到"拾金不昧"几个字时,我浑身都起鸡皮疙瘩。奈何!

1995年12月23日,北京东城区和平里

## 关于煤的记忆

煤这东西被称为乌金,我是现在才知道。记得在一段时间里,煤一直是我们家饭桌上谈论的话题。确切地说,是父亲经常挂在嘴边的话题。因为他是一个手艺人,一位铁匠,他每天都渴望看见煤的燃烧,都想像锻造工艺品那样锻造庄稼人需要的一件件农具,还有人生的一点什么。我们那里只有淮南和淮北两地产煤,称作南煤和北煤。"那南煤真是好啊!乌黑油亮,好燃好烧!"父亲甚至一眼在煤堆里就能分辨出南煤和北煤——多少年后,父亲和我一起谈起煤,他还这样充满感情地慨叹。

但在父亲打铁的时候,煤正是紧俏的物资,很是难买。即便能买到,也只是南煤和北煤混合在一起的杂煤。为了买煤,父亲不知央求过多少人,莫名其妙地赔去了多少把锻造精良,而又经久耐用,连他自己也爱不释手的锅铲子、菜刀之类的生活铁器,甚至还吃过一次大亏。公社成立综合厂那阵子,煤的供应指标掌握在公社的一位领导手中,有一次,那位领导找他要几把不锈钢的锅铲子,他竟当着那领导面将东西送给了村里一位孤寡的老人。

弄得那领导脸红红的,尴尬得下不了台。结果当然是不给他煤。父亲无奈,只得狠狠心关了几天铁匠铺。为这事,他气得七窍冒烟,脸也阴沉沉了几天。

父亲打铁用过的煤渣子也能用。外公就拉这煤渣子为村里铺路,或是捣碎掺杂在无烟煤里做煤球烧锅,这种煤球火苗足,又耐烧。惹得附近许多人都找父亲要。我读中学时,我的语文老师和数学老师都曾用板车拉过。语文老师因为顺路,拉得多些,数学老师就有跑空车的时候,他好像不大高兴,就时常迁怒于我。少不更事,我倒喜欢起语文老师了。

好几年前,我出差时遇到一位中学同学。回忆起中学时光,那同学一针见血地说出了我当年偏科的原因即在于此。我听了,心里万分吃惊,一时竟是默默无言。

这煤现在当然不再是紧张的物资。但父亲由于年迈体弱,再也无法挥舞铁锤打铁了,可我发觉,父亲对煤仍然一往情深。每每见到煤,他的眼睛就会倏然发光,亮灿灿的,仿佛巴尔扎克笔下的葛朗台见到了金子一般。眯着眼,他愣愣地就盯着那又黑又亮的煤,似乎在煤块的年轮上,他看到了树叶的叶脉,看到了古老的阳光。乐呵呵的,他恍惚成了一位迷失在百鸟鸣唱、流泉飞溅,茵茵森林里的老人……

就在这个冬天,当父亲和我絮絮叨叨地谈起煤时,我也能感觉到一种东西在彼此心里洇渍开来,温暖而明亮。

1995 年 12 月 23 日,北京东城区和平里

## 喊月亮

　　喝几碗酒,浮一大白……这白该是山中亮亮的月色了。踏着细碎的月光,朋友们便簇拥着在月光下喝酒——这月光,在平时的夜里也会有的。但朋友们来自城市,他们很少见到如此皓邈的山月,于是一个个屏声敛气,雅兴倍增。只是,我们身子沾着月的光芒,横在地上的影子被拖得迤迤地动,彼此一时都没了言语,浓浓的酒香似乎也被月亮舔淡了。

　　"三十年前的月亮早已沉下去,然而,三十年前的故事还没完……完不了!"终于有人被这月亮搅得思绪缠绵,忍不住大声吟诵起张爱玲的句子。我没有吱声,张爱玲说年轻人想着三十年前的月亮该是铜钱大昏黄的湿晕,像朵云轩信笺上落了一滴泪珠。但她说的那轮月亮终究是城市的月亮,别人的月亮。那圆圆月亮的清辉一准是照耀在一幢陈旧的老式房子的窗帘上。张爱玲就常常静静地站在那窗帘下——那样地看月亮,当然总是幽幽的,一如她所说的:陈旧而迷糊。

　　朋友们复而沉默。此刻,山脚下,村庄里狗汪汪吠了起来。

隐隐地,忽而就有一阵儿歌声浅浅传进我的耳膜:"月亮走,我也走,我俩到南京去喝酒……"我心里陡然一激灵,恍恍惚惚的,儿时散发着乡土清香的夜里,一轮清纯的月亮在我头脑中慢慢鲜活了起来,忍俊不禁,我忽而童心绵绵地哼起来:"你一盅,我一盅,我俩喝得醉嗡嗡……"朋友们诧异地望着我,心里也有了股莫名的冲动。在甜甜的儿歌声里,我仿佛看见清冷的月光里,外祖父、外婆、妹妹,那远逝和健在的亲人们在眼前走动着。我撒着小脚丫儿,与弟妹们、小伙伴们在月光里嬉闹、追逐……与大人们一起在月光下纳凉的夜晚,我伸手指着如镰的月亮,就有大人打趣了:"月亮是不能指的,指月亮,它会割掉你的耳朵!"骇得那手连忙就哆哆嗦嗦地垂下来,立即摸摸耳朵,却发觉耳朵并没有被割去,而大人们在一旁却朗朗地笑起来,笑声在寂静的月光里传得很远,很远……摸秋、捉迷藏,儿时的月亮总这样无忧无虑,好玩得像是提在手上的一只红灯笼……

"儿时的月亮不在了!"我低声叹息。抬头望着面前的月亮,月亮鲜活活的,如一颗浴于夜气的大地玲珑透明的心,而那茁壮上升的样子,又似明媚的眼,刚从疲劳中复苏起来。清朗的光辉四溢之下,大地立即透出一股凛然的苍茫之气。树木、山湖、石屋在这朗的光芒中越发地清晰。起伏的山峦、疏密的森林披着白的纱巾,飘洒出一种阴柔的美来,正好与白天山峦的阳刚之气形成鲜明的对比。看着,看着,朋友们突然就更激动了起来:月亮才升起的一刹那,阴柔的月光与白天太阳的光芒悄悄交媾、融合着,派生出一种刚柔相济、地气蒸腾的生命来——博大而壮观!这就是很少有人能体验出的大自然生存的秘密吗?

月落山峦寂无声。朋友们一个个兴奋不已地站了起来,用手卷成喇叭状,朝着月亮欢快地叫唤起来:"嗨!月亮好!嗨!月亮好!"快活的呐喊声在空旷的山谷久久回荡,惹得那高古幽邈的月亮也乐呵呵地,如水如鱼一般就跳进我们的怀抱……

枕着如水的月光,我们静静地睡下了。

1996 年 1 月 13 日,北京东城区和平里

# 栽　树

满目异常青翠,土地这时变得湿润,空气清爽宜人。当然更可以倾听到春风轻扬树叶的沙沙之声了。

这是大自然最稚嫩、纯真的声音。

我驮着锄头,走在这生机盎然的春原上,就似乎漾进了这天籁般的声音里。脚边的春草袅娜摇曳,阳光温暖明媚,田间散落的稻草垛闪耀着圣洁的光辉,土地裸露出原本黑的肥沃的颜色,弥散着新鲜得令人亲切的气息。有种赤脚走在土地上的踏实感。眼前,连绵起伏的红丘陵由于映山红的浸染,泛出暖和且耀眼的桃红色调,这无疑使春天更加鲜亮。

我驮着锄头栽树,栽树是亲近土地的一种方式。我的家族栽树很有传统,一生和土地打交道的祖父生前最喜欢的就是栽树。在房前屋后栽了不算,他还喜欢把他认为该长树的地方都栽上。那树都是丘陵上容易成活的苦楝树、乌桕树、松树、杉树,还有几棵油树。有一棵油树至今仍弯弯曲曲地生长在我家一块废弃的菜园地里。几次城里的朋友来,都认为那树是可以做树桩盆景的,但碍于树太大,念头一动也就作罢。现在故乡的丘陵上有哪些树是祖父栽的,我已记不清楚。只记得栽树是祖父的一种癖好,他离世已经二十多年,但由于栽树他倒是赢得了"前人栽树,后人乘凉"的口碑。到父亲这一辈上,最喜欢栽树的是我的小叔,他在外地工作时,常弄些乡下稀有的树苗回来栽着。我家门前现有的法梧就是他的杰作。

河里的石头坚硬而又焕发出柔美的光芒,似乎显示出春天撩人回想的别种情怀。春天最深处的东西总妩媚得让人感到春天的美和生长的速度,树当然容易生活。不过我的所谓栽树,其实也就是公派的干活,比如植树节到来时的栽树劳动。但一有这个活动,我就莫名其妙地怦然心动,像我锄头叩地时倏然震发出的"嘭"的巨大响声——我在栽树,一种偶尔的却是真正的劳作,远离土地的一切拘谨,在这样的春原突然消逝得无影无踪。这有些矫情,只有偶尔的劳动才使人显得矫情。但我此时却能想象和体会到祖父栽树时的专心致志的神态,泥土的原汁原味诱导着我领受到一种心灵的活泼和充实。人们对劳动怀抱的成熟的渴望与喜悦浓浓氤氲在我的周围,袅袅炊烟里三两声犬吠格外温馨动听……

我以锄头挖地栽树——用一种自己创造的却是来源于土地深处的声音温暖和感动自己,也企图感动面前的一棵树,竟是喜悦无比——

在这样的春天里,我知道我栽下的树,是我寻找自然之母的一个个脚印。

1996年3月15日,北京东城区和平里

## 抒情的泛滥

告别抒情时代,这是我在检点自己散文创作时的想法。多年的写作,使我找到了一种自由而愉快的生存方式。散文这种独抒性灵的文字,就曾一度让我沉湎不已,其中这种抒情的表达也一直贯穿了我的全部散文的写作之中。种种对人生、对艺术、对乡土自然的感怀,我都极尽自然地流于笔端——感觉到抒情的泛滥是后来的事。

现在想起来,那时候我还有一个固执而稚拙的念头:我认为二三十岁的年龄,面对的正是抒情的时代,为什么不能抒情?况且,抒情散文曾是我们传统散文的一个正统的表达方式。上至唐宋八大家,下至明清笔记小品,一代文宗的桐城文派,传统的文人们浸淫在山川草木、楼台亭阁、花虫鸟兽、逝去或者健在的亲人的情感里。情感的血泪滋润着中国传统散文的筋骨,而那一篇篇骨肉丰盈、感情充沛的文字至今读起来也仍然不失为一篇篇美文。同时,这种文字技巧上的起、承、转、合,又是那么适用于散文的写作。这种影响是巨大的。而且,一个抒情的时代有那么多的"新鲜事物"需要讴歌和鼓吹,有那么多的"情感"需要抒发:可怜见的小鸟、奔腾的长江和黄河、潺潺的小溪、花朵般的月亮……天人合一,物我两忘,抒情的闸门让毫无节制的情感之水浸洇,终于泛滥成灾。如此,许多的散文当然无法逃脱一种抒情模式。基于对杨朔散文形成模式的深刻警醒,后来写作者对散文阅读和写作都出现一种厌倦的原因即或在此。认识和摒弃这一点,对于散文的写作看来实在重要。

一位评论家曾说,散文写作最忌讳的是出现两种模式。一种是写作雷同的模式,一种是情感雷同的模式,而最害怕的是出现情感雷同的模式。抒发情感的散文,最是容易落入抒情文字的那样的窠臼。我非常地理解这一点,并为此羞惭。一个假大空的年代种种恶劣文风侵扰了杨朔的才气,使他的散文创作陷入一种假的情感,一种做作的真实。这是杨朔和一个时代文运的不幸。在抒情散文模式出现的深处,我们应该看到一个无法忽略的事实是,对人生、对艺术、对社会,我们本来就有着一种几近类似的情感的投入和表现。独抒心灵,在写作上也实在难逃传统的思维方式和套路(当然,情感也还有个真实性的问题)。因此,我这里所说的抒情的泛滥,并不是意味着对所有抒情散文的不屑和批评,更多的(完全)是基于自己的在散文写作上那种对抒情文字的把握。我的强烈感觉即是我对自己散文在抒情之中出现的模式(不是风格)的唾弃。这种唾弃正是我对于自己在能够自由写作的年代,却不能像同道们那样对散文这种文本有所贡献的认识。

我作如是想,是想毅然告别一个抒情的时代,使自己的散文写作不是故作,而是真正的自觉、深刻和平淡起来,以防止和摒弃抒情的泛滥。

**1996 年 3 月 25 日,安徽潜山**

# 淬 火

中学毕业后,有段时间我在家里整天无所事事,茫然不知所措。乡亲们见了心里瞧不起,背后就免不了议论纷纷的。父亲听着,心里很是着急,就对我说:"皇天饿不死手艺人,你跟我学打铁吧!"

父亲的铁匠铺在家乡的街上。屋很矮,整日的煤烟熏染,使屋子显得异常地黑暗。但这不足二十平方米的铺子,就是父亲为了养家糊口而一辈子拼命劳作的所在。这里终日里都充满着力与火的拼搏,浓黑的煤火烟子,呛人肺腑。父亲的脸就让这烟熏得很黑很沉。父亲很少说话,一会儿锤着燃烧通红的铁,一会儿又拉着风箱。繁忙的铁匠活总这样没有片刻的闲暇。

进了那间铁匠铺,我就感觉如鸟被关进了笼子,成天地围着炉火、风箱、铁砧子转。开始,父亲叫我拉风箱。那活儿就如推磨的驴子,只是在原地不停地走动。父亲叫停就停,叫拉就拉,风箱呼啦啦地叫唤着,扇出熊熊的炉火,看到由自己弄出来的通红的东西,我就有些兴奋,更发狠地拉着风箱。父亲见了,忽然皱了皱眉头,搭上手,让风箱的节奏慢下来。不断重复着这个动作,不久我就感到头脑发昏、手酸背痛。当然风箱更拉不起劲来。这时,父亲又伸出手,帮我迅疾地拉起来。亦慢亦快的,似乎都在一念之间。我被这单调乏味的活计弄得急躁得不行。父亲说:"你悠着点,慢慢就有味儿了!"说着,拎起铁锤,只是锤那通红的铁。

除了拉风箱,我另外的事情就是做父亲的下手,挥舞大铁锤锤铁。这营生除了要有一副孔武有力的手臂,还要有很好的判断力。刹那间,能将铁锤锻打到需要锻打的着力点上。起始,驮着那杆沉重的铁锤,我总感觉宛若扛着一座大山。铁锤每每地落空,在铁砧上哐当一响,震得自己的虎口发麻。更糟糕的是,往往由于自己没掌握好火候,父亲只得将冷却了的铁放进炉火里重烧了——这叫回炉。回炉是铁匠之大忌,一件铁器因此就无法锻成了。一出现这种情况,我心里总是歉歉的,泪水寒寒地噙在眼眶里,伤心地望着父亲。父亲无暇责怪,只是专注地处理那回炉的铁器。待那铁器锻造成了,他才叹口气,从火炉里又取出一件赤体通红的铁块,唤着我:"来,——锤吧!用心一点,你就会把握住了!"

我奇异的是父亲锻造每一件铁器时,那份锻造工艺品似的虔诚和专注。父亲是一位优秀的手艺人,作为一个天才的铁匠,他对每一块铁,每一铲煤都有一种敏锐的感觉。眼睛微微一瞥,他便分辨得出煤的产地,那铁能锻造成什么样的器具。对铁,他简直吝啬到守财奴的程度。那时,最好的铁是一种被锻压成块状的,称作"豆腐铁",父亲托人买了许多,但他很少用。用的都是从废品收购站廉价买来的废铁,奇形怪状,往往为锻造一种铁器,要费出很大的劲。但父亲却常常乐此不疲。终于,屋角那成堆的废铁,都被他锻成了一件件漂亮的器具。我松了一口气。父亲却默默地,不失时机地将一件锻造成功的铁器从容地插进冰冷的水中,进行最后的淬火。这才说:"你莫小看这些废铁,只要用功,什么东西也能打成!"

"悠着一点,慢慢就有味了!"

"用心一点,你就会把握住了!"

"只要用功,什么东西也能打成!"

……

后来,由于我天生体弱,也因为我的移情别恋,我终究没有成为父亲这门手艺的继承人。而是告别父亲,去读书和到异地他乡谋生去了。但身居异乡每每在生活、事业和工作中不顺心的时候,我便想起跟着父亲打铁的那段时光。恍然明白,父亲说的那些朴素而质朴的话,就是在给我的人生进行着一次又一次的"淬火"!

1996年3月26日,北京东城区和平里

## 秧歌舞

朋友在一个春天的傍晚路过京城的街头,突然被秧歌舞久久迷住了。朋友说,现代都市,魔方似的水泥方块干涸着人们的心灵。猛然听到这粗犷的秧歌锣鼓声,真的觉得一股沁人肺腑的清风吹进了心田。嗅着这淳厚的乡土气息,他身心整个变得湿润而轻松起来。

这是件很有趣味的事。因为秧歌舞这种历史久远而又普通的舞蹈,纯粹是一种朴素的民间的艺术行为。据记载:在清朝康熙年间,京城到处就有"秧歌小队闹阳春"了,而围观者"毂击肩摩不暇狂"。诗云"画鼓秧歌不绝声,金钗撒下迷归路",也极是渲染了古人跳秧歌舞的滑稽场面。为争看秧歌舞,女人连头上的金钗都给挤掉了,并且迷了路。这情形很类似于黄梅戏《夫妻观灯》所揶揄的南方元宵节观灯的情景,煞是逗人——但这古老的乡土之舞毕竟跟不上时代节拍,难攀大雅了。

其实,我对秧歌舞的认识非常有限。除京城之外,我也曾听说舞蹈动作丰富,狂放豪迈的东北秧歌舞,小"饭儿"特浓的河北秧歌舞;有伞有鼓有花有棒,且雄壮有力的山东秧歌舞,都颇具地域乡土的色彩。但这些都没有像我在电影、电视里看过的陕北秧歌舞那样让人过目不忘。那种神龙摆尾、九连环、双过街……呼啦啦就能摆出上百种图案的秧歌舞,跳得淋漓酣畅,舞得色彩斑斓。特别在通红的火把映照的夜空,领袖们舞之蹈之的情形更使我感慨良多。那一幕幕革命中国的著名秧歌舞,眼花缭乱中很使人想到乡土中国,想到鱼和水的关系。惜乎那秧歌舞红红火火地从黄土地跳到京城,却湮没在一种宗教般的"忠"字舞的浪潮里去了。紧接着,靡音渐起,杂舞纷呈,人们抛弃自然,走进豪华舞厅,迪斯科、探戈、伦巴之类舶来的交谊舞旋转成风。村庄渐渐消失,城市越来越是现代,在繁华的京城,猛然有那么一群人穿红戴绿,打起锣来敲起鼓,扭起秧歌,不能不说是二十世纪末文明东方的一大文化奇观。

秧是绿的,而歌声粗犷且嘹亮。秧歌舞应该还有一种水的味道,一种浓郁的青草乡土气息。因为秧歌舞是我们祖先在劳动中自然创造的一种舞蹈。农民在一块块水田里插秧,或耐不住劳作时的寂寞,或洋溢着对播种的热忱希望,或充满着对春天和劳动的礼赞,禁不住引吭高歌起来。那成群的扭秧歌的人们,舞之蹈之,潇洒自如,柔美有力,简直就是农民在田间娴熟的插秧动作!在春天的京城,我也有幸在街头看过一场规范的秧歌舞,目睹舞姿,听那声声锣鼓,我真的亦如朋友那样,疑心自己置身某个乡村,又在水田里劳作了——秧歌舞,很能使失去原乡的人找到隐藏在孤独灵魂深处的那份殷切的田园生活。秧歌舞,是久居"鸽子笼"里的城市人呼唤乡土自然的心曲,是城市人为自己背离的乡村所奉唱的一支挽歌！

北京秧歌扭起来，红红火火，风靡一时。但很快，就听说由于秧歌狂放的锣鼓引起的噪音严重影响了市民休息，聪明的北京人灌起了秧歌舞录音带的消息——现代的文明到底挤对了自然的锣鼓声，这是创造秧歌舞的先民们始料不及的。但，这秧歌舞还叫秧歌舞吗？

**1996年3月26日，北京东城区和平里**

# 我刚读过的几本书

### 彭学明：湘西的精灵

《我的湘西》是以写湘西著称的散文作家彭学明的第一本书。被列入了"二十一世纪文学之星"丛书出版。很薄，收入的文章只有二十九篇，篇篇写得性灵。书一出版便告售罄。

读彭学明的《我的湘西》，觉得他真的宛如湘西土地上诞生的精灵，盘旋在湘西民风民俗的深处，用文字的翅膀驮负着湘西。白河、吊脚楼、凤凰、芙蓉镇……湘西独具魅力的山水草木、乡情民俗是那样的清纯而美丽。在他的笔下，古风蔚然的湘西，时代的气息决然没有侵扰。因而，他写得也有点沉迷和陶醉。"即便春节一过，就到外面闯世界去……小道上，走着一伙去深圳打工的人群"，但"湘西的冬天，依然平静而安稳地住在乡下，与乡人们一道生活"。湘西，妩媚得如一位支颐沉思的处子，静静地躺在那里，静静地观看祖先的歌舞，边边场、哭嫁、踏花花……彭学明没有概念地诠释湘西的民俗乡情,而是轻捧一杯浓酽酽的乡情之酒,对天而歌,依地而眠,极尽自然。他笔下湘西生活的那份恬淡、超然,也让人疑心湘西还是一个世外桃源。

艾青说:"我的眼睛为什么噙满泪水,因为我对这片土地爱得深沉。"彭学明土生土长在湘西那块土地上,他当然没有理由从民歌中走过,无视那块土地上摇曳的花花朵朵,而撇过民俗的光芒。实际上是对彭学明情有独钟的湘西,才孕育并赋予了他浑身的才华。"那些名叫时间的战士,端一杆春天的枪,把花朵的子弹扫射过来,荒草一片片倒下,枯叶一山山击毙,青山绿水,花站起来。""原野的绿色,一层层看黄,树叶如一方幸福的黄手帕,从天堂里飘下来。"这样想象丰富而奇特的句子俯拾皆是。他写事物也美丽而生动:"阳光来了,阳光穿着布鞋。""杯里一冲,那茶叶就成了一只只醒了的翠鸟,在雾里缓缓地亮开了翅膀。"——《我的湘西》,歌唱乡土、歌颂人情,总的基调是抒情的。也写人,采用的是白描手法,三言两语,勾勒人物,形象且逼真,犹如沈从文的风韵。

彭学明说:"发光耀彩的不是我的文章,而是湘西的本身……倘若我离开了湘西,那么,我就很可能失去了本真。"现在,彭学明这只"湘西爱情鸟"已栖息到了京华的枝头。在宁静的夜晚,他和我谈起湘西,我发觉他还是情不自禁的,心里好像巴不得世间的女子都该嫁给湘西。

**苇岸:大地的理念**

《大地上的事情》是苇岸的散文集名,也是我最早读到并开始注意他名字的一篇散文。"事情"有五十件,或写蚂蚁筑巢,或写熊蜂的尸体、麻雀、鹞子,生命的动物或者艺术家们的际遇。我开始觉得他可能受儒勒·列那尔的《胡萝卜须》的影响很深,看来也是。他很赞赏《胡萝卜须》作者说的话:"一个用得好的词儿,比一本写得坏的书强。"他是非常注意用词的。

由于苇岸倾向于散文文字的简约、准确、生动、智性,崇尚以最少的文字,写最大的文章,所以苇岸在时下"小女人味"散文特浓、抒情正达到泛滥的散文语境中,呈现给人的是一种崭新的阅读感觉。他的语言简约,却不晦涩,有种叙述的距离感。叫人读来是冷漠了些,仿佛想抓住什么,却什么也抓不住。这类文字是苇岸所特有的。写自然也好,人生也好,写那一批大师级作家生活的篇什也好,文字的触角敏锐清晰。因而读他的散文,就感觉到他对散文文体的贡献大于他散文中的内容。他和诗人海子是很好的朋友,同样都喜欢梭罗的《瓦尔登湖》。他们关怀土地,幻想土地道德,重拯人类灵魂,企图寻找一本闪耀着人类自古不熄的英雄主义之光的书。海子死了,他还在寻找。思索起一些遥远的,渐渐陌生的事物,他却撇开了激情,让思绪沿着一条光亮的隧道,潜入世界的本质生活的个体深度。"春天,万物生长,诗人死亡。""——有了这样的诗人,世界最初的朴实和原质,在现代文明的进程中,可望得以保存。"苇岸希望保存的是一种大地的理念,他不想让语言堕落到艳丽的春水中去,而是坠入大地或被大地轻轻托起,然后沉默无言。

梭罗说:"你脚踏着土地,你如果不觉得它比世界上任何别的土地更甜润,那你这人就毫无希望了。"苇岸缅怀和忧郁脚下的土地,当然不是想做毫无希望的人。他在艺术上摒弃传统散文语言的奢华,亦不像俱乐部里滔滔不绝的足球评论员,而是用农民式的勤劳、厚道、朴实,耕耘在大地上,然后将他收获的种子——绝不是成批的稻子或麦子的体会告诉你。他写着,他不需要语言的枝蔓,更不需要江河海洋式的恣肆,因为他知道文字本身所具有的力度和纯粹。

**伍立杨:孤灯的光芒**

伍立杨的随笔小品也是报刊上常见到的,极美。记得他出版过一本谈艺录《听那幽窗冷雨》,我曾写信求索过,没有回音。想必他是太忙了。这回,读到他随笔集中的《好静谢客访》,心中顿时释然——立杨君有着如此好静读诗书的大雅,劳什子理睬世间的许多俗事呢?

每每见到他的随笔小品,我都被他那种"辞瀚华赡,文采焕然"的美文弄得爱不释手,感觉他是个学贯古今、才高八斗的老者。不是。他只是个青灯持卷、孜孜夜读的年轻人。有过在中山大学图书馆"远连天际,下涉八荒"的阅读经历。这种阅读使传统文化的光芒倏然洞亮了一个才子的灵魂。在随笔集《时间深处的孤灯》中可以看出,阅读使他知识渊博,谈吐纵横驰骋,多思使他灵感的火花时时闪动,下笔文采斐然。笔端流淌着一种古典情怀,知识的大美,才子般的孤独落寞。他的随笔写得如他《灯影深处的仕女画》,想象出人意料,语言也极具魅力:"有时夜已深,一灯荧荧,仕女画的图像仿佛在窗外爬满青藤的阴影之间活动起来。读仕女画,实在要点燃自己的心灯。""给仕女画点燃心境之灯,暖暖的,像红豆,才能渐渐烘托出相思,怀旧的情味,或者拿今天的话来说,是文化乡愁。这样读隐约的古画,也仿佛是自己的了。"

　　这里就有一盏孤灯的光芒。在这种光芒照耀下,伍立杨感受到了汉字之美、隐逸之美、禅之美、茶道之美、爱情之美、俞平伯的散文之美、余光中的境界之美、雪里芭蕉之美。"且让……胸中的烈火,把那苍茫的情味,锻烧成另一种更深厚的青春吧"的愿望之美,甚至连"雕琢也是一种大美"。立杨苦守青灯一盏,倡导着人生的大美,还基于他对当代小说、散文诗学的认识。他说:"文采是一种不可或缺的美。文采,就是作品的精神、风貌、脉搏……只好比龙凤绘藻、虎豹炳蔚、神采照烁;草木贲华,青绿紫橙,斑驳五色。文字甚至是一种声音,林籁发音,有如竽笙;泉石流韵,和若球簧……上乘之作,必文采郁郁,失去了文采也必失去了生命。"

　　有谁在孤灯下,企望与这般美妙的文字依依相恋?伍立杨做到了。他的每篇随笔小品几乎都能给人一种知识和美的享受。唐宋元明清,花虫草木兽一路写来,题材不能不说是宽泛,襟怀不可不谓之旷达。但读多了他的关于美人的文字,我也诧异于他那爱美的癖好,竟带给我一种忧郁的况味,套用他的话,真是说来堪惊!

### 甲乙:时事的唠叨

　　甲乙的随笔,以前零星读过。他出版过两本集子《品尝生活》

《幽默一下也好》,我没见着,但这次在琉璃厂看到他的随笔自选集《快乐问题》,我几乎没有犹豫就买下来了。有了这本,看不看前两本看来无关宏旨。自选的随笔,想必是作者很喜欢的了。于读者也应了"窥一斑而见全豹"那句古话。

说甲乙的随笔是时事的唠叨,我是说甲乙说话的形态、方式。读他的随笔,总感觉到他在平和、皮实地与你说着什么——流行的吃穿、脸皮与舌头、眸子与窗子、苍蝇问题、快乐问题、牢骚等等。但经过甲乙的嘴里,这些你我都知晓的事情,都变得异乎寻常地有意义起来。里面既有对民族痼疾的痛诉,也有对荒谬世事的针砭;还有对人生、艺术的随想,读来会叫你有恍然大悟般的会心一笑,为他的天才发现抑掌称好。比如他在鼓浪屿突然感受到"蚊子眼里,人人平等";因而觉得"蚊子对我再不客气,想来也是值得的"。其中也不乏深刻的意味。由脸皮、舌头研究得出个结论:"脸皮与舌头从来都是相得益彰的。"身居危楼,他想到住在新楼里人的诉苦;由徽派建筑与泉州石屋,他对"城市建筑病"传染到农村的不以为然……他将他看到的,想到的,立即告诉给了大家,其中的真知灼见,人们真应该认真听听,加以修正。甲乙就这样用一颗平常心娓娓道出平常事,其实透露出的就是人们常挂在嘴上的——文化关怀。我们没有理由拒绝他的这种关怀。

着眼于人生时事而取批评的态度,甲乙的随笔实际上应该归于杂文一类。在甲乙的眼里,他当然有着随笔与杂文亦即是说话的方式的区别,但他觉得关键是取认真而诚实的态度说话。人生的道义、良心与责任感使甲乙毫不无病呻吟、矫揉造作,而是敞开心扉,直话直说的。他在一篇《人与说话》的文章中说:"讲话是一门艺术""会不会说话其实就是会不会做人""不论怎么说话,最基本的一条是要说真话,讲实话。也就是要说'心里头的话'。"看来,甲乙是表里如一,真实的,也是艺术的。于是,多听听甲乙的这种时事的唠叨,于社会、于人生不无裨益。

1996年4月3日,北京东城区和平里

## 午餐时光

四月的一天,应约到北大勺园拜访一位美籍华裔教授。离约定的时间还早,不敢贸然打扰,我就静静地坐在勺园里的美人靠上。时值中午,正是一般人家的用餐时光。我蜷曲在美人靠上,如一只偷懒的猫尽情地享受正午的阳光。

阳光下的勺园很美。眯着眼睛细看,有许多人在我面前匆匆走动。操场上,有人在跳秧歌舞,有人在进行拔河比赛,有人在打网球和篮球……远处和我并排的美人靠上,有一位青年学生老僧入定般,吹着竹箫,一头散发遮住一脸的禅意。低沉、委婉的箫声如泣如诉,传得很远、很远,我听得如痴如醉。

约定的时间到了。我起身敲响了我要拜访的那位老教授的门。稍事寒暄,老教授夫妇就执意留我吃饭。饭间,老教授突然问我:"你到了多长时间?"我说,提前了一个小时吧?我在外面坐了一会儿。老教授一听,立即停下手中的筷子,说:"你怎么可以呢?"我莫名其妙,一下子愣住了。"你怎么可以呢?浪费了许多时间!"他摇头叹息。立即,教授的夫人看出我的尴尬,嗔道:"你老脾气又犯了！碍你什么了？"老教授立即不吱声了。我脸红红的，心里惴惴不安起来。

吃过饭，老教授旁若无人，抄起一张英文报纸走进另外一间房子，屋里一下变得寂静无声。教授夫人，即我实际拜望的对象，很利索地收拾好桌上的残羹剩汤，然后挪过一张藤椅，坐在我的身边，说："你别介意，他就是这个脾气，他肯定是喜欢上了你！"接着，她断断续续地说起他们的故事。

两人出生在颠沛流离的战乱年代，就读浙江大学时，适逢日寇侵华战争爆发，两人只好随着学校千里迢迢迁到了当时的陪都重庆。从此几乎每天都在敌人的飞机空袭中生存和学习，所以他们那时连用餐的时间都显得非常宝贵。夫妇俩学的是地理，许多年前，美国出版一些中国地图册上没有台湾省，老夫妇气愤极了，硬是花了大量精力编了本《中国分省地图册》，名正言顺地将台湾省重新划回中国版图。书出版后，由于其绘图的无懈可击和地理学上的贡献而大受褒扬。大概是从事地图测绘的职业习惯吧，两人对事物、时间精确度的要求非常之高。

我认真听着叙说。望着她的满头银丝，心里平静了许多。正说话的时候，忽然老教授从里屋走了出来，瞥了我一眼，说："你们谈好了没有？谈好了，咱俩到未名湖畔走走！"不由分说，他便扯起我的胳膊出了门。见到老教授，我心里还是诚惶诚恐。但老人仿佛看出了我的心思，边走，边宽慰着我说："年轻人，刚才我说话可能偏激了点，可要学会珍惜时间，这不会有错！"我点点头。老教授立即孩子气起来，他告诉我，有人说聊天浪费时间，一般是这样，但他就喜欢聊天。有目的地聊天，会学到许多书本上学不到的东西,当然,这里面有个怎样珍惜时间的学问。在未名湖畔的石凳上,我们坐下,老教授沉吟片刻,一个个地数起北大一些名教授的名字,说起自己青年时代求学的坎坷,中国与美国文化背景的差异,人的生活态度……他说,年轻人要学会说"我能干",不要总说"我干不了,不会干"。此刻,阳光正照射在未名湖上,波光闪闪,仿佛倾诉着正午时光许多动人的往事。我发觉,他的眼睛潮濡濡的。

午餐时光,他转眼间就老了。

午餐时光,他心灵就跨越了万水千山。

午餐时光,人能成就一番大的事业……

刹那间,我仿佛听见老教授在心里这么大声喊着。一遍又一遍地。听了这番语重心长的话语,我突然觉得他竟是十分和蔼可亲,一下子对他产生了深深的敬意。

人生苦短,我们这么谈着,不经意地,午餐时光也过去了。

**1996 年 4 月 4 日,北京东城区和平里**

# 大地芬芳(十三章)

## 地 气

城市里的人有时候天真得有意思,譬如一位女士说她每个星期都带着孩子逛逛琉璃厂、国子监、天坛公园,就有一位先生说:不行,该带着孩子到郊外走走,接接地气儿。说着,大家都莫名其妙地沉默了。我却突然有一种赤脚行走在泥土上的踏实感。但那种感觉如稀薄的空气却又倏然消失,怎么也抓不住。

在乡间,赤脚走在泥土上的孩子是幸福的,也是平常的。孩子自己可能那时还说不出什么道道,但他们的双脚一和泥土接触,泥土带给孩子们的欢愉简直无以言表。他们激动得在大地上奔跑、大喊大叫,或是索性一屁股赖在地上,土地有时把他们弄得很脏,但他们却满不在乎。这时,带着孩子的城里人见了,会说:"那孩子很脏呢!"但他们打量着自己宛如瓷器般光洁白嫩的孩子,却发觉孩子缺了乡下孩子那种健康的肤色。"一方水土养一方人!"这样的话,往往成了他们逃避现实的遁词。

地气是什么? 说是大地之气,算不算准确? 汉语言自然是伟大的,但在某些时候也会显得词不达意,很像若即若离正恋爱着的男女的亲吻抚摸,无法进行到深入的程度。多年前,我还是一个地道的农民,一个大队的团支部书记。春天的晚上,我召集青年男女团员开会回来,走在开满油菜花的田野,我突然感觉到有什么在蒸腾,身子在雾状的大地上游移,全身除了那种一般意义上的通体舒泰,还有一种从未有过、至今再未体验过的愉快在身心洋溢。我回家立即就记下了那瞬间的感受。这日记我记得至今还留在我南方故乡的老屋里,但我如今再也无法寻找到它。它像地气一样永远地隐藏在我南方的乡村——那种思想抵达,手尖却不忍,也无法触摸到的东西。

想想百年之后回归泥土,我就被一种幸福感动得激动起来——这不是矫情。

## 麦子与稻子

麦子或稻子成熟,被收割到场地上晾晒,然后经过脱粒机的脱粒,就一粒粒地躺在天空下了。时间在农民的手缝间让阳光照得黄金般发亮,他们沉湎其中,多么不忍心让牲畜来惊扰他们啊! 当然,在被丰收冲昏了头脑的时候,他们往往也会宽宏大量起来。"啄——啄"地,抓起一把麦子或稻子,虚空一掷,唤着鸡们鸭们来啄食——那真是个例如。人们也被自己大方的姿态感染得声音变得有些奇怪。

雪原无边 | 325

选种、播种和插秧的过程总使乡亲们深深陶醉。风从地上吹来,庄稼的气味与幸福的结局提前到达,他们好像浑然不知。他们全神贯注,聚精会神地注视着面前每一粒种子。看看秧苗是不是插歪了。另外,这时候他们对吃草的黄牛也很感恩,倾其所有用最好的物食犒劳它,然后借助于它的力量,用鞭子将它们布道在大地之上。五月太阳的金冕戴在他们的头顶,他们一个个快活得像一位位国王,不断地巡视麦子和稻子,期待着臣民们自由、健康、民主地生活在自己的辖区。

秋天到来,令人喜悦,天空却忧伤而明亮。

当麦子或稻子都收拾进了仓,人们不再掌管这些东西的命运,给麦子和稻子除壳也不是他们喜欢的劳动,幸福感便随之消失殆尽,他们心里空落落的。那神情便像失去王位的国王。有时节他们凑到一起,也会说:"这麦蒸馍,这米做饭真香啊!"但那不是他们最为由衷的语言。他们说着,目光却落到泥土里,泥土让他们的心灵幸福地颤动。

这群幸福的人们,眼下被叫作农民。麦子或稻子是他们同样的命运。

## 雷 声

春天,万物生长。浪漫的花朵努力地用香气想象着什么,小草绿得骚情。湿润的草地之上,动物竞相交媾,使空气中有一种黏糊糊的涎液的感觉。天空被熏得态度暧昧起来。连阳光也抵挡不住的时候,天空倏然愤怒,春雷响起了。

春雷滚滚,人们都说雷是春天的报幕者。不是。

乡下俗话:"请人吃饭,喊了不催,犹如青天打炸雷。"这话奇妙异常,但如响雷般准确而又干净、利索。在清明的天空,骤然传过一阵炸雷,明轧轧地在天空中滚过,真的空洞得很——譬如一根粗壮的圆木在山顶上骤然空咚咚地滚落,不知所终。

记得少年的时候,故乡干旱缺水,村里人为水和邻村的人发生了一场械斗。干燥的空气里有人抛撒着呛眼的石灰,发热的石头疯狂地咬人——天怒人怨。正当双方互相攻击时,天突然下起了滂沱大雨。这时,一阵炸雷在村庄的头顶倏然炸落,天空中那如树须般透明的闪电使我至今印象殊深。两村人在那一刻也都变得寂静无声,似乎被这雷声震慑住的他们,快快地离去了。

还有一回是在春天的夜晚,我在窗前听到乌黑的天空雷声响起,似是撕裂着沉闷的空气。雷声落处,铜钱大的雨点倏然而至,夹带着清凌凌的风。嘀嘀地,有时雷声如一面战鼓,敲起密集而急促的鼓点。兀自想象着春天水田里禾苗疯狂操练的姿态,小麦无所适从的样子,真是爽快。发觉青蛙早已闭起了自己的嘴巴。

有一个悠久的民间传说,说是雷专门打杀那些作恶多端的人,这就使许多心怀叵测的人在有雷声的夜晚胆战心惊。我自己也经常扪心自问。这使人想到,在科学的光芒照射不到的地方,迷信有时也能令人向善。

但,雷声从春天响起,谁也没有把结局告诉人们,这一点令人沮丧。

## 大地芬芳

大地芬芳——遗憾,这话不是我说的。这话出自我少年时的乡下伙伴之口。是在冬天的时候,伙伴卷着衣袖,露出黑黑粗粗的胳膊,站在田埂上与我寒暄着。嘴里哈出的白气烟般地缕缕袅袅的。

"真是久违了!"他又补充了一句。他说的是句老实话,自从我离开乡村,我们见面真的很不容易。我在城市里谋生,从一个城市游移到另一个城市,工作、娶妻、生子,干些想干和不想干的事,很多的日子我想的都是自己,关注事与物,过程或者结局。哪曾想到过他呢?而儿时,我们是一对挺要好的朋友。有一回,我俩一起游戏——"打仗"。我打伤了邻村的一个男孩,那男孩的父亲找上门来,他却承担了全部的责任。最后,我悻悻地从躲藏的一处芭茅地钻了出来……没料到,这些年他长得竟是那么结实、粗壮、富有责任感的样子。他说久违了,我久违了什么呢?

土地。显然这指的是土地。可面前这是冬天,土地上的庄稼已被他和他的伙伴们收拾干净,一片沉寂,像是一张幸福的产床。只是冬天的阳光照在水田里,光亮闪闪。稻茬齐崭崭的,却如土地狞利的牙齿。田埂上散落着三两堆草垛,显得有些孤独和落寞,可伙伴却说大地芬芳——大地芬芳,我想应该是在春天的时候,那时土地泛青,禾苗茁壮,庄稼的花朵开放,油菜花、蚕豆花以及更为纯粹美丽的金银花、桃花……都在搔首弄姿。稻穗扬花,那稻花的清香香遍了我们整个的乡村啊!那样的土地才是一片芬芳!

伙伴当然知道这些。即便他在冬天说出这话时,我也看见了他一脸的平静与幸福。只有与大地真正贴得很近的人才会有这种感受,我想。顺着他的思绪,我也说了声:"大地芬芳。"隐隐地,忽然也感觉到从大地深处散发出一股芬芳,真的沁上了肺腑。这冬天。

## 二十四节气

大地之上,农业的鲜花蓬勃地盛开。我发觉最生动而美丽的语言就是二十四节气了。"春雨惊春清谷天,夏满芒夏暑相连,秋处露秋寒霜降,冬雪雪冬小大寒。"这语言栖息在村庄那高高的树枝之上,识字的或不识字的人都会背,且闪耀着坚定的农业思想的光芒。

蒹葭苍苍,白露为霜。那语言还流动在《诗经》那脉古老而悠远的河流里,生动地呈现出艺术的底蕴。

真的,白露、春分、秋分,就像是乡村女子的名字。谁家的姑娘叫小满,袅袅婷婷地从麦黄风里走来? 说是清明,天却下雨了;说是谷雨,天却晴正了。那乡村小伙子究竟怎么啦? 还有谁家的新郎叫芒种,那憨厚的样子,令我们激动和尊重。在乡村,这可都是我们情同手足的兄弟姐妹!

我感受最深的是"立秋"。那是乡下最忙的早稻收割、晚稻栽插的季节。庄稼人总会家家倾巢出动,脚步日日夜夜扑沓沓在田野里,必须将秧苗在立秋的前一天栽插完——说来奇怪,到了立秋秧都插完了,满眼的橙黄转眼一片青绿。立秋那天,天气果然就不一样。秋天如水一般涌来,田里的水有些凉意,天空却异常地明净。这时候你会发觉乡下人是特别能感受和抓住节气的。

有意思的还有立夏。我们那里,孩子在这一天还得称称体重,叫作"称夏"。很像现在城市里举行的成人洗礼的仪式,场面很隆重。有一年夏天,我就称过一次,六十五斤吧,那年我十二岁,从秤杆下跑走,我与小伙伴们一起欢快地追逐着,嬉闹着,仿佛一下子明白了许多。儿时的风吹着,一直吹着送我走。转眼间,我就远离了那些伙伴,小满、芒种,你们现在都还好吗?城里不知季节变换。有时在城市里半夜醒来,我就会突然念叨起他们,真想再作一次称夏。可四周茫茫,我再也找不到少年的那杆秤了。

## 稻草人

起伏的田野,绿色的禾苗不经意地就让白色的风灌得金黄。稻谷胀鼓鼓的,挺直了身子、微笑或者舞蹈。这时,乡亲们爱站在远处的田埂上,他们挂笑的脸,咧开的嘴,就像乡村那一株熟透了的苞米谷。面前,金黄色的胡须在风中幸福地抖动。

笑声也会招惹来麻雀和蝗虫,这些长着翅膀的小动物,如同掉进了金色的蜜缸。可乡亲们最听不得的就是这沙沙叽叽的咀嚼声,无计可施,就找来了替身——稻草人。一时间,无数的稻草人身披蓑衣,头戴草帽,嬉皮士般地巡视在田野上。麻雀之类的害禽果然不敢再来了。假的也挺管用,金黄的稻谷帝国,装扮得漂漂亮亮的稻草人,也常被自己的虚伪弄得激动,它说不出话来。

有一个黄昏,我挑着一担稻子回家。步履艰难地走到一个小山丘,猛地被前面黑乎乎的人影吓了一跳。待定睛一看,才知道是稻草人。它不仅管用,还真的十分吓人!我横起扁担,恼羞成怒地砍倒了它。

不久,庄稼收割干净。稻草人在风雨中飘摇,顾影自怜——它被乡亲们遗弃了。但稻草人生活过的季节,这种《皇帝新装》的小闹剧时而发生,也十分有趣。

脱下金黄的谷粒,守护庄稼的稻草人算是完成它的使命。粗陋的身躯倒下来了,它便腐烂为泥,肥沃土地。它仿佛明白了:稻草是稻草人的故乡,稻草的故乡在土地,人的故乡可能也在那里。

**蚂蚁的路**

一棵树的身旁,围着一群孩子。我走近一看,原来是那棵树脚下爬满了一群小蚂蚁,真正黑黑如蚁般的小动物,在争先恐后地爬树。看孩子们蚂蚁爬树,我不禁哑然失笑。

乡下人总讥笑那些做事慢吞吞、神情木讷的人叫看"蚂蚁上树"。我小时候就看过,蚂蚁上树的样子挺有意思。瞧,那黑黑的、细细的东西上树时总不是直线,而是曲曲弯弯地往上爬。一只稍大一点的蚂蚁爬着爬着,突然就折了回来。后面很多的蚂蚁也赶紧折回。偶尔有两只蚂蚁勇往直前,但也绝不会爬到树的顶梢。而大风一起,蚂蚁就会被吹落在地上,七零八落的。

蚂蚁的路有多长?认真思考起来,这就成了一门学问。蚂蚁是残忍的,拉·封登《寓言集》上说邻居蝉向蚂蚁家借粮,蚂蚁不理睬,说:"你过去一直唱歌,我很高兴,那么现在你就跳舞去嘛!"不但不借,蚂蚁还剥夺了蝉唱歌的权利,无耻地抢劫它。有专门研究蚂蚁的,却是防治。记得生产过一种樟脑丸,就用来专门对付它。我用白色的樟脑丸在有蚂蚁的地方画了个圆圈。看蚂蚁在里面左冲右突,出不来的样子就好笑。

如果谁家的香油泼在地上,就会引来许多的蚂蚁。无数的蚂蚁爬进那一条油河里,长长粗粗的如一条乌梢蛇。那样子就令人作呕。碰上这情况,我总会用滚烫的水去浇它们,地上一摊污迹。

相对而言,我还是比较喜欢单个的或三五成群蚂蚁赶路的样子。说是古代有位秀才应科举,在考卷上少打了一个标点符号,结果有一只蚂蚁爬到了那位置上,蒙骗了主考大人。那故事有点英雄救美的味道,但听来却不大对头:古人的文章首尾相连,蚂蚁是不会去断句的。

## 树　桩

有时,让人赏心悦目的不仅仅是那一片绿茵茵的森林,也可以是一株兀自挺立生长的小树,还可能是一棵形态奇异的树桩——不说那种被盗伐者锯断的(诗人们称那是大地痛苦的疤痕),而是指自然老化,又被人称之为"盆景"一类的树桩。

作为可以观赏的树桩盆景,它应该是天然的,是土地格外垂怜的植物。它深深扎根于大地,如散落的村庄,周围总焕发出一种朴素的品质。或是富有生命的土地杰作,或是生命的一种无奈,原本很少有人青睐的。但自从诞生出"盆景"这个词语,树桩的生命便一下辉煌耀眼,如纯种狗、波斯猫一样被人们当作宠物养着。于是剪刀加化肥,树桩盆景被推到现代人们生活的后花园,清新且有趣。

山上就有许多树桩。有一段时间,家乡的山上挺热闹。许多西装革履、人模人样的人开着轿车,拎起小锄头满山地挖起来,一山的狼藉。乡村人看见,就像哥伦布发现新大陆一样奇怪着,也挖,挖着加工后卖到城里,居然就能养家糊口。家乡就有几位专门培植盆景的,租了好大一片地,养了好多好多的树桩盆景,惹得很多人去看,去买,羡慕不已。

一年春天里,天晴而暖和,一时兴起,我和几位朋友也去山上挖树桩。那是株映山红,学名杜鹃,那种树桩本来难得长大的,但面前那株偏偏硕大无朋,造型优美,耀眼地长在一个悬崖上。我小心翼翼地爬上去挖着,几乎就在唾手可得的时候,突然,哗啦一声,树桩随着松动的土呼啦掉了下去。一看,下面是万丈深渊,我沮丧极了。我发现了美,也毁灭了美。我的心灵受到深深的震撼——美,得不到,也别毁灭它。这条善良的真理,许多人知道,却往往做不到。

## 大地风车

在城市的公园里,儿子看到一辆庞大的木制风车。圆圆的车轱辘在风雨中水淋淋地碾着。吱吱呀呀的水从车叶里流走,又流来。儿子觉得好奇,嘀咕着:"这风车,干吗呢?"——风车只是公园里一种摆设,一处风景,它却叫人生发出堂吉诃德式的奇思妙想。

大地望不到尽头。风车就汪在那一片绿色的田野上,如时间之轮。春天涨水的季节,风车吱吱扭扭转动着,声音流淌在庄稼地的上空,仿佛来自天国里的音乐。夕阳西斜,炊烟升腾的乡村,小男孩牵着一头黄牛缓缓走进村庄,牛哞哞地叫唤。大地风车,最适宜于乡村这样一种古典的悠然和宁静的氛围。

故乡也有风车。故乡是丘陵地带,沟沟洼洼,包包坎坎的,也有水田和河流。干旱季节,土地生烟,刚刚栽插下田的庄稼枯蔫蔫的,庄稼人就用这风车车水浇灌。然而,风车需要激情的风,无风的日子,庄稼人就只好自己推动着水车。油光溜溜的上身让太阳照得发亮,两只脚使劲地蹬着,一步一生水,一水一生命。兴致所至,他们还不停地甩着汗珠和嗓子唱:脚生水呀,水生水;车汪着水呀,水搂着水……咿咿呀呀地哼着车水谣。

车一回水,要走多少路,谁都没有用心量过。现在故乡再也见不到那车水的乡亲了。只是生产那种小水泵,接上电源,闸刀一扳,水就哗哗地流出来,和乡亲们一样,欢快得很,干旱的土地像海绵一样立即吸尽了它。水满足了大地的一种期待,风车便变成了城市人的一种闲适,摆在公园里。

## 蝲蝲蛄叫唤

在乡下,听见鸟叫和虫鸣并不是件值得夸耀的事情,昆虫们也很难寻觅到它们的知音。乡亲的日子过得尚不富裕,哪有心思去认真听这些土地精灵的吟唱?于是我的这种情趣就显得有些鹤立鸡群。秋末,夜幕刚刚合拢,走在窄窄的田埂上,草丛间、树叶上、土地里总有无数的虫叫着。"叽零零"的缠绵的女高音是金铃子,"蛐幽幽"的抒情男低音肯定是油葫芦……一下子,我就能辨别出蟋蟀的一些声音。

有段时间,我对蟋蟀的兴趣很大,还玩过。因为刚从中学课本里学过《促织》,我还知道它的一些别名如蛐蛐、寒蛩等等。它属于节肢动物,昆虫纲,直翅目,体长十五至二十毫米——由于是一种常见的昆虫,自然它也具备一般昆虫的特征:一对长长的触须,两对油黑发亮的翅膀,三对善跳强健的脚。雄蟋蟀翅膀上长有发声器,两对翅膀磨蹭磨蹭就会发出洪亮的声音;而雌蟋蟀翅膀很短,不会鸣叫,在腹部末端除了两根尾须外,还有个长长的产卵器。在外形上与雄蟋蟀也有很大不同。

蟋蟀寿命短,不过仅立秋到霜降的工夫。立秋左右,小蟋蟀就蜕化成为成年蟋蟀,这是它们生命的黄金季节。老蟋蟀死去后,在落叶与冰雪覆盖的土层里,无数细长梭形的蟋蟀卵不久便会破卵而出,生长发育。

蟋蟀以善鸣好斗著称。原来,在蟋蟀家族中,雄雌蟋蟀并不像现代青年一样自由恋爱,而如西班牙斗牛士般"决斗"才取得初夜权。它的叫声也有意思,不同声调、频率能表达不同的意思:夜晚响亮的叫声,是警告同性:这是我的领地,你别侵入;同时又是在召唤异性:我在这儿,你来吧!当有不识时务的同性闯进来,那么它就威严而急促地鸣叫,以示"严正声明",若还不行,它就甩开大牙,蹭腿鼓翼地开始战斗——有趣的是,它看到贸然闯进的是雌蟋蟀,便会立即来个大转弯,让出美食请其饱食一餐,然后"君子好逑"。

"听蛐蛐蛄叫唤,还不如种地。"——乡亲们并不需要这些。

蛐蛐蛄是什么东西?乡亲们随口溜出一句,我就懵懂了。问他们,他们也不知其所以然。我想大概也是一种昆虫吧,田间里是没有字典查的。后来读书,读到鲁迅先生说的一段话:"譬如鹰攫兔子,喊叫的是兔子不是鹰;猫捕老鼠,啼叫的是老鼠不是猫;鹞子捉家雀,啾啾的是家雀不是鹞子。又好像楚霸王救赵碑汉,追奔逐北的时候,他并不说什么,等到摆诗人面孔,饮酒唱歌,那已经是兵败势穷,死到临头……"我才恍惚明白了什么。乡亲们把光景过得挺明白啊!

## 露　珠

生命的奇妙可以说是从露珠开始的。大音希声,自然界许多神秘的事物随着露珠的滚落遂成大道。佛陀说:一花一世界,一水万重天。常人没有看见的,佛关怀到了。佛还称这个叫甘露。

雨珠——也像露珠。在彩虹出现之后的草地上,雨珠那晶莹莹的活蹦乱跳的样子,就显得十分地可爱。特别是在东边日出西边雨的时候,太阳溅射在雨珠上,星星点点地放出五彩的斑斓,如洒落一地的珍珠,斑驳陆离的光芒,直刺人的眼睛。相比较而言,我还是喜欢无声的露珠。我把它叫作春天的泪花,草叶丛中点缀的露珠似沾住了春天的睫毛。那时,大地还睡眼惺忪。

这时候走在大地上,冷不丁裤腿就被这些调皮的露珠打湿了,身心有一种凉爽的感觉。这种感觉立即冲掉人们的睡意,让人感受到春天的美好,还有一种向往劳动的情怀。只是太阳用手很快揉干了大地的泪花,乡下的雄鸡啼叫起来,庄户人家的门吱吱呀呀地响。大地伸了个懒腰,瞬间便苏醒了过来。

说露珠是一盏水灯吧?它从黑夜直亮到黎明。

在一个春天的早晨,儿子特地起了个大早,在田埂上用一只漂亮的玻璃瓶装着这些露珠。露珠赤橙黄绿青蓝紫,什么样颜色的都有,儿子淘气地装着,一滴没有,两滴没有……儿子奇怪了,问:"爸爸,这东西哪里去了?"我被问住了。慌忙说:"你用心装就是了!"儿子不懂。我也被自己虚伪的搪塞弄得脸红。

但人生无多,譬如朝露。有些东西只能用心装的。露珠就是这样的东西。

## 孩子话

天是蓝的,地是绿的。和孩子们在一起就总有一些春天的样子。孩子们不仅话语很春天气,那小小的圆圆的脸庞也像一只只熟透了的苹果。一双双时而竖起来的小手,就像一棵棵洁嫩的白桦树。树木是属于土地的——孩子眼睛滴溜溜转动的样子,似是春天晨际大地上的露珠:新鲜、清莹、可爱。

孩子们叽叽喳喳,如屋檐下的一群小麻雀,冷不丁就会啄食起一粒粒金黄的东西。有时,他们也如麻雀般地好斗、挑衅。比如,甲就说乙感冒时的笑话:感冒好了几天还说是感冒了,还喊妈妈:"我发烧呢,我的头烧得像一根大红薯!"

或者说些大人们很忌讳的话。比如,说:"姥爷是老干部!"

问:"老干部好不好?"

答:"不好! 老干部会死的。"

说是童言无忌,大人们大可不必在意孩子说的吧?孩子们说的"死",全是因为一个"老"字。因为在孩子们的眼里,老总很遥远,老总是与死联系在一起。老树、老藤、老鸦……老什么的,孩子们由于太小,便想象老的样子一定很可怕——因为他们还不知道老与腐朽的滋味。在给孩子们的脸蛋扇过一巴掌的时候,想想我们做孩子时,也是。

"楼道里的灯永远是亮的!"一位孩子家长这样说,是那种感应灯吧?——那是因为孩子们成天敞着房门,在家里大声说话的缘故。那声音嗲嗲的,吵闹声更肆无忌惮,像是两只斗红了冠子的小公鸡,亮着嗓子啼叫到黎明。

## 大地之下

我们习惯注重于大地上的事物:土地、庄稼、村庄和城市……事物在明亮的阳光下充满了活力。小鸟鸣唱,河流奔跑,晨曦轮转。人们毫无来由将大地一边叫作城市,一边称作乡村,然后幸福地蛰居其间。有时,他们也关心空气、森林和绿化,但大抵都是因自身生存的需要,生存使人们对大地充满了爱心。

大地骄傲的是一群最优秀的农民在坚实地劳动。他们播种、耕耘、收割,年复一年,永无止境,然后说:"叶落归根吧!"他们回归大地,让一层薄土使他们沉睡于无垠的梦乡。有时候,大地还是游子手中的一捧泥土,一个永远不返的精神家园。大地让人怀想,大地是麦子、稻子的宿命,人也无法游离其外。但麦子和稻子割了又长,这回人就说不啦!

大地接纳了人们的唾液、垃圾和尸骨,大地还注定选择一批人深入其中。大地胸怀宽广,蕴含无穷无尽的宝藏。石油、锡、铁、天然气、煤炭……这些看得见和看不见的东西远比其他的事物内涵丰富。大地让人认识到这些事物叫作"宝藏"。一些古老的、刺激的冒险故事也直奔这些事物的主题:淘金或者寻宝。大地上的人们经常地被大地之下的事物弄得寝食不安。我也没有例外,记得我在十三岁时,听说村里一个地主在地下埋有一罐银圆,我就眼睛逡巡着大地发愣。那地主我称他大爹,后来平反了。再后来,我偶然接触到一群自称是开采阳光的人,突然又被大地之下的阳光灼疼了心灵。

作家刘庆邦写了篇《生命悲悯》,那是大地上的人们对脚下这块土地的一种深刻的生命关怀,一种人性的呐喊!是作家的道德和良心。一篇无法用艺术眼光打量的泪水之作。太阳下山时,一场瓦斯在大地下爆炸,将几十条"活蹦乱跳、蓬勃向上的生命扼杀在瞬间",扼杀在大地之下,那可是一群正在劳动的生命啊!"妈妈,我喊几个同学,把爸爸扒出来!"失去爸爸的孩子这样喊着。可是,大地下那群挖煤的汉子再也听不到这稚嫩的声音了。庆邦说:"多年来,我一直想通过一批煤矿事故,探求一下工亡事故对生活造成的痛苦。我想改变一下分析事故只算经济账的惯常做法,尝试着算一下生命账,换句话说,不算物质账,算一下心灵和精神方面的账。"这句话透过尘世的纷扰,直穿大地之下。孩子,死亡的密码,那是童心无法诠释的啊!

我们知道,不仅有一群农民辛勤劳作在大地之上,还有一群勤劳勇敢的煤矿工人劳动在大地之下。大地一分为二,它的观点也很哲学。大地之下聚集着的这群优秀的人们,现在被人们通俗地称为矿工。他们当然有着大地般坚实的骨架,有着岩浆般奔突的激情,有着穿透土地的美好情怀,他们承继了大地的秉性,抛弃享受阳光和雨露的权利,抛弃亲人温馨的目光和清新的空气。他们深入大地之下,开掘那黑黑的叫作"乌金"的东西,正是大地上人们须臾不可缺少的。

那东西纯朴、沉稳,饱含着事物最美好的本质,那东西在明媚的阳光下,油亮亮的——生动可人。

1996年4月23日,北京东城区和平里

# 读书笔记:《爱情》

不是一遍遍播放埃·西格尔的《爱情故事》插曲而倾听到的。有时候音乐的光芒无法接近。但是同一天,我竟然读到了两篇关于爱情的小说,莫泊桑的《爱情:某猎人笔记上的三页》,斯图尔特的干脆就叫《爱情》。两位艺术大师纤细、敏感观察生活和事物的能力,使他们能够成功地回忆与叙述他们感受到的爱情本质。他们富于善良的心灵让我们看到了艺术家对土地、动物的深刻关怀以及对人类的巨大悲悯。

其实,围绕在我们身边的爱情故事像鲜花一样,每天都在眼前怒放,我们自顾不暇。爱情的岩浆容易灼伤我们的灵魂。我们注意到许多人的内心像一只只被爱情击中的小鸟,受伤的翅膀掠过蓝色的天空,爱情隐遁而去。莫泊桑竟然在乡村打猎时看到"爱神就像天空中的十字架向早期基督徒显圣"。尽管这仅仅显现一次,而我们却一次也没有体会到。爱情的花朵大多在我们身边悄悄凋了又开,开了又凋,不过,人们已习惯充耳不闻花开花落间那神秘的提示。

莫泊桑和斯图尔特这两篇关于爱情的小说,语言非常干净,而内容几近相似:莫泊桑应表弟卡尔·德·厄维勒之邀去沼泽地打野鸭。他先击中了一只,是雌野鸭。结果那只雄野鸭哀鸣着盘旋而来,表弟迅速击下了它。"我们把它俩——它们已经冰凉——一起装进了猎物袋"。而斯图尔特的《爱情》写的是"我"与父亲带着一条名叫鲍勃的狗在玉米地里拾掇,看见一条雌黑蛇,父亲唤鲍勃狠狠地咬死了它。第二天,我们到玉米地,看见那条雄黑蛇依偎在死去的雌黑蛇身边。当然,"父亲叫我用一根粗枝把雄蛇扔过堤岸,扔到山崖上那挂着露珠的嫩苗丛里去了"!

对于艺术,任何概括的叙述有时候就这样显得糟糕,失去意义和旨趣。不停地播听埃·西格尔的《爱情故事》,我们当然可以感受到一种正在体验过程的欢乐和忧郁,人们会说起浮想联翩。莫泊桑和斯图尔特在用语言叙述,当然不比音乐来得更为直接。但我们会接受两位巨匠对毁灭一种爱情的不动声色的叙述。尽管感受也各不相同。莫泊桑的爱情有一种美的毁灭的凄婉,而斯图尔特由于写了我们心理上很讨厌的黑蛇,于感情上我们或许会冷漠一些。可透过这美和丑的爱情故事,我们却同样感受到一种使心灵震撼的人性力量。毁灭大美是最容易不过的事,但重新建构和聊补缺憾实在无法。莫泊桑从报纸琐事趣闻栏里读到一则爱情悲剧:一个男的杀了女的,然后自杀了——这很有点像诗人顾城不久前的故事。莫泊桑说:"这样看来他肯定还爱她。无论是他还是她,于我又有什么关系?我注意到的只是他们之间的爱情,而这爱情又不能使我发生兴趣:因为它使我意志消沉,使我惊恐,使我思绪万千,或者使我苦于冥想。"从技术上,也许莫泊桑的爱情故事更具有追逝大美的企图,但斯图尔特同样使我们心怀忧伤,无论是美的野鸭还是丑的黑蛇,我们都可以看作仅仅是叙述上的一个符号,同样不很浅薄地传播着爱情和性的奥秘、生命的实质,使人们感受到一切都像海明威说的"他死了,再也看不到像他这样的人了!"心怀博爱的艺术家常常泪流满面。

1996年4月24日,北京东城区和平里

# 苦水里的一朵玫瑰
## ——读彭明艳散文集《苦水玫瑰》

《苦水玫瑰》是一本散文集,有一朵殷红的玫瑰开在封面上。但我猜想不透作者为什么取名叫"苦水玫瑰",是什么意思呢?我那时学识浅薄,只知道有红玫瑰、白玫瑰,没见过的就是苦水里的玫瑰。

幸好作者有段话:"甘肃临洮苦水,水涩。这个地方盛产一种极美的玫瑰,但是这种玫瑰离开苦水,就不能活。我想到了中国人,中国的读书人,我父亲,我自己。"作者说她乡村的经历就是一种苦难的历程。她似乎在苦水里深深浸泡过。实际上,她的经历差不多也是我们六十年代人的经历。比如,霞与小风歧视我们,比如铁旦被"革命"……村庄的人和事,土地和农民的命运与呻吟,作者用着良好的感觉,纤细、细腻地描写着,夹杂着一种说不出的味道。手法上尽管有着传统的白描,却不陈腐。她没有写得大义凛然,充满哲思,文风也不像当年红火一时的"小女人"散文。她是智性和朴素的。乡村生活的背景,加上她后来学到的很好的精致的文化感,使她对乡土的记忆与描摹盈盈实实,清晰得如一幅乡村版画。

这样,我们就会看到夏天里"盘髻的母亲跪在河边或蹲在河边……右手将棒槌高高地扬起来又落下去,于是一声一声哪哪的声音就接连不断地传出来。"(《棒槌》);还是在美丽的夏日,她看见奶奶和爷爷相遇在山地:"八旬的爷爷正摘着早熟的爬豆,他的高高的微微弯曲的身材,在慢慢地移动……我把他指给奶奶。而奶奶浑浊的盈满泪水的眼睛茫然地往前看了看,平淡的语气像是说不相干的人"(《美丽的夏日》);她写村子里的井宽"挑着粪箕,一摇一摇地走在前面。腋下夹着长把的粪勺、用齉齉的声音……""曾有一个很老很老的女人,靠着井宽家门口的石墙,说了一句歌谣,吓得我们四散奔逃。她说:死了好,死了好,死了穿红袄。"(《井宽》)……这样的文字平淡,甚至有些浅白,但却有着一股淡淡的哀伤和忧愁。也正是在这种哀伤里,她一点一滴地参悟着人生的道理:"推碾子不一样,一圈圈地转着的,是同样的路,永远也不能走完。那是最绝望的事情。"(《碾子》),"天底下的老百姓就像灰灰菜,种,长;不种,也长。"(《遍地的灰灰菜》)

我们的记忆大都顺水流走,或者被水淹没了,但她不。我想,这可能是"苦水"的原因,试想,湿淋淋地从苦水里绽放出来的玫瑰能够放肆地妖艳吗?说实在的,她的这些文字,笔触浅显,却是凝重的,她的"苦水玫瑰"系列是可以当作一个村史或一个家族史来读的。尽管有些篇章写得还不是很到位,有些轻飘,但文字的品质却兀自地摆在那里。读到这里,才让人想起作者是个女子。而在这以前,我一直认为她是一个调皮的男孩呢,尽管作者的名字里面有一个"艳"什么的。

　　一朵苦水玫瑰,一朵野玫瑰——后来,我有一次偶然的机会走到了甘肃,即作者所说的那个盛产苦水玫瑰的地方。但我还是没有亲眼看到"苦水玫瑰"。不过,我相信这玫瑰肯定是有的。我没有看见,一来可能是我去的时候节候不对;其二,是因为这种玫瑰可能只生长在作者的心坎里面。人们对事物的印象殊深,但向来也有着别人能够感觉得到,思想却达不到的地方。

1996 年 5 月 26 日,北京东城区和平里

## 九锅箐山记

山是绿的,有雾蒸腾;雾是乳白色的,绿是黛绿。白绿皆作湿状。甜润润的,冷不丁就溅起几声鸟鸣。鹧鸪似在远山,声音隐隐的,韵悠味长;清脆婉转的是黄鹂,如绿山滑落的音符,抑扬顿挫。尚有更多不知名儿的小鸟,扯着绿雾润湿的歌喉,其音款款,异常动听悦耳。触目尽是青山绿树或花草;艳艳的映山红开过,就绚烂着黄黄的金丝桃花。四季花海如潮。有树,极普通的松树和杉树,铺落一地的松针。可见的除野蕨菜、猕猴桃,还隐生着更多的奇花异草。七色海棠就是一个异数,绽着赤橙黄绿青蓝紫之色,似一朵硕大的太阳花了。但只有那么几株,很矫情地缀在一脉青山的胸襟上。

说是九锅箐,就有九口如锅的山盛着青绿,让太阳火热热地烘炒着,越炒越是青翠碧绿。太阳便觉羞涩,脸红彤彤的,如一枚金色的冠冕,只炫目地挂在黛色的山峦上。山若无风,空气更是爽朗,森林里聒噪的鸟声,飞瀑鸣泉便做了它的乐园了。风终是吹过来,漫山松涛阵阵,咆哮如虎啸、如熊吼,和风轻漾,荡起一山微波,平缓似海,山低处是茶园,纯绿天然,曰:"翠屏银针""翠屏碧绿"。再高处,便是松树和杉树的混合,松树呈露白色之花,与如剑的杉树枝"剑花"相交,便涌出一山的柔美与刚强;再往高深处,就是原始森林,树高而密直,阳光难觅,只终日与雾厮伴,作深绿之色。绿的不是颜色,是满山澎湃的青春活力。茂密的林竹之间,有金丝猴、中华翠凤蝶,有珍贵药材。据说还蛰伏黑鹿、猴、红腹锦鸡、猫头鹰,并未见着。到处可见的倒是"太白听涛""仙女圣水""翠屏日出""象山睡佛""石轿藏经""机枪台"之类的景胜。并无更奇的峰峦和异石,却有着美妙动听的名字,且都是九锅箐人横生的妙趣。是与非是,似无不似,山人合一,皆是人的智慧,自然的造化。

好客的是人,邀游煤山黑海的南桐矿工。眼光盯久了黑色,便心生了绿色的渴望,采摘太阳的金枝玉叶,还要成就绿色的事业,于是便买下了这片"煤海翠屏"。称是翠屏,献上的茶便是"翠屏银针",果然翠绿如针,虚虚幻幻地刺在清清的泉水里,清香生甜。好客的主人一遍遍满上水,叫人喝得大腹便便。吃饭,放在桌上的是山珍野味,有野猪肉、溶洞鲇鱼、野蕨菜,嚼着口舌生津。川人爱辣,菜汤皆有麻辣味,火喷喷的。更火热的是南桐人的性格。男人身康体健,一脸诚恳;女人苗条妩媚,小鸟依人。说话皆作鸟语,娓娓谈吐,一路上跃动的都是九锅箐的美丽和开发的雄心。动情时,会驻足在机枪台,指点邻省古夜郎的层层梯田、锦绣山水,慨叹着"夜郎自大"的古老传说,再说一声"世外桃源"啊!对故土家园,透泄着如雨般的豪情,大有对山临风,有声有色;吟竹扶松,无我无人之状。一方水土一方人。此话信然。

丙子年仲夏初游九锅箐山,同游者扬州杨君女士、京门诗家兼书法家梁东先生。梁先生三年前曾作九锅箐之游,对九锅箐更是情有独钟。下得山来,即挥毫泼墨,留有诗云:

烟岚晴复雨,重上九锅箐。丽日生霞蔚,银峰出翠屏。新茶腾碧浪,老树绕青藤。谁为扫花径,林深听鸟鸣。

1996年6月3日,北京东城区和平里

## 逛了一回花溪

水,因这花溪的名,便唤作花溪水了。雾,就该叫花溪雾了。而笑嘻嘻的人呢,却是来自天南地北。仿佛真的是千年等一回,都相约租了船。数数,竟就是五只,五只船悠悠荡漾在花溪里,人的眼睛便倏然豁亮了。手里就捉住水,撩拨着,濯洗着,卸下尘心和病眼,心是舒畅而快乐极了,但却敛了声音……訇然作响的是两岸飞瀑流泉,擦肩而过的是青山修篁……

还是忍不住要叫,要唱起来。于是就叫,于是就唱。凑巧,坐在船上的就有因唱《矿山的女人》而刚刚捧回青年歌手电视大奖赛金杯的女歌手,自然放她不过,于是都怂恿着她唱。掌声哗哗地在水中响起来,歌手只好亭亭玉立地站起来。唱矿山的女人、山沟沟里的花;唱清凌凌的水、蓝莹莹的天;也唱妹妹你坐船头、哥哥在岸上走……当然要对歌的,粗壮的嗓子立马从水那边嘹亮过来。这边一声"情妹妹",那边一声"情哥哥",甜甜的声音丢在水里,水也浪叫着,也俗得雅致起来——浓酽酽的,水滞留不动,船便滞留不动,歌声或圆润,或宽宏,或粗犷,岸边横空飞溅的瀑布便愈是激动,愈是豪迈,似在青山绿水间比试着,唰唰地撕扯着花溪上的雾了。就有一对夫妇,听歌竟是听迷了,那摇着的小船竟撞上了我们的大船,一阵哄笑。惹得岸上的人都朝我们望着,拍着手,似是赶着船走,瀑布也调皮地朝我们扬洒着水珠。说是柔情似水,真的呢!

有人说着,就鼓动着唱"一条大河波浪宽"。船上的,岸上的,唱得来的,唱不来的,竟都亮开了嗓子,歌声感染得花溪的山和水都颤动了,感动得在船头摇船的汉子直哼哼:"听我开言唱啰,伙计;唱一个姐探郎啰,伙计;小郎一个病啰,伙计"……唱的是四川民歌,便唱得绿色迷蒙,烟雾迷蒙了。朦朦胧胧中,船也依照各自的心性,无拘无束,自由自在地在花溪里散荡了开来。有人沉迷于飞瀑流泉,船便依傍在喷珠吐玉的瀑布前,欲扯那哗哗的"绸缎",有人要听那花溪奔雷,便就顾不上悬崖上"危险"两字,逗留在那里,侧耳倾听那滚涌的惊雷了。还有陶醉于花溪钓鱼台的,心里连忙就伸出了一支湿漉漉的钓鱼竿了。船和人似乎一下子都迷离在花溪的景色里。人各自静静地坐着,目不暇接而又心驰神往。静静地,花溪水在流,船在歌中走,走动的当然还有我们的灵魂。我陡然发觉,人们把心托付给了花溪,托付了自然,人们的灵魂就变得圣洁、轻灵无比。灵魂在歌唱,唱得率真无障,了无挂碍,人也变得本真起来。不独是我,还有我身边长年累月生活在城市丛林中的人,他们享受的也不独是这片刻的欢娱,他们需要的是这心灵的净化,自由的桨橹。果然就有人要过船老大手中的木桨,摇划起来。桨声悠悠,船声悠悠;水悠悠,心悠悠,桨在他们手中那么胡乱地划过两下,竟都异常地合拍、娴熟……人与自然的接近原就这么简单,欸乃一声,心便绿了,绿得像一朵朵午荷,轻轻浮在花溪里,随着水,逐着缘……

水,是花溪里的水;缘,是千年修来的缘。人或身居塞北或生在江南,虽然分别在天涯海角,但彼此的心一下子贴近了……欢叫、唱歌、摇橹,灵魂裸露在花溪里,他们眼睛也变得愈加地明净了。渐渐地,五只船不知怎么又靠拢起来,面面相觑,人仿佛都被这花溪勾走了魂魄,脸上都做沉思状。终于上岸了,眼睛却都愣愣地盯着花溪,仍是恋恋不舍,仿佛都变得不会说话了,仿佛都想说:"总算逛了一回花溪……"但都没有说出口来。于是一脸讷讷,都又各自想着各自的心事——花溪,只当是梦里会过的水了。

**1996 年 6 月 12 日,北京东城区和平里**

## 大足无声

那应该是个烟岚缥缈的早晨,或者是一个宁静而美丽的黄昏。一位巨人静悄悄地驻足在这里,片刻,又静悄悄地走了。几缕云霞,几缕轻烟随山峦渐渐弥尽,留在这里的是一只深深的足迹,一个打印在这块土地上的民间传说。

这样的土地注定每一寸都是民间的,平民幸福的心灵栖地,百姓辉煌的精神庭园。民间的眼光一遍又一遍地打磨着这条神奇的山脉,虔诚的目光聚焦成一块散发着神秘气息的道场。

——佛教密宗道场。

那名叫柳本尊和赵智凤的僧人看上这叫马蹄湾的地方,踏破芒鞋,托钵而来。他们思想如一匹佛化了的神骏,嘚嘚地进入这宝顶之山。他们眼睛平和地注视着苍崖,睫毛早让烟雾打湿。闭目合掌,他们在许多的石头上看到超凡脱俗如佛的天堂圣境,便决定把思想定格在这里……面前,起伏的山岳、散落的村庄,乱飞的云烟,使他们闻到比香火更浓的东西。而在他们的身后,千里之外的西子湖畔,一股靡靡之音正拍打着那里的细柳和芭蕉。似是"山外青山楼外楼,西湖歌舞几时休。暖风熏得游人醉,直把杭州作汴州。"他们微微皱起眉头,他们似乎想和石头对话。

石头开花。他们渴望在石头里涅槃永生。他们的胞衣埋在这里,他们的脐带与这里无法割舍……石头记载他们的身世就是那么的具体和忠实。"唐宋年间,乃毗卢化身柳、赵二尊开建古道场。"柳本尊"学吴道子笔意,环岩数里,凿浮屠像,奇谲幽怪,古今未所有也"。关于赵智风说得更是活灵活现了。"年甫五岁,靡尚华饰,以所居近旧有古佛岩,遂落发剪爪为僧。……年十六,命工首建圣寿本尊殿。"他们平民的身世是肯定的。他们被自己的身世感动。他们便想为平民,也为自己做些什么。人间世的"出""入"思想,他们都想镌刻在面前的山崖上。他们心里隐藏的一种声音呼之欲出:"人就是苦,苦是与生俱来的。"

真的,在二十世纪末这个烟雨蒙蒙的日子里,我们很偶然地站立在这片山崖造像下时,导游小姐煞有介事地为这句话做了天才的注脚:"你看,我们的头发是草,我们的眉毛、眼睛就是一横,鼻子是一竖,只要你一张口,即是一个'苦'字,苦字就写在我们的脸上。"

或许这是马蹄湾给她的神示。但我分明感觉导游小姐对自己脚下氤氲着浓郁文化色彩的这片厚土,绝没有柳、赵二僧那么痴妄和专注。说这话时,她妩媚地笑了。我在她的脸上读不出苦来,读出的却是一脸的幸福和自豪。为游人,为自己那博得游人声声喝彩的解说。

但,柳本尊和赵智风当然不会像她这样轻易动摇自己的信念,在山崖上殚心竭虑地刻下"六道轮回场",是因为他们觉得人是苦海无边,慈航是渡。他们固执得就像石头,虔诚而执着地信仰"善有善报,恶有恶报"。他们坚不可摧的思想体现在摩崖石像上,甚至是那么的匠心独运,那么的细微和精心。当然,必须像许多高僧大德一样,把自己对佛的参悟和理解弘扬于世,他们将劝人为善的故事发挥到一种极致。摩崖上有幅《牧牛图》,人或挥鞭叱牛、牵牛徐行;或并肩私语,横笛独奏;或袒胸露怀,憨然憩睡;牛或舔蹄饮水,或惊慌失措,或跪地而眠……从"未牧"到"双忘"的修证成佛,很类似于禅宗渐修的公案。柳、赵二僧把佛融汇于乡村的朴素劳动之中,把人生的痛苦转化为一种平民智慧,平民精神在石刻中栩栩如生,散发着浓郁的田园气息……

不像龙门石窟、云冈或者敦煌的那种石像,朴拙、大气得让人目光触及便会心灵大憾,悠然神往。这里,柳本尊和赵智风追求的却是一种世俗化,细致和完整的佛教"浮世绘"。当然它给人的启发不是形而上的,而是民间故事式的。这是很珍贵的佛教民间化的别种版本……据说,许多石刻都未留下造像者的姓名,但这里却留下了。柳本尊、赵智风义无反顾地留下了。他们都会是一位乡村的贤者,娓娓地向你叙述向善的愿望、佛的平易。柳、赵悲悯生灵,希望佛教在民间普及,他们把佛教哲学平民化,企图打通"出世"和"入世"的隔,他们需要众多的善男信女在人间,而不是在天上。木鱼阵阵,香火袅袅,他们面对的是蜂拥而至的一张张虔诚的脸……

柳本尊、赵智风终于都隐湮于迷离的烟霞、唐宋的风采之中了。石阶苔滑,檐雨滴落,蒙蒙细雨挟裹着历史的烟云,荡涤着这马蹄湾缕缕、袅袅的香火青烟。掸去浑扬的尘垢,马蹄湾的石像

雪原无边 | 355

依然壁立在这青山绿水之间,裸呈着那只古老而沉重的大足……

大足无声。

1996年6月25日,北京东城区和平里

## 精神健美操

渐渐觉得人的毛病是越来越多起来。比如这走在街上,感觉人流拥挤得就像是缠绕在一起的蛇群,市声嘈杂得如巨大的旋涡要淹没自己……急欲避开身边的人,抬眼却见时装模特儿的一脸莞尔;眼花花的,以为面前是一幅推销摩托的广告;冷不丁,耳旁就一声狂吼:"你眼瞎了!找死?"一阵油烟呛得人结结巴巴,摩托却突突地不知钻到哪里去了!不一会儿,自己便是头昏脑涨。深一脚、浅一脚,如坠五里云中了。这下,我心里更是弄不清这是人病了,还是街道病了。

"病的当然是人!"回家说与妻子听,妻子斩钉截铁地说了一声。慨叹一声躺在床上,我便觉满腹沧桑。

于是就讲养生。满世界果真就有不少讲养生的书。读清人曹廷栋《老老恒言》说:"大抵养生求安乐,亦无深远难知之事,不过起居寝食之间尔。"心中窃喜,以为注意"起居寝食"当是不难。听说承德的玉枕能消暑去热,清心明目,皇帝老儿也用过,于是出差承德便留心带一条玉枕回来;看《神农本草经》上说到茯苓:"久服安魂养神,不饥延年",便多购一些茯苓食用;知道枸杞贵为健身良药、滋补佳品,于是,便天天将那红的东西泡在茶里。有一位朋友说,吃糖拌西红柿能防癌,于是又常常逗留在卖西红柿的摊前;说醋能治感冒,于是便餐餐泡在醋坛里。可是,人很快又糊涂了起来:朋友说西红柿根本不能防癌,报纸上又说醋不能预防感冒。如此,人是张皇失措而又无所适从了。

  认识一位气功大师。他说,当他精神辉煌成一团气时,他感觉他那瘦弱的身躯离他而去。他恍惚就变成一株树,泰然自立于自然中。他还说,他儒释道圆融,中西医兼备,神通广大,能看见天目穴开,什么疑难病症到他的手上都会"气"到病除。说得人人都信,都心甘情愿,都如秦始皇兵马俑一般整齐划一,正襟危坐在他的面前……恍兮惚兮,冥兮窈兮,他像是给圣徒洗礼,话语充满着巨大的诱惑和权威:"放松!放松!再放松!"心平气和地给人发功、治疗,口袋里又心平气和地揣进大把的票子。或问:"气功真有那么大的功力?"他笑笑,说:"现在有了健身操,独独缺少精神上健美操,我操练的是这个!"说得一脸诚恳,让人听得却是一脸惘然。当然,读书是医治疾病的一剂良方,读山听水更是奇妙的一种。古人云:"三日不读书,便面目可憎,食之无味。"于是便读书。读书,最好是读经典,因为和心灵高尚的灵魂漫游,那灵魂圣洁的光辉便会沐浴我们,荡涤我们心灵的尘垢,我们的心情也会被呵护得温暖涕零。只是,走进市肆书坊还得淘些好书佳构,可琳琅满目充斥眼帘的却是横竖的大腿、直伸裸体的美人儿。书,轻薄得像是极易让人患传染病的空气。于是逃之夭夭,去找天明地净的地方读山听水。读山是爽心悦目,听水是声声入耳,在无边的山光水色中悟道参禅,内省静观,认为只要用心读山水,山水就有了人的心情;只要用心悟道,山水就有了神奇的灵性,"尘心病眼两醒然"了。可山水竟浮躁得也有了现代的水泥砌石,有了"某某到此一游!"秀山丽水间横遗的易拉罐、塑料袋就像是美丽的疥疮,这样看山看水,便也看出了一身的毛病……

不过病的不是山水,病的还是我们自己——人。

"有病就得医治。"这是当代伟人的一句至理名言。伟人已经故去,但他教会了我们如何"惩前毖后,治病救人"——据说,南宋著名诗人范成大健康长寿的"秘诀"就是在心里打磨一把"割愁剑",这样自己可以常常斩去愁丝,割断病源。所以他一生心情豁朗达观,不为病缠。范成大的那一把割愁剑,我觉得就是那位气功大师所说的"精神健美操"所挥舞的了!还有一个更有意思的故事:说一位雕塑家青少年时面容姣好,但他在雕刻阎罗、鬼怪时,他的容貌却变得丑陋不堪。于是,他寻遍中医、西医,也找了气功师,但他们对他那副"尊容"都束手无策。结果问庙里的一位高僧,高僧说:"你给庙里雕塑几尊观音菩萨吧!"雕塑家虽然丈二和尚摸不着头脑,但还是照着样子去做了。这样一晃半年过去,有一天,他在镜子里一看,他的脸盘却变得如观世音菩萨一般端庄和美丽。

这故事禅意盎然,可视为"精神健美操"操练的方法之一。由此看,曹廷栋说:"养生……不过起居寝食之间尔",思想竟是无比的深邃了。

1996 年 8 月 11 日,北京东城区和平里

# 月牙湖

在赤北草原的边缘,月牙湖分明是一条湖。月牙形的湖水轻轻漾在雪白的沙山下,如躺在静静处子细白的臂弯里。纯绿的湖水倒映着蓝天白云。草原上稀落的青草似她的睫毛,湖深幽幽地就像是草原的眼睛,脉脉闪动着。远远望去,湖水与周围的白沙一同在阳光里跃动着金子般的光泽,令人激动、晕眩和情不自禁。

我没见过真正的草原。我的故乡那里倒是有山峦、丘陵和平原。绵延起伏的十万大山与凹凸有致的丘陵,距离"旷远"的词语较远。但那里的平原也是一望无际,坦荡无垠,远接天边的是黑色的泥土,那种泥巴生动地哺育着水稻、麦子或水竹。草原不长这个,草原应是"离离原上草""芳草碧连天"的古诗词意境和"天苍苍,野茫茫,风吹草低见牛羊"的北国风光,可面前的草原却很快使我亢奋的心情软塌了下去:一望无际的草原,很少见到那碧绿的青草,寥廓深远中,倒是有几匹马低着头在悠闲地散步,那种马也不彪悍苍健、威武雄壮。在一位牧民的手中,我相中了一匹棕色毛皮的高头大马,跃上去,很想独领一番春风得意马蹄疾,嘚嘚奔驰的风情。但事实上不可能,那马似乎受过专门训练,它只能配合着主人的漫天要价,叫你欲下不忍,欲弃不能地耗在它的背上,脚下的沙子被踩得叽哇叽哇地叫着。在马背上看草原,草原坑坑洼洼,青草这里一丛,那里一撮,即便是栅栏圈起来的也是满目的疮痍,渐渐沙漠化了。它不由得让我想起儿时在家乡见过的"癞痢头"。这在我们那儿还演绎了句"癞痢头难剃"的话,即难对付的意思。后来,当马的主人走到我面前讨价还价时,我嘴里就骂出这话。他听不懂,仿佛用蒙古语嘀咕了句什么,我也没听懂。

这样看月牙湖当然又不是一条湖了。分明是无边无垠的大草原身上的一处疤痕,草原深处流溢出的一滴硕大的泪珠。数千年的大风刮过,黄沙漫来,青青草原如遭揪发般痛心疾首,流泪了。真正的草原不应该是这样的。同行的一位长者看出我的失望,告诉我:真正的草原青草葳蕤,才叫美呢!那草原显得很远又很近,绿茵茵地伸向遥不可及的天边,真是苍穹如盖。"这是经年累月风沙蚕食的结果!月牙湖水辛酸着咧!"长者说着,就坐在湖边的一棵孤独的老树下叹息。有许多人在月牙湖上划船,劝他去,他怎么也不去——如果说月牙湖是湖的话,也应该是泪湖,是美丽草原的一滴忧郁之泪,他不忍轻拭这泪,他甚至后悔到月牙湖观光了。

这是长者对月牙湖的一念之仁,也是我们草原和大地永不会泯灭的人类的共同的良知。其实,作为已开发成旅游景点的月牙湖,每天都有天南海北的人源源不断地涌向这里观光旅游,骑马、看草原、在蒙古包里喝奶茶,然后再在月牙湖里荡起船儿嬉闹。

我们人类有时候总是那么喜欢展览伤疤,且把伤疤当作风景让人观赏。扑通扑通的,同行的几位朋友早按捺不住,一个个跃进月牙湖里去了。"在碱水里泡三次,在苦水里浸三次……"他们如拯救苦难般地大声叫唤。我听着他们的宣言,他们已经在湖水里游得很远很远了。此时,夕阳西下,一抹残阳将月牙湖涂抹成一层金黄,湖边的沙山静静屹立如驼峰一般。这时我看月牙湖痉挛着,闪着晶莹的草原之泪,竟有了几分悲壮、凄迷之色。

1996年8月22日,北京东城区和平里

## 桂花的都江堰

谁都知道那水不是为我而流,那花也不是为我而开的。但偏偏,就在我生命里有那么几夜,我竟抱枕着轰鸣的涛声,嗅着浓浓的桂花香静静地入眠。因水白花花的流动和花的摇曳,在皎皎的月光下,我的心灵似乎飞翔在一个神秘洁白而又有声有色的梦境里,伫望到一个美丽且袅袅升腾的冰魂……

这一切是我在都江堰畔真切地感受到的。

我的所居是都江堰"川煤"的疗养院。这是一个依山傍水建造起来的院落,院里八月桂花扑鼻的芳香恣意地浮动着。桂花不是一株,而是一群地生长在院内甬道的两侧。水泥地上珍珠般地洒落着桂花的花粒,就似月光老人洒下的一地碎银。而院外,岷江的涛声阵阵入耳,又像是谁在急急地擂着一面战鼓,咚咚地、永无止境地响。耳听着岷江湍急的水流声,鼻闻着桂花的馨香,我的心灵便变得格外轻盈和欣慰。睡不着觉,我索性就披衣到岷江那座悬桥上散起步来。

月是那轮新鲜而又浩渺旷古的月,岷江自然也还是那条流动了几千年的古老而年轻的江。月涌大江流,流不动是那千年未曾销声匿迹的生命和自然的勃勃生机——岷江的水就不必去说了。摆在面前的这浩瀚的都江堰工程,在月光下就凸显出了历史苍茫的斑痕。它如同历史老人在河流上钤印的一枚坚实而沉静的印章,毫不拖泥带水地就将岷江水的事情办妥了,显得是那么干净有力,稳实笃定,倏然改变了江河与自然的方向。皓月轮转,星光璀璨。我仿佛看到了历史老人,不!是蜀守李冰那正轻轻松开印章的大手和那一脸掩藏不住的粲然一笑:有人将印章盖在纸上,便成了予夺的权力;我将印章盖在江河,便有了江河行地、日月经天的功业……哈哈!你听到那鼓乐声了吗?天帝率众神接我来了,我可以走了——我是多么不愿离开岷江啊!

真的,就是刚才我还感觉到李冰高蹈在茫茫的云际,深情地凝望着岷江。从公元二五六年到现在,我们享受着岷江春水的清润,惊羡都江堰里这枚神奇的印章,但却永远无法弄清楚李冰到底是人还是神了——说是神,《史记》上又分明给他留下了扑朔迷离的一笔:"蜀守冰凿离堆,辟沫水之害,穿二江成都之中。此渠皆可行舟,有余则用灌浸,百姓飨其利。"而且,他在都江堰上那一支神来之笔,也没有越"天地之轨",反而是顺其自然,如挥舞一支朱笔,在岷江上就那么轻轻一点,"开凿宝瓶口,渠道分水鱼嘴"……因势利导就将岷江一分为二,将闹灾之江驯服为一条美丽而奔腾着的巨龙了。说是人,他怎么又会成天地守候在二王庙里,时而如传说中的精灵一样,画符念咒,并雕刻留下五只犀牛镇压岷江的河神水怪?他惠河山,河山惠他。冥想之中,忽然又一阵花的馨香盈鼻而来。霎时,我恍然大悟:桂花别称"冰魂",和李冰竟是暗合了一个"冰"字！幽幽清香,袅袅冰魂。奇异的桂花每年只绽放那么一次,而李冰的生命在都江堰也仅仅留下那么一次辉煌的永恒——桂花,莫不就是都江堰对李冰创建的那恩泽万世的治水功德最为真挚的怀念？我发觉自己的心跳加快了。

从岷江岸畔轻轻地走过,皎洁的月亮拖着我的身子缓缓地动。岷江的水声绵绵地尾随而来,而面前桂花的馨香也越发浓烈。在一片淡淡素净的白光里,我仿佛就看到李冰那飘舞着的须髯,深藏着智慧的炯炯眼神——也仿佛有人在小声地说:桂花是平民的树,李冰也是平民的官,桂花点缀着日月,李冰改守江河。难怪都江堰一边充溢着桂花的馨香,一边就是李冰的神采飞扬了——生命只有一次,但就在这一次我竟偶然地闻到了桂花的芳香,这就是桂花的神示了。比如,在冬天或春天(那也是很美的),都江堰都不会让我想到一棵树与一个人沉潜着这么深的关系。

这么吟哦着,我真的得感谢桂花的都江堰了。

感谢都江堰为我匆忙的生命剪辑了这样一段让我无限神思而清辉四射、温暖且夹杂着历史清香的黑白影像——尽管我只算是都江堰无数看客中平凡的一个。

*1996 年 9 月 16 日,四川都江堰*

## 生命的吆喝声

那声音既不是江河上纤夫雄浑的号子,也不是土地上响彻云霄的击壤之歌,那只是平凡生活中的一种吆喝声,苍茫岁月中的一种回音。但那种声音似乎总是伴随着我,在寂寞的时候,它仿佛就从我生命的深处悠然久远地响起,让我陡然一阵激动。

那是一种生命的吆喝声。

第一次被这种吆喝声感动,是在山城重庆的时候。因筹拍一部电视片,我一个人浪迹到了那里。走在街上,那"买花啵?卖花喽!"脆亮而甜润的吆喝声,淹没了嘈杂的市声,倏而如花香一般浓浓地裹住了我。循声望去,就看到三五成群,活泼、俊俏的卖花姑娘,兜售着白玉兰或栀子花。她们将花用细铁丝串起,成排地挂在胸襟或是套在无名指上,花炫目得像是一支支碧玉簪。卖花的姑娘旁若无人地大声吆喝,清灵的声音灌注着生命的暖意,深深地打动着匆忙的行人,使人忍不住上前买上一朵,插在袋口,独领一份生活的情趣和花的芬芳。

在故乡的小城,我也渐渐地喜欢上我曾熟视无睹的吆喝声——卖早点的吆喝声。在黎明的时候,居住所在的院内就准时响起"卖豆腐脑咧!卖豆腐脑哪!"或是"吃米粑啵!吃米粑吧!"的叫唤声,那声音由远及近,隐隐传来,就如一支亲切、急促的生命的晨曲,翠鸟般滴落在我的枕边,催促着我从梦中醒来,不好意思不早起床。然后走到她们面前,舀上一碗豆腐脑或是买几个热气腾腾的米粑……慢慢地,那吆喝声就布满了我的整个早晨,以致要有几天早上没听到这种声音,心里整天就有一种失落落的感觉……逗留京都,我发觉这种小商小贩的吆喝声竟是无处不在,且在北国的旷风中显得别有情调。春天的葡萄、夏天的西瓜、秋天的糖炒栗子、冬天的烤白薯,还有开锅的馄饨、腥人的羊肉串……经过他们洪亮而圆润的嗓子,简直就是一首美妙的四季之歌。比如老北京人吆喝的"冰淇淋,雪花酪;桂花糖搁的得;又甜又凉又解渴",干脆就是一首童谣了。而每天的下午,那"晚报喽!晚报喽!"的吆喝声响彻大街小巷,京腔京调的,更给这座古都增添了几分文明,给现代化的大都市注入了一股古老而富于人情味的生活意趣……有一段时间,我就独自坐在空屋里,聆听着窗外那阵阵的吆喝声,那声音隔着墙,隔着玻璃,悠然地传来,像是荒凉中的一只风铃,悠悠地敲打着我的心灵,让我感到特别的惆怅和凄凉。

还有个寒风刺骨的傍晚,我匆匆走在回宿舍的路上,枯寂的胡同里,冷不丁响起"收啤酒瓶、废报纸呐!"的吆喝声,随着那坚硬而悦耳的声音,我看到一位中年汉子独自蹬着一辆堆满废物的三轮车,在呼啸的北风中艰难地行走着。用力地蹬一下车子,他便不失几分优美地吆喝一声。听着,我心里陡然一阵激灵,竟长久地站在那里,望着他那强壮的身影渐渐消失在胡同的尽头。我被感动了,被他那真正的生命的吆喝……

随风而来,随风飘逝。我发觉,这生命的吆喝声像风一般灌注了整个胡同,也深深地灌注在我生命的体内……斑驳而苍茫。

1996 年 11 月 15 日,北京东城区和平里

# 庐山雾

浓雾一团团滚涌上来,又一团团滚涌而去。空气里弥漫着潮湿的烟火气,罩在雾里的庐山混混沌沌,仿佛就不是一座山了。三叠泉、五老峰、东林寺、白鹿书院……庐山斑斓的风景也如传说般扑朔迷离。脚步轻轻地叩在山路的石阶上,雾调皮地缠绕着你,忽左忽右,忽前忽后。这样局促着看风景,风景便似断臂的维纳斯,萦绕于心的是美丽的残缺和遗憾了……

庐山不应该是这样的。庐山应该是一座清明的山。李太白说:"日照香炉生紫烟,遥看瀑布挂前川。飞流直下三千尺,疑是银河落九天。"好像唐代的庐山就没有面前这样的浓雾,那时青山朗朗,艳阳高照,只紫烟一袭,轻歌曼舞。否则,李白就不会有那"疑是银河落九天"的惊叹了。苏轼的"横看成岭侧成峰,远近高低各不同"虽然清晰,但诗里分明飘荡着宋代的烟雾。我就疑心他是在雾里上的庐山,"不识庐山真面目,只缘身在此山中"这两句诗很是可疑。他在雾中没看清庐山,于是便做哲人式的沉吟,然后就躲闪在历史的烟雾之中,一脸矜持。

愈近庐山,那雾愈是肆无忌惮地滚涌,看不到山,看到的只是庐山的雾。那雾铺天盖地在庐山的峰顶,混沌一团,与无边的天空严丝合缝地焊接在一起,浓得化不开,夹带着一股烟火气,郁结在人的身上,人心也混沌如雾,云天雾地的。果然就有许多善男信女翻山越岭,摩肩接踵地聚集在"仙人洞"里,手执香火,虔诚地跪拜在神像前,嘴里云天雾地地喃喃着。抬头望望面前燃起的那缕缕香火糅进浓浓的庐山雾里,糅进清新的山水中……

一阵罡风吹过,庐山裸露出本来的清明之气,便以为那雾也会随之飘散,但是,没有。于是索性倚着一堆顽石坐下,细细地看那雾,慢慢地看雾妖娆地从山底荡起,忽而如排山倒海的海啸席卷而上,忽而如倒泻的黄河之水,忽而又如飘舞的纱巾……万千姿态,百般地缠绕着庐山。只是那峰峦上的浓雾永远撕扯不开,仍密密地团集着。突然,山腰露出澄明的一片,幻出海市蜃楼的仙宫道院,细看却不是,只是一片峰峦。"好一处人间仙境!"就欢呼着。雾却又如一只妩媚的狐女缠绵而上,眼前蒙蒙的,什么也看不清了。倏而,雾又调皮地撕露出一条山脉,层山层雾,复合复开,就感觉那雾后面不断涌动的是连绵的大山……十万大山排闼而来,又逶迤而去,与雾撕咬着、搏斗着,山是越发清瘦,雾是越发恣肆了……

"只疑云雾窟,犹有六朝僧。"沉迷在雾里的善男信女,仿佛都被这雾迷乱了心性,于是看到的只是香火。在这云雾中,保持清醒的似乎只有一代代文人:李白、白居易、苏东坡、陆游、陶渊明、朱熹……但他们上庐山,怀揣的是一个世外桃源式的梦想,清醒片刻,他们却又很快地跌入了另一种云遮雾罩的思考之中,他们没有能力掸扫历史的烟云,终究只能是陶醉在庐山的雾里。庐山雾,捎带着历史的烟痕,难怪总这样千古苍茫了。

雾里看庐山,庐山就这么似山非山;真实地走在庐山的山道上,却又疑惑自己走在庐山的梦境里。三叠泉、花径、秀峰、锦绣谷、仙人洞……庐山这一处处闪耀着灿烂文化光辉的风景到底在哪里?是真实地存在于庐山,还是庐山云遮雾罩的一个巨大的诱惑?我竟也是说不清了。但我分明到了庐山,嗬嗬!我也让庐山的雾弄醉了!

**1996 年 11 月 19 日,北京东城区和平里**

## 用雨水点燃心灯

好多年没有人这样对我说了。"虽然,三十五岁以后的生命是一片尘土,但请你,请你点燃一盏心灵的灯,照你回家的路……"在色彩斑斓、电报式问候的贺年片中,猛然读到这样的祝福,我心中自然而然涌起了一份温情,一种失而复得的温情。

很相信三十岁是一道门槛。一脚迈进去就踩到了生命的虚空、沉重和无奈,周围晃动着形形色色、忙忙碌碌的同类,喧嚣而烦躁,心灵是一盏耗尽了油的枯灯。青春不再,激情不再,对事物的看法也发生了改变。于是当有一天,我读到雪迪"三十五岁以后,生命中到处布满了尘土"的诗句,就觉得特别合心、投缘,便牢牢记住了。那天不经意地说出来,是原以为雪迪的这份心情从此会长久地寄在我的心底,永不会邮走。

自认为太多的坎坷使心灵早已跨越了万水千山,真的就有了曾经沧海难为水的感觉。可是,这位朋友在她自己平坦的道路上制造了传奇。舍弃一份安逸的工作,她远离家乡,读完研究生,却又流浪京都。她只为寻找自己心灵的一份自由。她无拘无束,开心得像是小鸟一般穿行在大都市里,手提的便是一盏心灵的长明之灯。从飘摇的风雨中走来,她的身影尽管显得有些疲惫,但那活泼、旺盛的生命力十分洋溢。望着她那湿漉漉的身子,我唯有叹息。此时,她递给我这张精致的贺卡,窗外雨声正淅淅沥沥。

都说北京无雨,无雨之城,因此非常地渴望下雨。然而也就在那几天里,天空不仅飘了雪,还真的下起了雨。雨中的大都市更显得深不可测地圣洁和美丽。雨里,想起千里之遥梅雨飘洒的故乡。故乡雨量充沛,雨最含情。"江南人留客不说话,只有小雨悄悄下",唱的就是故乡。然而缠绵在淅沥的雨中,心却越发地发霉,滑腻不堪。思绪如红蜻蜓折翅在蜘蛛网上,欲罢不得,竟十分讨厌那里的雨天。可在茫茫京都的屋檐下,渴望雨的心情,却从来没有像那天那样迫切。我站在明亮的玻璃窗前,看雨垂直地从天宇坠落,溅在窗台上的弧线,有力而又干脆。哗啦啦,雨忽然就大了起来,地上铜钱般灿烂着雨的花朵。嘿!雨这种透明而圣洁的物质——布满尘土的生命,原只有雨水的洗涤。

生命的雨水,原也可以点燃心灵的灯。

美国诗人朗费罗说:"有些雨一定要滴进每个人的人生里。"与雨邂逅,没料到,这样的一滴雨水倏而就滴进了我的人生。我温情涌动,便是想让雨水点燃一盏心灯,照亮我生命的路程。

**1997 年 3 月 29 日,北京东城区和平里**

## 桃花的黄叶村

一条不知名的河水浅浅地明亮着,走过这河就是去香山的路了。是春天,京都高耸的摩天大楼和宽阔的水泥路面总让人疑心春天的迟钝,现在面前涌来的却是浓郁的香天香地的春的气息。乡土的风生动而朴素,仿佛京都的繁华与绮丽全给那河水洗掉了。

春天在京城的郊外显得异常真实。我们穿过这河,是去曹雪芹故居。那是一些人心灵的净土和旅游不可不去的所在。巧的是我们到达那里的时候,北京植物园正在举办桃花节,桃花漫溢着山山坡坡,开得格外灿烂。硕大的桃花,朵朵妖娆妩媚,如一抹燃烧在天际的晚霞。大家在花的海洋里,都美滋美味地欣赏着,管这叫作"风景"。这与乡村的风景好像不同。乡村里一只斑鸠、一条河流、一株桃树,由于乡土的背景,就有一幅水彩画或油画般的色彩和意味。城市的风景总是那么人为的一群,就像面前的桃花节,带着明确的观赏的确定性。桃花开得很大,我心里诧异,却又怀疑这种桃花能否结果。见人们都看得兴致勃勃,我不好意思问了。

　　匆匆寻找黄叶村。在桃花灼灼的植物园深处,曹雪芹故居似是京城里一个巨大的梦幻。同是京都,但它与城市里的繁华喧闹相比,实在显得有些清冷,浓浓地透出些乡村的况味。面前有一块石头,上面写着"黄叶村"三个大字,几丛青翠的竹子在春风里荡漾,发出些微风的响声,轻拂着曹雪芹居士的铮铮雕塑。再往深处,有几间平房,一排排的,错落有致。一口水井枯干着,几个现代人似庄稼老汉般摇着轱辘,议论着什么。有牛的哞哞叫声和几缕袅袅的炊烟,这景象在中国北方的乡村倒是随处可见。曹雪芹站在这里,多少年了,让人们凭吊和瞻仰,却又让人穿过那繁华的京城,这就十分像是曹雪芹家族的兴衰史:从江南织造官的显赫,从"钟鸣鼎食"的生活到府第被查抄的家的没落,曹雪芹在这里寻找自己安身立命的所在,暗喻着怎样的一个用心?

　　"忽喇喇似大厦倾""落了片白茫茫大地真干净"。曹雪芹在《红楼梦》里体现出了这种思想。一个经历了繁华与奢侈的人生,没有在繁华中糜烂沉沦,而绚烂至极归于平淡,用一颗饱经沧桑的心承受着人世的苦难,诚如雪芹朋友敦诚的勉言:"劝君莫弹食客铗,劝君莫叩富人门。残杯冷炙有德色,不如著书黄叶村。"这恐怕不是一个为文者的破落,而是一位悟道者的机警和智慧。而今《红楼梦》已蔚为大观,成了一代杰作,曹雪芹也成了一位受人敬仰的文学大师。这是他始料不及的,他只是用心说了、用心写了他需要表达和希望表达的一切。对于当今创作者喋喋不休的创作功利性的言说,这里不也有一种启迪吗?

　　大音希声,大象无形。从桃花丛中穿过,又从桃花灿烂中回来,桃花,仿佛就是雪芹时代的桃花了。经历了一段繁华,走向一种孤寂,曹雪芹捧出了沉甸甸的思想,而我们呢——我们还得回来,回到浮华平庸的现实生活中来,浮躁而无奈。这真是我们的尴尬,也恐怕是曹雪芹早早就感受过的。

1997年4月22日,北京东城区和平里

# 西行日记摘抄

## 一九九七年五月二十六日　天水路上

走着走着,就有些地老天荒的意味。荒山秃岭的,空中没有一只飞鸟。也有树,三两株的,远远地在崖畔上长着,因有了人的气息,就挤了些星点的绿意来。房屋低矮,或高或低,夹在那树之间,并不茂盛。若无树的地方,那灰色的土屋就透出沉沉的死寂。山是土沙层叠,高而隆起,时有飞瀑状的一摊流泻下来,若隐若现,却是无水。干涸的河床,在阳光里溅出白色的光亮,扎得人眼睛生疼。

天水,那奔涌的天上之水呢?仿佛,曾有的奢华已随那无情的水流淌而去,剩下的唯有这苍茫空阔。火车哐当哐当的,如呕吐一般,夸张着,就将这荒凉慢镜头似的,一遍遍地,如播放一张张陈年的黑白照片,人是惊心动魄、凄婉、哀怜了……时间,在钢蓝的铁轨上悄悄流逝,隐隐约约地,有缕缕的箫声在心底一路响着,挥之不去。

### 一九九七年五月二十七日　夜登皋兰山

吃过晚饭,友人说是去散步。不想,一步就散大了——散到了皋兰山上。风正吹来,刮得人身上直打哆嗦。那山、那风、那些人和事,站在皋兰山上,一肚子的胡笳羌笛,心绪浩茫。抬头望,苍穹低垂,夜如漆墨。远远的,兰州城满眼繁灯,一城荟萃。璀璨夺目的霓虹灯一串串的,像是谁不小心滑溜的一串项链;眨泛眨泛的灯光,又似是谁戳戳点点的,求证个三角几何。

高处不胜寒,小心嘀咕一句,便越发地觉得寂寥难忍。闲逛几步,掉头钻进车里,车如蛇溜,猛然一下子就融进了市区。霎时,万千气象,俱归渺渺。山高人低,人如虫似蚁,回望皋兰山上,缆车浮动,忽悠忽悠,如大群飞舞的萤火虫儿。世事无常,一会儿叫你高大,做一览众山小之状;一会儿又叫你渺小,弃如草芥。生活,就这样时时充满了辩证的法则,可惜吾辈身处其中,浑然无晓。

### 一九九七年五月二十九日　路过张掖

说是上河西走廊了。两岸沙山雪峰美丽宁静,似轻轻地拱卫着这条走廊;山脚下的树木、青草也静静簇拥着。在雪山的呵护下,河西走廊便泛出蓬勃的生机。看山却在做痉挛、痛苦之状。因这寒心彻骨的痛苦,故拱卫起来就格外地有力,兀自散发着神的光芒。

车疾驰如飞。耳旁飘荡着西部歌王王洛宾的歌谣;映入眼帘的,忽一片葱葱绿洲,忽一片茫茫戈壁,有风骤起,团转如沙柱擎天,其状狰狞如魔,蹦跳而来,咆哮而去。戈壁滩复而陷入混沌,归于沉寂。

"抬头不见祁连雪,错把张掖当江南。"同车的朋友嚷道,说是到张掖城了。果然市井喧嚣,人声鼎沸,貌若江南。传说张掖半是芦苇半是庙。纷繁犹如江南,芦苇却不曾见到。寻了一座小庙,名曰"马蹄寺",寺悬半山之崖。遇一老僧,讨一杯清水喝下,陡觉身心爽朗。

遂想,看江南的山水,唯有可爱;看这里的山水,却叫人生出叹服。于是游兴大增,捧上几碗青稞酒来,喝得碗碗皆空,一会儿便酩酊大醉。

## 一九九七年六月一日　独坐鸣沙山

想茫茫的戈壁自觉是坚硬了些,于是便生出这温柔的沙山、明净的湖来。沙山默默地堆垒着,如驼峰般屹立在无垠的天际。千年万年,风沙一遍遍涌上,又一遍遍地滑落。有足迹斑斑,任千万游人踏过,却依然保持那处女般的胴体,光润而圣洁。

就躺在沙里作起"风沙浴"来,将自己埋得深深。一动不动的,不觉夕阳西下。眯眼望去,鸣沙山已半是阴凉半残阳,那阴阳交汇处,却升腾起一片宁静的光晕。抖落沙子,起身裸足而行,沙或冰凉或灼热,细细的,柔软得不行,于是干脆横身沙山,落荒而下。

有风呼啸,沙山顿作一阵尖锐的鸣叫。一层沙雾从月牙泉四周席卷而上,顿时抹出一汪汪明媚的眸子来,曰:"月牙泉。"泉边有水草湿润,如处女的睫毛,叫声"妩媚!",就觉得泉水幽幽地忽而闪动了一下,让人心驰神动。只是风无语,沙亦无语。

趺坐在泉边,看鲜艳艳的一轮落日很快让沙山吞噬、埋葬了,天边露出了一片惨淡——鲜活的生命瞬间杳然无踪!顿觉沙山失色,月牙落泪。不忍卒看,于是找一匹骆驼,蹒跚而去。

一轮孤月,或在身后偷窥。沙漠静谧,竟也小心无比。

# 生命是一张票

生命是一张票。

在台湾诗人余光中那里,生命,首先是一张邮票。"小时候,乡愁是一枚小小的邮票,我在这头,母亲在那头。"这份乡愁深深浸淫在诗人生命的血脉里,故生命就幻化出那轻盈且沉重的邮票。是的,有些时候,我们身边没有亲人,缺乏挚友,唯有将情思托付给一纸素笺,才能排遣心灵中的那份孤独和寂寞。绵绵情思付给了邮票,便也邮走了生命无奈和惆怅。至于像美国作家福克纳干脆就将生命的全部献给"邮票大的乡村",让自己的生命放射出万丈光华。

妩媚的山水淡淡地说:生命是一张门票,是一张通向美丽风景的通行证。在城市钢筋混凝土砌成的天地里,我们的生活日感沉重,呼吸愈感局促;我们的眼睛渴望新的惊喜,我们的情操需要大自然的爱抚和陶冶。可自然风景区都设有人为的"关卡",踏遍湖山,首先就得买到一张门票。拥有那张门票,才可以拥抱那迷人的山光水色,享受心旷神怡和生命的本真。

成长在青春花季的少男少女们告诉我:生命是一张舞票。舞池才是他们释放生命能量的地方。持有这张舞票,他们自由自在、风流倜傥,他们的生命才像鲜花一样常开不败;他们青春的热血才会沸腾,笑声也格外脆亮。迪斯科、伦巴、探戈,他们旋转,他们歌唱或者恋爱,舞票往往成为他们爱情或友情的请柬;他们抽烟、喝咖啡或者酗酒,有时候舞票也是他们堕落地狱的钥匙。一些年轻人整天紧紧攥着这张舞票,结果荒废了学业和青春。

  在路上。大多数时间,我们是在路上。生命实际上就是一张车船票。"废旧的船票总是搭不上远去的客船。"具体地说,乘飞机、坐车和船都得购票——因为这些地方都是认票不认人。我对这种感受就特别深刻。一年春节,我欲从千里之遥的外地赶回家乡,求了许多人都没有购上票。赶到车站买票时,车站上人群熙熙攘攘,队排成了一条"长龙"。我整整排了一天的队,看许多人都将生命系在这张票上而浪费一天甚至几天几夜的时光,我心里就隐隐发痛。时间在一分一秒地流走,而我们却在做生命的一次无谓而巨大的消耗——可是,我们经常得这样。

  对于许多单身贵族来说,生命还是一张饭票。他们长年累月在食堂吃饭,全得首先得到这张票,然后有序无序地站在食堂的窗口,递上饭碗和饭票,购取生命必需的食粮和营养……戏票、电影票、音乐票,生活的票无处不在,无处不与人的生命紧密相连。当然,这种娱乐性的票,会让我们享受到艺术的光辉,让我们的生命变得闲适和多彩。这只能是生命的一个小小的美丽点缀。生命就是这样,一张票一张票地包裹着我们,又一张张地用尽、撕毁,然后消失到寂静无声的尘埃中。

1997 年 10 月 1 日,北京东城区和平里

# 我与地坛

地坛仿佛是黑夜为人们精心设置的心灵栖地。大多数时间,我是在夜色降临时才进去——许多人都在夜的笼罩下悄悄走进这里。斑驳的红墙、古殿檐头的琉璃瓦,因夜的濡染变得若隐若现,看不清晰。历史尽管在地坛无处不在,但人们已不习惯背这种包袱。地坛以外大家小心地呵护了一天,到这里需要裸呈自己的灵魂,卸下莫名其妙的精神枷锁。夜的地坛,这样就成了人们放包袱的所在。

有了人迹,偌大的园子便显得丰富而生动。相恋很久的情侣依偎在那白色的石凳上,尽可能地卿卿我我,缠绵爱河。但是不能太出格,否则哪个角落就会钻出个穿制服的家伙,冷不丁吆喝一声。带着孩子的母亲,当然喜欢坐在那曲池亭廊上,看浅浅水中的游鱼,快乐的孩子心灵里便会伸出一支钓竿,用心钓……远处,一阵响遏行云般的吊嗓声,或是悠扬而高亢的二胡声,如泣如诉,那一阵低沉的旋律,显得格外地凄迷,使我们这些异乡人总会想起自己的家。

我在地坛里独自听到过一回布谷鸟的叫声。是春四月吧？那声音显得特别悦耳和明亮，它脆脆地划过地坛，飞旋在都市的上空，像是一颗颗饱满的种子，在我心里倏而生根、发芽，茁壮成长着，许多日子许多声音随风而逝，唯独那声音留下来了……有一阵子，我最感兴趣的是两位老人，两人都穿着朴素，手持快板，走到人群密集处，放下手中的行装，没等人欢迎，就京腔京调说起相声或打起快板，周围就有稀里哗啦的掌声。干脆，有时候就咚咚锵锵，伴着一阵喧天的锣鼓声，摇红摆绿地，就钻出一溜打扮得古典而妖娆的女子，扭着秧歌舞。她们或银发飘动，或老态俨然，但个个身手矫健、步履欢快，洋溢着青春的活力。在明亮灯光的映照下，那场面宛如乡村里的社戏，大雅抑或大俗，至于她们的身世、遭遇，人生的种种，没有人会深究。大家萍水相逢，随缘而来，随缘而散。将地坛视为精神家园的史铁生曾说："在人口密集的城市里，有这样一个宁静的去处，像是上帝的安排。"阿门！"上帝"为这个城市留下一块净地祭祀皇天后土，没想到，却还让后人们常常进入一种历史，追怀到一种故园情结。残留的玉砌雕栏，异常苍幽挺拔的古柏，熏染过一代又一代浩浩荡荡庄严的香火……仪式散处，高古虚空，或许上帝就躲在那里发笑。月光游移着，那时，树木就变得古怪、阴森，有什么怪鸟喋喋地从园中树林里掠起，飞向高远。园中人们欢乐地蹦着、跳着，唱歌或者散步，他们毫无顾忌。心灵开放，灵魂轻松，没有什么比这真实的生命更有力量，更有震慑力。

经历了夏夜的喧嚣，地坛更多的季节归于荒寂。秋天，秋风刮落了树上一片片叶子。园中的甬道和草坪上就铺满了金黄和褐色。夜晚,月光幽幽地照着,红墙脚下草丛里的虫子吱吱叫唤,远处的灯光在园中漾起一层昏黄的雾状,一切都寂然无声。这时候,坚持到地坛来的人就稀少了。但我喜欢这样,静静地穿行在园子里,聆听虫鸣,耽于自己的遐想。到了冬天雪花飘飘的时节,地坛里的声音仿佛让那雪全部吸尽了,独自沉迷在地坛深处,心灵里真会浮上一些叫历史的东西。历史如美丽的白雪,悄悄洒落在地坛,金黄色的琉璃瓦和白色的殿台如白兽般蛰伏着,泛出洁白而冷峻的光芒。雪里的人像幽灵一般在地坛潜游着,转过身,再看看身后的脚印,竟会生出一份醒目的惊心。"我摇着车在这园子里慢慢走,常常有一种感觉,觉得我一个跑出来玩得很久了。"(史铁生语)在冬天的地坛里,我的这份感受真的非常强烈——有好几次,我想在这里会遇到坐在轮椅上的史铁生,但是,没有。

**1997 年 11 月 9 日,北京东城区和平里**

## 秋天购书记

记得在县城工作时,单位有一位同事喜欢逛街。每每外出,总是他逛商场,我满街地找书店。他逛商场并不急于购物,而是东打听、西询问,待价格、产地、质量弄得一清二楚,才优哉闲哉地买起东西。我逛书店就没有他那般麻烦,一头扎进书店,那选书的样子就显得有点"饥不择食"。待回来见面,各自或拎或抱着一大摞东西,面面相觑,彼此都乐了:"一个购物狂,一个书疯子!"

书呆子见书自然发疯。京城里书店多,且有许多好听的名字,比如风入松、万圣书园、小人物……光听那名字就叫人痴狂。于是淘书购书,隔三岔五地泡书店便成了我喜欢的一门功课。尤其是阳光艳艳的秋天,秋风正爽,秋阳正朗,爽朗的天气就有好心情,将这好心情带进书店,让那浓浓的书香浸染着,购书的欲望竟就格外地炽烈。那天,先是买了一本陕西人民教育出版社出版的《帝王辞典》,上自三皇五帝,下至末代皇帝,书里共罗列了四百九十位皇帝的传略。看看宫廷混混浊浊,争争吵吵,很是热闹。"买"了真皇帝,再看假皇帝——程长庚,这位被梨园界称为皮黄巨擘、京剧鼻祖的"程大老板"是我同乡,而且缘分不浅。我在编县志时还发现了他家的家谱。传说他家祖坟在一条龙脉上,年三十夜偷葬了一棺坟,故风水先生说此地要出"夜皇帝",即舞台上的帝王。看看书上果然写着,也引用了我的资料。书名叫《程长庚传》,是京剧泰斗传记之一种。程的资料少,作者却写得煞有介事、活灵活现。翻开书会心一笑,深感未能为这位同乡立传惭愧。

从琉璃厂、大栅栏、中国书店往北走,我是见书店就进,见喜欢的书就买。北京的大街,秋阳如水,明亮宜人。书店里的书美丽得令人目眩。见到《燕山夜话》,我一颗闲适的心却一下子收归得紧紧的,"八闽奇才钟一邓,九州忍泪读燕山"。邓拓这位才子留给世人的不仅仅是他那近四十万字的杂文小品,还有见证一个时代的血与泪。叹其生不逢时,果然文章自千秋。读这种文字当在夜深人静的时候,不必清茶,不必香烟,只一颗虔诚的心做幽幽的灯盏。另购的还有不久前故去的王小波的《时代三部曲》和《我的精神家园》。前者是小说,在长篇小说连篇累牍,机器作坊般炮制的年代,他的文字不可不读,这是一位作家用浑身才华写就的书,那里有他对人类博大的爱和他最为真诚的思辨、理性和艺术。他没有遭受到邓拓的厄运,却是英年早逝。如是,读邓拓是一种纪念,读王小波是一种怀想。

钱锺书的《围城》以前在家乡读过。但想想在京城里读《围城》,一定有趣,于是我毫不犹豫地又买了一本。还有一本《宗白华美学译文选》,想着读他的书,得闲的时候再到未名湖畔走一走,循着先生的足迹散步,不是挺好?挺好的还有左拉的《小酒店》、茨威格的《异端的权利》、普鲁斯特的《驳圣伯夫》,分别是一九九四年、一九八六年、一九九二年版,极便宜。为这便宜也该买下来。书生见书"疯狂",可惜时常囊中羞涩。

在这样的秋天里,我走走停停,一家家地逛着京城大大小小的书店。不知不觉天空已是暮霭沉沉,华灯初上了。灯红车喧,急不可待地往回走,想把书一股脑儿放在桌上,来一次精神的圣餐。上楼时,遇上一位朋友,问:"哟,你买这么多东西?"答:"不仅有东西,还有南北!"彼此开怀一笑,遂写《秋天购书记》以记之。

**1997 年 12 月 2 日,北京东城区和平里**

## 被猫感动

记得是在一个寒冷的冬天,我被猫感动。猫说:"在动物中,人毕竟是最优秀的。"这只名叫莱奥涅的猫,住在美丽的丹斯坦森林里,那里有着属于它自己的温暖小巢,有着清澈的河流和茂密的森林。应该说,它和它的主人斯特法诺魔法师也相处得非常好,它快乐得就像一位无拘无束、自由自在的森林的王子。但是,它宁愿放弃固有的位置,它渴望人间的一切生活和风情。它想变成人。

这就是音乐剧《想变成人的猫》告诉我的。又一个神话故事。但在中央戏剧学院的舞台上,我观看这部移植自日本的音乐剧,我还是被猫对人类那种崇高的向往精神深深地感动。我甚至还想到了回到天庭,未再下凡来的七仙女,以及那位至今还被压在杭州雷峰塔下的白娘子。她们渴望人间"男耕女织"的爱情生活,义无反顾地奔向凡尘,却又"舍不得来也得舍,分不开来也得分",被迫离开人间。在人世短短的生命体验,人间生活的艰辛、痛苦,她们或许都深有感触。所以,从这一点上讲,斯特法诺魔法师说的是对的。他说:"人,比这片森林里的野狗还要贪婪,是相互残杀、冷酷无情的动物。"舞台上,魔法师对人类的蔑视的声音振聋发聩,它触及人的灵魂,对津津有味观赏的我们人类不啻当头棒喝。

人啊人,究竟怎么啦?

像七仙女遇到地主、白娘子遇到法海和尚一样,莱奥涅,这只住在美丽的丹斯坦森林里的猫,在通往人世的生命的旅程中饱受人间难以想象的苦难的折磨:贪得无厌、胡作非为的史瓦戈德长官的敲诈勒索、戏弄和欺诈、圈套和阴谋……作为戏剧形象,这个史瓦戈德长官的身上几乎集中展示了人间恶之大成。现实和艺术的真实,叫我们没有理由不相信与厌恶。我们虽然也明白人之善恶,几乎是人类一开始就没有评判清楚的永恒话题,但"人之初,性本善",东方古老哲人曾下过著名的论断。在人类面临着战争、阴谋、杀戮、欺骗的时候,我们还能说什么?纯朴的莱奥涅在变成人的仅仅两天时间里,他就看到史瓦戈德恼羞成怒地拔出尖刀,把他关进囚车,用火烧毁姬莉安的"天鹅皇后"的饭馆……而在中国那传统的戏曲故事里,美丽的七仙女躲避着威严的玉皇大帝,在与董永"树上的鸟儿成双对"的时候,土财主百般地刁难;那条白蛇在与法海和尚进行那场旷日持久、千古流传的"水漫金山"的大战时,我们也都习惯延伸地说,这是与封建主义思想的斗争,但谁会认真地追寻我们人类本来的劣根性呢?自私、卑鄙、无聊……人类本身的种种劣根性,就像一条条毒蛇,无不时时刻刻在伤害别人的同时,也伤害了我们自己,如一把带毒的双刃剑。

诚如莱奥涅这只猫所说的:"人是伟大的。"人的伟大,或者说人类的希望就在于七仙女遇到了董永,白娘子碰上了许仙,使我们的生活充满了爱情和阳光。在通往人间的路上,莱奥涅毕竟也结识了心地善良的医学博士塔多贝里,性格爽快、见义勇为的多里娃大婶,以及美丽可爱的姬莉安小姐……正是人世间这种真诚的友谊和纯洁高尚的品德,使莱奥涅从未放弃过他想变成人的信念,而最终"用自己的力量成了真正的人",从此与姬莉安相互信赖地生活在一个人世间的小镇上,共同寻找幸福的未来。莱奥涅说:"人无论善恶,都是热爱生命的,因为生命是最宝贵的。"——这一段猫论,难道不是我们人类自己早就形成的共识?如果说,七仙女撇下董永而回天庭,带给我们的是几分惆怅,白娘子被法海和尚镇压在雷峰塔下,给我们带来的是一种愤怒和遗憾,那么,莱奥涅,这只猫来到人间,却让我们感受到人间世的温暖和幸福。因此,我们可以说,无论白猫黑猫,捉到老鼠都是好猫。好猫一生平安。

在那个寒冷的冬天,我就那样被一只想变成人的猫所感动。说我被猫感动,不如说我是被人类本身所感动。正是人类不断拥有那种向往善良、自由、和谐与平等的理想,才会诞生这部优秀的音乐剧,才会有七仙女、牛郎和织女、白娘子等艺术形象。艺术真正的源泉是人民,人类面对自身的生存环境,从未停止过向善向美的追求。从这个意义上说,人确实有别于其他动物,是最优秀的。

1998年4月25日,北京东城区和平里

## 民间写作者

在京城炽亮的日光灯下,我突然想起了"民间写作"这个词。我想尽量将我的思绪梳理清楚。比如在街头巷尾书摊上看到的,那些如机器作坊里炮制出来的文字;比如在一些报刊开设的《平民手记》《民间语文》之类的专栏。但我要说的民间写作显然不指这些。我要说的是那些至今还隐逸在民间,完全摒弃功利性,也不企望被人阅读而炒作的写作。

民间写作者,更多的是一种民间智慧的叙述。泗水潜夫孟子拾撷一生所见所闻,编辑而成的《齐东野语》,就是一部民间写作者的杰作。据说,苏东坡流放黄州时,一旦有客来,他总是强人讲一回故事。客人倾其腹笥,东坡也总听得津津有味,聚精会神。写作于客人是一种表达的欲望,于东坡则有倾听的满足,如此而已。那时文人入仕做官,在野为民,入仕做官而为文者,文随官扬、官随文显,在野为民者,入仕而又不得,舞文弄墨,也只是一吐心中块垒。更有些文人干脆就隐逸山林,从事私家著述,而成就了千古不朽之作。"埋头著书黄叶村"的曹雪芹即是。"姑妄言之姑听之,瓜棚豆架雨如丝。"明朝正统文坛盟主渔洋山人王士祯曾这样说蒲松龄。瓜棚豆架下的蒲老夫子屡试屡不中,屡不中又屡试,又在破败陋巷教几个小蒙童,胸中不平之气,只好借瓜棚豆架、谈狐听鬼来消心中烦闷。他该是瓜棚豆架下民间写作者的圭臬。"子夜荧荧,萧斋瑟瑟",蒲公伴着贤淑的糟糠之妻,守望故乡,坐在瓜棚豆架下喃喃自语,悄悄用一生来完成一本书。这一介寒儒,身上熠熠闪耀着的就是民间写作者的人格智慧和文学艺术的光芒。

一个时代有一个时代的风尚。当写作已经超越一个人想说、想写的欲望,而成为一种时髦或不时髦的职业时,手工作坊式操作的匠气便随之出现,政治、金钱……种种名利的诱惑,泥沙俱下,鱼龙混杂,艺术的芬芳和文字垃圾、泡沫,便开始一同泛滥在我们的阅读空间。当我们不幸走在铺天盖地、汗牛充栋的图书市场,翻阅令人作呕的一些文字,我们既为那些低劣的文品和人品感到震惊和痛心,更为那些粗糙而匆忙完成的艺术作品感到惋惜。良心和道德会让我们吃惊,这样的文字,字里行间缺少的就是民间写作者怀有的那份艺术和生命的真诚。这时,我们就会特别地怀念那些民间写作者。

"字字看来皆是血,十年辛苦不寻常。"是曹雪芹对《红楼梦》的真诚。

"知我者,其在青林黑塞间乎?"是蒲松龄对《聊斋志异》的真诚。

"文章千古事,得失寸心知。"是写作者对写作的真诚。

真正的民间写作者是寂寞的。多年前,当我在故乡发觉黄梅

雪原无边 | 393

戏经典《天仙配》《女驸马》都是民间流传的故事,都是后人根据民间艺人口述加工而成,我就非常地惊讶。有谁知道它们真正的作者是谁?而像这样的作品又有多少?其时,我还接触到一位老人。老人生活在一个有着百年历史的小镇,年轻时,他几乎独领他那个时代的风骚:一壶老酒,三两弹唱,一笔小楷。但是很少有人知道,他还会写一手好文章。我偶尔闯入他视野,当翻阅起他的许多手稿,我发觉里面竟有不少可称为小说、散文的东西。我非常地激动,央他发表,他却笑着说:"随便写写,发表干吗?"怎么也说不服他。他唯一的辉煌,就是整理创作了一部古典歌舞,进过中南海的怀仁堂。"那没有办法。"至今说来,他还有深深的遗憾和不安。"写作是一种手淫。"他神秘地告诉我。

曾经,有许多作家说写作是他生命的一种方式,一种自言自语。依此想,这位老人说的,也并非什么故作惊人语。大浪淘沙,一个甚至几个世纪才淘得如《浮士德》《神曲》《红楼梦》那样几部名著,一个时代有多少文字能够流传下来呢?真正的文字或许真的诞生在民间,在那些没有任何功利性的写作者手中也未可预知。没有人会以为我所说的那位老者会成为曹雪芹、蒲松龄,他自己也没想"过把瘾"当一回什么作家。但他自得其乐,用他自己的方式完成生命的自我充实,随和而安详。从这个意义上说,他说得惊世骇俗,其实却无伤大雅,最终也只不过是弗洛伊德的翻版而已——民间写作者是无所顾忌的。

1998年5月1日,北京东城区和平里

## 生命的漂流

　　天朗气清的。到了这里都说森林茂密、空气新鲜,比外面好。这外面便是他们蛰居着的城市,他们在那儿生儿养女,也喂养大了城市。他们要在那里过上一辈子,然后还要在那城市的烟囱里袅袅消逝。到了这儿,他们却如臭水沟的鱼虾,一下子游进了蔚蓝色的海洋或江河……

　　这里不是海洋,也不是大江大河。这里是山,小兴安岭森林茵茵的山。从风吹动枝叶发出的声音,他们已能分辨出哪是落叶林,哪是常绿林,他们仿佛比土著更清楚。于是钻山逛林,看白桦树的亭亭,看剥皮如雪的大树被锯成筷子,变成地板,出口到日本和美国……"这里插根筷子都能发芽!"他们盯着肥得流油的土地慨叹着。看了不算,还嚷着漂流,要在森林的河流里漂流。

　　漂流的地方叫半圆河。河不太宽,几十米的样子,水流或急或慢的,就绕着木栅栏扎起的小镇子,沿着朗乡画了个半圆。皮筏浮在水里,心灵就轻松了。皮筏在水中奔跑,便伴着水的声音:那边结伴的是姑娘,皮筏就有些悠闲;那边是两位老者,皮筏就有

雪原无边 | 395

些拘谨;剩下的都是小伙子,皮筏便显出青春的冲动。两个年轻人甩掉那份悠闲和谨慎,筏就如离弦的箭了……

那是一种人生的惬意,那里面有生命的张扬。风在耳边吹着,河水在耳边响着,水声、风声,抚摸得到的和触摸不到的,嘎嘎地在青春的生命里膨胀、浮动。生命原可以这样,人可以无拘,心灵可以放浪……生命的旗帜翻飞,透着一股无限的活力——这情景后来他们都在电影《泰坦尼克号》里看到了:男女主角挺立船头,迎风飘扬,人们都看到了他们的爱情。但挺立的那种意味在漂流中也可得到。那种生命的滋味,比爱情更有力量。

河中有树。阳光照着,树下的河水泛着金光。皮筏像只小鸟,到了漩涡,一个挥动着桨要绕过去,一个偏要冲击漩涡,皮筏小鸟般惊慌失措,水却成全了后者的想法。就越那漩涡,嘿嗬嗬地喊起来,皮筏立时灌满一筏的水,就翻将过去。两人全被打落进水里,一个情急之下抓住了那树,一个在水里落汤鸡般地扑腾。都穿着救生衣,危险本是不大的。但水太凉、太浪,压得人喘不过气来,水的刚烈让他们领受到了。一个从水里爬起来,扑上筏就呼地冲了出去,便留下他一人了。他有些慌乱,四周望望河里竟没了人,又有些绝望。他想放弃,但还是与水较起劲来,他挣扎着,松开那树,抓住生命,坚强地一步一步游过那湍急的河。最后……他爬上了岸,他看到命运女神的微笑。但脚下的河水仍然在流,似乎什么也没发生,而他冷得直打哆嗦。

一次漂流,一段生命的历程结束了。大家又聚集到了一起,都说自己心灵放逐的愉悦,都说异常生活的刺激,都说得神采飞扬。他忽然沉默了。平静的生活也有危险,再强的生命也很脆弱。只有他自己知道这段漂流赋予了他什么。过了几天,他们那群"鱼虾"又游回了他们的城市。他也回去了——但在庸常的生活里,那漂流的情景却常常出现在他的梦里。常常。

  **1998 年 5 月 3 日,北京东城区和平里**

## 我说散文

我想散文是一只朴素的蝴蝶标本,这种突然的凝固让人感觉到生命灵动的飞扬和内在的张力。具有个性化的生命体验和语言的千姿百态,都必须突出"这一只"蝴蝶飞翔的姿态与节奏。相对于写作者,一种接近和正在接近的生命抚摸,都应该让人感受到生命的鲜活和引起创造的冲动。

"我希望用最少的字把每件事讲清楚……为了这个目的,我宁愿放弃对文章优美的要求。"罗素这话我喜欢。之于语言,我的确推崇那些生动、智性、朴素的文字,不愿看到那些呆板、冗长和滥情的东西。我阅读这些,但也不排斥其余的美妙。各种艺术观念不一致,所谓仁者见仁,智者见智。归根结底,散文毕竟是一位作家心灵最为直接、最不自觉的外化,容不得半点伪善和矫饰。缺乏灵魂、修养和激情的东西比语言的乏味还令人生厌。媚俗的文字就像苍蝇,任何厌恶和唾弃都有着正当的理由。

布罗茨基说,散文是一个糟糕的必需品,但对生活有帮助。这话有点意思。但可惜时下有人像是不断在大街上制造哈欠,糟糕且对生活毫无用处。有时,我想散文如果真正是春天的哈欠——地气,这种来自土地深处的东西,倒会使人耽于美丽的遐想,使人快慰。哈哈,做这样出售春天哈欠的人,倒也无妨。

1998年5月28日,北京东城区和平里

## 散文小品与报纸副刊

有人说,世无大家遂使小品流行。散文、随笔伴随着铺天盖地的报纸副刊的传播,几乎在一夜之间便趋式微。许多报纸整版整版的散文、随笔作品,因为缺乏学养、才情和灵魂,而变得像大树上乌鸦的聒噪,使人厌烦。可是很不幸,我写散文小品之类的文字却是源于对报纸副刊版面的美丽痴迷。当我看到副刊出现倾心的版面语言时,我的要求对话的欲望就很强烈。与副刊说话我觉得是一件不坏的事情。

我国报纸副刊出现于清末,最初称"副张"或"附张"。副刊一词据说正式使用始于北京《晨报》的第七版,主持编辑人叫孙伏园。散文作家梁遇春说:"小品文的发达同定期出版物的盛行成正比例的。"二十世纪二三十年代的散文创作高潮就是因为报纸副刊而引起的。"有了《晨报副刊》,有了《语丝》,才有周作人先生的小品文,鲁迅先生的杂感。"而作家茅盾、林语堂、胡适等一大批人都是由副刊而走上文坛的。当年及至现在都很走俏的《新民晚报》,当年的"三张一赵"张友鸾、张慧剑、张恨水、赵超构(林放)先生都是编副刊的行家里手。张慧剑曾被称为"副刊圣手,"他自己在副刊上作的《辰子说林》等一些小品文字就挺好看。对于副刊,小说太奢侈,诗歌或者纯粹、理性,或者轻佻,散文随笔之类的文字正好是它美丽的巢穴。好的文字印在上面,总令人激动不已。我想读这种文字,应该是有着散步者的心情,轻松而悠闲:出世的玄思妙想、人世的生活趣事,雅的情致或俗人情怀,文字不必艰深、晦涩,故作高雅。免得像米兰·昆德拉所说的:"人一思考,上帝就发笑。"

由于上述原因,我的一些散文随笔之类的文字尽管发表在杂志上也为数不少,但仍很乐意刊载在报纸的副刊上。这种与报纸副刊的交往,使我与不少副刊编辑关系不浅。家乡古城安庆的《安庆日报》,我在京城工作时,就亲耳听到过一些朋友对该报副刊异口同声的激赏。可以说是他们迄今为止见到的最好的副刊。其中所发表的小说、诗歌、散文作品放到很多高雅的杂志也毫不逊色,而对于副刊又特别适宜。几位编辑如沈天鸿、甲乙等与我都成了亦师亦友的关系。天鸿先生长我十几岁,我最早的文字就是经他的手编发的。他还有一个老派的做法,即发出一篇作品,除寄一份样报外,还会剪一份样报给你。这种编辑态度如今实在少有。

我在北京和外省曾定期给报纸副刊写过一些专栏,这种写作和与编辑的交往,促使人变得勤奋和有趣,但坏处也不少。一段时间为报纸副刊的写作,很容易给写作者造成一个报纸副刊的思维定式。对于文学艺术创作,随便写写,思考深刻的思想就很少,冷不丁就把一些很好的材料糟蹋掉了。散文作家、朋友刘烨园就曾说,有些作品其实是能写得更好的。"比如有些题材如木料,能打成橱子了,千万不要打成小板凳,在构思时,就应该分开写……我觉得如今时代,这种理智很重要。"我觉得所言极是。文学创作归根到底是一种艺术创造行为,我们不必拒绝"小品",但也绝不能写出那种叫人扫一眼就忘掉它存在的文字。写作是一种寻找艺术辉煌的过程,寻找大师,当然也不一定就能当大师。贾平凹先生曾谦虚地说他的文字都是一些速朽的东西,说归说,但他的一些思考,上帝也是默允的。对于文学,我们总不能老是打哈欠,报纸副刊当然也不能老是出售这些玩意儿,从而肢解崇高和平凡。

1998年5月28日,北京东城区和平里

# 怀念时代

这真是一个怀念的时代:怀念老房子、怀念胡同、怀念老照片、怀念小人书、怀念布鞋……怀念像蜘蛛网一样飘荡在我们的心头,像霉菌一样铺天盖地充斥人们的言说。怀念这种隐遁在个体或群体生命中的亮点,在当时也许黯淡无光,并不神奇;也许曾倏而洞照着一个人的心灵,给了他以终生的光明。总之,在一个还很浮躁的年代,怀念是一种总结,如一泓清水似乎要涤洗着什么。

怀念这种暗涌的潜流,总喻示着某种东西。怀念小人书,是因为在电脑、卡通片泛滥的年代,旧的阅读期待心理的消失;怀念"知青生活",原来却是城市人欲逃遁城市生活而不能的心灵无奈;怀念布鞋,是因为布鞋与泥土的关系清纯无比,最是滋养生命。穿皮鞋的足与大地的隔阂,也许正是人与人之间的隔膜。穿布鞋最有一种踏实的感觉。爱读唐宋清宫秘史,并不仅是因为人们对封建贵族生活的好奇,其中更暗藏人们对"死水"般生活的厌恶和调侃;怀念同桌,怀念老照片,怀念与自己生活相关联的物事,甚至隐私,表明在如此烦躁喧嚣的社会里,在商品金钱交易的今天,人们的心灵已退守到最后一块领地。"君子之交淡如水""老吾老以及人之老,幼吾幼以及人之幼""仁者爱人",人们在被铜臭熏染的时候,怀念传统、怀念一种简单,不仅仅是在沉迷一种昔日的辉煌⋯⋯

或许是一种现代化造作的情怀,或许本就是世纪末的情绪,在日益矗立的商厦大楼里生活,我们多么有理由怀念老房子啊!那种泥土的气息曾养育了我们的祖先,喂养了我们的民族,相比于玻璃、水泥的平面和变形,泥土真的养人。而怀念小巷胡同,更多的是对自己脚下古城的真爱和良知的呼唤。智慧时代、知识经济⋯⋯许多新的名词都被制造出来,制造一个钢筋混凝土的现代化大都市也并不困难,但那胡同的消失,将是消解一个朝代甚至几个朝代历史的特征和先民的智慧与辛勤血汗。那见证过无数历史,庇护过芸芸众生的老胡同的湮没,就意味着一种文化的消亡,因为任何复制都是轻薄的,就像电脑的写作,再漂亮也缺乏了"手稿"的意蕴。

有时候怀念是一种情感与理智的觉醒。比如怀念长者,因为这正是失去长者的年代,国学大师、大政治家、大艺术家、大哲学家、经济学家⋯⋯这些可敬的长者都曾经以自己瘦弱的脊梁支撑了一个民族的文化、政治和经济的铮铮江山。而民族的多灾多难又曾丧失了代代相传、后学紧承密继的机会。曾有的青黄不接的历史,使我们称那些大家们为"国宝""古董"⋯⋯现在蓦然回首,那人却在灯火阑珊处,这种怀念,的确使人们猛醒:西风打不开中国这本古老而又年轻的书。这种怀念是一种对历史负责任的怀念。

　　陀思妥耶夫斯基借他的小说《白夜》中的"梦幻者"曾说,他是一位没有历史的中性生物,美丽而奇异的幻想也没有使他的生活充实。只有在与纯洁的娜斯金卡相处的那几个白夜才是他一生最为美丽和温暖的怀念。他深怀感触地试图告诉人们,没有怀念的人生,就会使人生失去应有的意义……

　　因此,相信怀念是一种美丽的心情,一种良知的复苏和心灵的修补,人生自我完善的过程——可在街头巷尾看到许多如我这般怀念的文字像泡沫一样泛滥,恐怕又让人想到,怀念又是多么困难的一件事啊!

　　但愿,后人能怀念一个值得永远怀念的时代。

**1998 年 5 月 30 日,北京东城区和平里**

# 随想二题

## 生命的大

其实，这个话题是由某次文学研讨会引起的。会上，一大批作家侃侃而谈，说了许多的"大"：大手笔、大胸怀、大文字、大精神……最后，当一部"大"轿车把我们拖到小浪底工程现场，见到面前那成亿吨的大土堆，上百米长的黄河大堤时，我忽然想到，这些嘴里喋喋不休着生命或艺术之"大"的作家们，在这大土堆面前心灵会有怎样的慨叹？

或许，我们不止一次在心底说，称"大自然"是何等的熨帖和准确。自然造化的大，往往就这样把人类一下子推到一个非常渺小尴尬的境地。大自然与人类之大的改造有时也相互补充、抵撞和配合，透出淋漓的生命大的气势，更让人无限惊叹和折服。相对而言，肉体生命的消逝是很快的，不朽的就是这种大自然和大的精神：大海、大江、长江大桥、三峡大坝、大艺术家、大思想家、

×大师……人类本身抑或就是受自然之大的影响,在改造自然和心灵的时候,心里凛凛地就透出一种追求生命大的倾向。这些生命的大,是人类生生不息、不断繁衍的动力和源泉,是人们为之奋斗的最高境界和希望。这里,心灵和精神上的大尤为宝贵。因为生命的大,不像自然那样自然而然、与生俱来,而是由人生的苦苦修炼、战斗取得的。比如先辈们抛头颅,洒热血地追求世界"大同",比如弘一大师那种"华枝春满,天心月圆"的生命大圆融,正是通过许多细小、琐碎的人生经历的碎片,苦难的拼接和割舍,以整个生命打通和完成的。这生命的大,有着沉甸甸的时间和精神的重量。

　　生命的大,重要的是还得经受得住时间和空间的考验和挑战。中国二十世纪五十年代让人狂热的"大跃进"运动,那曾是一段让我们整个民族都大咯血的历史,这场与中国人命运息息相关的大运动,就是因为在主观和客观以及在时间的链条上发生了错误才导致了失败。由此想到,生命的大,绝不是纯主观的东西。还有,同是法国佬的小说大师巴尔扎克和罗伯·格里耶,当后者果断地从前者所谓传统的阴影里和有秩序的小说世界走出,提出"打倒巴尔扎克"时,他没有想到,人们也会打倒他,指责他的作品"缺乏参与意识""容易使年轻的一代斗志涣散"。庆幸的是两位小说大师都在世界文坛留下了位置,巴尔扎克没有因为罗伯·格里耶的主观而消亡,罗伯·格里耶也没因为人们的虚妄而沉寂。大师就是大师。

　　极不喜欢一个爆炒"大师"的年代和理论上的喋喋不休。任何人生目标和艺术的追求,实际上一开始都是非常个人化的。个体生命相对于大自然和宇宙来说,非常微不足道。更有许多的生命,无所谓大,也无所谓小,心灵的自由和充实才是重要的。况且,生命的大就是由许多小组成的。所谓大,也应该是心灵的大,譬如一颗心放大如海洋,就盛得下蔚蓝色的天空、白色的海鸥和贝壳。

## 小浪底工程与文学创作

当我们面对波涛汹涌的黄河,定格般地站在小浪底工程工地上,我不禁又一次为母亲河的磅礴和狂放不羁的性格而激励,被人类改造大自然的精神所鼓舞……对于黄河的水土保持,对于"奔流到海不复回"的"天上之水",小浪底工程,无疑是黄河儿女对母亲的大手笔,写下的也将是中华文明史上凝重和极为辉煌的一笔。

想着的时候,我们已走进了小浪底工程管理局豪华而气派的楼厅里。面前,导游小姐津津有味地讲述着小浪底工程建设的构想、实践以及正在进行的一切。漂亮的小姐与漂亮的黄河小浪底工程沙盘,相互辉映,的确令人兴奋和怀想。沙盘上,黄河像是一个巨大的问号浮现在我的眼前,听着导游小姐的讲解,逐渐幻化、清澈,而变成一条鲜亮的蓝色飘带……

有人终于忍不住提问了:"库区的淤泥怎么办?"

小姐道:"二十年内没问题。"

问:"二十年以后呢?"

"二十年以后?"小姐莞尔,"那时,我们的科技就更为发达了。"

况且,我们赢得了二十年治理黄河的时间。"小姐说着,透出一脸的骄傲和自信的笑。

我们都深深地松了一口气。尽管黄河是一条桀骜不驯的巨龙,但黄河水哺育成长的勤劳、勇敢、智慧的儿女们,绝不缺少"可上九天揽月,可下五洋捉鳖"的英雄气概,一定会谨记雄才大略的伟人毛泽东主席的号召,将黄河的事情办好。"赢得二十年时间"——大家都沉默了。细细品味着小姐的话,我脑海里的黄河仿佛清明了许多,眼前似乎看到鲜花盛开、鸟语花香,清凌凌的河水流淌着,白色鸟在黄河的上空展翅飞翔……未来,黄河该是一条多么让人憧憬和沉湎的母亲河!

由此,毫无来由地想到时下的文学创作。特别是在小浪底工程巨大的瓦砾土堆前,我强烈地感受到大大小小的书摊上,或正由电脑不断制作出来的成堆的长篇小说、散文或诗歌,泡沫一样泛滥的煽情文字和书籍。也许正像小浪底工程建设一样,这正是我们无形中酝酿着对文学改造的迹象。对于正趋向完美的文化工程,改造中出现垃圾是不可避免的。而且,如黄河的植被破坏、水土流失,库区不得不"淤泥"一样,由于政治的、经济的原因,我们的文学艺术曾被扭曲、混淆,而造成许多艺术追求上的盲点。我们缺少真正的"学贯中西、足踏古今"的文学大师,俄罗斯文学的模仿、政治文学的婚姻、生活的简单图解、西方文学的盲从、纠缠诺贝尔文学奖情结……使我们文学艺术民族的、传统的话语或多或少在流失,因此造成了文学"泥沙俱下、鱼龙混杂"的现象。我们已无法逾越这个阶段。玉宇澄清,需要的是一段时间。好在一些年轻的作家已意识到了一些问题。他们说:"我们真正满意的作品还在后头,我现在正在做各方面的社会调查,以前的写作也许都是一个积累和准备的过程。"相信真正的文学和黄河一样,也会出现崭新的气象。

"赢得二十年时间。"在小姐的嘴里,我仿佛看到了文学的希望,嘴角也挂起骄傲和自信的笑来。

1998 年 6 月 8 日,河南焦作

## 作家与足球

上帝创造夏娃与亚当,当然没有想到他们会在伊甸园里偷食禁果。被称为"足球上帝"的雷米特先生在创造世界杯足球赛的那个午后,恐怕也没料到他从此会弄得夏娃与亚当们魂不守舍。这回有点不同,当一九九八法兰西世界杯足球赛精彩的表演让男人们看得云遮雾罩时,据说地球上的许多女人大都不幸做了一回"足球寡妇"——这是个该上魔鬼辞典的词语。

中国男人的浪漫总有典故。《红楼梦》里"万艳同杯,千红一窟",便被足球看客们演绎成"万人同悲,千球一哭"的名句而广泛流传。人们守着球场或是电视荧屏就能大欢且大喜,悲怆且凄凉……虽没有如鲁迅先生说看《红楼梦》,才子看见缠绵,道学家看见淫荡,革命者看见排满那样的智慧和苍茫,但见仁见智的足球看客们也不乏"看相"纷呈:勇者看见对抗,善良看见残酷,平凡看见英雄,英雄看见力量……在这场鏖战法兰西的球赛上,伊朗与美国赛前,克林顿总统发出的"小球旋大球"的中国式外交微笑,还使人看出和平与机巧……足球是门艺术,相比较而言,作家们看球算是最有门道的了。

中国时下的球迷,叽叽喳喳的声音不少,但那声音总如大师般"述而不作",因此很难形成文字。报端屡见不鲜的也有作家们的"侃球"。回首法兰西,中国作家协会主办的《文艺报》就有《作家看世界杯》的栏目;《中国作家》更辟有《我们的足球》专栏。对于作家,仿佛除了他们那文弱气质格外需要绿茵场上强烈的运动填补与刺激外,便仿佛在足球运动中看到了自己:"如何把这球踢好?"作家和球员们面对的也真没什么两样。试想,若把足球队员的刻苦训练看成是作家创作前的人格修养、知识准备,那么踢球、射门,就如同作家一件件作品诞生的宿命。一场球赛的谋篇布局、自我与对象、位置与角度、心智和气力、一张一弛,文武之道,其中暗藏的玄机与运气,也正是作家在写作一部作品时同样煞费苦心的。一个人的身体、才情、灵感、智慧、韧性、机遇种种同样需要。球员们的不断操练与作家对自己作品的不断打磨,其中也不断反映着人各自的审美价值和生活阅历,个人实力……所有的成功与失败、希望与幻想、欢喜与悲悯、激情与悬念,更是球员和作家都回避不了的问题,甚至足球场上的队形与阵容,也是作家们在塑造人物形象时,孜孜追求的创造性活动——怎么踢与怎么写。

作家们看足球,或许其中还暗藏着一个小小的玄机,这就是当代中国作家差不多与足球一样在世界上处于同样尴尬的位置。四年一度哨声响起的世界杯赛,如果说是天下球客众目睽睽的蟾宫折桂时,那么诺贝尔文学奖就可以说是中国作家们大跌眼镜的话题了,否则那"诺贝尔文学奖情结"就不会像梦魇一样纠缠着某些人。尽管,这奖与世界杯冠军一样"猫腻"不少。这回获得世界杯冠军的法国,在文学上就有普吕多姆(一九〇一年)、米斯特拉尔(一九〇三年)、罗曼·罗兰(一九一五年)、法朗士(一九二一年)、柏格森(一九二七年)、杜伽尔(一九三七年)、纪德(一九四七年)、莫里亚克(一九五二年)、加缪(一九五七年)、萨特(一九六四年)、琼·佩斯(一九六七年)、西蒙(一九八五年)十二位诺贝尔文学奖获得者,他们的文学艺术与足球的艺术一样耀眼明亮,仅这一点就使人们不得不对这个盛产香水的民族服气……

爱因斯坦说:"我们所能体会的最美妙的事情,就是叩开神秘莫测的未知之门。"中国《诗经》《楚辞》、唐诗宋词元曲的艺术芳香四溢,据说还是发明"蹴鞠"(古式足球)的民族,对人类的艺术和文明的贡献说起来无与伦比。"为足球而生,为足球而死",回首一九九八法兰西,足球明星对足球的信仰,难道不会激发作家们对创作的深刻体认?这种思想的动作和实践,相信会有理由爆发出一次精彩的射门!

**1998 年 7 月 9 日,北京东城区和平里**

## 十渡小品

有渡就有水。

那水缓缓绵绵的,却藏着刚烈的性子,凶猛起来,似一匹奔腾的野马,马蹄嗒嗒,仿佛一位骑着白马的少年在身边翩然掠过,独留青山与绿水。咚咚咚的,轰然作响的水,错杂起来,极具节奏感,又像是有谁敲打着一面古老的乡村牛皮鼓。

有渡就有口,那口含着千年的水,脉脉地,流走了爱情和往事,消磨了岁月和光阴。

从一渡往上走。这时,看那水就似一匹精致的绸缎了。在阳光的照耀下,浮金点点,飘飘荡荡,如系在这奇异山峦上的一条飘带。河边有沙滩、有乱石、有山野人家,恰如一幅小桥流水人家的古卷,让人就生出些谨慎,小心翼翼地走,生怕赤裸裸的足会打湿、打皱那张古卷……

那幅画就有些飘逸的样子了。

二渡、三渡……依次溯流而上。河道或直或弯的,水却全做了那舞动的姿势。始而起伏有致,波光闪闪;继而大起大落,银光溅射。愈向上走,抖动得就愈加厉害,汪洋肆意,意气滔滔,似一支如椽大笔,在天地间淋漓地抒写着个"龙"字,泅润着逶迤的群峰,透出凛凛的龙的风骨。这样看山,便越发清秀峻拔,看水就越发的温柔。河面渐宽,水流湍急,依稀埋伏着十万大军,在撕咬、在搏斗……

忽一声,似《十面埋伏》的歌声苍凉在荒山野岗之上。

走着走着,便感觉那匹绸缎就像被谁一把攥紧了,就撕、就咬,哗啦啦,轰轰然,做浮涛拍岸,卷起千堆雪之状,这就是十渡流水了。两岸瘦山,峰回路转,壁立千仞,如一支支竖向青天之剑,兀自划向遥远的天空……只是,水因山而柔媚,山因水而活泼。山水真是一对好夫妻。

这对夫妻厮守在十渡。渡山、渡水亦渡人。

1998 年 7 月 25 日,北京东城区和平里

## 写作的理念

我曾在一篇文章里写道:"我的写作是一种寻求语言阅读和表达的愉悦,这种接近和正在接近的体验,使我痛苦又喜欢。在很多孤寂的日子里,我知道我的寻找是一种徒劳,那来自天生骨骼的精灵时而如一只雷鸟栖息在我的额际,我愿在默默抚摸与飞翔的肆意之间与它独言独语。"这差不多就表达了我写作的理由。在整理出版我的第一本书时,我将这话做了后记。我想,这并不是故弄玄虚,或者突发什么惊人之语。人总是喜欢做自己喜欢做的事情。

父亲是一位乡村手艺人,他有着一帮诸如裁缝、瓦匠、木匠、铁匠的手艺伙伴。在耳濡目染父亲与这些匠人们交往的经历中,我恍惚觉得我的写作与他们所干的活计没什么两样。小时候,我就亲眼见过一位名声不错的木匠,给一对年轻的恋人打制婚床时那专注的神情。打好床,他忽发灵感,一手拿着錾子,一手比试着,在那张婚床的两头精心细镂地雕刻着花纹图案,完全沉迷在他自己的神思妙想之中。他时而为一笔完美的刀技发出会心的微笑,时而也会为一处小小的败笔而懊恼不已。他创造时的痴迷和愉快,就仿佛世界上只有他一个人存在。后来,当我没有承接父辈的手艺,而选择读书和写作时,这情景就时常在我眼前浮现,叫我心怀平静。

　　博尔赫斯说:"我们生活在一个伤害和侮辱人的年代,要想逃避它,只有一条路,那就是做梦。"在博氏生存的社会和年代,他只能沉迷于梦,梦或是他唯一的出路、全部的生存和智慧。博氏看不见阳光,还因为他是盲者。相比较而言,我们虽然曾有过痛苦和不幸、浮躁和喧嚣,但现在我们世俗的梦总比他丰饶和美丽得多。自由的心灵和空气,使我们自己有心灵和眼睛表达和阅读,写作应该是一件幸福的事。而最为幸福的是,在世间人类不断消亡自己,亦不断留下自己生存状态的种种谜面。对于写作者,我想拆解那些谜底,就如孩童游戏般纯净和愉快。那些存活在我们卑微感性里的事物,让我们感觉到石头、河流、蓝天和粪便……感觉的这种原始律动,本能而敏感地给人带来种种官能刺激,且夹杂着无法拒绝的理性介入。写作者需要做的,就是要让这种主客体的"焊接"之光,洞明人们意识里难以言传的种种幽微,以文字的形式满足个体表达的欲望和人们阅读的期待。

　　写作既然能成为一种职业,当然也会成为贵族阶级手中把玩的古玩细软、珍藏,匠气也会随之出现。肤浅平庸、无病呻吟,缺乏灵魂和才情,只会使人们游荡、疲惫的心灵在阅读中找不到依赖,写作就变得相当虚妄,这还会有什么?至今,我对民间歌手、民间叙事者还怀有深深的敬意,我常常认为他们有本质的歌唱和写作,就是因为他们直抵心灵、远离功利、贴近自然。自然是一个无以名传的渐修和顿悟的神祇,具有神的意味,许多大师就是这样,他们追求的就是一种人生和艺术双修的至真至善至美的"神谕"。无论海明威乞力马扎罗的雪透明成一座冰山,马尔克斯马孔多小镇忧郁的孤独,还是鲁迅先生所说的"时代的宫阙",沈从文先生供奉人性的希腊小庙,他们的案桌上"都有那一页文稿是一条湿淋淋的,生疥癣的杂种狗"——这话粗俗,却说明写作者人格逐渐完美,脱胎换骨的嬗变过程。对于一般写作者,实在只关系到文学创造、试验,能引起各种信息反馈就大功告成,喜欢不喜欢全取决于别人的个体经验。全是法国佬,罗伯·格里耶妄称打倒巴尔扎克,他当然也会想到别人也会打倒他。这都很痛快。

无疑,写作者把握和正寓住的境域,强烈地表现着写作者人格与艺术所达到的境界差异。禅宗唯信禅师说:老僧三十年前来参禅时,见山是山,见水是水;及至后来亲见知识有个入处,见山不是山,见水不是水;得个体歇处,依然是见山是山,见水是水。表面看来,说明了正常秩序、主体经验和超越经验的内心顿悟认识世界的方式,但强调的却是人格修炼、提升的可能。整个民族性格结构和审美情绪、思维方式有资格同情和宽容写作者的艺术塑造,但写作者个人的学识、修养、胸襟,人们也有理由提出苛刻要求。写作有时就是一种信仰、一门宗教,慧根至极,虔心敬佛,不断修炼,总会有正果出现,反之,只怪你"六根不净"。依此,如果写作能达到超越经验,使真实人格化的内心顿悟的命题作为形式上肯定存在,那么写作者就会有一个前所未有的崭新的创作空间,从而使写作者大有作为,大师更像大师。

写作面对的是自己,自己精神的高山和大湖,面对一座深不见底的幽湖,自然无须遮掩,赤裸裸仰泳、蛙泳、狗刨式……即便在语言文字上操练出良好的竞技和美丽的身姿,湖面上总会浮出溺死的尸体。

有尸体这无妨,埋葬它们,然后从心灵开始。

1998年8月3日,北京东城区和平里

## 不必在意的缪斯女神

古希腊神话中有九位姊妹女神——缪斯。据说她们不仅象征着文艺,还管领着天文、历史和科技等。但在我们这里,缪斯却被通称为文艺女神,甚至只是诗神,被人们圣洁地供奉在人类精神的宫殿里。一本书可以主义,一篇小说可以轰动,一首小诗可以让花草动容……文学不再是一个普通的职业,而成为一项崇高的事业;作家被称为"人类灵魂的工程师"而受到全社会尊重。结果便使得无数青年男女痴迷不已,甚至皓首穷经,"衣带渐宽终不悔,为伊消得人憔悴"。

然而,曾几何时,缪斯终于被请下了神坛,由"中心"滑向边缘,所有的活动与命运,也都失去了往昔社会普遍关注的轰动的效应。在一个容易在意和失落的年代,文坛波诡云谲,惶惑不安,仿佛回到二三十年代:一方面是作家呼唤按照自己的理想自由创作,为人生、为艺术的主张,一方面是文学重新开始对钱袋的依赖和资本的豢养,为消闲、为自娱叫嚷。当人们对商品、金钱的漠然,高雅得只剩下文学,一下子又变成对金钱、对物质的在意,文学似乎真的找不到北了……于是乎,"为什么写作?""写作还能给我们带来什么?"就变成二十世纪末中国文坛上一个长长的问号,使文学道上之人患得患失,鼓噪不已。

尘埃落定。我们几乎发觉,对于作家有关写作意义的灵魂拷问从未停止过。"文章信美知何用,漫赢得天涯羁旅。"据说是中国"职业作家"始祖的南宋词人姜夔就这样慨叹过。他一生科举未取,无法为仕,只好鬻文度日,写作只是他生存的一种方式。至于"著书只为稻粱谋",是文人对自己生存环境的自供状;"玉皇若问人间事,为道文章不值钱",是文人对生活的一种无奈;"闲来写却青山卖,不使人间造孽钱",是文人对世俗生活的别样抵抗。"埋头著书黄叶村"的曹雪芹以及凡·高、卡夫卡生前也都穷困潦倒,境遇堪怜,当时也没有人相信他们会成为大师。他们写作,只是怀抱着改造人类生存状况的良知和野心。但正是因为他们为了提高人类的生命质量而求索不已,才用自己生命的烈焰燃烧出了艺术的辉煌。记得一九八六年,加西亚·马尔克斯曾对秘鲁作家巴尔加斯·略萨嚷道:"我是个负责任的作家。我把责任分成两种,第一种是对故土的责任,第二种是对人们幸福所负的责任。"在大师们的眼里,写作是一个极负责任的行为。他们或许没有得到什么,但他们坚信自己的生命体验,更不违背自己的心灵的真实。他们写作并乐而不疲。

关于写作,卡夫卡对自己心爱的女人说的话是值得信赖的。

在一封写给第一个未婚妻子的信中,卡夫卡这位一生孤独自我封闭和自卑感极强的作家写道:"我最理想的生活方式是带着纸笔和一盏灯待在一个宽敞的、闭门杜户的地窖最里面的一间房里。饭由人送来,放在离我这间最远的、地窖的第一道门后,穿着睡衣,穿过地窖所有的房间去取饭将是我唯一的散步。然后我又回到我的桌边,沉思着细嚼慢咽,紧接着又马上写作,那样我将写出什么样的作品啊!我将会从怎样的深处把它挖掘出来啊!"尽管世上绝少有像卡夫卡那样害怕走进城堡,面对婚礼充满恐惧的作家,但他的为了"挖掘"什么,却是许多作家共同怀有的一种生活方式。

在一个差不多全民对缪斯女神宗教般狂热膜拜的年代,女神往往会成为某种东西的附庸品和嫔妃,因此她身上也就带有明显的政治或者经济的生存压力,人们看见女神的傻笑,触摸到的也只是烟熏火烤的泥塑木雕,语言乏味,面目可憎。女神谈不上自由和快乐。在一个文化多元,思想复杂的年代,文学或可浮躁,但她也可完全地摆脱来自外界的干扰和无奈,她是幸运的。人们可以拜佛崇道,信仰伊斯兰教、基督教,崇尚马克思列宁主义,缪斯女神也不需要芸芸众生全都拜伏在她的百褶裙下。既然宗教自由,信仰自便,女神也就有理由宽容各自的人生选择,尊重种种个人化的文学倾向。原始时代,文学可能是口头上的;纸墨的年代,文学可以是书籍上的;电子传播媒介逐步普及的年代,文学也无法回避银屏荧幕。一个终生从事创作的人可能写不出一部鸿篇巨制,一位街头的擦皮鞋匠可以一夜之间成为风靡全球的畅销书作家。半瓶酒、一壶茶、一支烟,伴着红泥火炉说《红楼》、谈《水浒》、论《聊斋》,谈《浮生六记》,是人生一件快事,却也会让人沉迷和消沉。只要是创造有欢乐就有痛苦,缪斯女神大可不必在意人们是否与她长相思永厮守,情有独钟……

写作既然是一些人理想的生活方式,人们还可以尽可能用自己的方式挖掘自己需要的东西或不挖掘什么。他可以像艺术家般创造,也可以像发明家那样发明思想;他可以像农民那样只问耕耘,不问收获,也可以像手艺人那样为一件工艺品的诞生而自我陶醉;他可以像布道者那样用自己的声音传教,也可以像某种教义那样让人终生供奉,以身殉道;可以像工人那样机器制造,可以像商人那样以文换钱;可以像士兵捍卫国家尊严般那样捍卫神圣的缪斯女神……依此想,商有奸商,官有官僚,文有文痞,有人或为满足发表欲而如苍蝇般钻营或为及早跻身"大师"的行列而竖杆扯旗,或为利益驱动不断制造文字垃圾,游戏文学、游戏人生种种都不足为奇。世间事世间了,历史会做出公正的判断,时间会淘汰一切该淘汰的东西,"千淘万漉,始得黄金",缪斯女神青睐智者。既然她的许多权利都被削弱了,她何必又在意许多?

　　"他说有了光,就有了光!"神靠自己的光辉而魅力长存。

　　至于我自己,我是愿意沐浴着缪斯女神的光辉的。我十分相信文学最为崇高的现象和真正的幸福在写作的本身。"这里有罗陀斯,就在这里跳跃吧!这里有玫瑰花,就在这里跳舞吧!"我作如是想,缪斯女神也不会在意吧!

　　　　　　1998 年 8 月 5 日,北京东城区和平里

## "下午茶"与"向日葵"

读《董桥小品》,无端地想起凡·高的《向日葵》——须得声明的是,我至今未看到过真正的凡·高的《向日葵》油画。但我毕竟与大多数看过《向日葵》印刷品的人一样,也算较为了解凡·高那激烈的情感和强烈的个性。我说"向日葵"只是一种符号,一种指向大师的符号。这里把董桥与凡·高相比,也只是想说一种文人情怀和艺术家创造性活动之间的某种差异。

说董桥是文人,大概不会有人反对。他的文字,就如他印在书的扉页上的照片:瘦瘦的身材,可掬的笑容,一副温文尔雅的形象。就是他喝"下午茶"的行为和他谈吐的幽默智慧,体现出的也都是文人和才子式的。比如他说:"中年是危险的年龄,不是脑子太忙,精子太闲,就是精子太忙,脑子太闲。中年是一次毫无期待的约会:你来了也好,最好你不来!中年的故事是那只扑空的精子的故事:那只精子日夜在精囊里蹦蹦跳跳锻炼身体,说是将来好抢先结成健康的胖娃娃;有一天,精囊里一阵滚热,千万只精子争先恐后往闸口奔过去,突然间,抢在前头的那只壮精子转身往回跑,大家莫明其妙问他干吗不抢着去投胎?那只精子喘着气说:'抢个屁!他在自渎!'"我很是喜欢他的文人情怀,"数卷残书,半窗寒烛,冷落荒斋里"算是中国文人一贯向往而又倍感凄凉的人生境界。

曾煞有介事写过一篇谈艺录。说作家如裁缝、铁匠、瓦匠,当作家不难,当艺术家难云云。其实,文人与艺术家只隔着一层窗纸,但其各自的思维、行径却有着霄壤之别。安静的书斋生活可以说是中国读书人梦寐以求的事。"坐拥书城百十万",富可敌国;"红袖添香夜读书",情可补天;冬天围炉拥衾读书,其状快乐无比。与人谈《红楼》《水浒》《聊斋志异》以及吟诗、看仕女画,可以说都是文人情怀。而从结果上看,艺术家大都不浸淫书斋,而极其靠向自然,梭罗结庐瓦尔登湖,有人说,他的本质主要还不在于他对"返归自然"的倡导,而在于对"人的完整性"的崇尚。梭罗到瓦尔登湖,当然并非想去做永久返归自然的隐士,而是他推崇人的完整性的表现之一。而凡·高喜欢法国南部小镇阿尔,他的创作一开始就把目光投向山野,他坚信只有在真实的自然,风吹着拾穗者破落麦草帽的自然,才是他唯一安身立命的所在,他不爱安宁。在高雅舒适的环境中,他就会感到害怕和不自在。他倾向于向日葵的明快、强烈、饱和与辉煌,就是用自己顽强的生命体证人生和艺术的高度与亮度。这也的确与中国陶渊明"采菊东篱下,悠然见南山"沉湎自然的文人情怀不同,陶渊明更多的在追求一种隐逸和失意的人生情感的移位。

尽管文人和艺术家都存在着一个思想表达的问题,但为文人者是以叙述原有的和一点想象出现的事物、情绪为潜意识的,心态平和或愤懑,都维系着一个较为稳健和儒雅的精神坐标。而艺术家们对人类、对大自然天生的就有一种深刻的悲悯和反叛精神,破坏的欲望和建设的欲望都同样强烈到一种极致。他们的潜意识里涌动的就是发现和创造者冲动的血液,没有无病呻吟和矫揉造作,也没有哗众取宠的世俗相,一切出自本真。这也不像文人那样易于安守现状,逆来顺受,用语言表达简单的思想、情绪或者人云亦云。而从性格上看,艺术家最是无所顾忌的。所谓"文人无行"其实指的就是这个。比如凡·高会割下自己的耳朵送给妓女,卡夫卡期望终生孤独地躲在地窖里,高更离家弃世跑到塔希提岛上画画,等等。

我以为,文人往往为一种情趣而活着,艺术家往往偏执于思想和精神。当然,作为现代人来说,既需要文人情怀,也需要艺术家的创造,并行不悖的文人和艺术家的艰辛劳动才使人们看到智慧的满天星斗。

1998年8月7日,北京东城区和平里

## 读书与读人

### 一

读书好比与人打交道。

人有好坏、善恶,书有优劣、真伪。读优秀的书如同和一位高尚的人打交道。这比选择与人的交往要容易得多。

### 二

读当代人写的书,有时挺尴尬。

"文如其人"但偏偏有时候不是。一位朋友告诉我,他崇拜一位作家,作家的书也写得不错。但那作家人格"次"到家了,红的可以说成黑的,黑的可以说成白的。平时对领导极尽献媚之态,可领导一下台,他立马一脚踹了过去。

读这样人的书,如同在美味佳肴里看到一只死苍蝇。

所以读书,尽量不与写书的人见面为好。这等于只与他最美好的一面相处。世人都劝读名著,恐怕也是这个道理。

## 三

开始读书时,一位朋友告诉我:读书必得读名著,读经典。因为那些书好比山之泉水。而一般的书都是流水,最等而下之的书就是一潭死水了。

斯言不虚。

泉水是大地深处孕育出来的,是真正的大地的杰作;流水尽管也不乏流动和清灵的时候,但毕竟不像泉水那样直接接近生命的内核——别人嚼过的馍馍不香。

流水大都由于泉水而来,也可能鲜活得接近泉水。但为什么我们不直接濒临生命之泉,取一瓢饮呢?

## 四

与好书相交如同和一个高智商的人交友。

## 五

二十几岁时,有三五个爱读书的朋友。有喜欢的,有不喜欢的。喜欢的,就常常厮守一起,谈些书里书外的话;不喜欢的常常就敬而远之。有朋友看出来,说:"你害怕与高智商的人打交道。"

说得我不胜汗颜。想想,也是。有的朋友智商太"高",只好退避三舍。

好书不是这样,越好的书越能让人感到亲切。无论是竹简、线装书、活字印刷,还是激光照排,书的基本品质总摆在那儿,历久弥香。也许我的智商不高,一时还不能领会,但越读却越能明白。而人则不然,那智商高的人一旦变坏,越叫人隔膜、害怕。

## 六

好书是智商高的人写的,但智商高的人不一定都能写出好书。

## 七

优秀的书似乎是天生的,是人生命中与生俱来的东西,仿佛不是用笔写的。

这样的书是人类的智慧。有文字以来,书从未停止过出版,千淘万漉,千百年、千万人的眼睛才从那繁若星辰、多如沙粒的书籍中选择那么一两本赤金般的东西。

现在的作家们很在乎从名著中汲取营养。但《浮士德》《神曲》《红楼梦》《水浒传》以及唐诗宋词……在经典之前呢?托尔斯泰、博尔赫斯、巴尔扎克之类的外国作家读过中国古典名著了吗?

这当然是很幼稚的问题,但肯定与读书有关,与人的智慧关系更大。

## 八

在一个文化多元的年代,人们不仅读书,还读电视、读电脑……电子出版物挤进了人类的空间,让人眼花缭乱。"红泥火炉,白雪拥被"而读书,"红袖添香夜读书"以及"半床明月半床书"……的古典情怀,要不了多长时间就会一去不复返了。读书渐渐变成一件很奢侈的事情。古人云:饥读之以当肉,寒读之以当裘,孤寂而读之当友朋,幽忧而读之当以金石琴瑟。可机器人、克隆人当不饥、不寒、不孤、不忧,书还会有人读吗?——这算不算一个读书人杞人忧天的想法呢?

## 九

王小波说:"人就像一本书,你要挑一本好看的书来读。"

是的,人的生命极其有限,赖活世间,为什么不在有限的生命里挑上几本好书与好人来读?在一个空间选择较大的年代,这还是一件幸福的事啊!

1998 年 8 月 10 日,北京东城区和平里

## 香山红叶

春天里好像去过两趟香山。一回是春四月,香山脚下的植物园里桃花灼灼,漫起一天的云霞。没见着香山红叶,却嗅到一股很熏人的春天气息。再一回似是早春,香山上的红枫依稀也绽出了新绿。但远望香山,叶枯山瘦,一派迷蒙。只好匆匆地拜谒了一趟曹雪芹故居。先生不在。想先生怕是到寒林溪石旁散步去了。于是发一通思古之幽情,便怏怏地离去了。

香山红叶就这样成了心头的一个结。

这次承蒙主人的邀请,去的时候恰是香山叶红的秋天。我莫名地起了个大早,赶到香山时还是秋雾漫散的早晨。但尽管如此,香山街上也是人群熙攘,市声喧哗。临街的楼房,人们已匆匆扯起生意的招幌,市民们好像早就为着新一天的到来而如上足发条的时钟,嘀嘀嗒嗒地忙碌起来,忙着招徕前来观赏红叶的游客,忙着一天的生计。香山路的两旁,除了三三两两热气蒸腾的小吃,就是叫卖红叶的摊贩……红叶夹在透明的塑料膜里,枯燥干红,立即有了塑料的属性,既不真实又不亲切,让人兴味索然。路旁,问一位做生意的老人:"到香山别墅怎么走?"老人头连抬也不抬,只盯着自己的糯米年糕,胡乱地用手一指:"那边!"站定,买上一块年糕,沿着他的指向走,老人却嚷道:"走这边,这边近!"很听话地走,心里却泛上一股说不出的滋味,独作苦笑状。

在香山别墅吃过中饭,一群朋友便嚷着要看香山红叶。朋友们难得相逢在一起,边走边说说笑笑。走完一段长长而枯燥的石坡,大家陡然兴致勃勃起来。天明景和,红叶吐艳,那红叶树就在身旁肆意地生长着,乍看就如一只只火红的小鸟,麇集在山岗上,忽高忽低,忽左忽右地翔动着。远望香山一山斑斓,如一只巨虎卧在秋林之中,宠辱不惊;细看片片红叶披散一树,就一树地烂漫。只是那树似乎总是长不大,矮怜怜的,那样子仿佛一生的纷繁只为了一秋的绚丽,一秋的绚丽只为了人世的一瞥……看着,心里就有些激动,索性丢开大路,朝着荒无人迹的山野走。可走到半山腰,心里却又犯起嘀咕:这就是香山红叶?原以为这红叶也如人工手植的园林,灿若霞团,蔚为大观。没想到所谓香山红叶,只不过是一丛散漫的山之林!这般红叶的山在江南的秋野不是随处可见?我渐渐感觉眼前的风景不真实起来。

于是就在半山坡上歇息。在山坡上歇息的还有一对情侣模样的人。俩人紧紧依偎在一棵红叶树下,小伙子神情专注地从地上捡那红叶,一片片地用根红线串着。"蝴蝶项链呢!"说着就挂上了姑娘的脖子,姑娘娇媚地笑着,红叶林里,似乎立时洋溢出一股炽热而顽皮的爱意——红叶仿佛总适宜于爱情。红叶题诗,那一瓣瓣叶片所附会的爱情传说,应该就发生在京都吧?皇苑深深,寂寞的宫女在一个秋天的早晨,题诗红叶而掷于河水的样子一定很美,只是那纤纤红叶如何载得动女儿愁?此时,风吹得满山红叶飒飒作响,红艳艳的叶片在树的周围飞旋、低落,似是闪动着的一双双哀怨的眼睛,那里依稀有一滴美丽而凄迷的风尘之泪。和这泪光辉映的,想除了那位千古浪漫的诗人,恐怕再就是曹雪芹了,不知为何石头老人只说埋头著书黄叶村而不说红叶?他清瘦的身影飘过红墙的富贵与凄凉,知晓粉黛的浓妆与粉抹,深深吟哦女儿心……红叶飞飞,红楼梦幻。香山之红,不正是他用一个"红"字唤得?

唯有这样,香山红叶才成为京都的一个千古迷幻吧?我悄悄移动脚步,漫无目的,下山就钻进了一处胡同,可走着走着,又迷了路。退回胡同口,向街边卖红叶的妇人问道:此路能通吗?未问之前,先是掏出两块钱,买了个红叶的塑封——这回算是有着经验了。

1998年11月4日,北京东城区和平里

## 一九九八年的北京夏天

　　单纯地回忆一九九八年的北京夏天,是因为这个夏天暴风雨摧毁了我整个关于北京无雨的记忆。其实,这年的雨并没有给这座城市带来多少清凉。相反,人心躁动——全世界在一九九八年都变得浮躁不安。"环球同此凉热",毛泽东同志的预言在这一年凸显得更为雄辩有力。美利坚合众国的白宫让一位叫莱温斯基的女人弄得鸡犬不宁;俄罗斯因经济问题,把"总理"的位子像破袜子一样甩来扔去;亚洲金融危机使东南亚的钱变得像秋风落叶一样,还有印度、巴基斯坦两国孩子搭积木似的玩着核的游戏,伊拉克萨达姆时不时发点脾气,波黑、科索沃……一九九八年的人类似乎都被硝烟呛得咯血……

　　暴风雨似乎就在这种背景下侵袭着千年古都的北京夏天。现在想起来,一九九八年的北京之夏,在我的印象中就是一场铺天盖地的暴雨。天顷刻间黑乌乌的,人连喘一口气也显得困难。倏而,一道精彩的闪电在天空中炸开,如刺刀挑开敷热的鱼肚,做着世纪的诀别,满城炎炎赤日很快在瞬间荡然无存。闪电如鲜花开放,透迤的电光似乎就是玲珑剔透的树根,悬在人们的头顶。所有的建筑物都在颤动,蒙蒙的天宇下,那钢筋水泥浇灌的城市犹如一只硕大无朋的蜘蛛蹲伏在由雷电和雨丝交织的网上,所有的繁华与喧闹、人群与车流、文明与陋俗都被这只蜘蛛吞噬得一干二净。但暴风雨毕竟是来得快,也去得快,巨大而强硬的建筑物和玻璃还是抵挡住了这叫暴风雨的玩意儿。

作为一个外省人,我在北京这样钢筋水泥的丛林穿行了几年。但老实说,我的心里一直没有什么感受的就是北京的夏天。第一年夏天因初到这里,贪恋好奇与舒适,于是成天懒在置有空调的建筑物里,自言自语北京的夏天真养人,就是不想出门;第二年的夏天却待在南方的老家,当从电视上看到北京城里莫明其妙地闹起"空调大战",心里说不清是因为躲过了那奇特的炎热而庆幸,还是因为未能身临其境而懊悔。后来,在一年一度蔚蓝镀在北京的上空时,我站在秋风送爽的长安街上,心里还愤愤不平地:至于吗?

但一九九八年夏天,让我关于北京是无雨之城的得意像梦一样破灭了。这场连续的暴风雨让我感到了惊奇。人们对自然节候的变化似乎根本不怎么注意,倒是对自己心里的气候更为在乎。人们有更热乎的事情。尽管随着下乡、下海之后,中国丰富的汉字里又出现了"下岗"的词语,尽管人们还把"房事""分流"两个词语粗俗而又不失幽默地挂在嘴上,但人们更多的是躲在屋里欢天喜地地看电视:克林顿总统访华、香港回归一周年、人民币坚挺、戴安娜香消玉殒……最后随着法兰西那场世纪末的足球大赛,全城的人便似乎都涌到法兰西巴黎街头过狂欢节去了,世纪末所有的激情与无奈、希望与前行……都交付给那圆圆的足球了。

雪原无边 | 435

几场暴风雨之后，一九九八年的北京夏天又持续了一段高达三十八摄氏度的高温天气。暴风雨冲刷过后的北京街道更为清爽、亮丽，树木更加苍郁，天空难得澄明、透彻而显得高远。高大的树木之上，偶然栖息的蝉鸟，歇斯底里地叫唤着。大地嗡嗡地，已将所有暴风雨的气息吸收进去了，傍晚的时候，偶尔到有小吃的街上，看看练摊的外省人都忙得热火朝天。小摊子热气腾腾的，他们的生意和他们脸上的汗珠一样多。他们没有下岗的概念，原想城市比农村文明开放，这一回城市人却走在后面了。只是不久，他们南方或北方的家乡——长江、松花江、嫩江却不幸发生了一场历史上从未有过的洪水。很快，那里就集结了数千万军人，正用身体在为他们筑起新的钢铁长城。一九九八年北京夏天，人们把所有的视线唰地投向一南一北的江岸上，"一方有难，八方支援"，中华民族的传统美德使北京的夏天又一次热乎起来。人们纷纷拿出钱币和衣物，开始了声势浩大的民族捐赠活动。这个夏天，北京至少搞了五场规模宏大、气势磅礴的赈灾义演活动，至少有几百辆汽车从这个城市，开到了抗洪救灾的前线……

　　一九九八年的冬天，一场提前到来的大雪使北京城银装素裹，莹洁无比。北风呼啸着，苍凉亘古的大风将一九九八年北京夏天的燠热和浮躁都刮得无影无踪，变得遥远和不真实起来。北京已穿上了臃肿的外套，要不是人们偶尔还惦念着一南一北那遭受水灾的同胞是否有御寒的衣被，应该说，一九九八年北京的夏天——一九九八年很快就变得平淡无奇和缺乏同情心了。

1998 年 11 月 26 日，北京东城区和平里

## 小说的心
——我看刘庆邦

在京城的屋檐下,我和小说家以及和庸常生活中的刘庆邦,相交已有四个年头。其间想写他却迟迟没动笔。其原因追究起来,就怕是太靠近了的缘故。斯坦倍克说,太靠近太阳,蜂蜡固定不了羽翼。况且,庆邦还有个"距离"的说法,大意是说与人的相交得有个距离。作家、艺术家们心里都有着距离美的。隔着距离看庆邦,庆邦就像是一只温驯的小绵羊,不急不躁。他那常年背挎在身上的一只过时的军用挎包,也叫人浮想联翩。很多小说家就说,那里一定暗藏着一颗小说的心——不然,有谁能像他那样持续地写出那么多出色的短篇小说呢?

女作家王安忆干脆就这样的问过。

读庆邦的短篇小说,总觉得他的文字里有一种水草般的灵性。一泓清水浅浅地流淌在青草间,就洇出一大片的美来。不是那种密不透风的滋味,而是一种漾着水,漾着爱的轻盈。细心一点的人在字里行间,还会看见青草上那一颗颗晶莹的水珠。他的作品常常就这样淋漓着一种阴柔的美。即便写悲剧,也有一种夺人心魄的人性美。美可以说是他小说的基调了。许多人喜欢他的成名作《走窑汉》——那是一篇复仇的小说：一位矿工常年在井下，而他在井上的妻子却被人欺辱。小说写的是那矿工找人复仇的过程。这故事对他人来说也许简单了些，他却把它写成了一篇灵魂拷问和精神追问的人性悲剧。由于喜欢南方的物事，我还喜欢他的《曲胡》《鞋》《梅妞放羊》《春天的仪式》一类被我称之为浸润着水草性质的小说。记得有一回，我接他的电话，他称我为南方口音的人。不久，我就用南方口音问他："你的小说有些沈从文、废名味？"他点点头，但后来我读到他的几篇小说，就全然不给我这种印象。

其实，庆邦是会用几种方式和语言写小说，且篇篇写来都是佳作。比如他的《平地风雷》，写"文革"时期一位老实农民因受欺侮而报仇，小说写得不同凡响就在于透过故事的本身，他写出了人性的悲哀和我们民族的劣根性。诚如陈思和说的："在一个令人压抑的环境里，人们本能地抗衡平庸，妄想制造一些刺激性的事件以泄心中无名的苦闷。"这即是一篇有别于"水草"性质而充满了阳刚之美的作品。关于小说，庆邦自有自己的见解。他有"小说的种子"和"含心量"的说法。他认为小说的种子是有可能生成一篇小说的根本因素，它生根、发芽、开花、结果，小说才长成一个完整的世界。他讲小说的"种子"那阵子，轻言细语，我仿佛感觉他心里盛装的大把大把小说的种子，纷纷洒落着。至于他的小说含心量的说法，我不知道这与人们常说的用心写或用笔写有什么区别，私下里我曾问过他一次，他说一家杂志约他专门写文章谈这个问题。

和庆邦在一起吃过多少餐饭,喝过多少酒我记不清楚。但我与他在一位诗人家里喝的一顿酒倒是印象深刻。那也算是我与他见面喝的第一回酒——那天,大家都依了他,都喝。居然没有一个喝醉了酒的。庆邦的酒量究竟有多大,很少有人知道,因此我还无法看到他醉酒的模样。我经常看到的他,是每天躲在我对面的小屋里写小说的他。他写作时我们一般都不去打扰他。由少年而青年的农村和煤矿生活背景,由思索和努力而得出的人生和艺术的看法,使他仿佛有着写不尽的乡土、煤矿和情感的故事。这三色也可以说是他摆弄小说的魔方,谁知道他在那间小屋里用这些魔方"拼凑"一篇什么样小说的心呢?现在这个时代的文学变得浮躁,大众文化、精神快餐正不断地败坏我们的胃口,这时候读庆邦的小说,却可以帮我们剥落一些浮躁吧?因此,读他的书必须是心静的时候,最好是在春天,躺在有太阳的草地上,一边牧着牛羊,一边静静地翻着他的小说。那时候阳光的味道和青草之汁会使人沉静、憧憬和感悟出什么。

更多的时间,庆邦自己也沉浸在自己创造的小说艺术世界里。他说他每天并不多写,也就只写两三千个字。他很陶醉,也很幸福。有人觉得庆邦还缺少点什么,但我想作为小说家的庆邦,若是写累了,从那间小屋里出来散散步,晒晒太阳,呼吸些新鲜空气就很滋润了。由短篇小说而能称之为小说家的,庆邦当之无愧地算上一位。文坛上也许还会继续"各领风骚三五天"的表演,但世界最终还是需要一种沉甸甸的黄金品质的艺术和人格,相信庆邦会不断地为人们提供这种东西。要说他的小说是一团陈年的老酒,历久弥香并不过分和夸张——庆邦"稍不留神"在箱子底下翻出一双压了多年的《鞋》,就由于他那纳鞋底的细腻的笔锋,而散发出了艺术的温馨……那双布鞋许多有乡土恋爱经历的人都珍藏过,其中蕴含的女性光芒和人间真情叫人怎不珍爱和亲切呢?

庆邦属兔,正好大了我一轮。我先由老师而后庆邦老师、庆邦地乱叫,两只"兔子"因工作的缘分少不了天天要碰上几次面。这只"大兔子"时而也会说出关于生活、创作和工作方面的话。有一回这只"大兔子"说:"人的生命和经历都有限,不可能有太多的散文资源供我们开发和享用。而小说可以虚构,是以想象力为主,小说的大地似乎也更广阔些……"这话让我听来十分感动。

1998年12月2日,北京东城区和平里

问:你没带枪吧?她鼻子皱皱,反问:什么味?像是青草味。我说青草味只有女人身体里才有,我这儿没女人。她说你别屁话,给我把裤子穿上。我往床上一躺:这是我的场子,我想光着就光着。她取下帽子,视察似的走来走去。她说到南方来没见你有多大长进,倒是染上露阴癖了。说着就把我的裤子扔给我。我笑了,叫她坐过来。她问想干吗?我说你这么问话,说明你心术不正,心里有鬼。她说你少来这套,你那四两肉你爱给谁给谁。这时我就把灯关了。黑暗中听见李佳说:你这狗娘养的公然藐视法律。

还是和从前一样。

李佳说:没意思。一点意思也没有。我没吱声。李佳就伏到我肩头,问:你和别的女人在一起有意思吗?我说还是有点意思。李佳问:怎么个有意思?我说和三级片差不多吧。李佳立刻就坐起来穿衣,一边穿一边说:那是装的,绝对是装的。我拉住她,说今晚别回宾馆了。她说:这哪行。我不能在你这儿过夜。这话一说,我心里倒是有些酸了。我在黑暗中看着她把衣穿好,准备开灯。她拦住我:算了,就这么黑着坐一会儿吧。你这脸我不看也罢。过了很长一会儿,李佳问道:你打算在这地方玩到什么时候?我说搞不清楚,如果玩腻了,就走。反正现在也简单了。李佳又问:你就这么玩上一辈子?我说这也未必不可,我自食其力,没有给社会造成什么负担。李佳就说去你妈的,你就玩够吧!不过我还是建议你趁早买一份养老保险。

## 29

只要看到椰子树,我就有了某种安慰。它证明我确实脱离了从前。这话是苏晓涛说的。可现在的问题是,由于我的出现,她的从前又他妈的回来了。在"从前"这个问题上,我们存在着分歧。今天我们去听盛中国的演奏,一路上她都在叹气。你是一个标志,她这样说,你让我想起许多不该想起的往事。我说我的感觉恰恰相反。我虽然讨厌那所大学,但喜欢那些年发生的事,其中包括在食堂买饭时偷看外语系那个女生。她就笑了,问:我变得厉害吗?我说你这是在炫耀。你要是变得厉害我能一眼认出你么?她又叹了声:我其实变化很大。

一个能容纳五十来人的小厅,一个布满柔和灯光的小舞台,然后盛先生的演奏开始了。给盛先生伴奏的是一位日本女人,很文静很礼貌地弹着钢琴。自然要演奏《梁祝》。大家听得很认真,很斯文地喝着椰奶。苏晓涛说,琴拉得很棒。我说是的,很棒。可这个场所不是拉琴的地方,是吊膀子的。苏晓涛笑了:你闭着眼听不就得了?我说这些人都是装的,装得那么高雅那么有教养。苏晓涛就问:那我们呢?也是装的?我说是。苏晓涛便不响了。我知道她心里很难过。你不是喜欢我现在吗?现在我们就是这个样子。我们一边挖空心思地挣钱一边还要显现出文化品位。我们就是这种货色。所以我们要把堂会理解成音乐会,把消遣说成欣赏,把饼干说成克力架,把性交说成爱情,把闲着没事说成空虚,把无人来访说成孤独,然后把自己看作卡夫卡或者弗朗索娃·萨冈。全他妈的扯淡。据说某市还有个小子,生意做砸了就沿长征路蹚上一遍,把自己当作毛泽东……

《梁祝》一完,我们就离座了。苏晓涛出来就说:别送我了,我想一个人走走。这是我意料中的。我就说别走久了,这地方乱。她说你忙去吧,还能挣几张呢。我今天真是犯了大错,耽误了你的生意。我就笑了,我说我还是陪你走走吧。她不理我,转身走了。我跟在后面。苏晓涛的自尊心真是玻璃做的。太容易碎了。走了好一截,我拉住了她:去我那儿吧。她说不。我说那就去海边如何?她没说话。我跑回去把车开过来,把顶灯也卸了。然后我们就去了白沙门。

那时月亮刚升起来不久,海上罩着一层烟霭。我们没有下车,落下玻璃,潮声此起彼伏地在耳边回响。

你是不是什么都不信?苏晓涛问道。

我说你的问题太复杂,我回答不了。

她说,你这人状态不对。

我说我的状态早就不对了。我甚至没有状态。

后来——那是我们分手之后,我就想:如果今晚在海边、在车里的那个女人不是苏晓涛而是方鱼儿,绝对就是另一个样子了。我不知道为什么突然这么联想……

## 30

王娟一早来电话,让我过去一趟。我问出什么事了,王娟说见面谈吧。我便有些紧张,心想一帆可能惹上了什么麻烦。等见到王娟,她的样子十分想哭,我就更加不知所措。王娟把小保姆支走,关上门眼泪就往下淌。一帆出事了,她抽泣着说,一帆肯定出事了。我让她慢慢说。她说一帆昨天半夜来了电话,说他可能被人害了,让她回犁城娘家候产。王娟问怎么被人害了,一帆说电话里讲不清楚,然后就匆匆把电话挂了。王娟说这个电话好像是偷偷打出来的。我问王娟,一帆现在何处?王娟说不知道,又哭。

我就劝王娟,事情还没有出来,这么哭会伤身的。王娟的肚子已经很高了。会是什么事呢?我想一定是经济问题,与钱有关。而且这事陈一帆肯定早就有数。我又想到他这次出差与我在机场的分别,兴许这家伙就做了准备,知道要出事。我没把这些告诉王娟。

从王娟那里出来,我觉得天好像都不蓝了。我现在就怕遇见这种沉重的事。看《阿甘正传》时,那个在越战中丢掉一条腿的中尉一出来,我他妈的就受不了。它破坏了我对那根羽毛的感觉。我知道一条腿的设计是艺术,甚至是杰作,可我还是受不了。我想陈一帆是不会给我来电话了。我从《交通手册》里拿出那张快照看了看,它还是清晰的。我不知道它何时会褪去颜色。

31

一连几日都是阴天,小雨。去三亚的路上我就有种预感,没准儿今儿要倒霉。果然回来走到125公里处就追尾了。我当时正低头弹烟灰,又看到那张快照,头还没抬起来便听见"砰"的一响,车身随即一挫。前边那辆丰田客货两用被我顶到了路边,而我的引擎盖全卷起来了。

错在我。没说的,掏钱。那司机也是内地人,还算好说话,只收了我十张。我的车动不了,这儿又没地方挂电话。天他妈的不作美,雨发疯地下起来。我就缩在车里。还好,收音机的电源没弄坏,能响。我随便调到一个台,里面是一男一女在侃"文人下海"。男的说某某原是大乐团的指挥,现在成了香港的大地产公司的老板。女的说某某某是著名作家,曾经写过轰动一时的什么小说,最近来海口主持招商。介绍完了,他们就开始评论,基本上都是废话。我于是换了一个频道,时而一段音乐时而一段广告。

雨点打在玻璃上。远处不时有闪电,但听不见雷声。我将座位放倒,躺下。天黑得像锅底,这个地段是山区,几里路见不到一盏灯。虽然有车不断地从我边上驶过,可是没有一辆肯停下来。我看看表,刚过十二点。海口的歌舞厅正是吹灯拔蜡的情调时分。

收音机里这时已是《听众点播》节目。女主持人说:一位来自北方的小姐点播甘萍的《大哥,你好吗》,献给她的一位可亲的朋友,因为过了零点,就是他的生日了。她祝他生日快乐,出车一路平安。

我一下坐起来,然后拿出身份证借着香烟的亮光看。是的,过了零点也是我的生日。我的本命年刚刚结束。我居然还活着。大哥,你好吗?我不好。我一点也不好。我吸着烟,忽然想到了鱼儿。这歌可能就是鱼儿为我点的。来自北方……大哥……出车——这就是鱼儿!

我现在特别想鱼儿。她今夜会去我那儿吗?她肯定去过。我必须马上回海口。然后我就跳下车,站在公路中间等往海口方向的货车,雨还是很大,我的脸都被雨点打麻了。不多会儿,一辆"东风"车迎面驶来,我高举着双手,表明我不是车匪路霸。那车逼近我,司机关掉远光灯,按过几声喇叭便停了。我说请你们把我的车拖回去,我会给钱。司机的口音也是北方的,没多说就答应下来。

我又上路了。车抵海口,天色已白,雨也住了。三十六年前的这个时辰,我刚刚落地。接生婆一剪子铰断脐带,直到现在,我的肚脐眼还在生疼。

## 32

我没有找到鱼儿。

这几天我晚上都去摩根酒吧。小姐好像又换了一茬,全是生面。我问她们可曾见到一个叫鱼儿的北方女孩?一个很丰满的妇女反问我:你是猫吗?

不用说我很沮丧。我后来也就不找了,没事就守着电话看一些莫名其妙的录像。我的车还在修理厂,保险公司认了百分之六十,我至少还要掏五六千。王娟每天都来电话,为陈一帆提心吊胆,边说边哭。我重复地劝,重复地安慰。我也想对一个人诉说,可我找谁呢?谁来安慰我?我呼过苏晓涛,对方机主已经易人,说苏晓涛刚离开这个公司。我有点难过,觉得苏晓涛应该来电话打声招呼。不过我又想,这样也好。我和这女人是水与油的关系,搅和不到一块去的。

那位当主编助理的朋友又来电话约稿,还说要请名家来开笔会重整旗鼓。我说我还是不想写。朋友就问:你是不是也在写一部大的?我便对着电话哈哈大笑。我说一个鲁迅至少可以压三代人,你想往哪儿大?你还真以为那些招摇过市的家伙了不起呀?

他们顶多能写一部或者十部二十部厚的。从来就不曾大过。朋友就也笑,说人有时尽他妈的吃错药,临死头还是昏的。朋友说,算了,这破刊物老子也不编了,改天一起喝酒。放了电话,我突然感到一阵燥热,便把衣服扒了。我挑出一支狼毫笔,打算在皮肤上默写唐诗。墨汁很凉,毛笔划在皮肤上痒丝丝的。我由小腿开始,再大腿,再肚皮。末了,我又以肚脐作瞳孔画了一只独眼——看上去像是患了白内障。我把两条腿支到舱壁上,点上烟,隔着烟雾欣赏着这肚皮大腿上的千古绝唱。

后来我又大叫了几声,真爽。

## 33

台风是午夜时分由文昌登陆的,刮到海口差不多已近凌晨。

台风如虎啸,挟带着暴雨。

街上的椰子树一夜间全成了荡妇。

## 34

台风过去以后的这些日子,我的日记也停了。这个季节大陆已是落叶知秋,可岛上仍是绿油油的。我这才意识到,南方没有秋天。

我接到了苏晓涛的电话,她已在上海,正办理着赴美留学的签证。她说逛书店时看见书架上有一本我的小说,就买下了。我想如果不是这样,她是不会有电话来的。苏晓涛说,临行前本想去我那儿看看,几次路过都没见到船上亮灯。后来我又觉得,她说,不见也好,见了又分开反倒心里变得重了。我说你运道不错,这下如愿以偿了。你还有新的计划,你当然也还会如愿。她说但愿吧,其实现在……算了,不想谈这些,你好吗？我说就这样,只是觉得日子太长。然后我们又谈了一些乱七八糟的事,什么房地产滑坡、股市 A 股不如 B 股、国产电视剧一塌糊涂,如此这般。苏晓涛突然问道:你想我吗？我犹豫了一下,说想过。现在想也是白想,你离我越来越远了。她说:我曾经离你很近的。我说那也是远。凡手摸不到的就是远。我们就都沉默了一会儿。后来苏晓涛说:有件事我想还是告诉你的好。我其实以前不认识你,真的不认识,我是在北京读的本科。你的那些个人情况,我是从一本刊物上翻到的。我也不知道为什么要去冒充你们学校那个外语系的女生,现在想起来觉得还好奇怪。你真以为我是她吗？我笑了笑,我说你们的侧面很像,现在这已不重要了。

电话差不多打了一个小时。我看看表,刚过十点。我想苏晓涛真是凡事都有计划,她当然知道夜间九点之后长话费减半。苏晓涛最后用英语对我道了晚安,声音又亮了。她还会说法语甚至西班牙语,我这么想着。一个人可以用多种语言同人交流,这是能耐。这个人在我生活里忽进忽出,毫不拖泥带水,真修行得可以。外面已开始热闹了,我得出去遛遛。我换上了一件大红 T 恤,光了脸,挂了随身听。我摘了顶灯,戴上耳塞。马连良一叫板我就踩了油门。我沿着滨海大道往秀英的方向开,城市渐渐退到了我的背后。

今夜我自己泡自己。

推荐100篇》(上海远东出版社,2007年8月第1版);39.《意林故事》(未来出版社,2007年11月第1版);40.《中学语文园地》月刊2008年第1～2期;41.《我有一把青春的剑》(安徽少年儿童出版社,2008年5月第1版);42.《励志中国·最美的散文》(万卷出版公司,2008年6月第1版);43.《语言天使·修辞篇》(首都师范大学出版社,2008年6月第1版);44.《语文月刊》(有评)2008年第6期;45.《中学语文园地(高中版)》月刊2008年第6期;46.《青苹果》(有评)月刊2008年第8期;47.《读与写》(有评)月刊2008年第7、8期合刊;48.《考试阅读虫·精神世界卷》(辽宁教育出版社,2008年8月第1版);49.《中国孩子最喜爱的情感读本·假如没有战争》(北京大学出版社,2009年1月第1版);50.《初中语文·阅读与作文》(华语教学出版社,2009年3月第1版);51.《高效学习法·九年级语文》(北京教育出版社,2006年第1版,2009年4月第5版);52.《初中生标准新阅读·优化训练》(陕西师范大学出版社,2009年6月第2版);53.《青少年文摘》2009年第6期;54.《初中语文专项·现代文阅读题型大突破》(华语教学出版社,2009年8月第1版);55.《新课标·东方新阅读》(首都师范大学出版社,2009年8月第1版);56.《时文"热"读·第五辑》(广州出版社,2009年8月第1版);57.《中国记忆·美文》(百花洲文艺出版社,2009年8月第1版);58.《智慧背囊·中学生阅读提高升课外读本》(吉林出版集团有限责任公司,2009年9月第1版);59.《60年中国青春美文经典》(中国青年出版社,2009年10月第1版);60.《初中生之友》2009年第11期;61.《2009年值得小学生珍藏的100篇散文》(华东师范大学出版社,2009年12月第1版);62.《语文报·30年经典阅读集萃》(华夏出版社,2010年1月第1版);63.《优秀作文选评》2010年第4期;64.《中考必读经典美文精选》(中国华侨出版社,2010年4月第1版);65.《最飘逸的抒情散文》(吉林大学出版社,2010年6月第1版);66.《值得中学生珍藏的100篇散文》(北方妇女儿童出版社,2010年8月第1版);67.《最受小学生喜爱的散文全集》(天津教育出版社,2011年1月第1版);68.《阅读与作文(高中版)》2011年第4期;69.《初中生阅读世界》2011年第9期;70.《小品文选刊》月刊2012年第1期;71.《意林》半月刊2012年3月下;72.《读者(乡土人文版)·十年精华文丛B卷》(甘肃人民出版社,2012年6月第1版);73.《晚报文萃》上半月刊2012年第6期;74.《中华活页文选(高一年级)》月刊2013年第6期;75.《小学生之友·阅读写作版》2014年第6期;76.《初中生之友》2014年第13期;77.《核子知与行》2016年第1期;78.《经典美文》月刊2017年第5期;79.《时代青年》2017年第8期;80.《语数外学习(初中版)》2018年第1期。

《山心水目》入选《天柱山散文选》(黄山书社,1996年4月第1版)。

《风檐展读》中《英雄》入选《抵抗投降书系——无援的思想》(华艺出版社,1995年6月第1版)。

《雪原无边》由《散文·海外版》双月刊2004年第1期选载。

《好女人是一种好心境》入选:1.《当代散文精品2000》(广州出版社,2000年11月第1版);2.《精美散文·人生哲理卷》(延边大学出版社,2001年2月第1版);3.《学生课外阅读经典·精短散文》(人民日报出版社,2003年2月第1版);4.《精美散文珍藏·风雨人生》(新疆人民出版社,2003年12月第1版);5.《智慧林》月刊2004年第6期;6.《飘雪的冬季》(大众玩家出版社,2004年8月第1版);7.《名家散文·经典品读》(南方出版社,2006年12月第1版);8.《名家散文·精品集》(作家出版社,2007年10月第1版)。

《秧歌舞》入选《打不开的窗口》(德宏民族出版社,1996年12月第1版)。

《我刚读过的几本书》中《苇岸,大地的理念》入选《上帝之子》(湖北美术出版社,2001年4月第1版)。

《大地芬芳》(十三章)入选:1.《散文选刊》月刊1997年第6期;2.《安徽青年作家丛书·散文卷》(作家出版社,2002年7月第1版)。

《大足无声》入选:1.《今日重庆》双月刊2002年第1期;

2.《新游记》(作家出版社,2002年12月第1版)。

《庐山雾》入选《我思故我悟》(光明日报出版社,2012年5月第1版)。

《我与地坛》由《经典美文》2011年第9期选载。

《我说散文》载《散文选刊》月刊1998年第9期。

《作家与足球》入选《当代散文精品2000》(广州出版社,2000年11月第1版)。

《读书与读人》入选《自爱的真意》(中国致公出版社,2001年9月第1版)。

《看张》入选《张恨水研究论文集》(国际文化出版公司,1997年11月第1版)。

《人像一根麦秸》入选:1.《中国现当代散文三百篇》(中国社会科学出版社,2003年8月第1版);2.《当代永恒主题散文精品选》(济南出版社,2005年5月第1版);3.《感动中学生的精品美文·遗憾也美丽》(青岛出版社,2006年5月第1版);4.《感动中学生的精品美文·遗憾也美丽》(青岛出版社,2008年5月第1版);5.《文苑·经典美文》2009年第6期;6.《新中国散文典藏》(山东友谊出版社,2015年4月第1版)。

《皖河散记》中《一个人的河流》原载《人民文学》2001年第10期"新散文"专辑,2002年获首届老舍散文奖,2004年第二届冰心散文奖。有关篇章被中央电视台《子午书简》2004年3月9日

## 《徐迅散文年编》有关篇目附注

《石牛古洞》入选《天柱山散文选》(黄山书社,1996年4月第1版)。

《寻找程长庚》入选《可爱的安徽》(中国文联出版社,2004年3月第1版)。

《故乡的屋檐》入选《十八岁的风采》(安徽文艺出版社,1989年6月第1版),获1989年全国青少年散文大奖赛征文"佳作奖"。

《天柱石》入选《天柱山散文选》(黄山书社,1996年4月第1版)。

《临窗梧桐》入选:1.《百年中国性灵散文》(花城出版社,2004年8月第1版);2.《新课堂语文·课外阅读(七年级下册)》(山东教育出版社,2006年2月第1版);3.《2009年值得小学生珍藏的100篇散文》(华东师范大学出版社,2009年12月第1

版);4.《最受小学生喜爱的散文全集》(天津教育出版社,2011年1月第1版);5.《值得小学生珍藏的100篇散文》(北方妇女儿童出版社,2010年8月第1版)。

《鸟声》由《散文选刊》月刊2000年第6期选载。

《落叶》由《小品文选刊》双月刊2004年第1期选载。

《染绿的声音》入选:1.《散文选刊》月刊1999年第7期;2.《'99中国最佳年度散文选》(漓江出版社,2000年1月第1版);3.《散文选刊·精短美文·在大漠的呼吸里醒着》(广西人民出版社,2000年9月第1版);4.《青年博览》2001年第8期;5.《语文学习》月刊2002年第9期;6.《学生课外阅读经典·精短散文》(人民日报出版社,2003年2月第1版);7.《语文新天地·初中卷》(浙江人民出版社,2003年7月第1版,2008年8月重印);8.《精美散文珍藏·美文小品》(新疆人民出版社,2003年12月第1版);9.《试题研究》2003年第20期;10.《中国现当代文学名家经典·精美散文珍藏》(新疆人民出版社,2004年1月第1版);11.《幸福是禅·卷首语精品》(中国电影出版社,2004年1月第1版);12.《中国新时期经典散文(1976—2003)》(长江文艺出版社,2004年4月第1版);13.《语文阅读能力强化训练·阅读新概念》(南京大学出版社,2004年7月第1版);14.《体验新阅读·语文·高一A卷》(延边教育出版社,2004年8月第1版);15.《精短散文》(延边人民出版社,2004年8月第1版,2008年10

月第 2 次印刷);16.《心湖的涟漪·校园文学》(学苑音像出版社,2004 年 8 月第 1 版);17.《对着一朵花微笑》(花山文艺出版社,2004 年 12 月第 1 版);18.《文苑·经典美文》月刊 2005 年第 1 期;19.《高中语文·现代文阅读》(河北教育出版社,2005 年 3 月第 1 版);20.《染绿的声音·中学生以读促写》(海天出版社,2005 年 4 月第 1 版);21.《阅读与鉴赏》月刊 2006 年第 1~2 期;22.《中学语文》月刊 2006 年第 6 期;23.《语文阅读能力强化训练·阅读新概念》(南京大学出版社,2006 年 7 月第 1 版);24.《文化心灵·新课标语文阅读》(外语教学与研究出版社,2006 年 8 月第 1 版);25.《高中现代文阅读训练 300 篇·基础卷》(上海交通大学出版社,2006 年 7 月第 1 版,2009 年 7 月第 4 次印刷);26.《高中现代文阅读训练 300 篇·提高卷》(上海交通大学出版社,2006 年 9 月第 1 版);27.《视野》半月刊 2006 年第 23 期;28.《都市文萃》月刊 2006 年第 12 期;29.《新读写》月刊 2007 年第 1 期;30.《语文教学与研究》月刊 2007 年第 2 期;31.《新课标·东方新阅读》(中国言实出版社,2007 年 2 月第 1 版);32.《新人文读本·珍藏版》(北京大学出版社,2007 年 2 月第 1 版);33.《今日文摘》半月刊 2007 年第 4 期;34.《读者》月刊彩版 2007 年第 5 期;35.《中学语文》月刊 2007 年第 6 期;36.《麻辣阅读·和谐》(广西教育出版社,2007 年 6 月第 1 版);37.《精短散文·珍藏版》(人民日报出版社,2007 年 7 月第 1 版);38.《学生至12日连续播出。入选:1.《散文·海外版》双月刊2002年第1期;2.《首届老舍散文奖作品》(台海出版社出版,2002年5月第1版);3.《散文选刊》月刊2002年第6期;4.《散文·海外版》双月刊2002年第5期;5.《语文天地》(有评)半月刊2002年第18期;6.《语文新圃》(有评)月刊2002年第11期;7.《当代散文精品2002》(广州出版社,2002年12月第1版);8.《2002年中国散文年选》(花城出版社,2003年1月第1版);9.《大地的眼睛》(百花文艺出版社,2003年1月第1版);10.《2002年文学精品·散文卷》(敦煌出版社,2003年4月第1版);11.《老舍文学奖·获奖散文》(华文出版社,2003年9月第1版);12.《散文选刊》月刊2003年第12期;13.《读者·乡村版》月刊2004年第5期;14.《语文新天地·七年级下》(浙江人民出版社,2004年2月第1版);15.《禅趣小品》(北京图书馆出版社,2005年12月第1版);16.《冰心散文奖获奖作品(单篇)选》(西藏人民出版社,2006年10月第1版);17.《小品文选刊》月刊2008年第6期;18.《安庆六十年文学精品集》(合肥工业大学出版社,2009年9月第1版);19.《安庆六十年文学艺术作品选》(安庆市文联编,2009年9月第1版);20.《新中国文学精品文库·散文卷》(海天出版社,2010年1月第1版);21.《新中国文学精品文库·散文卷》(海天出版社,2010年1月第1版);22.《小作家选刊》2010年第8期;23.《读者(乡土人文版)·十年精华文丛A卷》(甘肃人民出版社,2011 年 1 月第 1 版);24.《中华活页文选(初一年级)》月刊 2011 年第 5 期;25.《21 世纪中国最佳散文(2000—2011)》(贵州人民出版社,2012 年 3 月第 1 版);26.《叫一声老乡好沉重·经典中国书系散文随笔精品文库·乡土卷》(中国言实出版社,2013 年 1 月第 1 版);27.《中国企业职工文化大系创作文丛·荣光绽放(散文卷)》(中国工人出版社,2013 年 7 月第 1 版);28.《老舍散文奖获奖作品集》(地震出版社,2014 年 4 月第 1 版);29.《大家写安徽》(合肥工业大学出版社,2014 年 12 月第 1 版);30.《树知道》(江苏凤凰出版社,2015 年 3 月第 1 版)。

《大地的心》2001 年获第四届全国煤矿文学作品"乌金奖"一等奖。

《散文散话》被香港教育专业人员协会列为香港《中国语文课程六百篇》,入选《当代散文精品 2003》(广州出版社,2003 年 9 月第 1 版)。

《塞罕坝之旅》(二题)入选《呼唤蓝天·碧水·绿地》(中国文联出版社,2000 年 12 月第 1 版)。

《写给二○○○年》(又名《世纪末随想》)入选《长城文萃》(群众出版社,2002 年 8 月第 1 版)。

《这趟车上》载《散文选刊》月刊 2000 年第 8 期。

《余杰的疲惫》载《中华文学选刊》月刊 2000 年第 7 期。

《散文的事》载《散文选刊》半月刊 2010 年第 1 期。

《读碟记》入选《中国实力作家作品概览》(中国文联出版社,2002年6月第1版)。

《坛城根随笔》中《热爱茶》入选1.《幸福禅》(光明日报出版社,2012年第4版);2.入选《长城文萃》(群众出版社,2002年8月第1版)。

《异类五题》中《蝴蝶》入选:1.《文苑·经典美文》2009年第9期;2.《当代文萃》2010年第5期;3.《新世纪文学选刊》2010年第3期。《苦哇鸟》入选《文苑·经典美文》2009年第3期。

《作家还是梦吗》入选《散文2010年精选》(百花文艺出版社,2011年1月第1版)。

《在乡下怀想四季》中《春天的速度》入选:1.《南风如水·散文精品卷》(新华出版社,2001年8月第1版);2.《在乡村感受四季》入选《新世纪艺术散文选萃》(中国文联出版社,2003年1月第1版);3.《散文选刊》月刊2008年第3期;4.《阅读与鉴赏》(有评)月刊2008年第12期;5.《阅读与作文》(有评)月刊2008年第12期;6.《少年小说》月刊2009年第2期;7.《湖北招生考试·快速阅读》(有评)2009年第4期;8.《文苑·经典美文》2009年第4期;9.《新高考》(有评)2009年第4期;10.《中学语文园地》(有评)月刊2009年第5期;11.《2009年值得中学生珍藏的100篇散文》(华东师范大学出版社,2009年12月第1版);12.《中华文摘》月刊2010年第1期;13.《新读写》月刊2010年第

4 期;14.《最受中学生喜爱的 100 篇散文》(华东师范大学出版社,2010 年 4 月第 1 版);15.《优秀作文选评》2010 年第 5 期;16.《高考中学课程辅导》(有评)月刊 2011 年第 5、6 期;17.《最受中学生喜爱的散文全集》(天津教育出版社,2011 年 1 月第 1 版);18.《中文自修》月刊 2011 年第 7、8 期合刊;19.《小学生学习指导》2012 年第 3 期;20.《小星星:作文 100 分》2013 年第 1 期;21.《爱在爱中》(社会主义核心价值观优秀文学读本·散文卷,北京联合出版公司,2015 年 10 月第 1 版);22.《中华活页文选(小学版)》月刊 2016 年第 3 期。

**《在乡下怀想四季》**中《秋水》入选:1.《2001 年中国精短美文 100 篇》(长江文艺出版社,2002 年 2 月第 1 版);2.《当代散文精品》(延边大学出版社,2003 年 5 月第 1 版);3.《在风吹麦浪里轻舞飞扬》(花山文艺出版社,2004 年 12 月第 1 版,2009 年第 3 次印刷);4.《散文选刊》月刊 2008 年第 3 期;5.《中华活页文选(高一年级)》月刊 2008 年第 11 期;6.《少年小说》月刊(有评)2009 年第 3 期;7.《2009 年值得小学生珍藏的 100 篇散文》(华东师范大学出版社,2009 年 12 月第 1 版);8.《爱在爱中》(社会主义核心价值观优秀文学读本·散文卷,北京联合出版公司,2015 年 10 月第 1 版)。

**《父亲不说话》**2006 年获第五届全国煤矿文学作品"乌金奖"一等奖。入选:1.《散文选刊》月刊 2001 年第 12 期;2.《2001

年中国散文年选》(花城出版社,2002年4月第1版);3.《新时期中国散文精选(1978—2003)》(花城出版社,2003年12月第1版);4.《沐浴情感》(时代文艺出版社,2004年3月第1版);5.《当代百家人生读库·真爱无语》(金城出版社,2008年1月第1版);6.《新世纪优秀散文选》(花城出版社,2008年1月第1版);7.《朝圣者的姿态》(中国文联出版社,2010年9月第1版);8.《中国实力派美文金典·感恩卷》(北方儿童妇女出版社,2013年1月第1版);9.《浮世悲欢·散文选刊创刊30年散文精选集》(同心出版社,2013年7月第1版);10.《新中国散文典藏》(山东友谊出版社,2015年4月第1版)。

《天柱山冬云》(又名《冬云》)入选:1.《少林寺禅文精选》(少林书局出版社,2006年8月第1版);2.《2009年值得中学生珍藏的100篇散文》(华东师范大学出版社,2009年12月第1版);3.《最受中学生喜爱的散文全集》(天津教育出版社,2011年1月第1版)。

《又见桃花源》入选《长城文萃》(群众出版社,2002年8月第1版)。

《两三松树老疑仙》入选:1.《新华文摘》月刊2001年第11期;2.《2001年中国最佳传记文学选》(漓江出版社,2002年1月第1版)。

《五四两乡音》获《野草》首届"鲁迅风"征文一等奖。

《**写在虫子的边上**》入选:1.《青年文摘》2001 年第 10 期;2.《小作家选刊》2005 年第 1 期;3.《时文鲜读·小桃花源的咒语》(重庆出版社,2005 年 8 月第 1 版);4.《阅读版语文·我们和心愿再一次约会》(朝华出版社,2006 年 1 月第 1 版);5.《小作家选刊·作文考王》2011 年第 5 期;6.《新时文·大地上的欢歌》(延边教育出版社,2011 年 12 月第 1 版)。

《**散文的碑石**》入选《岁月如歌·副刊精品卷》(新华出版社,2001 年 8 月第 1 版)。

《**半堵墙**》2011 年以其为名的散文集获第六届全国煤矿文学作品"乌金奖"一等奖。入选:1.《当代散文精品 2001》(广州出版社,2002 年 1 月第 1 版);2.《散文选刊》月刊 2011 年第 1 期;3.《读者·乡土人文版》月刊 2011 年第 4 期;4.《中外文摘》半月刊 2011 年第 22 期;5.《中国实力派美文金典·感恩卷》(北方儿童妇女出版社,2013 年 1 月第 1 版);6.《大爱无价——名人的父母亲情》(中国少年儿童出版社,2013 第 7 月第 1 版);7.《一辈子有多少来不及》(读者乡土人文版·敦煌文艺出版社,2015 年 10 月第 1 版)。

《**飘忽的青布衫**》入选:1.《张恨水研究论文集》(香港新闻出版社,2001 年 7 月第 1 版);2.《当代散文精品 2001》(广州出版社,2002 年 1 月第 1 版);3.《山西文学作品精品·和钱锺书同学的日子》(陕西人民出版社,2007 年 7 月第 1 版);4.《成功》月刊

2008年第11期;5.《读者》半月刊2009年第4期;6.《影响孩子一生的经典阅读(中学版)》2009年第5期,《高中生·青春励志》2013年第5期。

《一座山和一个人》入选《2002中国年度传记文学》(漓江出版社,2003年1月第1版)。

《阳光照得最多的地方》为"2003年当代中国文学最新作品排行榜"上榜作品,入选:1.《散文·海外版》双月刊2003年第4期;2.《散文选刊》月刊2003年第9期;3.《精品散文》(西安出版社,2003年10月第1版);4.《中国文学2003最新作品排行榜》(文化艺术出版社,2003年11月第1版);5.《当代文萃》月刊2004年第1期;6.《21世纪年度散文选2003散文》(人民文学出版社,2004年1月第1版);7.《2003年中国散文年选》(花城出版社,2004年1月第1版);8.《教育参考》月刊2004年第2期;9.《青年文摘》十年珍藏版(内蒙古文化出版社,2004年2月第1版);10.《2003年我最喜爱的中国散文100篇》(中国文联出版社,2004年7月第1版);11.《作文通讯》2005年第1期;12.《魔法阅读·时文精选》第七辑(长征出版社,2005年1月第1版);13.《时文精选100篇》(上海远东出版社,2005年8月第1版);14.《阅读版语文·烛影篱落月光明》(朝华出版社,2006年1月第1版);15.《震撼中学生的101篇散文》(内蒙古文化出版社,2006年1月第1版);16.《震撼中学生的101篇随笔》(内蒙古文化出版社,2006年1月第1版);17.《超越阅读·高考现代文分册》(上海教育出版社,2006年1月第1版);18.《文苑·经典美文》月刊2006年第10期;19.《新课标语文精品读物·语文阅读》(世界图书出版公司,2006年12月第1版);20.《当代精短散文选萃·露珠里的芬芳》(中国文联出版社,2007年1月第1版);21.《时文选粹》(南方出版社,2007年5月第1版,2009年6月第7版);22.入选《思维源自聪明屋·体悟创新》(南方出版社,2007年7月重印);23.《阳光照得最多的地方(二章)》入选《21世纪中国经典散文·情思掠影》(内蒙古文化出版社,2007年10月第1版);24.《感恩天下父母》(内蒙古文化出版社,2008年2月第1版);25.《中学语文园地》(有评)月刊2008年第3期;26.《感动心灵美文·快乐男孩卷》(安徽少年儿童出版社,2008年4月第1版);27.《中华活页文选(高一年级)》月刊2008年第6期;28.《中学语文》月刊2008年第11期;29.《阅读与鉴赏》(有评)2009年第2期;30.《当代文萃》月刊2009年第5期;31.《中外文摘》半月刊2009年第14期;32.《中华活页文选(初一年级)》月刊2009年第10期;33.《优秀作文选评》月刊2009年第11期;34.《最受欢迎的名家亲情美文排行榜》(石油工业出版社,2010年1月第1版);35.《初中生学习》月刊2010年第3期;36.《最受中学生喜爱的100篇散文》(华东师范大学出版社,2010年4月第1版);37.《初中语文早读晚练》(陕西师范大学出版社,2010年6月第1版);38.《感悟睿版》

月刊2010年第6期;39.《值得小学生珍藏的100篇散文》(北方妇女儿童出版社,2010年8月第1版);40.《格言·禅思馆》(凤凰出版社,2010年12月第1版);41.入选《中国儿童文学分级读本·初中卷·身体渴望歌唱》(浙江少年儿童出版社,2011年1月第1版);42.《高等语文》(合肥工业大学出版,2011年9月第1版);43.《最美儿童文学读本·夏天里的苹果梦》(万卷出版公司,2014年11月第1版);44.《中文自修》2014年第2期;45.《大学:上旬〈高中生阅读〉》2016年第7期。

《春天乘着马车来了》(外二章)中《春天乘着马车来了》以《徐迅散文三题》为名入选《2003年中国精短美文100篇》(长江文艺出版社,2004年3月第1版)。又名《扒乘"蚱蚂子"》入选《心香·中国安全生产报创刊10周年文萃》(人民日报出版社,2011年9月第1版)。

《大美无言——与作家刘庆邦一次关于美的访谈》入选:1.《短篇小说》2002年第2期;2.《中国作家档案书系——遍地白花》(新世界出版社,2002年5月第1版)。

《夜气》《散文·海外版》双月刊2004年第3期选载,以《徐迅散文三题》为题入选《2003年中国精短美文100篇》(长江文艺出版社,2004年3月第1版)。

《写作源于阅读》以《徐迅散文三题》为题入选《2003年中国精短美文100篇》(长江文艺出版社,2004年3月第1版)。

《**当旅游被"文化"了以后**》入选:1.《高考第二轮复习用书·语文》(吉林文史出版社,2010年10月第1版);2.《活着,走着想着》(春风文艺出版社,2015年2月第1版)。

《**大地上我们只过一生**》中《被拯救的人》入选《心香·中国安全生产报创刊10周年文萃》(人民日报出版社,2011年9月第1版)。

《**回家过年**》中《火车上艳遇的遐想》入选:1.《散文百家》选刊版2004年第3期;2.《散文选刊》月刊2004年第6期;3.《2004年中国精短美文100篇》(长江文艺出版社,2005年1月第1版);4.《2004年中国散文年选》(花城出版社,2005年1月第1版);5.《2004年中国散文排行榜》(北京工业大学出版社,2005年1月第1版)。

《**我们都是木头人**》(外二章)中《我们都是木头人》入选:1.《散文选刊》月刊2005年第6期;2.《杂文选刊》月刊2005年第7期;3.《文学教育》2005年第7期;4.《2005年中国散文年选》(花城出版社,2006年1月第1版);5.《2005年中国精短美文100篇》(长江文艺出版社,2006年1月第1版);6.《经典散文书系·中国最美的哲理散文》(湖南人民出版社,2013年7月第1版);7.《树知道》(江苏凤凰出版社,2015年3月)。

《**我们都是木头人**》(外二章)中《什么样的鸟儿最爱惜羽毛》入选:1.《文苑·经典美文》月刊2007年第11期;2.《精品悦

雪原无边 | 461

读》月刊 2010 年第 5 期。

《湮没》《散文选刊》月刊 2004 年第 12 期选载。

《流逝的岁月或者词语》（之二）入选：1.《视野》半月刊 2010 年第 23 期；2.《2010 年中国散文精选》（长江文艺出版社，2011 年 1 月第 1 版）。

《鲜亮的雨》入选《2004 年我最喜爱的中国散文 100 篇》（中国文联出版社，2005 年 6 月第 1 版）。

《在传说中生活和写作》入选：1.《中华文学选刊》月刊 2004 年第 6 期；2.《时代文学》双月刊 2004 年第 5 期；3.《中国文坛最佳人气榜》（文化艺术出版社，2005 年 6 月第 1 版）。

《散文年华》入选《山云散文百家谭》（中国文联出版社，2004 年 10 月第 1 版）。

《蒙古长调》（又名《在元上都怀古》）入选：1.《长调：胸腔里的苍穹》（新疆美术摄影出版社，2006 年 6 月第 1 版）；2.《中国散文大系·旅游卷》（中国文联出版社，2012 年 11 月第 1 版）。

《还我一个春天》入选《恰同学芳华》（敦煌文艺出版社，2014 年 8 月第 1 版）。

《蚕豆开花是紫色》入选：1.《散文选刊》月刊 2005 年第 12 期；2.《2005 年我最喜爱的中国散文 100 篇》（中国文联出版社，2006 年 9 月第 1 版）；3.《语文教学与研究》（有评）月刊 2006 年第 10 期；4.《语言天使·风格篇》（首都师范大学出版社，2008 年

6月第1版);5.《同步美文阅读·九年级》(华语教学出版社,2009年1月第1版);6.《2009年值得中学生珍藏的100篇散文》(华东师范大学出版社,2009年12月第1版);7.《值得中学生珍藏的100篇散文》(北方妇女儿童出版社,2010年8月第1版);8.《最受中学生喜爱的散文全集》(天津教育出版社,2011年1月第1版);9.《读写月报(初中版)》2011年第6期。

《泥土里的果实》《散文选刊》月刊2007年第6期选载,其中《谁家儿女落花生》入选《2007年中国散文年选》(花城出版社,2008年1月第1版)。

《家住翠堤》《散文选刊》月刊2006年第6期选载。

《一九九九年的"双抢"》中《母亲像一扇磨盘》入选:1.《书摘》月刊2008年第1期;2.《青年文摘》月刊2008年第3期;3.《阅读在线·现代文阅读》(吉林大学出版社,2009年6月第1版);4.《新语文学习》2010年第7、8期合刊;5.《中国当代名家情感散文集萃》(内蒙古文化出版社,2011年2月第1版);6.《美文精选》2013年108、109合刊;

《一九九九年的双抢》(选二)入选《乡村书系列·自家食粮》(新疆美术摄影出版社,2011年5月第1版)。

《夜车安静》入选:1.《小品文选刊》半月刊2007年第5期;2.《2007年中国散文精选》(长江文艺出版社,2008年1月第1版)。

《七月之歌》入选《2007年中国最佳散文》(辽宁人民出版

社,2008年1月第1版)。

《北京散章》入选《创新发展话东城》(中国文联出版社,2017年3月第1版)。

《奥运村,消失或正在生长的》入选:1.《文学教育》月刊2008年第2期;2.《2008北京奥运作家大型采风活动·奥林匹克的中国盛宴》(中国青年出版社,2008年11月第1版)。

《地球,一个蔚蓝色的梦》入选《地球与人类》(湖南地图出版社,2010年3月第1版)。

《从和平里出发》入选《名家笔下的东城》(北京市东城区文联编,2009年6月第1版)。

《碎屑,与捡拾碎屑》《文学人生》月刊2009年第10期选载。

《村庄所剩下的》"2010年中国散文排行榜"上榜作品,入选《2010我最喜爱的散文》(大众文艺出版社,2011年3月第1版)。

《平庄男人》入选《2010中国年度散文》(漓江出版社,2011年1月第1版)。

《走森林》入选:1.《经典美文》月刊2011年第6期;2.《2011年中国精短美文精选》(长江文艺出版社,2012年1月第1版)。

《在雨天怀想袁崇焕》《作家文摘》2013年4月23日选载。

《未完成的旅行》入选:1.《北京日报创刊60周年·文学作

品精选集》(同心出版社,2012年10月第1版);2.《中国报纸副刊选萃·我们便身在天堂》(上海文汇出版社,2013年7月第1版)。

《**我的故乡雨雪初霁**》2017年以其为名的散文集获第七届全国煤矿文学作品"乌金奖"一等奖。入选:1.《文学东城(2010—2012)》(北京东城区文联编,2012年);2.《中国实力派美文金典·情怀卷》(北方儿童妇女出版社,2013年1月第1版);3.《2015年中国好散文》(山东人民出版社,2016年3月第1版)。

《**在古井镇喝贡酒**》《传记·传奇》月刊2013年第12期转载。

《**说说徐坤**》(又名《说说作家徐坤》)入选:1.《文学生长力量》(文艺报社主编)(安徽文艺出版社,2013年9月第1版);2.《后窗四人谈——北京文学评论集》(新华出版社,2016年10月第1版)。

《**抱一壶长江水,我溯源北上**》《海内与海外》月刊2012年第9、10期转载,入选《奇迹就这样诞生》(作家出版社,2013年4月第1版)。

《**文成小品**》入选《文成之文》(中国文联出版社,2015年5月第1版)。

《**北京的地铁**》入选:1.《皇城脚下的记忆》(北京东城区文联编,2013年10月第1版);2.《中学生阅读(高中版)》2013年第12期选载。

《冰封的烈焰》入选《嵌金印象——中国当代名家看阿城》（长江文艺出版社，2015年4月第1版）。

《把吴钩看了》入选《2016年中国散文精选》（长江文艺出版社，2017年1月第1版）。

《秋山响水》入选《人民日报2015年散文精选》（人民日报出版社，2016年5月第1版）。

《砖塔胡同九十五号》入选《创新发展话东城》（中国文联出版社，2017年3月第1版）。

《躲进一座山里》入选《情感读本》2016年第3期下。

《响水在溪》入选：1.《中学生学习报初中版》2016年第9期；2.《2016年中国精短美文精选》（长江文艺出版社，2017年1月第1版）。

《想起雪湖藕》入选：1.《散文·海外版》月刊2017年第2期；2.《人民日报2016年散文精选》（人民日报出版社，2017年7月第1版）；3.《2017年中国精短美文精选》（长江文艺出版社，2018年1月第1版）；4.《读写月报·初中版》中旬刊2017年第6期。

《镜泊湖之冬》入选：1.《中华活页文选（初一年级）》月刊2017年第12期；2.《小学生之友·阅读写作版》2018年第1期。

《炒板栗、烤红薯》（又名《街头乡思》）入选《人民周刊》2017年第24期。

《秋上枫林谷》入选《小学生之友·阅读写作版（下旬）》2018年第5期。

《染绿的声音》《阳光照得最多的地方》《秋水》《蚕豆开花是紫色》《谁家女儿落花生》《春天的速度》《温暖的花朵》《临窗梧桐》《天柱山冬云》《有一种树叶叫茶》《杭州的绿》《作家还是梦吗》《北京的地铁》《想起雪湖藕》等30多篇被多次列为中专及高考试卷和模拟试卷。

（据不完全统计，以创作时间为序）